LES LECTRICES ONT AIMÉ !

« J'ai adoré les personnages, l'intrigue, le lien si fort entre Anna et son grand-père. Ce roman m'a émue au point que j'ai versé des larmes. » Chloé, de @lire_encore

« C'est un roman fabuleux, passionnant, écrit avec une plume merveilleuse qui nous transporte. Je ne peux que vous recommander cette impressionnante histoire. » Katia, de @pauselectures

« Anne est un personnage auquel je me suis attachée très rapidement grâce à sa douceur mais également à son indépendance et à cet amour qu'elle voue à ce qui l'entoure. » Fanny, de @madelit_et_des_livres

« Un réel coup de cœur, un passionnant roman historique mêlé à un brin de fantasy qui vient apporter toute sa fraîcheur au récit. » Adélina, de @livrovore

« Nous sommes propulsés dans une époque si peu lointaine et qui pourtant nous paraît être à des années-lumière. C'est un bel hommage à l'Irlande et à son peuple qu'Amy Harmon nous livre. » Tiphaine, de @je.lis.mes.envies

« Un récit intemporel qui mêle la petite histoire à la grande histoire. La plume d'Amy Harmon est tout simplement magique. Coup de cœur pour ce récit qui restera gravé dans mon cœur. » Christel, de @les__miscellanees_de_cookie

« L'autrice nous conte ici une sublime histoire d'amour qui défie le temps. » Alexandra, de @mes_evasions_litteraires

« Un voyage dans le temps, une intrigue prenante, un soupçon de magie et beaucoup d'amour : le combo parfait pour un roman touchant et addictif. » Floriane, de @les_lectures_de_flofloenael

Pour en savoir plus sur les Lectrices Charleston, rendez-vous sur www.editionscharleston.fr/lectrices-charleston

Titre original : *What the Wind Knows*
Copyright © Amy Harmon, 2019
This edition is made possible under a license arrangement originating with Amazon Publishing, www.apub.com.

Traduit de l'anglais par Laurent Bury

© Charleston, une marque des éditions Leduc, 2021
10, place des Cinq-Martyrs-du-Lycée-Buffon
75015 Paris – France
www.editionscharleston.fr

ISBN : 978-2-36812-622-6

Pour suivre notre actualité, rejoignez-nous sur Facebook (Editions.Charleston), sur Twitter (@LillyCharleston) et sur Instagram (@LillyCharleston) !

Charleston s'engage pour une fabrication écoresponsable ! Amoureux des livres, nous sommes soucieux de l'impact de notre passion et choisissons nos imprimeurs avec la plus grande attention pour que nos ouvrages soient imprimés sur du papier issu de forêts gérées durablement.

Amy Harmon

CE QUE MURMURE LE VENT

Roman

Traduit de l'anglais par Laurent Bury

*Avançons en conteurs de contes, et saisissons sans
peur toutes les proies auxquelles aspire notre cœur.
Tout existe, tout est vrai, et la terre n'est qu'un
peu de poussière sous nos pieds.*
W. B. Yeats

PROLOGUE

Novembre 1976

— GRAND-PÈRE, PARLE-MOI DE TA MÈRE.
Il m'a caressé la tête sans un mot, et pendant un long moment j'ai cru qu'il ne m'avait pas entendue.

— Elle était belle. Elle avait les cheveux noirs, les yeux verts, exactement comme toi.

— Elle te manque ?

Des larmes ont roulé de mes yeux et ont mouillé son épaule, sous ma joue. Ma mère me manquait terriblement.

— Plus maintenant, m'a consolée mon grand-père.

— Pourquoi ?

Tout à coup, j'étais en colère contre lui. Comment pouvait-il la trahir ainsi ? C'était son devoir de la regretter.

— Parce qu'elle est encore avec moi.

Cela m'a fait sangloter encore plus fort.

— Chut, Annie. Calme-toi. Si tu pleures, tu n'entendras pas.

— Entendre quoi ?

J'ai dégluti, un peu détournée de mon angoisse.

— Le vent. Il chante.

Je me suis ressaisie, ai redressé un peu la tête, et j'ai tendu l'oreille pour saisir ce que mon grand-père écoutait.

— Je n'entends rien.

— Écoute mieux. Peut-être qu'il chante pour toi.

Les rafales hurlaient, poussant contre la fenêtre de ma chambre.

— J'entends le vent, ai-je avoué en laissant le bruit me bercer. Mais sa chanson n'est pas très jolie. On dirait plutôt qu'il crie.

— Le vent essaye peut-être d'attirer ton attention. Il a peut-être quelque chose de très important à te dire, a-t-il murmuré.

— Il ne veut pas que je sois triste ? ai-je suggéré.

— Exactement. Quand j'étais petit, que j'avais ton âge, j'étais très triste, moi aussi, et quelqu'un m'a dit que tout irait bien parce que le vent savait déjà.

— Savait déjà quoi ?

Mon grand-père a chanté un passage d'une chanson que je ne connaissais pas, d'une voix à la fois chaude et sonore.

— *Le vent et les vagues se souviennent encore de lui...*

Il s'est arrêté brusquement, comme s'il ne se rappelait plus la suite.

— Se souviennent encore de qui ? ai-je insisté.

— De tous ceux qui ont vécu. L'eau et le vent savent déjà, a-t-il dit tout bas.

— Savent quoi ?

— Tout. Le vent que tu entends est le même qui souffle depuis toujours. La pluie qui tombe est la même. Ça recommence sans arrêt, ça tourne en rond, comme un cercle immense. Le vent et les vagues sont là depuis la nuit des temps. Les pierres et les étoiles aussi. Mais les pierres ne parlent pas, et les étoiles sont trop loin pour nous dire ce qu'elles savent.

— Elles ne nous voient pas.

— Non, sans doute pas. Mais le vent et l'eau connaissent tous les secrets de la Terre. Ils ont vu et entendu tout ce qui a été fait et dit. Et si tu écoutes, ils te raconteront les histoires et te chanteront les chansons. L'histoire de tous les gens qui ont vécu. Des millions et des millions de vies. Des millions et des millions d'histoires.

— Ils connaissent mon histoire ? ai-je demandé, stupéfaite.

— Oui, a chuchoté mon grand-père dans un soupir, souriant à mon visage renversé.

— Et la tienne aussi ?

— Oui, Annie. Nos histoires vont ensemble, fillette. La tienne est spéciale. Il faudrait ta vie entière pour la raconter. Notre vie à tous les deux.

1
Écrits éphémères

> *Ah, ne regrette pas la fatigue, a-t-il dit,*
> *Car bien d'autres amours ici-bas nous attendent ;*
> *Aime toujours et hais sans te plaindre un instant.*
> *Nous avons devant nous l'éternité ; nos âmes*
> *Sont tout amour, perpétuel adieu.*
> W. B. Yeats

Juin 2001

ON DIT QUE L'IRLANDE est bâtie sur ses histoires. Les fées et la sagesse populaire habitent l'Irlande depuis bien plus longtemps que les Anglais, ou même que saint Patrick et les curés. Mon grand-père, Eoin Gallagher (son prénom se prononce « Owen », et on ne fait pas sonner le second « g » dans son nom), aimait surtout les histoires, et il m'a transmis cette passion, car c'est à travers les contes et les légendes que nous maintenons en vie nos ancêtres, notre culture et notre passé. Nous transformons les souvenirs en récits, sans quoi nous les perdons. Quand les histoires s'en vont, les gens disparaissent aussi.

Enfant, déjà, j'étais fascinée par le passé, j'aurais voulu connaître l'histoire des gens qui avaient vécu avant moi. C'était peut-être parce que j'avais très tôt été confrontée au deuil et à la perte, mais je savais qu'un jour, moi aussi je partirais, et que personne ne se rappellerait que j'avais existé. Le monde oublierait forcément. Il continuerait, se libérant de ceux qui avaient vécu, renonçant à l'ancien pour accueillir le neuf. C'était tragique et je ne pouvais le supporter, c'était la tragédie des vies qui commencent et prennent fin sans que personne s'en souvienne.

Eoin est né dans le comté de Leitrim en 1915, neuf mois avant la fameuse Insurrection de Pâques qui a changé l'Irlande à tout jamais. Ses parents – mes arrière-grands-parents – sont morts dans ce soulèvement, et Eoin est devenu orphelin sans les avoir connus. Nous nous ressemblons en cela, mon grand-père et moi – nous avons tous les deux perdu nos parents très jeunes –, et sa perte se transforme en la mienne, la mienne devient la sienne. Je n'avais que six ans quand mes parents sont morts. J'étais une petite fille trop silencieuse et à l'imagination débordante, quand Eoin est arrivé, m'a sauvée et m'a élevée.

Quand j'avais du mal à trouver mes mots, mon grand-père me tendait un papier et un stylo.

— Si tu n'arrives pas à les dire, écris-les. Ils dureront plus longtemps comme ça. Écris tous tes mots, Annie. Écris-les et donne-leur un endroit où aller.

C'est ce que j'ai fait.

Mais cette histoire ne ressemble à aucune de celles que j'ai racontées ou que j'ai écrites. C'est l'histoire de ma famille, inscrite dans mon passé, gravée dans mon ADN, imprimée dans ma mémoire. Tout a commencé – s'il y eut un commencement – alors que mon grand-père était mourant.

***

— Il y a un tiroir fermé à clef dans mon bureau, a dit mon grand-père.

— Oui, je sais.

C'était pour le taquiner, comme si j'avais déjà essayé de fracturer ce tiroir fermé. En réalité, je n'en savais rien. Cela faisait longtemps que je n'habitais plus chez Eoin, à Brooklyn, et cela faisait encore plus longtemps que je ne l'avais plus appelé « Grand-père ». Il était juste « Eoin » désormais, et ses tiroirs fermés à clef ne me regardaient pas.

— Pas de ça, fillette, a grondé Eoin, répétant une formule que j'avais entendue mille fois dans ma vie. La clef est sur mon trousseau. La plus petite. Tu vas me la chercher ?

J'ai fait ce qu'il demandait, en suivant ses instructions, et j'ai pris ce que contenait le tiroir. Une grande enveloppe brune posée sur une boîte remplie de lettres, des centaines de lettres, bien rangées en liasses. Je les ai regardées un instant, et j'ai remarqué qu'aucune d'entre elles ne semblait avoir été ouverte. Une date était écrite en tout petit dans le coin de chacune, et c'était tout.

— Apporte-moi la grande enveloppe, a ordonné Eoin sans lever la tête de son oreiller.

Au cours du mois dernier, il était devenu si faible qu'il quittait rarement son lit. J'ai posé la boîte de lettres, j'ai pris l'enveloppe et je suis retournée dans sa chambre.

J'ai ouvert l'enveloppe et l'ai renversée avec précaution. Une poignée de photos et un petit livre relié en cuir sont tombés sur le lit. Un bouton de cuivre, dont le dessus avait été usé et terni par le temps, a roulé en dernier, et j'ai ramassé cet objet innocent.

— Eoin, qu'est-ce que c'est ?

— Ce bouton a appartenu à Seán Mac Diarmada, a-t-il répondu d'une voix râpeuse, l'œil brillant.

— Le révolutionnaire ?

— En personne.

— Comment as-tu fait pour l'avoir ?

— On me l'a donné. Retourne-le. Ses initiales sont gravées dessus, tu vois ?

J'ai tenu le bouton devant la lumière. Effectivement, un minuscule *S* suivi d'un *McD* barrait la surface.

— Le bouton vient de son manteau, a commencé Eoin.

Mais je connaissais cette histoire. J'avais consacré plusieurs mois à des recherches, quand j'essayais de me familiariser avec l'histoire irlandaise pour un roman auquel je travaillais.

— Il a sculpté ses initiales sur les boutons de son manteau et sur quelques pièces de monnaie qu'il a données à sa fiancée, Min Ryan, avant d'être fusillé par un peloton d'exécution parce qu'il avait participé à l'Insurrection, ai-je répliqué, impressionnée par ce minuscule fragment de l'Histoire que je tenais dans ma main.

— C'est exact, a confirmé Eoin, un petit sourire aux lèvres. Il venait du comté de Leitrim, où je suis né et où j'ai grandi. Il parcourait le pays pour créer des antennes locales de la Fraternité républicaine irlandaise. C'est grâce à lui que mes parents se sont engagés dans la lutte.

— Incroyable. Tu devrais le faire authentifier et le mettre en lieu sûr. Ce bouton doit valoir une petite fortune.

— Il est à toi, maintenant, fillette. À toi de décider ce qui lui arrivera. Promets-moi seulement de ne pas le donner à quelqu'un qui ne comprendrait pas ce qu'il représente.

Mon regard a croisé le sien, et mon enthousiasme est retombé. Eoin paraissait si fatigué. Il paraissait si vieux. Et je n'étais pas prête à le voir s'en aller – pas encore.

— Mais... je ne suis pas sûre de comprendre, Eoin, ai-je murmuré.

— De comprendre quoi ?

Je voulais le faire parler, le tenir éveillé, et je me suis précipitée pour combler le vide que sa lassitude laissait en moi.

— Ce qu'il représente. J'ai lu des tas de livres sur l'Irlande, des biographies, des témoignages, des recueils d'articles, des journaux intimes. J'ai passé six mois à faire des recherches. J'ai tellement d'informations en tête que je ne sais pas quoi en faire. Après l'Insurrection de Pâques 1916, toute cette histoire n'est qu'un grand pêle-mêle d'accusations et de reproches. Il n'y a aucun consensus.

Eoin a éclaté d'un rire fragile, sans joie.

— Ça, ma chérie, c'est l'Irlande.

— Ah oui ?

C'était triste. Décourageant.

— Beaucoup d'opinions et très peu de solutions. Et toutes les opinions du monde ne changeront pas le passé, a soupiré Eoin.

— Je ne sais pas quelle histoire je vais raconter. Dès que j'arrive à me faire un avis, une autre perspective me replonge dans le doute. J'ai l'impression que je ne m'en sortirai jamais.

— C'est aussi l'impression qu'avaient les Irlandais. Voilà une des raisons qui m'ont poussé à partir.

La main d'Eoin avait trouvé le livre à la couverture de cuir usée, et le caressait comme il me caressait la tête quand j'étais enfant. Pendant un moment nous sommes restés muets, perdus dans nos pensées.

— Elle te manque ? L'Irlande te manque ?

C'était une chose dont nous ne parlions pas. Ma vie – notre vie ensemble – se déroulait en Amérique, dans une ville aussi vivante et vibrante que les yeux bleus d'Eoin. Je ne savais presque rien de la vie de mon grand-père avant moi, et il n'avait jamais exprimé le désir de m'éclairer.

— Ses habitants me manquent. Son odeur et ses champs verts. La mer me manque, et… son intemporalité. L'Irlande est intemporelle. Elle n'a pas tellement changé. N'écris pas un livre sur l'histoire de l'Irlande, Annie. Il y en a déjà beaucoup. Écris une histoire d'amour.

— Il me faut quand même un contexte, Eoin, ai-je protesté en souriant.

— Oui, c'est vrai. Mais ne laisse pas les faits historiques te détourner des gens qui les ont vécus.

Eoin a pris l'une des photos et, d'une main tremblante, l'a approchée de son visage pour mieux l'examiner.

— Il y a des chemins qui vous brisent inévitablement le cœur, des actes qui vous dérobent votre âme ; vous errez alors à sa recherche, pour tâcher de retrouver ce que vous avez perdu, a-t-il murmuré.

On aurait dit qu'il citait une phrase qu'il avait entendue autrefois, qui avait résonné en lui. Il m'a tendu la photographie.

— Qui est-ce ? ai-je demandé en contemplant la femme qui me dévisageait furieusement.

— Ton arrière-grand-mère, Anne Finnegan Gallagher.

— Ta mère ?

— Oui.

— Je lui ressemble ! me suis-je exclamée, ravie.

Ses vêtements et sa coiffure faisaient d'elle une créature exotique, mais le visage qui me fixait par-delà les décennies aurait pu être le mien.

— C'est vrai. Tu lui ressembles. Beaucoup.

— Elle a un regard intense, ai-je fait remarquer.

— Sourire, ça ne se faisait pas, à cette époque-là.

— Jamais ?

— Si, parfois, a-t-il gloussé, mais pas sur les photos. On se donnait beaucoup de mal pour avoir l'air plus digne que dans la vie. Tout le monde voulait être un révolutionnaire.

— Et là, c'est mon arrière-grand-père ?

J'ai montré du doigt l'homme qui se tenait à côté d'Anne sur la photo suivante.

— Oui. Mon père, Declan Gallagher.

L'image jaunie avait préservé la jeunesse et la vitalité de Declan Gallagher. Je me suis tout de suite prise d'affection pour lui et j'ai éprouvé une étrange douleur dans ma poitrine. Declan Gallagher n'était plus, je ne le rencontrerais jamais.

Eoin m'a tendu une autre photographie, où figuraient sa mère, son père et un homme que je n'ai pas reconnu.

— Qui est-ce ?

L'inconnu était habillé comme Declan, en costume trois-pièces, un gilet ajusté visible entre les revers de sa veste. Il avait les mains dans les poches. Courts sur les côtés et plus longs sur le dessus, ses cheveux plaqués en arrière formaient des vagues soignées. Bruns ou noirs, impossible de le dire. Il plissait légèrement le front, comme s'il n'était pas à l'aise devant l'objectif.

— C'est le Dr Thomas Smith, le meilleur ami de mon père. Je l'aimais presque autant que je t'aime toi. Il était comme un père pour moi.

Eoin avait pris une voix douce, il battait des paupières et ses yeux se sont à nouveau fermés.

— Vraiment ? me suis-je étonnée, car Eoin ne m'avait jamais parlé de lui. Pourquoi tu ne m'as jamais montré ces photos, Eoin ? Je n'en avais vu aucune.

— Il y en a d'autres.

Il n'a pas tenu compte de ma question, comme si expliquer lui aurait demandé trop d'énergie.

Je suis passée à la suivante.

C'était Eoin enfant, les yeux grands ouverts, le visage constellé de taches de rousseur, les cheveux sagement peignés. Culotte courte et chaussettes montantes, gilet et petite veste de costume. Il tenait une casquette dans ses mains. Derrière lui, une femme à la mine sévère avait posé les mains sur ses épaules. Elle aurait pu être jolie, mais elle semblait trop méfiante pour sourire.

— Qui est-ce ?

— Ma grand-mère, Brigid Gallagher. La mère de mon père. Je l'appelais Nana.

— Quel âge avais-tu ?

— Six ans. Ce jour-là, Nana était très mécontente de moi. Je n'avais pas envie de me laisser photographier avec le reste de ma famille. Mais elle a exigé un portrait de nous deux seulement.

— Et celle-ci ? ai-je dit en prenant une autre photographie. Parle-moi de celle-ci. C'est ta mère, elle a les cheveux plus longs, et là, c'est le docteur, non ?

Mon cœur palpitait alors que je contemplais cette autre image. Thomas Smith se penchait vers la femme à côté de laquelle il se trouvait, comme si au dernier moment il avait été incapable de résister. Elle aussi baissait les yeux, un sourire secret sur les lèvres. Ils ne se touchaient pas, mais on les sentait très proches l'un de l'autre. Et il n'y avait personne d'autre sur cette photo étonnamment naturelle pour l'époque.

— Ce Thomas Smith... il était amoureux de ta mère ? ai-je balbutié, le souffle court.

— Oui... et non, a répondu tout bas Eoin.

Je l'ai regardé en fronçant les sourcils.

— Drôle de réponse !

— C'est la vérité.

— Mais elle était mariée... Et tu as dit qu'il était le meilleur ami de Declan.

— Oui.

Eoin a soupiré.

— Oh là là, il y a une histoire là-derrière, ai-je ricané.

— En effet. (Il a fermé les yeux, la bouche tremblante.) Une histoire merveilleuse. J'y repense chaque fois que je te vois.

— Alors c'est bien, non ? C'est bon, les souvenirs.

— Oui, c'est bon, les souvenirs.

Mais les mots lui ont arraché une grimace, et il s'est agrippé aux couvertures.

— Ça remonte à quand, ton dernier antalgique ? ai-je questionné d'une voix tranchante.

J'ai lâché les photos et je me suis précipitée vers les pilules empilées dans sa salle de bains. Les mains fébriles, j'ai secoué le tube pour en faire tomber une, j'ai rempli un verre d'eau, puis j'ai relevé la tête d'Eoin pour l'aider à boire. J'avais voulu qu'il soit à l'hôpital, entouré de gens capables de veiller sur lui. Il avait préféré rester à la maison avec moi. Il avait passé sa vie dans les hôpitaux, à soigner les malades et les mourants. Quand on lui avait diagnostiqué un cancer, six mois auparavant, il avait calmement annoncé qu'il refusait tout traitement. Quand je l'avais supplié, en larmes, il avait accepté une seule concession : gérer sa douleur.

— Il faut que tu y retournes, fillette, a-t-il fini par dire. La pilule rendait sa voix rêveuse et douce. J'avais le cœur lourd.

— Où ça ?

— En Irlande.

— Que j'y retourne ? Eoin, je n'y suis jamais allée. Rappelle-toi.

— Moi aussi il faut que j'y retourne. Tu m'emmèneras ?

— Depuis que je suis née, j'ai envie d'aller en Irlande avec toi. Tu le sais bien. Quand voudrais-tu ?

— Quand je serai mort, tu me ramèneras.

Je sentais dans ma poitrine une douleur palpable, mordante, qui me tiraillait, et je m'acharnais à la combattre, à l'anéantir, mais elle se développait comme les cheveux de Méduse, ses mèches tentaculaires se dressaient et surgissaient de mes yeux sous la forme de ruisseaux de larmes brûlantes.

— Ne pleure pas, Annie, a dit Eoin si faiblement que je me suis efforcée de refouler mes larmes, au moins pour lui épargner ce désarroi. Toi et moi, c'est sans fin. Quand je mourrai, tu rapporteras mes cendres en Irlande et tu les disperseras au milieu du Lough Gill.

— Des cendres ? Au milieu d'un lac ? (J'ai essayé de sourire.) Tu ne veux pas plutôt être enterré près d'une église ?

— L'église n'en veut qu'à mon argent, mais j'espère que Dieu accueillera mon âme. Ce qui restera de moi a sa place en Irlande.

Comme le vent secouait les fenêtres, je me suis levée pour tirer les rideaux. La pluie fouettait les vitres, un orage de fin de printemps qui menaçait la côte est depuis le début de la semaine.

— Le vent hurle comme le chien de Culann, a murmuré Eoin.

— J'adore cette histoire !

Je me suis assise à son chevet. Ses yeux étaient clos, mais il a continué à parler, songeant tout haut, comme s'il se souvenait.

— Tu m'as raconté l'histoire de Cú Chulainn, Annie. J'avais peur, et tu m'as laissé dormir dans ton lit. Le docteur a veillé toute la nuit. J'entendais le chien dans le vent.

— Eoin, je ne t'ai pas raconté l'histoire de Cú Chulainn. C'est toi qui me l'as racontée. Si souvent. C'est toi qui racontais.

J'ai remonté ses couvertures. Il m'a pris la main.

— Oui. Je te l'ai racontée. Tu me l'as racontée. Et tu me la rediras. Seul le vent sait ce qui vient réellement en premier.

Il a perdu connaissance tandis que je lui tenais la main. J'écoutais l'orage, perdue dans mes souvenirs. J'avais six ans quand Eoin est devenu mon tuteur, mon guide. Il m'a serrée dans ses bras alors que je pleurais des parents qui ne reviendraient pas. J'aurais tant voulu qu'il puisse à nouveau me tenir contre lui, que nous puissions tout recommencer, ou au moins l'avoir avec moi pendant toute une vie encore.

— Comment vais-je vivre sans toi, Eoin ?

— Tu n'as plus besoin de moi. Tu es grande, maintenant, a-t-il murmuré.

J'ai sursauté. Je le croyais profondément endormi.

— J'aurai toujours besoin de toi !

Ses lèvres se sont remises à trembler, il reconnaissait l'amour que mes mots traduisaient.

— Nous serons à nouveau réunis, Annie.

Cette phrase m'a étonnée, car Eoin n'avait jamais été croyant. Bien qu'élevé par une grand-mère très pieuse, il avait laissé la religion derrière lui en quittant l'Irlande à dix-huit ans. Il avait exigé que je fasse mes études dans une école catholique de Brooklyn, mais mon éducation religieuse n'était pas allée plus loin.

— Tu le crois vraiment ?

—Je le sais, a-t-il dit en rouvrant ses paupières lourdes pour porter sur moi un regard solennel.

— Moi pas. Je ne sais pas. Je t'aime tant, et je ne suis pas prête à te laisser partir.

Je pleurais pour de bon, je ressentais déjà la perte, ma solitude, et les années sans lui qui s'étendaient devant moi.

— Tu es belle. Intelligente. Riche. (Il a eu un petit rire.) Et tu y es arrivée toute seule. Toi et tes histoires. Je suis si fier de toi, fillette. Si fier. Mais tu n'as pas de vie en dehors de tes livres. Tu n'as pas d'amour. (Ses yeux se sont embrumés et il a scruté l'espace derrière ma tête.) Pas encore. Promets-moi de retourner au pays, Annie.

— Je te le promets.

Et ensuite il s'est endormi, mais pas moi. Je suis restée près de lui, j'avais soif de sa présence, des paroles qu'il pourrait prononcer, du réconfort qu'il me procurait toujours. Quand il s'est à nouveau réveillé, la douleur le faisait haleter, et je l'ai aidé à avaler une autre pilule.

— Je t'en prie. Je t'en prie, Annie. Tu dois y retourner. J'ai terriblement besoin de toi. Nous avons tous les deux besoin de toi.

— De quoi parles-tu, Eoin ? Je suis là. Qui a besoin de moi ?

Il délirait, emporté par la souffrance, au-delà de la conscience, et je ne pouvais que lui tenir la main en faisant semblant de comprendre.

— Rendors-toi, Eoin. La douleur sera plus facile à supporter.

— N'oublie pas de lire le livre. Il t'aimait. Il t'aimait tant. Il attend, Annie.

— Mais qui, Eoin ?

Je ne pouvais retenir mes larmes, qui coulaient sur nos mains entrelacées.

— Il me manque. Ça fait si longtemps.

Il a poussé un profond soupir, sans que jamais ses yeux ne se rouvrent. Ce qu'il voyait se trouvait dans sa mémoire, dans sa souffrance, et je l'ai laissé errer ainsi jusqu'à ce que les mots marmonnés ne soient plus qu'un souffle superficiel, un rêve agité.

La nuit a pris fin, le jour s'est levé, mais Eoin ne s'est plus réveillé.

2 mai 1916

Il est mort. Declan est mort. Dublin est en ruines. Seán Mac Diarmada attend le peloton d'exécution à la prison de Kilmainham, et je ne sais pas ce qu'est devenue Anne. Et pourtant je suis là, je remplis les pages de ce livre comme si cela allait les faire revenir tous. Chaque détail est une blessure, mais ce sont des blessures que je me sens forcé de rouvrir, d'examiner, au moins pour trouver un sens à tout cela. Et un jour, le petit Eoin aura besoin de savoir ce qui s'est passé.

J'avais l'intention de me battre. J'ai commencé le lundi de Pâques un fusil à la main, puis je l'ai posé pour ne jamais le reprendre. Depuis le moment où nous avons pris d'assaut la Poste centrale, je me suis retrouvé dans le sang jusqu'aux coudes, dans la panique du poste de secours improvisé. Il n'y avait pratiquement aucune organisation mais beaucoup d'excitation, et pendant les premiers jours, tout le monde était un peu perdu. Mais je savais panser les plaies et étancher le sang. Je savais fabriquer une attelle et retirer une balle. Pendant cinq jours, sous les bombardements incessants, c'est ce que j'ai fait.

J'ai vécu ces jours comme dans un rêve, sans jamais me reposer, si fatigué que j'aurais pu dormir debout, la tête oscillant au rythme des tirs d'artillerie. Je n'arrivais pas à croire à ce qui se passait. Declan était euphorique, et Anne a eu les larmes aux yeux quand la canonnière a commencé à tirer dans Sackville Street, comme si le recours à de telles armes consolidait nos rêves de révolution. Elle était sûre que les Anglais nous écoutaient enfin. J'hésitais entre l'orgueil nationaliste et le désespoir, entre mes vieux rêves de soulèvement irlandais et l'anéantissement pur et simple qui nous était infligé. Je savais que c'était futile, mais l'amitié ou la loyauté m'obligeait à participer, même si mon rôle se limitait à veiller à ce que les rebelles – cet assemblage hétérogène d'idéalistes et de fatalistes – aient quelqu'un pour s'occuper de leurs blessés.

Declan avait fait promettre à Anne de rester à l'écart du danger. Elle, Brigid et le petit Eoin étaient terrés dans ma maison de Mountjoy Square lorsque Declan et moi avons rejoint les Volontaires de la milice qui défilaient dans les rues, désireux d'accomplir notre révolution. Le mercredi, Anne a retrouvé Declan à la Poste centrale, elle a donné un coup de pied dans une fenêtre et a grimpé par-dessus les éclats de verre pour l'atteindre. Elle n'avait même pas remarqué le sang qui coulait d'une entaille à sa jambe et à sa main gauche, jusqu'au moment où je l'ai obligée à s'asseoir pour que je m'en occupe. Elle a dit à Declan que s'il devait mourir, elle mourrait avec lui. Il a eu beau se mettre en rage et menacer, elle a fait la sourde oreille et s'est rendue utile en tant que messagère entre la Poste et l'usine Jacob's, puisque personne ne voulait lui donner d'arme. Les femmes étaient bien plus libres de se déplacer sans qu'on les interroge ou qu'on leur tire dessus. Je ne sais à quel moment la chance l'a abandonnée. La dernière fois que *je l'ai vue, c'était vendredi matin, quand le feu longeant les deux côtés d'Abbey Street a rendu inévitable de quitter la Poste centrale.*

J'avais commencé à évacuer les blessés vers l'hôpital de Jervis Street avec une civière empruntée à un ambulancier des premiers secours. Il m'avait aussi remis trois brassards de la Croix-Rouge pour que nous ne soyons pas visés ou arrêtés. Connolly avait la cheville fracturée, mais il ne voulait pas partir. Je l'ai laissé aux mains de Jim Ryan, un étudiant en médecine qui était là depuis mardi. J'ai fait trois fois l'aller-retour avant que la nuit tombe et que les barricades nous empêchent de revenir, avec les deux Volontaires qui m'accompagnaient, des jeunes gens de Cork venus à Dublin pour participer au combat. J'ai dit aux garçons de s'en aller. À pied, tout de suite. La rébellion était finie, et leur famille aurait besoin d'eux. Puis je suis retourné à l'hôpital et j'ai trouvé un coin inoccupé, j'ai roulé ma veste en guise d'oreiller et je me suis écroulé. Une infirmière m'a réveillé, certaine que le bâtiment allait être évacué à cause des flammes qui m'avaient suivi depuis la Poste centrale. Je me suis rendormi, trop épuisé pour m'en soucier. Quand j'ai repris connaissance, l'incendie avait été maîtrisé, et les forces rebelles avaient capitulé.

Quand les soldats anglais sont venus chercher les insurgés, le personnel de l'hôpital leur a dit que j'étais chirurgien et j'ai miraculeusement échappé à la détention. J'ai passé le reste de la journée à m'occuper des mourants et des morts dans Moore Street, où quarante hommes avaient tenté de s'assurer une ligne de retraite pour sortir de la Poste en flammes. Les forces de Sa Majesté avaient tiré dans le tas, sans distinction entre rebelles et civils. Des femmes, des enfants et des vieillards avaient été pris dans la fusillade, et leur visage était couvert de suie. Des mouches volaient autour de leur tête, parfois défigurée par l'incendie. Au plus profond de mon cœur, je ne pouvais m'empêcher de me sentir en partie responsable. Combattre pour la liberté, c'est une chose ; condamner des innocents à mourir dans votre guerre, c'en est une autre.

C'est là que j'ai trouvé Declan.

J'ai prononcé son nom, j'ai passé les mains sur ses joues noircies, et il a ouvert les yeux en entendant ma voix. Transporté de joie, j'ai cru une minute que je pourrais le sauver.

— Tu veilleras sur Eoin, n'est-ce pas, Thomas ? Tu prendras soin de lui et de ma mère. Et d'Anne. Prends bien soin d'Anne.

— Où est-elle, Declan ? Où est Anne ?

Mais ses yeux se sont fermés, et il a exhalé un râle. Je l'ai soulevé par-dessus mon épaule, et j'ai couru chercher de l'aide. Il était mort. Je le savais, mais je l'ai porté jusqu'à l'hôpital de Jervis Street, j'ai exigé un endroit où le poser. J'ai lavé le sang et la terre qu'il avait sur la peau et dans les cheveux, j'ai réajusté ses vêtements. J'ai pansé ses plaies, qui ne guériraient jamais, puis je suis reparti avec lui dans les rues : j'ai remonté Jervis Street, traversé Parnell Street puis Gardiner Row, pour déboucher dans Mountjoy Square. Personne ne m'a arrêté. En plein centre-ville, je portais un mort sur mes épaules, mais les gens étaient encore sous le choc des bombardements et ils détournaient les yeux.

Je pense que la mère de Declan, Brigid, ne s'en remettra jamais. Elle est la seule personne qui aimait peut-être Declan plus qu'Anne. Je ramène son corps chez lui, à Dromahair. Brigid veut qu'il soit enterré à Ballinagar, à côté de son père. Puis je repartirai chercher Anne à Dublin. Dieu me pardonne de l'y avoir laissée.

T. S.

2

L'île du lac d'Innisfree

Il est temps de partir, car nuit et jour sans cesse,
J'entends les eaux du lac qui lapent le rivage ;
Arrêté sur la route ou sur les trottoirs gris,
Je les entends au plus profond du cœur.
W. B. Yeats

J'AI PRIS UN AVION pour Dublin, l'urne contenant les cendres d'Eoin dissimulée dans ma valise. J'ignorais si le droit international – ou le droit irlandais – autorisait à transporter les morts, et j'ai décidé que je ne voulais pas le savoir. À l'arrivée, ma valise m'attendait sur le tapis roulant, j'ai bien vérifié que l'urne introduite illégalement n'avait pas été confisquée, puis j'ai loué une voiture pour partir vers Sligo, au nord-ouest, où je devais rester quelques jours, le temps d'explorer Dromahair. Je ne m'étais pas vraiment préparée à rouler du mauvais côté de la route, et j'ai passé l'essentiel des trois heures de trajet Dublin-Sligo à me tromper de voie en hurlant de terreur, sans pouvoir profiter du paysage de peur de manquer un panneau ou de percuter une voiture arrivant dans l'autre sens.

À Manhattan, je conduisais rarement ; là-bas, il n'y a aucune raison de posséder une voiture. Mais Eoin avait insisté pour que je passe mon permis. Il disait que la liberté consistait à pouvoir aller partout où votre cœur vous appelait ; par la suite, nous avions pris l'habitude d'explorer la côte est en vacances ou pour de petites aventures. L'été de mes seize ans, nous avons passé le mois de juillet à parcourir les États-Unis d'un bout à l'autre, en partant de Brooklyn pour terminer à Los Angeles. C'est là que j'ai appris à conduire, sur de longs rubans d'autoroute reliant de petites villes que je ne reverrais plus jamais. À travers les espaces vallonnés, les falaises rouges de l'Ouest, à travers les immenses étendues, avec Eoin à côté de moi.

Tout en roulant, j'ai appris par cœur « Baile et Aillinn » de Yeats, un poème narratif rempli de légendes et de passion, de mort et de traîtrise, et d'amour qui transcende la vie. Eoin tenait son vieux volume corné, il m'écoutait trébucher sur les vers, il me corrigeait avec douceur, m'aidait à prononcer les noms gaéliques des vieilles légendes jusqu'à ce que je sois capable de déclamer chaque strophe comme si j'avais vécu cette histoire. Je vouais un culte à Yeats, ce poète obsédé par l'actrice Maud Gonne, qui lui avait préféré un révolutionnaire. Eoin me laissait parler de choses que je croyais comprendre mais que je fantasmais seulement, la philosophie, la politique, le nationalisme irlandais. Un jour, lui ai-je déclaré, j'écrirais un roman situé en Irlande pendant l'Insurrection de 1916.

— Les tragédies, c'est formidable à raconter, mais j'aimerais mieux que ton histoire – celle que tu vis, pas celles que tu écris – soit remplie de joie. Évite de te complaire dans la tragédie, Annie. Chante plutôt l'amour. Et quand tu l'auras trouvé, ne le laisse pas échapper. En fin de compte, c'est la seule chose que tu ne regretteras pas, avait dit Eoin.

Je ne m'intéressais pas à l'amour autrement que dans les pages des livres. J'ai passé l'année suivante à harceler Eoin pour qu'il m'emmène en Irlande, à Dromahair, la petite ville où il était né. Je voulais assister au Festival Yeats à Sligo (Eoin disait que ce n'était pas loin de Dromahair) et perfectionner mon gaélique. Eoin avait voulu que j'apprenne cette langue, qui était la nôtre, celle de notre vie ensemble.

Eoin ne s'était pas laissé convaincre. Cela avait été l'occasion d'une de nos rares disputes. Pendant deux mois, j'avais parlé avec un mauvais accent irlandais pour le torturer.

— Tu y mets trop d'efforts, Annie. Si tu dois réfléchir à la manière dont ta langue se déplace dans ta bouche, ça ne sonne pas naturel, m'expliquait-il en tressaillant.

Je redoublais d'ardeur. Mon idée fixe me rendait impitoyable. Je voulais aller en Irlande. J'ai même contacté une agence de voyages pour m'aider. Puis j'ai soumis à Eoin tout le projet, avec les dates et les catégories de prix.

— Nous n'allons pas en Irlande, Annie. Ce n'est pas le moment. Pas encore, a-t-il dit, le menton opiniâtre, en repoussant mes brochures touristiques et mes itinéraires.

— Ce sera quand, le moment ?

— Quand tu seras grande.

— Quoi ? Mais je suis déjà grande, ai-je affirmé, toujours avec mon accent atroce.

— Ah, tu vois ? Là, c'était parfait. Naturel. Personne ne se douterait que tu es américaine, a-t-il observé pour tenter de détourner mon attention.

— Eoin. S'il te plaît. Je ressens l'appel de l'Irlande.

Cet aveu avait quelque chose de théâtral, mais ma fascination était sincère. C'était comme un appel. J'en rêvais la nuit. Je désirais ce voyage.

— Je te crois, Annie. Je le crois volontiers. Mais nous ne pouvons pas encore y retourner. Et si on n'en revenait plus jamais ?

Cette pensée m'a prise au dépourvu.

— Eh bien alors, on restera là-bas ! L'Irlande a besoin de médecins. Pourquoi pas ? Je pourrais aller à l'université de Dublin !

— Notre vie est ici, pour le moment. L'heure viendra. Mais pas tout de suite, Annie.

— Alors, allons-y juste pour un séjour. Rien qu'un voyage, Eoin. Et quand ce sera fini, même si j'adore l'Irlande et que j'ai envie d'y rester, nous reviendrons ici.

Je me trouvais très raisonnable, et son refus inflexible me troublait.

— L'Irlande est dangereuse, Annie ! Nous n'irons pas. Jésus, Marie, Joseph ! Arrête ça, fillette.

Il avait perdu patience. Il avait le bout des oreilles rouge, ses yeux lançaient des éclairs. Sa colère était pire qu'une gifle. J'ai couru jusqu'à ma chambre et j'ai claqué la porte, en larmes, en colère, avec l'idée puérile de m'enfuir.

Il n'a pourtant jamais cédé, et je n'étais pas une enfant rebelle ; il ne m'avait jamais rien opposé contre quoi me révolter. Il ne voulait pas aller en Irlande – il ne voulait pas que moi, j'aille en Irlande – et par respect pour lui, j'ai fini par renoncer. Si ses souvenirs de l'Irlande le faisaient tant souffrir, comment aurais-je pu exiger qu'il y retourne ? J'ai jeté les brochures, renoncé à mon accent irlandais, et je lisais Yeats uniquement quand j'étais seule. Nous avons continué les leçons de gaélique, mais cette langue n'évoquait pas pour moi l'Irlande. Elle me faisait penser à Eoin, et Eoin m'avait incitée à poursuivre d'autres rêves.

J'ai commencé à rédiger mes propres histoires. À fabriquer mes propres récits. J'ai écrit un roman situé à Salem à l'époque des procès de sorcières – un livre pour enfants, que j'ai vendu à un éditeur quand j'avais dix-huit ans – et Eoin a passé deux semaines avec moi à Salem, dans le Massachusetts, pour y faire toutes les recherches que je souhaitais. J'ai écrit un roman sur la Révolution française vue par les yeux d'une jeune dame de compagnie de Marie-Antoinette. Eoin a bien voulu modifier son emploi du temps, déplacer les rendez-vous de ses patients et m'emmener en France. Nous sommes allés en Australie afin que je puisse écrire une histoire sur les bagnards anglais qu'on y envoyait. Nous sommes allés en Italie, à Rome, pour que je puisse raconter la carrière d'un jeune soldat pendant la chute de l'Empire romain. Nous sommes allés au Japon, aux Philippines, en Alaska, toujours pour me documenter.

Mais nous ne sommes jamais allés en Irlande.

J'ai fait des dizaines de voyages toute seule. Ces dix dernières années, je me suis laissé absorber par mon travail, j'enchaînais les romans, je me promenais d'un bout à l'autre de la planète pour mes recherches. J'aurais pu aller seule en Irlande. Mais je ne l'ai pas fait. Cela ne semblait jamais être le bon moment, et il y avait toujours d'autres histoires à écrire. J'avais attendu Eoin, et maintenant Eoin n'était plus. Eoin était mort, et je me trouvais enfin en Irlande, à rouler du mauvais côté de la route, avec le fantôme de mon grand-père dans ma tête et ses cendres dans le coffre.

La colère que j'avais ressentie à seize ans – la confusion éprouvée face à un refus que je jugeais injuste – a resurgi dans ma poitrine.

— Merde, Eoin, tu devrais être ici avec moi !

J'ai frappé le volant à coups de poing, les yeux pleins de larmes, et j'ai bien failli emboutir un camion qui n'a eu que le temps de faire une embardée en klaxonnant.

Je suis arrivée au Great Southern Hotel de Sligo au coucher du soleil. C'était un majestueux établissement aux murs jaune pâle, construit quelques années après la guerre civile. Je me suis garée sur le parking bondé et j'ai récité un « Je vous salue, Marie » pour la première fois depuis des années, heureuse d'être en vie. Je suis entrée dans l'hôtel chargée de sacs et, quand j'ai obtenu ma clef, j'ai gravi un escalier qui me rappelait des images du *Titanic*, étrange symbole de la sensation de naufrage contre laquelle je luttais depuis que j'avais quitté New York.

Je me suis effondrée sur un grand lit entouré de meubles massifs et de murs tapissés de différentes nuances de violet, et je me suis endormie sans même enlever mes chaussures. Après douze heures de sommeil, je me suis traînée, désorientée et affamée, jusqu'à la salle de bains pour me recroqueviller dans une baignoire ridiculement étroite. Frissonnante, j'ai essayé de comprendre comment fonctionnaient les robinets. Tout était si différent qu'il fallait un moment pour s'adapter, et en même temps si semblable que je m'impatientais de rencontrer autant de difficultés.

Une heure plus tard, lavée, séchée et habillée, j'ai pris mes clefs et j'ai descendu l'escalier ouvragé pour me rendre dans la salle à manger.

Je me suis promenée dans les rues de Sligo avec un émerveillement tragique : la petite fille en moi restait bouche bée devant les moindres choses, la femme endeuillée souffrait d'être enfin dans ce pays sans Eoin. En passant par Wolfe Tone Street, puis Temple Street, je me suis retrouvée au pied du clocher de l'énorme cathédrale de Sligo, la tête renversée en arrière, à attendre que l'heure sonne. Le visage de William Butler Yeats – avec des cheveux blancs et des lunettes – était peint sur un mur, à côté d'une inscription affirmant que nous étions dans le « pays de Yeats ». Sur cette peinture, il avait un faux air de Steve Martin, ce qui m'a paru de mauvais goût. Yeats méritait mieux qu'une fresque minable. En manière de protestation, j'ai longé le musée Yeats sans m'extasier.

La ville dominait la mer et, ici et là, j'apercevais le littoral luisant, révélé par la marée basse. J'avais marché trop longtemps, sans faire attention où j'allais, dévorant tout ce que j'avais sous les yeux. Je me suis jetée dans un magasin de bonbons, car j'avais besoin de sucre ainsi que d'indications pour retrouver l'hôtel et pour aller à Dromahair si je voulais tenter un nouvel après-midi au volant.

Le marchand de bonbons était un sexagénaire chaleureux qui m'a convaincue d'acheter des caramels au chocolat et à la réglisse amère. Il m'a posé des questions sur mon séjour à Sligo, car mon accent américain m'avait trahie. Quand j'ai parlé de Dromahair et de mes ancêtres, il a hoché la tête.

— Ce n'est pas loin. Une vingtaine de minutes. Vous devrez prendre la route qui contourne le lac, et rester sur la 286 jusqu'au panneau indiquant Dromahair. La campagne est belle, et vous passerez devant le château de Parke, qui mérite une visite.

— Le lac, c'est le Lough Gill ? ai-je demandé en me rattrapant à temps pour prononcer le mot correctement (*lough* en irlandais se prononce comme *loch* en écossais).
— Exactement.

J'avais des palpitations, et j'ai tâché d'oublier le lac, car je n'étais pas encore tout à fait prête à penser aux cendres et aux adieux.

Il m'a montré le chemin de l'hôtel, en me conseillant de me repérer grâce au clocher de la cathédrale si jamais je me perdais. Tout en préparant ma facture, il m'a posé des questions sur ma famille.

— Gallagher, vous dites ? Il y a une Gallagher qui s'est noyée dans le Lough Gill, oh… ça remonte bien à un siècle. Ma grand-mère m'a raconté cette histoire. On n'a jamais retrouvé le corps, mais les soirs de pleine lune, les gens disent qu'on la voit marcher sur l'eau. C'est notre Dame du Lac à nous. Je pense que Yeats a écrit un poème sur elle. Il a même écrit sur Dromahair, vous imaginez ?

— « *C'est à Dromahair qu'il se mêlait à la foule ; le cœur suspendu à une robe de soie, et du moins avait-il goûté quelque tendresse, avant d'être enlacé par la terre et la pierre.* »

La citation m'est immédiatement venue avec cet accent irlandais que j'avais perfectionné durant mon adolescence. Je ne connaissais pas le poème sur le fantôme de la noyée, ça ne me rappelait rien du tout, mais je connaissais celui qui parlait de Dromahair, village cher à Eoin.

— C'est ça ! Pas mal, fillette. Pas mal du tout.

J'ai souri et l'ai remercié, en glissant dans ma bouche un morceau de chocolat alors que je repartais vers mon hôtel.

Le marchand de bonbons avait raison. Une jolie route menait à Dromahair. J'ai fait le trajet les mains crispées sur le volant, prenant les virages lentement pour ma propre sécurité et pour celle des automobilistes irlandais qui ne se doutaient de rien. Parfois, la verdure poussait si dru de part et d'autre de la chaussée que je me sentais oppressée par cette voûte de feuillage qui menaçait de tout engloutir. Puis le paysage s'est dégagé et le lac scintillant est apparu pour saluer mon retour au pays.

J'ai garé la voiture sur une aire de repos et, afin de mieux profiter du panorama, ai grimpé sur le muret de pierre qui séparait la route du lac en contrebas. D'après la carte, je savais que le Lough Gill était long, puisqu'il s'étirait de Sligo jusqu'au comté de Leitrim, mais de là où je me trouvais, surplombant sa rive est, le lac offrait un aspect intime et protégé, parmi les champs carrés bordés de pierre qui occupaient ses abords et les collines. Ici et là, une ferme parsemait les hauteurs, mais la vue ne devait pas être bien différente de ce qu'elle était un siècle auparavant. J'aurais pu aisément descendre la longue pente herbeuse pour m'approcher de l'eau, même si la distance était peut-être plus grande qu'elle n'en avait l'air. J'ai hésité, car j'aurais pu emporter l'urne avec moi et me débarrasser de cette tâche que je redoutais. Une partie de moi n'aspirait qu'à tremper les orteils dans cette tranquille eau bleue pour dire à Eoin que j'avais découvert sa contrée natale. J'ai résisté à l'appel du lac, sans savoir si le terrain menant aux berges du Lough Gill était marécageux, sous l'herbe qui s'étendait devant moi. Rester embourbée jusqu'aux cuisses avec l'urne d'Eoin ne faisait pas partie de mon programme.

Dix minutes plus tard, je traversais la petite rue principale de Dromahair, à la recherche de signes et de symboles. Je ne savais pas trop par où commencer. Je n'allais pas me mettre à frapper aux portes pour poser des questions sur des gens morts depuis si longtemps. Parmi les tombes entourant l'église, j'ai déchiffré les noms et les dates, les caveaux signalant une famille, les fleurs signalant l'amour.

Comme il n'y avait pas de Gallagher dans le petit cimetière, j'ai repris le volant et ai continué dans la grand-rue en suivant le panneau « Bibliothèque », l'endroit idéal si je voulais faire des recherches.

Ce n'était qu'une petite maison, quatre murs de pierre rugueuse, un toit d'ardoises et deux fenêtres sombres. L'intérieur était moins spacieux que mon bureau à Manhattan. Et chacun sait que les appartements newyorkais ne sont pas grands, même lorsqu'ils coûtent deux millions de dollars. Une femme, qui pouvait avoir quelques années de plus que moi, était penchée au-dessus d'un roman, tandis que les livres à ranger s'entassaient sur son bureau. Elle s'est redressée, m'a adressé un sourire, encore perdue dans sa lecture, et je lui ai tendu la main.

— Bonjour. Je sais que c'est bizarre, mais j'ai pensé que la bibliothèque était peut-être un bon point de départ. Mon grand-père est né ici en 1915. Il disait que son père était fermier. Mon grand-père est parti pour l'Amérique au début des années 1930 et il n'est jamais revenu. Je voulais savoir... d'où il venait et peut-être où ses parents sont enterrés.

— Quel était son nom de famille ?

— Gallagher.

J'espérais que je n'aurais pas à nouveau droit à l'histoire de la noyée.

— C'est un nom assez courant. Ma mère s'appelait Gallagher. Mais elle est de Donegal.

La bibliothécaire s'est levée et a contourné les piles de livres. Elle s'est arrêtée devant une étagère pour redresser une série de volumes.

— Nous avons toute une collection d'ouvrages écrits par une nommée Gallagher. Ils ont été écrits au début des années 1920, mais réédités récemment et offerts à la bibliothèque au printemps dernier. Je les ai tous lus. Charmants, vraiment. Tous. Elle était en avance sur son temps.

J'ai hoché la tête en souriant. Je n'étais pas vraiment à la recherche de livres d'une homonyme portant un nom courant, mais je ne voulais pas sembler impolie.

— Quel townland ? a demandé la bibliothécaire avec intérêt.

Je l'ai regardée sans comprendre.

— Townland ?

— Le pays est divisé en townlands, et chacun porte un nom. Il y en a environ mille cinq cents dans le comté de Leitrim. Vous dites que votre arrière-grand-père était fermier. Dans l'Irlande rurale, tout le monde était fermier, ma belle, a-t-elle expliqué avec un sourire triste.

J'ai pensé au village que je venais de traverser, si petit qu'il faisait pitié, ce groupe de maisons bordant la minuscule grand-rue.

— Je ne sais pas. Il n'y aurait pas un cimetière ? Je pensais visiter un peu. Le comté n'est pas bien grand, je crois ?

C'est alors la bibliothécaire qui m'a regardée sans comprendre.

— Il y a des cimetières dans tous les townlands. Si vous ne connaissez pas le townland, vous ne trouverez jamais la tombe. Et la plupart des tombes anciennes n'ont pas de pierre. Cela coûtait cher, et personne n'avait d'argent. On mettait juste une croix. La famille sait qui est enterré où.

— Mais… Je suis de la famille, et je n'en ai aucune idée.

Je bafouillais, curieusement émue. Je succombais au jetlag, j'étais hantée par les expériences de mort imminente et j'avais l'impression de chercher une aiguille dans une botte de foin. La bibliothécaire s'est alarmée de ma détresse.

— Je vais appeler Maeve. Elle a été secrétaire de la paroisse à Killanummery pendant près de cinquante ans. Il y a peut-être des archives que vous pourriez consulter. Si quelqu'un sait quelque chose, c'est Maeve.

Elle a décroché son téléphone pour composer un numéro qu'elle connaissait par cœur, ses yeux allant et venant entre la masse de livres sur son bureau et moi.

— Maeve, c'est Deirdre, à la bibliothèque. Le livre que tu attendais est arrivé. Non, pas celui-là. Celui sur le voyou milliardaire. (Il y a eu un silence pendant lequel Deirdre hochait la tête.) Exact, je l'ai feuilleté. Ça va te plaire. (À nouveau, elle m'a regardée, puis a détourné les yeux, embarrassée.) Maeve, j'ai devant moi une jeune femme qui arrive d'Amérique. Elle dit que sa famille est du coin. Je me demandais s'il y avait des archives de la paroisse qu'elle aurait pu consulter. Elle veut savoir où ils sont enterrés.

Elle a encore hoché la tête, avec tristesse cette fois, et j'ai deviné que Maeve lui répondait ce qu'elle savait déjà.

— Vous pourriez aller à Ballinamore, a dit Deirdre en éloignant sa bouche du combiné, comme si Maeve lui avait donné l'ordre de me transmettre immédiatement l'information. Il y a un centre généalogique, là-bas, et ils pourront peut-être vous aider. Vous êtes à l'hôtel à Sligo ?

J'ai acquiescé, surprise.

— Il n'y a pas tellement d'autres endroits où loger dans les parages, sauf si vous avez loué une chambre au manoir près du lac, mais la plupart des gens ne savent même pas qu'il existe. Ils ne font pas de publicité, a expliqué Deirdre.

J'ai secoué la tête : moi non plus je n'étais pas au courant, et Deirdre en a fait part à Maeve.

— Le nom de famille, c'est Gallagher. (Elle a écouté un moment.) Je vais lui dire.

Là encore, elle a éloigné le combiné de sa bouche.

— Maeve propose que vous lui apportiez le livre sur le milliardaire et que vous preniez le thé avec elle. Elle dit que vous pourrez lui parler de votre famille, et qu'elle aura peut-être une idée. Elle est aussi vieille que les montagnes, a murmuré Deirdre en plaquant sa main sur le combiné pour que Maeve n'entende pas. Mais elle se souvient de tout.

***

La femme a ouvert la porte avant que j'aie le temps de frapper. Elle avait les cheveux si fins et si vaporeux qu'ils formaient comme un nuage gris autour de sa tête. Ses yeux bleus étaient cachés par les verres épais de ses lunettes à monture noire, plus larges que mon visage. Elle m'a dévisagée en pinçant ses lèvres peintes en rose fuchsia.

— Maeve ? (Je me suis rendu compte tout à coup que je connaissais seulement son prénom.) Je suis désolée, Deirdre ne m'a pas indiqué votre nom de famille. Je peux vous appeler Maeve ?

— Je te connais.

Son front, qui était déjà une carte topographique tout en creux et en vallées, s'est plissé encore un peu plus.

— Vraiment ?

— Oui.

Je lui ai tendu la main.

— C'est Deirdre qui m'envoie.

Elle ne m'a pas serré la main, mais a reculé d'un pas et m'a fait signe d'entrer.

— Comment tu t'appelles, fillette ? Je connais ta figure, mais je ne me rappelle pas ton nom.

Elle a pivoté sur ses talons et s'attendait manifestement à ce que je la suive. J'ai refermé la porte derrière moi, et j'ai été assaillie par une odeur d'humidité, de poussière et d'urine de chat.

—Je m'appelle Anne Gallagher. Je suis à la recherche de mes racines, en quelque sorte. Mon grand-père est né ici, à Dromahair. J'aimerais beaucoup découvrir où ses parents sont enterrés.

Maeve se dirigeait vers une petite table où était disposé un service à thé, entre deux grandes fenêtres donnant sur un jardin envahi par les mauvaises herbes, mais en entendant mon nom, elle s'est tout à coup arrêtée comme si elle avait entièrement oublié ce qu'elle voulait faire.

— Eoin, a-t-elle dit.

— Oui ! Eoin Gallagher était mon grand-père.

Mon cœur s'est mis à galoper. Pendant quelques instants, elle n'a plus bougé, sa petite silhouette encadrée par la lumière de l'après-midi, pétrifiée dans les souvenirs ou dans l'oubli, je ne savais pas trop. J'ai attendu qu'elle me lance un ordre ou une invitation, dans l'espoir qu'elle n'oublierait pas qu'elle avait accueilli une inconnue dans sa maison. Je me suis éclairci la gorge.

— Maeve ?

— Elle a dit que tu viendrais.

— Deirdre ? Oui. Elle vous envoie aussi votre livre.

J'ai tiré l'ouvrage de mon sac et j'ai encore fait quelques pas.

— Pas Deirdre, petite sotte. Anne. C'est Anne qui a dit que tu viendrais. J'ai besoin de thé. Allons prendre le thé, a-t-elle marmonné en reprenant vie.

Elle s'est assise à la table et m'a contemplée comme si elle attendait quelque chose de moi. J'ai cherché un moyen de m'échapper. Tout à coup, j'avais l'impression d'être prisonnière d'un roman de Dickens, condamnée à prendre le thé avec une vieille folle. Je n'avais aucune envie de manger du gâteau rassis ni de boire de l'Earl Grey dans des tasses pleines de poussière.

— Oh, c'est très aimable à vous.

J'ai placé sur la console la plus proche le livre qui contait l'histoire du voyou milliardaire.

— Eoin n'est jamais revenu à Dromahair. C'est rare qu'ils reviennent. Il y a même un nom pour ça, tu sais. Ça s'appelle un au revoir irlandais. Mais toi, tu es là, a dit Maeve en continuant à me dévisager.

Je n'ai pas pu résister à la magie du nom d'Eoin. J'ai posé mon sac à côté de la chaise face à Maeve et me suis assise. Je me suis efforcée de ne pas regarder de trop près l'assiette de biscuits ni les assiettes et les tasses à motifs floraux. Ce que je ne savais pas ne me ferait pas de mal.

— Tu fais le service ? a-t-elle demandé, très cérémonieuse.

— Oui. Avec plaisir, ai-je bafouillé.

Jamais je ne m'étais sentie plus mal à l'aise à l'idée d'être américaine. J'ai mobilisé toutes les ressources de mon esprit pour me rappeler les détails de l'étiquette, et par quoi il fallait commencer.

— Fort ou léger ?
— Fort.

D'une main tremblante, j'ai tenu la petite passoire au-dessus de sa tasse et l'ai remplie aux trois quarts. Eoin avait toujours été buveur de thé. Je savais servir le thé.

— Sucre, citron ou lait ?

Elle a reniflé.

— Nature.

Je me suis mordu la lèvre pour dissimuler ma gratitude, et j'ai versé un peu de thé dans ma tasse. J'aurais préféré du vin.

Maeve a porté la tasse à ses lèvres et a bu sans s'y intéresser. Je l'ai imitée.

— Vous avez bien connu Eoin ? ai-je demandé quand nous avons toutes deux reposé nos soucoupes.

— Non, pas vraiment. Il était beaucoup plus jeune que moi. Et c'était un petit chenapan.

Eoin était plus jeune que Maeve ? Eoin était mort peu avant ses quatre-vingt-six ans. J'ai tenté de calculer ce que « beaucoup plus jeune » pouvait vouloir dire.

— J'ai quatre-vingt-douze ans, a déclaré Maeve. Ma mère a vécu jusqu'à cent trois ans. Ma grand-mère est morte à quatre-vingt-dix-huit ans. Mon arrière-grand-mère était si âgée que personne ne savait exactement quel âge elle avait. On a été contents de la voir partir, la vieille.

J'ai caché mon ricanement derrière une toux polie.

— Montre-toi un peu, a-t-elle ordonné.

Docile, j'ai levé les yeux vers elle.

— Je ne peux pas le croire. Tu lui ressembles tellement !

— À la mère d'Eoin ?

— À Anne. C'est invraisemblable.

— J'ai vu des photos. La ressemblance est frappante. Mais je suis surprise que vous vous en souveniez. Vous deviez être une petite fille quand elle est morte.

— Non, a-t-elle fait en secouant la tête. Oh non. Je l'ai bien connue.

— On m'a dit que Declan et Anne Gallagher étaient morts en 1916. Eoin a été élevé par sa grand-mère, Brigid, la mère de Declan.

— Noooon, a-t-elle protesté en faisant durer le mot tout en secouant la tête. Anne est revenue. Pas tout de suite, bien sûr. Je me rappelle que ça a fait jaser quand on l'a revue. Il y avait des rumeurs... on se demandait où elle était passée. Mais elle est revenue.

Sous le choc, j'ai regardé fixement la vieille femme.

— Mon... Mon grand-père ne me l'avait pas dit.

Elle a réfléchi tout en buvant son thé, les yeux baissés, et j'ai avalé le mien, le cœur remué par un sentiment de trahison.

— Peut-être que je m'embrouille, a-t-elle concédé doucement. Ne te laisse pas perturber par une vieille femme qui perd la boule.

— C'était il y a longtemps, ai-je suggéré.

— Oui, et la mémoire est une drôle de chose. Elle nous joue des tours.

J'ai acquiescé, soulagée de la voir revenir aussi aisément sur son affirmation. Elle avait d'abord paru si certaine, et son assurance avait entièrement sapé la mienne.

— Ils sont enterrés à Ballinagar. Ça, j'en suis sûre.

Je me suis empressée de tirer de mon sac mon petit carnet et un crayon.

— Comment peut-on y aller ?

— Alors, à pied, ça fait un bout de chemin. En voiture, ça va vite. Dix minutes, peut-être moins. Après la grand-rue, il faut partir vers le sud... par là, tu vois ? (Elle désigna la porte d'entrée de sa maison.) Une fois sorti du village, il faut continuer sur trois kilomètres. À l'embranchement, tu prends à droite et tu roules encore... oh, un demi-kilomètre environ. Ensuite à gauche. Un petit peu plus loin, il y a l'église St Mary, qui sera sur la gauche. Le cimetière est là, derrière.

J'avais cessé d'écrire après le virage à droite.

— Ces rues-là n'ont pas de noms ?

— Ce ne sont pas des rues, ma chérie. Ce sont des routes. Et les gens d'ici les connaissent, simplement. Si tu te perds, arrête-toi et demande à quelqu'un. Tout le monde sait où est l'église. Et tu peux toujours prier. Dieu entend toujours nos prières quand on a besoin d'une église.

15 mai 1916

Le trajet jusqu'à Dromahair avec le corps de Declan enveloppé dans son linceul et attaché au marchepied de la voiture fut le plus long de ma vie. Brigid n'a pas décroché un mot, et le bébé était inconsolable, comme s'il sentait la noirceur de notre désespoir. Après les avoir déposés à Garvagh Glebe, je suis allé voir le Père Darby pour l'enterrement. Nous avons inhumé Declan à Ballinagar, à côté de son père. J'ai acheté une pierre qui sera installée une fois l'inscription gravée dessus. Si Anne est morte, comme je le crains, nous l'enterrerons avec Declan, et ils partageront une même pierre. C'est ce qu'ils auraient voulu.

Je suis reparti pour Dublin, mais j'ai eu du mal à rentrer dans la ville. L'armée anglaise avait déclaré la loi martiale, il y avait des barrages sur toutes les routes, avec des soldats et des blindés. J'ai montré mes papiers, ma trousse de médecin, et ils ont fini par me laisser passer. Les hôpitaux sont pleins de blessés : insurgés, militaires et civils. Surtout civils. Le besoin est tel qu'ils m'ont laissé passer alors que les autres étaient refoulés.

J'ai visité les dépôts et les morgues des hôpitaux, ceux de Jervis Street, Mater Misericordiae, Sir Patrick Dun's, et même l'hospice des femmes où j'avais entendu dire que les rebelles s'étaient réunis sur la pelouse après leur capitulation. Un hôpital de campagne avait été établi temporairement dans Merrion Square, et j'y suis allé aussi, mais il ne restait que les habitants du quartier. On m'a dit que les blessés et les morts avaient été emmenés, mais personne ne savait où. À cause des rumeurs de charniers de cadavres anonymes, dans les cimetières de Glasnevin et de Deansgrange, j'ai harcelé et supplié des fossoyeurs pour qu'ils m'indiquent des noms dont ils ne disposaient pas. J'arrivais trop tard, disaient-ils, ajoutant que les listes des morts seraient compilées et finalement publiées dans l'Irish Times, mais personne ne savait quand.

J'ai cherché dans les rues, j'ai parcouru les murs dévastés de bâtiments jadis somptueux dans Sackville Street, j'ai foulé des étendues infinies de cendres encore assez chaudes par endroits pour faire fondre mes semelles. Dans Moore Street, où j'avais trouvé Declan, les gens entraient et sortaient de taudis en ruines. L'une des maisons s'était effondrée sur elle-même, et les enfants écumaient les débris, en quête de petit bois et d'objets à revendre. Puis j'ai repéré le châle d'Anne, d'un vert vif assorti à ses yeux. La dernière fois que je l'avais vue, elle le portait serré autour de ses épaules, glissé dans sa jupe pour ne pas être gênée. À présent, une jeune fille s'en était emparée, et il flottait au vent comme les drapeaux tricolores que nous avions plantés en conquérants triomphants, au sommet de la Poste centrale. Ces drapeaux avaient disparu, anéantis. Exactement comme Declan et Anne.

Hébété de peur et de fatigue, j'ai couru jusqu'à cette jeune fille et j'ai exigé qu'elle me conduise là où elle avait trouvé le châle. Elle a désigné le tas de gravats à ses pieds. Elle avait le regard vide, des yeux de femme âgée, alors qu'elle ne pouvait avoir plus de quinze ans.

— Il était juste là, enfoui sous les briques. Il y a un petit trou dedans, mais je le garde. C'était ma maison. Donc il est à moi, maintenant.

Elle pointait le menton en avant, comme si elle craignait que je ne lui arrache le châle des mains. Je l'aurais peut-être fait. Mais j'ai passé le reste de la journée sur cet amas de pierres et de briques, à fouiller les débris, à chercher le corps d'Anne. Quand le soleil s'est couché, comme j'allais repartir bredouille, la jeune fille a enlevé le châle et me l'a donné.

— J'ai changé d'avis. Vous pouvez l'avoir. C'est peut-être tout ce qui reste de votre dame.

Je n'ai pas pu cacher mes larmes, et elle avait perdu son regard de vieille femme lorsqu'elle s'en est allée.

Demain je retournerai à Dromahair et j'enterrerai le châle à côté de Declan.

T. S.

3

L'enfant volé

> *Donnant la main à une fée,*
> *Marchant vers l'eau, vers l'inconnu,*
> *L'enfant humain vers nous s'en vient*
> *D'un monde plein de pleurs*
> *qu'il ne saurait comprendre.*
> W. B. Yeats

Avec un nœud à l'estomac, l'œil aux aguets, je répétais les indications de Maeve comme on psalmodie un chant grégorien. J'ai réussi à trouver le chemin du cimetière de Ballinagar et de l'église qui montait la garde sur les tombes. Elle se trouvait au milieu de champs abandonnés, avec un presbytère derrière et seulement ces murets de pierre qu'on voit partout en Irlande et une poignée de vaches pour lui tenir compagnie. Je me suis garée sur le parking vide devant l'église et je suis sortie dans ce tiède après-midi de juin – si l'été existe en Irlande, on y était – avec l'impression d'avoir trouvé le Golgotha et de voir Jésus sur la croix. Les larmes aux yeux, les mains tremblantes, j'ai poussé les énormes portes de bois pour pénétrer dans la nef déserte, où les murs et les bancs suintaient le respect et la mémoire. Le haut plafond renvoyait l'écho de mille baptêmes, d'innombrables décès, et d'une pléthore de mariages qui remontaient au-delà des dates des tombes voisines.

J'aimais les églises comme j'aimais les cimetières et les livres. Tous trois étaient des marqueurs d'humanité, de temps, de vie. Dans un édifice religieux, je ne ressentais ni blâme ni culpabilité, ni oppression ni terreur. Je le savais, peu de gens partageaient ce sentiment, que j'éprouvais peut-être à cause d'Eoin. Il avait toujours abordé la religion avec révérence et humour, curieux cocktail qui appréciait le bon et mettait le mauvais à distance. Mon rapport à Dieu était tout aussi serein. J'avais un jour entendu dire que notre conception de Dieu dépend entièrement de ceux qui nous ont parlé de Lui. Notre image de Lui reflète souvent l'image que nous avons d'eux. Eoin m'avait parlé de Dieu, et parce que j'aimais et chérissais Eoin, j'aimais et chérissais Dieu.

À l'école, j'avais étudié la religion catholique, j'avais appris le catéchisme et l'histoire du christianisme, j'avais absorbé tout cela comme j'avais absorbé les autres disciplines, en m'accrochant à ce qui résonnait en moi et en laissant de côté ce qui ne me disait rien. Les sœurs me faisaient remarquer que la religion n'était pas un buffet où je pouvais choisir uniquement les nourritures qui me plaisaient. Je souriais poliment et n'en pensais pas moins. La vie, la religion et le savoir sont exactement cela. Une série de choix. Si j'avais essayé de consommer tout ce qu'on me proposait en une fois, j'aurais trop vite été rassasiée, et tous les goûts se seraient mélangés. Plus rien n'aurait eu de sens en soi.

Quand je me suis assise dans cette vieille église où des générations de mes ancêtres avaient peut-être assisté aux offices, où des prières avaient été dites, où des cœurs avaient été brisés et réparés, tout a pris sens pendant un court moment. La religion prenait sens, au moins pour donner un contexte à la lutte entre la vie et la mort. L'église était un monument à ce qui avait existé, un lien avec le passé qui réconfortait les gens d'aujourd'hui, et qui me réconfortait, moi.

J'ai grimpé la pente derrière l'église, qui menait au cimetière. Il surplombait les clochers et la route sinueuse que je venais d'emprunter. Certaines des pierres étaient penchées ou enfoncées dans le sol ; les plus vieilles étaient couvertes de lichen, si bien que je ne pouvais déchiffrer ni les noms ni les dates. Quelques tombes étaient récentes, bordées de cailloux et couvertes de plaques funéraires. Les tombes neuves, les morts neuves longeaient les contours du cimetière, recréant les cercles concentriques que fait une pierre jetée dans un lac. Ces caveaux-là étaient propres, le marbre en était lisse, les noms faciles à lire. Maeve m'avait prévenue : dans la majeure partie de l'Irlande, les cimetières mélangent l'ancien et le moderne, unis par des relations de famille, même si le lien date d'il y a plusieurs siècles. Au cimetière de Ballinagar, la plupart des tombes, surtout celles qui se trouvaient le plus haut sur la pente, se dressaient dans l'herbe comme des gnomes et des hobbits pétrifiés, jetant vers moi des regards furtifs et m'attirant vers eux.

J'ai découvert ma famille sous un arbre, au bout d'une section plus ancienne. La pierre était un haut rectangle, avec le nom Gallagher gravé à la base. Juste au-dessus figuraient les noms « Declan et Anne ». J'ai ouvert de grands yeux, indiciblement émue, et j'ai touché ces inscriptions. Les années, « 1892-1916 », étaient également visibles, et je me suis sentie soulagée que Maeve se soit trompée, après tout. Declan et Anne étaient morts ensemble, comme je le croyais. Je me suis laissée tomber à genoux, euphorique et prise de vertige, et me suis mise à leur parler, à leur raconter la vie d'Eoin et la mienne, en leur expliquant combien je tenais à les trouver.

Quand j'ai eu l'impression d'avoir tout dit, je me suis levée et j'ai à nouveau touché la pierre, en remarquant pour la première fois celles qui se trouvaient de part et d'autre. Une tombe plus petite, qui portait aussi le nom Gallagher, se tenait à gauche. On y déchiffrait les prénoms « Brigid et Peter », mais pas les dates. Peter Gallagher, le père de Declan, était mort avant Declan et Anne, et Brigid était décédée peu après. Eoin ne m'avait jamais parlé d'eux. Ou bien je ne lui avais jamais posé la question. Je savais seulement que sa grand-mère n'était plus de ce monde quand il avait quitté l'Irlande.

J'ai touché aussi les noms de Brigid et de Peter, en remerciant Brigid d'avoir élevé Eoin, d'avoir fait de lui l'homme qui m'avait aimée et qui avait veillé sur moi avec tant de soin. Elle l'avait certainement aimé aussi intensément qu'il m'avait aimée. Il devait bien tenir cela de quelqu'un.

Les nuages s'accumulaient et le vent me fouettait les joues, signe qu'il était temps de partir. En me retournant pour m'en aller, mon regard a été attiré par une pierre tombale située en retrait de celles des Gallagher. À moins que ce ne soit le nom à moitié effacé qui s'étirait à travers la pierre sombre. « SMITH » était inscrit au ras du sol, en partie caché par l'herbe. J'ai hésité, me demandant si cette tombe était celle de Thomas Smith, l'homme sombre en costume trois-pièces, l'homme qu'Eoin avait aimé comme un père.

J'ai senti une goutte de pluie, puis une autre, et le ciel s'est entrouvert avec un grondement, libérant un torrent furieux. J'ai renoncé à toute curiosité et j'ai dévalé la colline, en me faufilant entre les monuments maintenant luisants d'humidité, non sans promettre aux pierres que je reviendrais.

***

Ce soir-là, de retour à mon hôtel à Sligo, j'ai fouillé dans ma valise pour y récupérer le contenu du tiroir qu'Eoin gardait fermé à clef. Sur un coup de tête, j'avais joint l'enveloppe brune à mes affaires – surtout parce que Eoin avait tellement insisté pour que je lise le livre – mais je n'y avais plus vraiment pensé depuis sa mort. Le chagrin et la fatigue m'avaient empêchée de me concentrer et de travailler, je me sentais trop perdue pour faire autre chose que de chercher mes attaches. Mais à présent que j'avais vu la tombe de mes arrière-grands-parents, je voulais me remémorer leur visage.

Combien de temps s'était-il écoulé depuis la dernière fois où quelqu'un avait pensé à eux ? À cette idée, j'ai à nouveau eu le cœur brisé. Je refoulais mes larmes depuis la mort d'Eoin, et l'Irlande n'avait pas soulagé ma douleur. Néanmoins, l'émotion était différente, maintenant. Elle était mêlée de joie et de gratitude, et les larmes qui coulaient sur mes joues n'éveillaient plus du tout les mêmes sensations.

J'ai vidé l'enveloppe sur le petit bureau, comme je l'avais fait un mois auparavant au chevet d'Eoin. Le livre, plus lourd que les autres objets, est tombé en premier. J'ai jeté l'enveloppe sur le côté et elle a atterri lourdement sur le bord de la table. Le bruit m'a intriguée et j'ai vérifié à l'intérieur. Une bague s'était glissée entre deux épaisseurs de papier et était coincée dans le pli. Plongeant la main dans l'enveloppe, j'ai pu en extraire un anneau délicat en filigrane d'or qui s'élargissait autour d'un camée pâle sur fond d'agate. Ce bijou était ancien et beau, association grisante pour tout historien, et je l'ai glissé à mon doigt, ravie qu'il m'aille aussi bien. Hélas, Eoin n'était plus là pour me dire à qui il avait appartenu.

À sa mère, sans doute, aussi ai-je ramassé les vieilles photos pour voir si elle l'avait à la main sur un des clichés. Sur l'un d'eux, Anne cachait ses mains dans les poches de son manteau gris, sur un autre elle serrait le bras de Declan, ailleurs elles étaient hors champ ou invisibles.

Je les ai tous regardés à nouveau, en caressant les visages de mes ancêtres. Je me suis arrêtée sur le portrait d'Eoin, son petit minois malheureux et sa raie au milieu sévère m'ont fait venir les larmes aux yeux. J'avais le cœur gros car je reconnaissais le vieil homme dans l'expression de l'enfant, son menton baissé, ses lèvres boudeuses. Le temps était la seule couleur sur cette image, et je ne pouvais qu'imaginer l'éclat de ses cheveux ou le bleu de ses yeux. J'avais toujours connu mon grand-père avec des cheveux blancs comme neige, mais il affirmait avoir été aussi roux que son père avant lui et que mon père après lui.

J'ai mis à part la photo d'Eoin et j'ai examiné les autres, en m'arrêtant une fois de plus sur celle de Thomas Smith et de ma grand-mère. Elle n'avait pas été prise à la même époque que celle où on les voyait tous les trois ensemble, Anne, Thomas et Declan. Les vêtements et la coiffure d'Anne étaient différents, et Thomas Smith portait un costume plus sombre. Il semblait plus âgé sur celle-là, mais je n'arrivais pas à déterminer pourquoi. Il avait les cheveux noirs, sans chapeau, et la patine du temps estompait les rides. Peut-être cela tenait-il plutôt à sa posture voûtée, ou à son aspect solennel. Le cliché était légèrement surexposé, ce qui faisait disparaître les détails de la robe d'Anne et donnait à sa peau ce côté nacré si courant sur les très vieilles photographies.

Il y avait dans le tas quelques images que je n'avais pas vues. La souffrance d'Eoin m'avait interrompue le soir de sa mort, et je me suis arrêtée sur la photo d'une demeure majestueuse, avec des bouquets d'arbres de chaque côté et un lac scintillant dans le lointain. J'ai étudié le paysage et l'étendue d'eau. Cela ressemblait au Lough Gill. J'aurais dû emporter ces images avec moi à Dromahair. J'aurais pu interroger Maeve au sujet de la maison.

Sur une autre photo, un groupe d'hommes que je ne connaissais pas entourait Thomas et Anne dans une salle de bal très décorée. Declan ne figurait pas sur l'image. Un grand gaillard souriant aux cheveux bruns occupait le centre, un bras passé autour des épaules d'Anne et l'autre autour de Thomas. Anne fixait l'appareil, la stupéfaction imprimée sur son visage.

J'ai reconnu cette expression – c'est celle que j'affichais souvent lors des dédicaces de mes livres. Cette mine signifiait l'inconfort et l'incrédulité : comment pouvait-on avoir envie d'une photo de moi ? J'avais appris à maîtriser mes émotions et à arborer un sourire professionnel, mais je me faisais un devoir de ne jamais regarder les images que mon éditeur m'envoyait de ce genre d'événement. Ce que je ne voyais pas ne pouvait pas me remplir d'insécurité.

J'ai continué à scruter la photo, soudain fascinée par l'homme qui se tenait à côté d'Anne.

— Non, ai-je balbutié. Impossible.

J'étais stupéfaite. L'homme qui avait un bras sur les épaules d'Anne, c'était Michael Collins, le leader du mouvement qui avait conduit au traité avec l'Angleterre. Avant 1922, il existait très peu de portraits de lui. Tout le monde avait entendu parler de Michael Collins et de sa tactique de guérilla, mais seuls ses proches, les hommes et les femmes qui travaillaient à ses côtés savaient quelle tête il avait, ce qui rendait plus difficile son arrestation pour les autorités anglaises. Mais après la signature du traité, lorsqu'il commença à faire campagne pour que les Irlandais acceptent ce texte, son portrait entra dans les annales. J'avais vu ses photographies, celle où il est en train de prononcer un discours, les bras levés avec fougue, et celle où il porte son uniforme de commandant, le jour où les Anglais perdirent le contrôle du château de Dublin, symbole de la présence britannique depuis un siècle.

J'ai contemplé cette image encore un moment, émerveillée, avant de la reposer pour prendre le livre. C'était un journal intime, ancien, à l'écriture nette et penchée, de ces belles cursives que l'on enseignait jadis aux enfants. Je l'ai feuilleté sans le lire, simplement pour consulter les dates. Les notes allaient de 1916 à 1922 et étaient souvent sporadiques, parfois séparées par plusieurs mois, voire des années. L'écriture était la même d'un bout à l'autre. Rien de griffonné, rien de barré ; pas de taches d'encre ni de pages déchirées. Chaque note se terminait par les initiales *T. S.*, rien de plus.

« Thomas Smith ? » ai-je pensé. C'était le seul nom qui coïncidait, mais cela m'étonnait qu'Eoin ait été en possession du journal intime de cet homme. J'ai lu la première page, datée du 2 mai 1916. Mon horreur et ma surprise sont allées croissant quand j'ai découvert ses mots sur l'Insurrection de Pâques et sur la mort de Declan Gallagher. J'ai parcouru plusieurs autres pages et j'ai pris connaissance des efforts de Thomas pour retrouver Anne et pour faire le deuil de ses amis. Un mot rédigé le jour de l'exécution de Seán Mac Diarmada dans la prison de Kilmainham disait simplement :

Seán est mort ce matin. Je pensais qu'il allait être gracié quand les exécutions ont été suspendues pendant plusieurs jours. Mais ils l'ont tué lui aussi. Mon seul réconfort est de savoir qu'il acceptait son sort. Il est mort pour la cause de la liberté irlandaise. C'est ainsi qu'il aurait vu la chose. Mais, très égoïstement, je n'y vois qu'un acte honteux. Il me manquera terriblement.

Il décrivait son retour à Dromahair après ses études de médecine à l'université de Dublin, comment il avait essayé d'ouvrir un cabinet à Sligo et dans le comté de Leitrim.

Les gens sont si pauvres, je n'imagine pas comment je pourrai gagner ma vie de cette manière, mais j'ai amplement de quoi subvenir à mes besoins. C'est ce que je prévois depuis toujours. Et me voilà, roulant d'un bout à l'autre du comté, du nord au sud, vers Sligo à l'est, puis de nouveau vers l'ouest. La moitié du temps, j'ai l'impression d'être un colporteur, et les gens n'ont pas de quoi payer ce que je leur donne. Hier, j'ai fait une visite à Ballinamore et, en guise de paiement, la fille aînée m'a chanté une belle chanson. Une famille de sept personnes dans une chaumière de deux pièces. La plus jeune, une fillette de six ou sept ans, ne pouvait plus quitter son lit depuis plusieurs jours. J'ai découvert qu'elle n'était pas malade. Elle avait faim, assez faim pour ne plus avoir aucune énergie. Toute la famille n'avait que la peau sur les os. J'ai trente acres en friche à Garvagh Glebe et la maison de l'intendant est inhabitée. J'ai dit au père, un nommé O'Toole, que j'avais besoin de quelqu'un pour cultiver ce domaine et que le poste était à lui s'il s'en sentait capable. Ç'a été une proposition impulsive. Je ne m'intéresse pas à l'agriculture, je ne veux pas me charger de la responsabilité de nourrir une famille entière. Mais l'homme s'est mis à pleurer et a demandé s'il pouvait commencer dès le lendemain matin. Je lui ai donné vingt livres et nous nous sommes serré la main. Je leur ai laissé le souper que Brigid m'avait emballé ce matin-là, un repas bien trop copieux pour moi et, avant de partir, j'ai obligé la petite à manger un morceau de pain beurré. Du pain beurré. Des années d'études de médecine, et cette enfant avait simplement besoin de pain beurré. Désormais, dans mes déplacements, j'emporterai des œufs et de la farine en même temps que ma trousse médicale. Je pense qu'ils ont plus besoin de nourriture que d'un docteur. Je ne sais pas trop ce que je ferai la prochaine fois que je trouverai une famille dont les membres meurent de faim dans leur lit.

J'ai cessé de lire un instant, une boule dans la gorge. Puis, en tournant la page, je suis tombée sur un autre triste récit de son expérience à Dromahair.

Une mère semblait vouloir que j'épouse sa fille plutôt que je la soigne. Elle m'a détaillé ses traits fins, ses joues roses et ses yeux brillants, qui étaient autant d'effets d'un cas avancé de tuberculose. La jeune fille n'en a plus pour longtemps à vivre, je le crains. Mais j'ai promis de revenir avec des médicaments pour sa toux. La mère était en extase. Elle doit croire que je reviendrai faire la cour à sa fille.

Thomas évoquait la colère de Brigid Gallagher contre la Fraternité républicaine irlandaise, dont il était encore un membre actif. Brigid attribuait la mort de Declan à la

Fraternité, ainsi qu'à la présence accrue des Black and Tans, la police britannique, dans toute l'Irlande.

J'ai refusé d'en discuter avec elle. Je ne peux pas plus la faire changer d'avis que je ne peux ignorer mon opinion. Je désire encore la liberté et l'émancipation irlandaises, mais je ne vois pas comment nous y parviendrons. Mon sentiment de culpabilité est presque égal à mon aspiration. Tant d'hommes qui ont combattu lors de l'Insurrection, des hommes que je considère comme mes amis, sont internés au camp de Frongoch, au pays de Galles. Et dans mon cœur, je sais que je devrais être avec eux.

Il parlait avec affection d'Eoin :

C'est un rayon de soleil dans ma vie, la lumière qui me guide vers un avenir meilleur. J'ai demandé à Brigid de tenir mon ménage pour que je puisse veiller sur elle et sur le petit garçon. Anne n'avait aucune famille. Nous nous ressemblions sur ce plan-là. Seuls au monde. Elle a une sœur en Amérique. Ses parents et son frère sont morts depuis longtemps. Brigid est toute la famille qui reste à Eoin, mais je serai sa famille, et je veillerai à ce qu'il sache qui étaient ses parents et qui est l'Irlande.

« Il était comme un père pour moi », avait dit Eoin. Je me suis tout à coup sentie pleine de tendresse pour le mélancolique Thomas Smith et j'ai poursuivi ma lecture. Sa note suivante datait de plusieurs mois plus tard. Il parlait des O'Toole, des efforts du nouvel intendant, et de la satisfaction qu'il avait éprouvée en constatant que les enfants avaient pris du poids. Il notait les premiers mots d'Eoin, sa tendance à courir vers lui en balbutiant lorsqu'il rentrait à la maison.

Il commence à m'appeler « Da », comme si j'étais son père. Brigid a été horrifiée quand elle a compris ce qu'il disait et a pleuré bruyamment pendant des jours. J'ai essayé de la convaincre qu'Eoin disait « Doc ». Mais elle a refusé ce réconfort. Désormais, tous les soirs, je donne sa leçon au petit gars. Il articule clairement « Doc », maintenant, et il appelle Brigid « Nana », ce qui lui fait esquisser un sourire.

Juste avant Noël 1916, il évoquait la libération des derniers « combattants irlandais de la liberté », comme il les appelait. Il les avait accompagnés à Dublin et il commentait l'accueil qui leur avait été réservé, le changement survenu parmi la population.

Quand nous avions défilé dans les rues le lendemain de Pâques, avec l'intention de monter une rébellion et d'inciter à l'affrontement, les gens nous huaient, en nous disant d'aller plutôt nous battre contre les Allemands. À présent, ils accueillent les gars en héros et non plus en trublions. J'en suis heureux. Puissent les gens avoir assez évolué pour qu'un véritable changement soit possible. Mick semble de cet avis.

Mick ? Michael Collins était surnommé Mick par ses amis. La photographie que j'avais vue donnait l'impression que Thomas Smith le connaissait bien. Ce journal intime était une mine d'informations, et je me suis étonnée qu'Eoin ne me l'ait pas donné plus tôt. Il savait que j'étais plongée dans des recherches sur les événements que Thomas Smith avait vécus.

Mes yeux se fatiguaient, et mon cœur ne s'était pas encore remis de ma visite à Ballinagar. J'ai voulu poser le livre, et les pages se sont tournées pour révéler la dernière page. Pas de titre, pas d'explication, rien que des vers écrits de la main de Thomas Smith. Ils ressemblaient à ceux d'un poème de Yeats, même si je n'avais jamais vu ce texte nulle part. Je me suis demandé si ce n'était pas le fameux poème sur la femme qui s'était noyée dans le lough, celui dont m'avait parlé le marchand de bonbons. J'ai lu et relu les mots. Les vers étaient si fébriles et si vibrants que je ne pouvais détacher mes yeux de la page.

> *Hors de l'eau je t'ai retirée*
> *Et dans mon lit je t'ai gardée.*
> *Fille perdue, abandonnée*
> *Par un passé qui n'est pas mort.*
>
> *Né de ma suave obsession,*
> *L'amour brisa mon cœur de pierre.*
> *La méfiance devint aveu,*
> *Vœux solennels de sang et d'os.*
> *Mais dans le vent, j'entends des cris.*
> *Le temps t'a trouvée, âme errante.*
> *Il gémit, voudrait t'emporter*
> *Afin qu'avec toi je me noie.*
>
> *Mon amour, reste loin de l'eau,*
> *Loin de la rive ou de la mer.*
> *Tu ne peux pas marcher sur l'eau.*
> *Le lough veut te reprendre à moi.*

J'ai tourné la page et n'ai rencontré que le dos relié du livre. Il n'y avait rien de plus à lire.

« *Le temps t'a trouvée, âme errante.* » Yeats parle d'une âme vagabonde dans son poème « Quand tu seras bien vieille ». Mais malgré sa beauté, ce texte n'était pas de Yeats, j'en étais certaine. Thomas Smith l'avait peut-être trouvé beau, lui aussi, et avait voulu s'en souvenir. Ou bien il en était l'auteur.

J'ai relu le dernier quatrain.

> *Mon amour, reste loin de l'eau,*
> *Loin de la rive ou de la mer.*
> *Tu ne peux pas marcher sur l'eau.*
> *Le lough veut te reprendre à moi.*

Le lendemain matin, je porterais les cendres d'Eoin au Lough Gill. Et le lac le prendrait. J'ai refermé doucement le livre et j'ai éteint la lampe. J'ai placé le deuxième oreiller sur ma poitrine. Je ressentais une solitude que je n'avais encore jamais connue. C'est alors que mes larmes ont coulé, un déluge, et il n'y avait personne pour me tirer de l'eau et me garder dans son lit. Je pleurais mon grand-père, je pleurais un passé qui était mort, et je me sentais abandonnée parce que le vent refusait de m'emporter.

11 juillet 1916

Eoin a eu un an aujourd'hui. C'est un petit garçon souriant, heureux et en bonne santé. Je me surprends à l'observer, absorbé par son innocence parfaite et la pureté de son esprit. Et je m'afflige déjà en pensant au jour où il comprendra ce qu'il a perdu. Les premiers temps après Dublin, il réclamait sa mère en pleurant. Il n'avait pas encore été sevré et il cherchait un réconfort que personne d'autre ne pouvait lui procurer. Mais il ne la réclame plus. Je pense qu'il ne lui restera aucun souvenir d'elle, et cette vérité tragique me pèse.

Après les exécutions de la semaine de Pâques, l'Irlande rurale gronde. Certains ont été épargnés – Eamon de Valera, qui était aux commandes à l'usine Boland – mais d'autres, comme Willie Pearse et John MacBride, pourtant à la périphérie, ont été condamnés à mort. Les exécutions et les incarcérations n'ont pas étouffé la rébellion qui couve dans le pays, elles semblent plutôt l'avoir nourrie, en contribuant au sentiment qu'une injustice supplémentaire a été commise. Elle s'ajoute simplement à la liste que, depuis des siècles, tout Irlandais garde dans un coin de sa tête et transmet à la génération suivante.

Malgré les grondements, les gens sont blessés et ils ont peur. Nous ne sommes pas en position de riposter, pour le moment. Pas encore. Mais un autre jour viendra. Quand Eoin sera un homme, l'Irlande sera libre. Je le lui ai promis, en murmurant ces mots dans son petit duvet de cheveux.

Brigid commence à marmonner qu'elle veut emmener Eoin en Amérique. Je ne l'ai pas découragée et je n'ai pas dit ce que j'en pensais, mais je ne supporterai pas de perdre Eoin à son tour. Il est à moi, désormais. Mon enfant volé. Brigid craint que je me marie, et que je n'aie alors plus besoin d'elle pour tenir mon ménage ou s'occuper de moi. Sur ce point-là, je l'ai souvent rassurée. Elle et Eoin auront toujours une place chez moi. Je ne lui ai pas dit que je vois le visage d'Anne lorsque je ferme les yeux. Je rêve d'Anne, et mon cœur s'agite. Brigid ne comprendrait pas. Je ne suis pas sûr moi-même de comprendre. Je n'étais pas amoureux d'Anne, mais je suis hanté par elle. Si je l'avais retrouvée, ce serait peut-être différent.

Mais je ne l'ai pas retrouvée.

T. S.

4

La rencontre

> *Cachés un temps par la vieillesse*
> *Sous le masque et le capuchon,*
> *Quand chacun détestait tout ce que l'autre aimait,*
> *Nous sommes restés face à face.*
> W. B. Yeats

DEIRDRE N'A PAS EU L'AIR particulièrement surprise de me revoir, et elle m'a chaleureusement accueillie quand je suis entrée dans la bibliothèque, le lendemain.

— Maeve vous a envoyée à Ballinagar. Ça a donné quelque chose ?

— Oui, je les ai trouvés. Enfin, l'endroit où ils sont enterrés. J'y retournerai demain pour mettre des fleurs sur leur tombe.

J'ai à nouveau été envahie par les tendres sentiments qui m'étaient venus parmi les pierres et l'herbe, et j'ai eu un sourire gêné, car j'étais embarrassée à l'idée de montrer une fois de plus une émotion excessive devant la bibliothécaire. Je me suis éclairci la gorge et j'ai pris la photo de la maison que j'avais glissée entre les pages du journal de Thomas Smith. Je l'ai brandie comme un bouclier pour la faire voir à Deirdre.

— Je me demandais si vous saviez où se trouve ce bâtiment ?

Elle a scruté l'image, le menton en avant, les sourcils haussés.

— C'est Garvagh Glebe, s'est-elle exclamée, ravie. Mais c'est une vieille photo, non ? Mon Dieu, quand est-ce qu'elle a été prise ? Ça n'a pas beaucoup changé, cela dit. Sauf le parking sur le côté. Et je crois qu'ils ont construit des chambres d'hôtes, récemment. (Elle a plissé les yeux.) Là, dans les arbres, on distingue le cottage de Donnelly, qui existe depuis bien plus longtemps que le manoir. Jim Donnelly l'a retapé il y a dix ans environ. Il emmène les touristes au lac, il leur fait explorer les vieilles grottes où les contrebandiers stockaient des armes pendant la guerre contre les Black and Tans. Mon grand-père me racontait qu'en ce temps-là, le lough servait à faire entrer et sortir les armes de la région.

— Garvagh Glebe, ai-je répété. Le domaine appartenait à un nommé Thomas Smith, n'est-ce pas ?

J'étais abasourdie. J'aurais dû deviner.

Elle m'a fixée sans comprendre :

— À quelle époque ?

— En 1916, ai-je répondu, penaude. Je suppose que c'était un peu avant votre époque.

— Un tout petit peu ! Enfin, ça me reviendra peut-être, mais comme ça, ça ne me dit rien. La maison et la propriété sont gérées par un trust appartenant à la famille, mais plus aucun d'entre eux n'y vit. Ils ont des gardiens et du personnel, et ils louent des chambres C'est près du Lough Gill, du côté de Dromahair. Certains appellent la maison « le manoir ».

— Vous avez parlé du manoir hier, je n'avais pas fait la relation.

— Oui. Il y a aussi un ponton, Jim loue des barques aux gens qui veulent aller à la pêche ou juste passer la journée sur le lac. Le lac mène à un bras d'eau. Quand les marées sont fortes, on peut le remonter jusqu'à Sligo et jusqu'à la mer. On raconte qu'il y avait des bateaux pirates sur le Lough Gill à l'époque de O'Rourke, l'homme qui a construit le château. On l'appelle le château de Parke, vous y êtes allée ?

J'ai acquiescé, et elle a continué à bavarder en s'interrompant à peine.

— Il a aussi bâti l'abbaye de Creevelea. Les Anglais ont pendu O'Rourke pour trahison parce qu'il avait abrité des naufragés espagnols de l'Invincible Armada. Le roi a donné son château à un nommé Parke – vous imaginez, passer vingt ans à construire quelque chose qui devait durer des siècles, pour qu'un autre vienne vous le prendre ?

Elle a secoué la tête avec dégoût.

— J'aimerais beaucoup voir Garvagh Glebe. C'est ouvert aux visiteurs ?

Elle m'a donné des indications approximatives, du même style que celles de Maeve la veille.

— Il faut d'abord partir sur la gauche pendant un moment, ensuite sur la droite, un peu plus longtemps. Si vous vous perdez, garez-vous et demandez aux gens, mais vous ne devriez pas vous perdre parce que ce n'est pas loin.

J'ai écouté attentivement, en griffonnant sur le petit bloc-notes que j'avais tiré de mon portefeuille.

— Merci, Deirdre. Et si vous avez Maeve au téléphone, pourrez-vous la remercier de ma part ? Ça représente énormément pour moi, d'avoir retrouvé ces tombes.

— Maeve O'Toole est une source inépuisable de renseignements. Elle en sait plus que nous tous réunis. Je ne suis pas étonnée qu'elle ait pu vous renseigner sur vos ancêtres.

Je m'apprêtais à partir mais je me suis immobilisée. J'avais déjà entendu ce nom.

— Le nom de famille de Maeve est O'Toole ?

— C'était son nom de jeune fille. Après, elle s'est appelée McCabe, puis Colbert, et enfin O'Brien. Elle a survécu à trois maris. On s'y perdait un peu, donc on est revenus à son premier nom. Pourquoi ?

— Comme ça.

J'ai haussé les épaules. Si la famille de Maeve avait vécu à Garvagh Glebe à une époque, elle n'y avait pas fait allusion, et je n'étais pas assez avancée dans ma lecture du journal pour savoir ce qu'étaient devenus les O'Toole que Thomas avait aidés.

Une barrière se trouvait à l'entrée du chemin menant à Garvagh Glebe, fermée par un cadenas. Je voyais la maison à travers les arbres. La photographie prenait vie, baignée de couleurs, mais tout aussi inaccessible. J'ai appuyé sur le bouton d'une sonnette, attendant la réponse avec impatience. Aucune réaction. Je suis remontée dans la voiture mais, au lieu de repartir dans la direction d'où j'étais venue, j'ai bifurqué et j'ai suivi le chemin qui longeait le lac, dans l'espoir de voir la maison sous un autre angle. Hélas, la route étroite se terminait sur un parking de gravier surplombant un long ponton où étaient attachés quelques barques et canoës. Le cottage dont Deirdre avait parlé, d'un blanc éclatant sous ses volets bleus, était juste à côté, et je m'en suis approchée, dans l'espoir d'y rencontrer quelqu'un. Une petite enseigne suspendue à un clou près de la porte indiquait que l'établissement était ouvert, alors j'y suis entrée.

Le petit vestibule avait été transformé en réception, avec un étroit comptoir en bois et quelques chaises pliantes. J'actionnai à contrecœur la sonnette qui reposait sur le comptoir. Dans mon école catholique, une des religieuses en avait une pareille sur son bureau, et elle n'arrêtait pas d'appuyer dessus avec férocité. Depuis, ce genre de bruit me faisait grincer des dents. Plusieurs minutes se sont écoulées sans que personne apparaisse.

— Mr Donnelly ? Il y a quelqu'un ?

La porte s'est ouverte derrière moi et je me suis retournée. Un homme aux yeux humides et au nez rouge est entré, chaussé d'énormes cuissardes, coiffé d'une casquette en tweed, des bretelles empêchant son pantalon de tomber. Ma présence l'a fait sursauter et il s'est essuyé la bouche.

— Je suis désolé, mademoiselle. Je ne savais pas que vous m'attendiez. J'ai vu votre voiture, mais j'ai pensé que c'était quelqu'un qui était venu se promener ou pêcher.

J'ai tendu la main, et il me l'a serrée maladroitement.

— Je suis Anne Gallagher. Je me demandais si je pourrais louer une barque pour une heure.

— Anne Gallagher ? a-t-il répété, le front plissé, d'un ton incrédule.

— Oui. Quelque chose ne va pas ?

Il a secoué la tête en haussant les épaules.

— Non, rien, a-t-il grommelé. Je peux vous emmener si vous voulez. Il y a des nuages qui arrivent, et je n'aime pas savoir que des gens s'en vont tout seuls sur le lac.

Je n'avais pas envie de lui expliquer que j'allais disperser des cendres dans son lac, et je ne tenais vraiment pas à ce qu'il soit avec moi pour mes adieux à Eoin.

— Je n'irai pas loin. Je resterai visible tout le temps. Je vais prendre un pédalo ou une des petites barques que j'ai vues sur le ponton. Tout se passera bien.

Il a ruminé, tantôt me dévisageant, tantôt observant par la fenêtre le ciel plombé et les bateaux vides qui s'agitaient derrière le ponton.

— Ce n'est que pour une demi-heure, Mr Donnelly. Je paierai double tarif, ai-je insisté.

Maintenant que j'étais là, je voulais me débarrasser de la tâche à accomplir.

— D'accord. Alors signez ici. Mais ne vous éloignez pas, et surveillez les nuages.

J'ai signé sa décharge, j'ai mis quarante livres sur le comptoir, puis je l'ai suivi jusqu'au ponton.

La barque qu'il m'a choisie était robuste, mais elle avait clairement connu des jours meilleurs, ou même une décennie meilleure. Elle était fournie avec deux rames et un gilet de sauvetage que j'ai enfilé pour apaiser les scrupules de Mr Donnelly. L'une des sangles était cassée, mais j'ai fait comme si tout était parfait. Mr Donnelly a proposé de ranger mes affaires dans un casier fermé à clef, mais j'ai refusé. Le sac contenait l'urne d'Eoin, et il était hors de question que je la sorte devant lui.

— Votre sac sera mouillé. Et vous n'êtes pas habillée pour une telle promenade, a-t-il protesté en voyant mes vêtements et mes chaussures.

Je portais un pull en tricot torsadé, un chemisier blanc et un pantalon crème. C'étaient les seules obsèques auxquelles Eoin aurait droit, l'occasion méritait mieux qu'un jean et des baskets.

Mes pensées sont reparties vers le cimetière de Ballinagar une fois encore, vers les tombes que j'avais vues dans l'herbe, la veille. Voilà ce que j'aurais voulu pour mon grand-père. Un monument signalant qu'il avait vécu. Quelque chose de durable. Avec son nom inscrit, ses dates de naissance et de mort. Mais ce n'était pas ce qu'il avait demandé, et je ne me croyais pas autorisée à le faire inhumer à Ballinagar, dans une tombe que personne n'irait voir ni n'entretiendrait après mon retour aux États-Unis.

J'avais une promesse à tenir. J'ai soupiré, j'ai saisi la main de Jim Donnelly pour monter à bord de l'embarcation, puis j'ai empoigné les rames avec détermination. Mr Donnelly m'a regardée d'un air dubitatif avant de détacher la barque et de la pousser d'un bon coup de pied.

J'ai plongé la rame dans l'eau à ma gauche, puis à ma droite, en tâtonnant pour tenter de trouver un rythme. La barque s'est montrée coopérative, et j'ai commencé à m'éloigner du ponton, un centimètre à la fois. Je n'avais pas à m'avancer très loin. Le ciel était gris, mais l'eau était calme et silencieuse. Mr Donnelly m'a observée pendant un moment, afin d'être sûr que je savais comment m'y prendre, puis il est reparti vers la plage et sa jolie maison aux volets bleus, par un chemin bordé d'ajoncs.

J'étais assez contente de moi car je me déplaçais sans heurts à la surface de l'eau. L'effort musculaire qu'exigeaient les rames était nouveau pour moi, mais sur ce lac d'huile qui clapotait doucement contre la barque, je me suis rendu compte que j'appréciais l'expérience. Les heures que je passais assise à mon bureau ne valaient pas grand-chose pour ma santé, et j'avais découvert que l'exercice physique avait un effet positif sur mon écriture. Je courais et je m'obligeais à faire des pompes pour éviter que mes bras ne deviennent flasques et qu'une bosse ne me pousse dans le dos. La sueur, le mouvement et la musique qui me hurlait dans les oreilles, tout cela contribuait à me faire tout oublier pendant une heure bénie. Le sport dissipait le brouillard de mon cerveau et m'allumait les synapses ; il faisait partie de mon programme quotidien depuis dix ans. Je savais que j'étais assez en forme pour ramer et pour avoir une conversation privée avec Eoin avant d'offrir ses cendres au vent.

Mes rames s'abaissaient et remontaient, déplaçant l'eau presque sans bruit. D'où j'étais, je voyais le ponton et, à l'arrière, le manoir niché au creux des collines, son toit pâle se découpant sur la verdure. Je ramais, avec à mes pieds le sac contenant l'urne, le regard vagabondant vers la rive et s'élevant dans le ciel. C'était étrange, cette fusion du ciel gris avec l'eau. Tout était paisible à un point quasi surnaturel, et ce calme me berçait. J'ai cessé de ramer un instant et je me suis laissée dériver, le rivage à ma droite, le ciel tout autour de moi.

J'ai pris l'urne et l'ai serrée dans mes bras pendant une fraction de seconde, puis j'ai dévissé le couvercle en me préparant à la cérémonie dont je serais le seul témoin.

— Je t'ai ramené, Eoin. Nous y sommes. En Irlande. À Dromahair. Je suis au milieu du Lough Gill. C'est aussi beau que tu le disais, mais ce sera ta faute si je suis aspirée jusqu'à la mer.

J'ai essayé de rire. Nous avions tant ri, mon grand-père et moi. Qu'allais-je faire sans lui ?

— Je ne suis pas prête à te laisser partir, Eoin.

Les mots s'étaient étranglés dans ma gorge, mais je savais que je n'avais pas le choix. L'heure était venue de faire mes adieux. J'ai prononcé les paroles qu'il m'avait récitées cent fois dans mon enfance, tirées d'un poème de Yeats, ces vers que j'aurais pu faire graver sur sa tombe, s'il m'avait autorisée à l'enterrer comme je le souhaitais.

Emportez-moi loin de ce triste monde,
Je veux avec vous m'envoler, ô fées,
Je veux courir sur la mer en fureur,
Et sur les monts danser comme une flamme.

J'ai tenu l'urne contre ma poitrine un instant de plus. Puis, avec une prière muette pour que le vent et l'eau conservent à jamais l'histoire d'Eoin, je l'ai renversée, déployant le bras en un grand arc de cercle. Les cendres blanches ont totalement fusionné avec la brume ondoyante qui avait commencé à se former autour de moi. C'était comme si les cendres devenaient un mur de brouillard blanc, roulant et se rassemblant. Et tout à coup l'extrémité de ma barque a disparu. Il n'y avait plus de rive, plus de ciel ; même l'eau n'était plus là.

J'ai rangé l'urne dans mon sac et suis restée un moment sans bouger, cachée dans la brume, incapable de continuer. La barque me berçait comme Eoin l'avait fait autrefois, et je suis redevenue enfant, sur ses genoux, consumée par le chagrin et la perte.

Quelqu'un sifflotait. J'ai tressailli, car j'ai aussitôt reconnu l'air. *Ils se souviennent encore de Lui.* La chanson préférée d'Eoin. J'étais au beau milieu du lac, et quelqu'un sifflotait. Le son frémissait à travers la brume, comme une flûte joyeuse dans toute cette blancheur mystérieuse, désincarnée et incongrue, et j'ignorais d'où il provenait. Puis il est devenu plus faible, comme si le siffleur s'éloignait, pour me taquiner en jouant à cache-cache.

— Ohé ? ai-je crié, en haussant le ton dans le brouillard pour m'assurer que je n'avais pas totalement perdu ma voix.

Comme absorbé par l'humidité ambiante, mon cri n'a suscité aucun écho, et je ne souhaitais pas davantage perturber le silence. J'ai pris les rames mais je n'ai pas bougé, tout à coup incertaine de l'orientation à prendre. Je n'avais pas envie de me retrouver à l'autre bout du lac. Mieux valait attendre que la brume se dissipe avant de chercher à regagner la berge.

— Il y a quelqu'un ? J'ai un petit souci.

J'ai alors aperçu l'avant d'une péniche, puis trois hommes qui me dévisageaient, de toute évidence aussi choqués par ma présence que moi par la leur. Ils portaient chacun une casquette à visière d'une autre époque, baissée sur le front, et l'inquiétude se lisait dans leurs yeux.

Je me suis levée lentement, d'un air suppliant, soudain paniquée à l'idée d'être avalée à tout jamais par le brouillard ; ces hommes étaient ma seule chance de secours.

Ce n'est pas ce que j'ai fait de plus intelligent, à moins que cela ne m'ait sauvé la vie.

Les hommes se sont raidis quand je me suis mise debout, comme si ma posture constituait une menace. Celui du milieu, écarquillant les yeux, les lèvres amincies par la méfiance, a enfoncé une main dans sa poche et a braqué sur moi un revolver. Sa main tremblait, et j'ai vacillé. Sans prévenir, sans sommation, sans aucune raison, il a appuyé sur la détente. J'ai entendu une détonation étouffée, et la secousse brusque et violente de ma barque a semblé entièrement distincte de son geste, comme si une gigantesque bête écumante avait surgi des profondeurs du Lough Gill et m'avait projetée dans le lac.

L'eau glacée m'a coupé le souffle. J'ai remué les bras et les jambes pour tâcher de remonter à la surface, recrachant tout ce que j'avais avalé, quand mon visage a enfin émergé dans l'épaisse blancheur d'un air presque aussi lourd que l'élément dans lequel j'étais tombée.

Je ne voyais que du blanc, partout, à l'infini. Pas de barque. Pas de terre. Pas de ciel. Pas d'hommes armés.

J'ai tenté de m'allonger, de m'obliger à flotter en silence. Si je ne les voyais pas, ils ne me verraient pas, tel était mon raisonnement. J'ai réussi à garder la tête hors de l'eau sans trop barboter, tout en tendant l'oreille et en scrutant la brume. Entre l'adrénaline et le froid mordant, je sentais une brûlure au côté. J'ai continué à patauger, à fuir la vérité ; on m'avait tiré une balle dans le corps, et si je ne retrouvais pas ma barque, j'allais me noyer.

Je me suis mise à nager avec rage à droite et à gauche, décrivant un grand cercle autour de l'endroit où j'étais tombée, pour tâcher de repérer mon bateau dans le brouillard.

Le sifflotement a repris brusquement, au milieu de l'air, comme si le siffleur avait continué à chanter des strophes entières dans sa tête pendant que ses lèvres s'accordaient dix minutes de répit. Il y a eu comme un gazouillis, puis le sifflement est revenu de plus belle après un court silence. J'ai lancé un appel à nouveau ; je claquais des dents, j'agitais frénétiquement mes membres pour rester la tête hors de l'eau. Si le siffleur était l'un des hommes de la péniche, je ne ferais que leur signaler que j'étais encore en vie, mais sur le moment cette idée ne m'a pas effleurée.

— Au secours ! Il y a quelqu'un ?

Le sifflement a cessé.

— Au secours ! S'il vous plaît ! Vous m'entendez ?

Le gilet de sauvetage à la sangle cassée avait disparu. Mes chaussures s'étaient perdues dès les premiers battements de pieds. Mes vêtements étaient gorgés d'eau, mon pull m'entraînait vers le fond alors même que j'essayais de nager dans la direction du siffleur.

— Il y a quelqu'un ? ai-je crié encore une fois, d'une voix que la panique rendait stridente.

Une barque d'un rouge fané, assez semblable à celle que m'avait louée Jim Donnelly, a surgi du brouillard comme un serpent de mer et s'est avancée vers moi. Un homme ramait, ses traits obscurcis par la brume épaisse, mais je l'ai entendu pousser un juron de surprise. J'avais trop froid pour savoir si c'était une hallucination ou si je me mourais, ou même les deux à la fois, mais le visage penché sur moi m'était étrangement familier. J'ai prié pour que ce ne soit pas le fruit de mon imagination.

— Je vais vous tirer, accrochez-vous ! m'a-t-il ordonné.

J'ai tenté d'attraper ce mirage et j'ai eu la joie de toucher du solide. La barque était bien réelle, tout comme l'homme. Une fois agrippée au rebord, j'étais si reconnaissante que je me suis mise à pleurer.

— Dieu du Ciel, d'où venez-vous ?

L'homme tenait mes mains dans les siennes, serrant mes poignets. Puis il me hissa à bord, sans que je puisse lui offrir aucune aide. J'ai senti que ma hanche se cognait au côté de la barque, que mon ventre s'y éraflait, et j'ai poussé un cri, qui a attiré son attention vers le sang qui coulait.

— Mais que diable… ? s'est-il exclamé. Que vous est-il arrivé ?

Le fond du bateau était un nuage, je n'étais qu'une poupée de chiffon, si fatiguée que ma vision était trouble. L'homme m'a retiré le pull trempé à cause duquel j'avais eu tant de mal à nager. Ses mains se sont activées sur ma peau, m'ont frictionné les membres pour refaire circuler le sang, et je me suis obligée à ouvrir les yeux pour lui chuchoter mes remerciements. Son visage se trouvait si près, surmonté d'une casquette à visière comme en portaient les hommes de la péniche. Ses yeux bleu pâle comme la brume se sont écarquillés en rencontrant les miens.

— Anne ? a-t-il demandé.

Son ton incrédule et la familiarité avec laquelle il prononçait mon nom étaient aussi étranges que ma situation.

— Oui, ai-je murmuré, forçant le mot à franchir mes lèvres pétrifiées.

Mes yeux refusaient de rester ouverts. Il m'a semblé l'entendre reposer sa question, de façon plus insistante, mais ma langue était aussi lourde que ma tête, et je n'ai pas réagi. J'ai senti ses mains sur mon chemisier, qu'il a décollé de ma peau et qu'il a tiré par-dessus ma tête. J'ai protesté en retenant le tissu d'une main faible.

— Je dois arrêter l'hémorragie, et je dois vous réchauffer, a-t-il affirmé.

Il a écarté mes mains, et ce qu'il a découvert lui a fait pousser un juron.

— On vous a tiré dessus. Mais qu'est-ce que ça veut dire, sacredieu ?

Son accent ressemblait tellement à celui d'Eoin, si rassurant et si agréable à entendre. C'était comme si Eoin en personne m'avait trouvée. J'ai hoché la tête faiblement. Oui, on m'avait tiré dessus. Je ne comprenais pas non plus, et j'étais fatiguée. Si fatiguée.

— Anne, regardez-moi. Ne vous endormez pas. Pas encore. Gardez les yeux ouverts.

J'ai obéi, j'ai soutenu son regard. Outre la casquette, il portait une veste en tweed par-dessus un gilet de laine, et un pantalon marron, comme s'il était parti pour la messe et avait décidé de plutôt aller à la pêche. D'un geste, il a dégagé ses épaules de sa veste et de son gilet, puis a arraché sa chemise blanche, dont les boutons ont éclaté, dans la hâte. Il m'a redressée et m'a appuyée contre lui, ma tête contre sa poitrine à présent uniquement couverte d'un maillot de corps à manches longues. Il sentait l'amidon, le savon et le feu de bois. Il m'inspirait une grande sécurité. Puis il a noué les deux manches de sa chemise autour de mon estomac, formant comme un bandage. Il a posé sa veste sur mes épaules, m'enveloppant de sa chaleur.

« Je vais mettre du sang sur ses vêtements », ai-je vaguement pensé alors qu'il s'empressait de boutonner la veste. Puis il m'a allongée au fond de la barque, avant de jeter une autre épaisseur sur moi. Par un effort de volonté, j'ai gardé les yeux ouverts et je l'ai aperçu entre mes paupières mi-closes.

L'homme me dévisageait, la stupeur peinte sur son beau visage. Oui, son visage était beau, je l'ai remarqué. Il avait la mâchoire carrée, avec un profond sillon au milieu du menton, faisant écho aux fossettes de ses joues et aux plis de son front. Une fois de plus, j'ai pensé qu'il me rappelait quelqu'un. Je l'avais déjà vu. J'essayais d'associer un nom à sa physionomie, mais dans mon état, ce nom m'échappait entièrement.

Il s'est rassis, a repris les rames et s'est mis à batailler contre le léger remous du lac comme s'il devait gagner une course, et son ardeur m'a rassurée. Il connaissait mon nom, il m'avait trouvée. Pour l'instant, cela suffisait.

J'ai dû dormir car j'ai aussitôt recommencé à flotter, perdue dans l'eau et le brouillard, et j'ai gémi de détresse, certaine que ce sauvetage n'était qu'un rêve. Puis j'ai songé que je n'étais pas en train de me débattre dans l'eau ou de couler. Alors, j'ai compris que je ne flottais pas, mais que l'on me soulevait, que l'on me prenait dans la barque pour me déposer sur le ponton. Je sentais les lattes usées contre ma joue, le bois mouillé sous mes paumes.

« Eamon ! » a crié mon sauveur, et je l'ai entendu courir sur la passerelle, ses pas s'éloigner, les planches vibrer sous mon oreille. « Eamon ! » a-t-il à nouveau crié, de plus loin, cette fois. Deux hommes sont arrivés à pas pressés, tirant une carriole qui brinquebalait sur le sol inégal. L'homme qui m'avait trouvée au milieu du lac s'est accroupi et a écarté mes cheveux de mon visage.

— Savez-vous qui c'est, Eamon ? a demandé mon sauveur.

— Annie ? C'est Annie ?

Mon sauveur a juré, comme si le nommé Eamon avait confirmé une chose qu'il ne parvenait pas lui-même à croire.

— Qu'est-ce qui lui est arrivé, docteur ? Qui lui a fait ça ?

— Je ne sais pas ce qui s'est passé, Eamon. Ni à quoi elle a été mêlée. Et je veux que vous n'en parliez à personne tant que je n'en saurai pas davantage.

— Je pensais qu'elle était morte, docteur !

— Nous le pensions tous.

— Comment allez-vous faire pour garder le secret ? On ne peut pas vraiment cacher quelqu'un, a protesté Eamon.

— *Elle* ne sera pas un secret… mais j'ai besoin que cette histoire reste un secret, le temps d'apprendre où diable elle a bien pu aller pendant tout ce temps, pourquoi on lui a tiré dessus et pourquoi on l'a jetée dans le lough.

Le nommé Eamon s'est tu, comme si quelque chose lui avait été communiqué au-delà des mots. J'aurais voulu m'expliquer, dissiper le malentendu. Mais ce désir s'est bientôt désintégré, et quand ils m'ont déposée dans la carriole – qui puait le chou et le chien mouillé –, je l'ai entièrement oublié. Je sentais leur précipitation et leur crainte, mais la brume, comme le brouillard qui m'avait dissimulé les hommes armés, m'a dérobé mes questions et ma conscience.

24 février 1917

Michael Collins faisait campagne pour le comte Plunkett dans la circonscription de North Roscommon, au sud de Dromahair, et je suis allé l'écouter parler. Il ne s'est écoulé que deux mois depuis sa libération de Frongoch, mais il est déjà au cœur de l'action.

Mick m'a vu dans la foule et est descendu de l'estrade à la fin de son discours, il m'a pris dans ses bras et m'a fait tournoyer comme si j'étais son plus cher ami. Mick est comme ça ; c'est quelque chose que j'ai toujours admiré, car c'est un trait de caractère dont je suis dépourvu.

Il m'a demandé comment allaient Declan et Anne, et j'ai dû lui annoncer la nouvelle. Il ne connaissait pas très bien Anne, mais il connaissait Declan et l'admirait.

Je l'ai ramené à Garvagh Glebe pour la nuit, car je voulais savoir ce qui se mijotait dans les cercles de la Fraternité. Selon Mick, le public nous voit tous comme des membres du parti Sinn Féin.

— Mais les principes essentiels du Sinn Féin sont différents des nôtres, Tommy. Je pense qu'il faudra la force physique pour débarrasser mon pays de l'autorité britannique.

Quand je lui ai demandé ce qu'il voulait dire, il a repris un verre de whisky et a soupiré comme s'il retenait sa respiration depuis un mois.

— Je ne parle pas de se terrer dans des bâtiments et d'incendier Dublin. Ça ne marche pas. Nous avons fait une déclaration en 1916, mais les déclarations ne suffisent pas.

Il faudra un autre type de guerre. À la dérobée. Des frappes visant les acteurs importants.

« Nous allons réorganiser les Volontaires irlandais et inviter le Sinn Féin et la Fraternité républicaine irlandaise à nous rejoindre. Toutes les factions qui se sont rassemblées pendant l'Insurrection vont devoir se regrouper dans un seul but : chasser les Anglais d'Irlande, une fois pour toutes. C'est la seule façon d'obtenir quoi que ce soit.

Quand je lui ai demandé comment je pouvais aider, il a éclaté de rire et m'a mis une bourrade dans le dos. Il a ruminé une minute puis m'a interrogé au sujet de ma maison à Dublin. Ils avaient besoin de refuges dans toute la ville pour cacher à tout moment des hommes et des stocks de matériel.

J'ai immédiatement accepté, en lui donnant une clef et en promettant de contacter le vieux couple qui surveille la résidence en mon absence. Il a empoché la clef et a dit d'une voix douce :

— Il va aussi nous falloir des armes, Tommy.

Je suis resté muet, et le pétillement de son regard s'est éteint.

— Je crée des réseaux dans toute l'Irlande pour faire entrer des armes en Irlande. Je sais ce que tu penses du fait d'éliminer des vies, toi qui as prêté serment de les conserver. Mais nous devons avoir les moyens de mener une guerre, Doc. Et la guerre approche.

— Je ne pratiquerai pas la contrebande d'armes, Mick.

Il a poussé un soupir.

— Je sentais que tu allais dire ça. Mais tu peux peut-être nous aider d'une autre façon.

Il m'a regardé un moment, et j'étais certain qu'il avait délibérément parlé d'abord des armes, sûr que j'allais dire non, pour qu'il me soit plus difficile de refuser deux fois de suite.

Il m'a demandé si mon père était anglais.

Je lui ai répondu que mon père était fermier. Son père avait été fermier aussi, et son père avant lui, en remontant ainsi sur plusieurs siècles. Je lui ai dit que la terre qu'ils avaient cultivée était maintenant en friche, depuis que mon arrière-arrière-grand-père, accusé d'être un indépendantiste, avait été flagellé et rendu aveugle avec de la poix. Je lui ai raconté que mon arrière-grand-père avait perdu la moitié de sa famille dans la famine de 1845. Mon grand-père avait vu émigrer la moitié de ses enfants. Et mon père était mort jeune, à cultiver une terre qui ne lui appartenait pas.

Les yeux de Mick sont devenus brillants, il m'a donné une nouvelle claque dans le dos.

— Pardonne-moi, Tommy.
— Mon beau-père était anglais, ai-je avoué.

C'était à cela qu'il pensait, je le savais bien, mais je sentais le poids de torts anciens que je n'avais pas redressés.

— C'est ce qu'il me semblait. Tu es très respecté, Tommy. Et tu ne portes pas comme nous autres les stigmates de Frongoch. Tu as une position et des relations qui pourraient m'être utiles, ici et à Dublin.

J'ai hoché la tête en signe d'assentiment, sans trop savoir si je pourrais réellement lui être utile. Mais Mick n'a rien ajouté à ce sujet, et nous nous sommes mis à parler des jours meilleurs. Pourtant, alors même que je transcris ici notre conversation, dans ce journal que je cache, j'en ai le cœur qui bat.

T. S.

5

Une fille affolée

> *Cette fille affolée improvisait son chant,*
> *Son poème en dansant tout le long du rivage,*
> *Son âme divisée, à elle-même étrange,*
> *Grimpait et retombait sans savoir en quel lieu.*
> W. B. Yeats

Je me suis réveillée dans une pénombre rougeoyante, entourée d'ombres dansantes. Un feu. Une bûche qui crépitait dans l'âtre a projeté des étincelles qui m'ont fait sursauter. J'ai crié en sentant un éclair de douleur dans mon flanc. Le craquement du bois sonnait comme une détonation, et je me suis rappelé ce qu'il s'était passé, mais sans trop savoir si c'était un souvenir ou une nouvelle histoire. Cela m'arrivait parfois. J'étais tellement immergée dans l'écriture que les scènes et les personnages que j'inventais prenaient vie dans ma tête, animés d'une existence indépendante, puis me rendaient visite dans mon sommeil.

On m'avait tiré dessus. J'avais été sauvée par un homme qui connaissait mon nom. Et je me trouvais dans une pièce qui ressemblait un peu à ma chambre au Great Southern Hotel, sauf qu'au lieu de moquette, il y avait du plancher et quelques tapis à fleurs ; le papier peint était moins violet, et les fenêtres étaient ornées de rideaux de dentelle au lieu des lourdes draperies qui permettaient aux clients de l'hôtel de dormir dans l'obscurité même à midi. Une lampe à l'abat-jour de tissu plissé et bordé de perles de verre était posée sur chaque table de chevet. J'ai inspiré profondément, pour tenter de déterminer la gravité de ma blessure. J'ai délicatement posé la main contre mon abdomen, en tâtonnant autour de la partie la plus épaisse du bandage, du côté droit. Cela brûlait et me tiraillait même quand je bougeais à peine, mais si je pouvais me fier à l'emplacement du pansement, la balle n'avait pas fait de dégât sérieux. J'avais été soignée, lavée, mais j'étais entièrement nue sous les couvertures – et je ne savais pas du tout où j'étais.

— Tu t'en vas déjà ?

Une voix d'enfant, au pied de mon lit, désincarnée et surprenante. Derrière les barres de cuivre, quelqu'un me regardait.

J'ai lentement levé la tête pour mieux voir mais ai aussitôt renoncé à cet effort, car les muscles de mon ventre se contractaient douloureusement.

— Tu ne veux pas venir plus près ? ai-je demandé, à bout de souffle.

Il y a eu un silence pesant. Puis une petite main a effleuré mes pieds et le lit a été secoué comme si l'enfant s'accrochait au bord du matelas pour se protéger. Finalement, la curiosité l'a emporté sur l'inquiétude, et je me suis retrouvée face à face avec un petit garçon. Sa chemise blanche sortait à moitié de son pantalon sombre retenu par des bretelles, tenue qui lui donnait l'air d'un vieillard. Il avait les cheveux d'un roux si chaud qu'ils en étaient cramoisis. Sous son joli nez en trompette, ses lèvres entrouvertes laissaient voir qu'il lui manquait une dent de devant. Même à la lumière vacillante, ses grands yeux étaient bleus. Ils scrutaient les miens, m'évaluaient hardiment. J'étais sûre que je le connaissais.

Je connaissais ces yeux.

— Tu t'en vas déjà ? a-t-il répété.

Il m'a fallu un moment pour comprendre son accent. « Tu t'en vos d'jô ? » avait-il dit.

Je m'en allais, vraiment ? Comment l'aurais-je pu ? Je ne savais même pas comment j'étais arrivée.

— Je ne sais pas où je suis, ai-je chuchoté. (Mes paroles étaient étrangement brouillées, comme si j'avais imité son accent. On avait dû me donner de la morphine.) Alors je ne sais pas où j'irais, ai-je complété.

— Tu es à Garvagh Glebe, a-t-il répondu simplement. Personne ne dort jamais dans cette pièce. Ça pourrait devenir ta chambre.

— C'est très gentil. Moi je m'appelle Anne. Et toi, comment t'appelles-tu ?

— Tu ne le sais pas ?

Il fronçait le nez.

— Non, ai-je chuchoté, même si cet aveu ressemblait à une trahison.

— Eoin Declan Gallagher, a-t-il déclamé fièrement, en m'indiquant ses deux prénoms, comme le font parfois les enfants.

Eoin Declan Gallagher. Le nom de mon grand-père.

— Eoin ?

Sous l'effet de la surprise, ma voix est partie dans les aigus. J'ai tendu la main pour le toucher, tout à coup certaine qu'il n'était pas vraiment là. Il a reculé, tournant les yeux vers la porte.

Je dormais. Je dormais et j'étais en train de faire un rêve étrange et merveilleux.

— Quel âge as-tu, Eoin ? ai-je demandé dans mon rêve.

— Tu ne te rappelles pas ?

— Non. Je suis... un peu perdue. J'ai oublié beaucoup de choses. Tu peux me le dire ? S'il te plaît.

— J'ai presque six ans.

— Six ans ?

Mon grand-père était né en 1915, moins d'un an avant l'Insurrection qui avait coûté la vie à ses parents. S'il avait presque six ans, nous étions en... 1921. Dans mon rêve, j'étais en 1921. J'étais victime d'hallucinations. On m'avait tiré dessus et j'avais failli me noyer. J'étais peut-être morte. Je n'avais pas la sensation d'être morte. J'avais mal – malgré les médicaments. À la tête. Au ventre. Mais ma langue fonctionnait. Dans mes rêves, ma langue ne fonctionnait jamais.

— Ton anniversaire, c'est le 11 juillet, non ? Ça, je m'en souviens.

Eoin a hoché la tête avec enthousiasme, ses épaules maigrelettes rencontrant presque ses trop grandes oreilles, et il a souri comme si je m'étais racheté une conduite.

— Et... en quel mois sommes-nous ?

— En juin ! a-t-il claironné. C'est pour ça que j'ai presque six ans.

— Tu vis ici, Eoin ?

— Oui. Avec Doc et Nana, a-t-il dit d'un ton impatient, comme s'il me l'avait déjà expliqué.

— Avec le docteur ? Comment s'appelle le docteur, Eoin ?

— Thomas. Mais Nana l'appelle docteur Smith.

J'ai ri doucement, ravie que mon rêve soit si détaillé. Rien d'étonnant si j'avais l'impression de connaître mon sauveur. C'était l'homme des photos, l'homme au regard pâle et à la bouche sévère, celui qui aimait Anne, selon Eoin. Pauvre Thomas Smith. Amoureux de la femme de son meilleur ami.

— Et comment s'appelle Nana ? ai-je demandé au petit garçon, savourant la vertigineuse devinette qu'était ce rêve.

— Brigid Gallagher.

— Brigid Gallagher. C'est vrai.

Brigid Gallagher. La grand-mère d'Eoin. La mère de Declan Gallagher. La belle-mère d'Anne Gallagher. Anne Gallagher.

— Thomas dit que tu es ma mère, je l'ai entendu le dire à Nana, a débité d'une traite Eoin. Mon père aussi va revenir ?

Je suis restée bouche bée, et la main que j'avais levée pour le toucher est retombée sur le lit. Son père ? Mon Dieu. C'était bel et bien Eoin. Mon Eoin. Mais enfant. Et sa mère et son père étaient morts. Je n'étais pas sa mère, et ni l'un ni l'autre de ses parents ne reviendrait. Je me suis frotté les yeux en m'ordonnant de me réveiller.

— Eoin !

Quelque part dans la maison, une femme l'appelait, le cherchait. Le petit garçon a disparu, il a couru jusqu'à la porte et s'est glissé hors de la pièce. La porte s'est refermée sans bruit, sans claquer, et je me suis laissée entraîner dans un autre rêve, dans la sécurité obscure où les grands-pères ne devenaient pas de petits garçons aux cheveux cramoisis et au sourire charmeur.

Quand je me suis à nouveau réveillée, des mains étaient posées sur ma peau, les couvertures étaient écartées, dévoilant mon abdomen pendant qu'on changeait mon bandage.

— Cela guérira vite. Il y a une marque sur le côté, mais cela aurait pu être bien pire.

C'était encore l'homme des photos. Thomas Smith. Il me prenait pour quelqu'un d'autre. J'ai fermé les yeux pour l'éloigner, mais il n'est pas parti. J'ai commencé à paniquer, j'avais le souffle court.

— Vous souffrez ?

J'ai gémi, plus de crainte que de douleur. J'étais terrorisée à l'idée de me trahir. Je n'étais pas celle qu'il croyait et, soudain désespérée, je redoutais plus que tout de lui dire qu'il commettait une grave erreur.

— Vous dormez depuis si longtemps. Il faudra bien finir par me parler, Anne.

Et si je lui parlais, que pourrais-je lui dire ?

Il m'a donné une cuillerée de sirop transparent, et je me suis demandé si c'était cela, le responsable de mes hallucinations.

— Vous avez vu Eoin ? a-t-il voulu savoir.

J'ai fait signe que oui et j'ai dégluti, en me rappelant l'image du petit garçon aux cheveux roux et aux yeux familiers qui m'espionnait à travers les barreaux de cuivre. Mon rêve avait créé un si bel enfant.

— Je lui ai dit de ne pas venir ici, a-t-il soupiré. Mais je ne peux pas vraiment le lui reprocher.

— Il est exactement tel que je l'imaginais.

J'ai prononcé cette phrase tout bas, lentement, en me concentrant pour dire les mots comme mon grand-père l'aurait fait, avec cet accent que je savais copier, que j'avais passé ma vie à copier. Mais cela sonnait faux, et j'ai tressailli alors même que je tentais de berner ainsi

Thomas Smith. Pourtant la phrase était vraie. Eoin était bel et bien tel que je me l'étais imaginé. Mais je n'étais pas sa mère, et rien de tout cela n'était réel.

Quand je me suis réveillée encore une fois, j'avais l'esprit beaucoup plus clair, et les couleurs qui jusque-là nageaient dans le bordeaux et l'orange à la lumière du feu s'étaient stabilisées, avec des lignes nettes et des formes concrètes. Il commençait à faire jour – ou bien était-ce la fin de la journée ? – derrière les deux hautes fenêtres. La nuit s'estompait mais le rêve continuait.

Le feu dans la cheminée et le petit garçon portant le nom de mon grand-père n'étaient plus là, mais la douleur était plus vive, et l'homme aux mains douces se tenait devant moi. Thomas Smith était affalé sur une chaise comme s'il s'était endormi en veillant à mon chevet. Je l'ai examiné, comme je l'avais fait, la veille, sur une vieille photographie en noir et blanc, en pensant que mes illusions étaient sans danger. Les ombres de la pièce lui ajoutaient un peu de couleur. Ses cheveux foncés étaient les mêmes que sur la photo mais les mèches plaquées en arrière tombaient à présent devant des yeux très enfoncés dans leurs orbites, ces yeux dont je savais qu'ils étaient bleus, la seule teinte distincte du brouillard. Ses lèvres étaient entrouvertes et leur forme délicate et généreuse tempérait un menton trop carré, un visage trop maigre, des pommettes trop saillantes.

Il portait les habits d'un homme beaucoup plus âgé, un pantalon à taille haute et un gilet ajusté sur son torse plat. Une chemise claire, sans col, boutonnée jusqu'en haut, les manches retroussées jusqu'aux coudes. Ses pieds solidement plantés au sol dans des chaussures Oxford noires, il paraissait dégingandé sur cette chaise à haut dossier ; ses poings et ses poignets pointaient vers le sol, comme un roi guerrier épuisé endormi sur son trône.

J'avais soif, et j'avais la vessie pleine. J'ai essayé de me lever, mais le feu qui brûlait dans mon flanc m'a coupé le souffle.

— Attention, vous allez rouvrir la blessure ! a protesté Thomas, d'une voix ensommeillée, adoucie par l'accent irlandais.

La chaise a grincé quand il s'est levé, mais je n'y ai pas prêté attention. J'ai senti les couvertures retomber de mes épaules alors même que je rassemblais mon courage et tenais le drap contre ma poitrine. Où étaient mes vêtements ? Je tournai vers lui mon dos nu, je l'ai entendu s'approcher et s'arrêter à côté du lit.

Il a porté un verre d'eau jusqu'à mes lèvres, et j'ai bu avec gratitude, en tremblant. Sa main chaude et solide me soutenait le dos.

— Où étiez-vous, Anne ?

Où suis-je à présent ?

J'ai répondu dans un murmure, sans le regarder pour juger de sa réaction :

— Je ne sais pas. Je ne sais pas. Je sais simplement que je suis... *ici.*

— Et combien de temps resterez-vous ici ?

Sa voix était si froide que ma peur s'est intensifiée, emplissant ma poitrine, engourdissant mes membres et faisant palpiter le bout de mes doigts.

— Je ne sais pas non plus.

— Ce sont eux qui vous ont fait ça ?

— Qui ?

Le mot était un gémissement dans ma tête mais un soupir sur mes lèvres.

— Les trafiquants d'armes, Anne. (C'était lui qui murmurait, maintenant.) Étiez-vous avec eux ?

J'ai secoué la tête, catégorique, et toute la pièce a chaviré.

— Non. J'ai besoin d'aller aux toilettes.
— Aux toilettes ?
— Aux W.-C. Au cabinet.

Je cherchais dans ma mémoire quelle expression les Irlandais utilisaient.

— Accrochez-vous à moi, a-t-il ordonné.

Il s'est penché et a passé ses bras sous mes aisselles. Sans du tout m'accrocher à lui, j'ai maintenu le drap contre moi afin de rester couverte lorsqu'il s'est redressé pour me soulever.

Il m'a conduite hors de la chambre par un étroit corridor, jusqu'à une salle de bains, et m'a déposée avec précaution sur la cuvette des toilettes. La chasse d'eau était fixée en haut du mur, reliée par un long tuyau de cuivre au siège parfaitement rond. La pièce était blanche, immaculée ; le lavabo sur pied et la baignoire à pattes de lion, aux courbes généreuses, luisaient fièrement de propreté. C'était absurde, mais j'étais soulagée qu'il n'ait pas eu à me traîner à travers la maison, puis jusqu'à un cagibi dans le jardin, j'étais contente de ne pas avoir dû m'accroupir au-dessus d'un pot de chambre. Pour le moment, la position accroupie était pour moi hors de question.

Thomas est sorti sans un mot, visiblement certain que je pourrais me débrouiller toute seule. Il est revenu quelques minutes après, a frappé doucement à la porte et je lui ai ouvert. J'ai surpris notre image dans le petit miroir placé au-dessus du lavabo, juste avant qu'il ne me soulève à nouveau, prudent, son regard croisant le mien dans la glace. J'avais les yeux hagards, mes cheveux en pagaille formaient une masse aplatie d'un côté. J'étais affreuse, mais trop épuisée pour m'en soucier. Je dormais presque déjà lorsqu'il m'a reposée sur le lit, en rabattant sur moi les couvertures.

— Il y a cinq ans, j'ai trouvé Declan. Mais je ne vous ai pas trouvée, a-t-il dit comme s'il ne pouvait plus garder le silence. J'ai cru que Declan et vous étiez ensemble. J'évacuais les blessés de la Poste centrale vers Jervis Street. Mais l'incendie était trop important, il y avait des barricades, et je n'ai pas pu y retourner.

J'ai relevé mes paupières aussi lourdes que du béton et je me suis aperçue qu'il m'observait d'un air désolé. Il s'est frotté le visage comme pour chasser un souvenir.

— Quand le feu a dévasté le GPO, tout le monde s'est enfui. Declan...

— Le GPO ?

J'étais si fatiguée, la question m'avait échappé.

Il m'a dévisagée en plissant le front.

— Le General Post Office, Anne. Vous n'étiez pas à la Poste centrale avec les Volontaires, Declan et vous ? Martin croyait que vous aviez été évacuée avec les femmes, mais Min dit que vous y êtes repartie. Elle affirme que vous teniez à rester avec Declan jusqu'au bout. Pourtant vous n'étiez pas avec Declan. Anne, où êtes-vous allée ?

Je ne me souvenais pas, mais tout à coup j'ai su. L'Insurrection de Pâques. Il décrivait des événements que je connaissais en détail grâce à mes lectures.

— C'était une bataille que nous ne pouvions pas gagner, a murmuré Thomas. Nous le savions tous. Vous le saviez, Declan et vous. Nous avions parlé de ce que signifierait la révolution, de ce que signifierait le simple fait de riposter. Il y avait là quelque chose de glorieux. De glorieux et de terrible.

— De glorieux et de terrible, ai-je chuchoté.

Je me représentais la scène, et je me demandais si je me l'étais imaginée comme les histoires qu'on me lisait dans mon enfance, en me projetant au cœur même de l'action et en me perdant dans mes propres inventions.

— Le lendemain de l'abandon du GPO, les meneurs ont capitulé. J'ai trouvé Declan étendu dans la rue. (Thomas m'a regardée, guettant ma réaction alors qu'il parlait de Declan, et je n'ai pu que le dévisager à mon tour.) Jamais il ne vous aurait laissée au GPO, et l'Anne que j'ai connue ne l'aurait jamais quitté, lui.

« L'Anne que j'ai connue. »

Une peur acide et brûlante me remuait l'estomac. Je n'aimais pas la tournure que prenait cette histoire. La mère d'Eoin n'avait jamais été retrouvée. Son corps n'avait jamais été retrouvé. On l'avait supposée morte, comme son mari, perdue dans une rébellion qui s'était très mal terminée. Et à présent j'étais là, suscitant des questions depuis longtemps enfouies. Ça n'allait pas. Ça n'allait pas du tout.

— Nous l'aurions su. Si vous aviez été envoyée en Angleterre avec les autres prisonniers, nous l'aurions su. Ils ont libéré les autres femmes. Tout le monde a été libéré. Cela fait des années. Et... et vous êtes en bonne santé ! (Thomas s'est détourné, a fourré ses mains dans les poches de son pantalon.) Vos cheveux... votre peau. Vous semblez... en bonne santé.

C'était comme une accusation, des mots qu'il me jetait à la tête, sans même hausser le ton. Il est revenu vers moi, mais sans se rapprocher du lit.

— Vous avez l'air en bonne santé, Anne. De toute évidence, vous ne vous êtes pas morfondue dans une prison anglaise.

Je ne pouvais rien répondre à cela. Je ne pouvais donner aucune explication. Je ne savais pas ce qui était arrivé à l'Anne Gallagher de 1921. Je n'en savais rien. L'image des tombes de Ballinagar a surgi dans mon esprit, la haute pierre avec le nom Gallagher à la base. Anne et Declan partageaient cette pierre, et les dates étaient claires : 1892-1916. Je l'avais vue la veille. Je rêvais. Ce n'était qu'un rêve.

— Anne ? a insisté Thomas.

J'étais une menteuse formidable. Pas parce que j'aimais mentir, mais parce que mon cerveau était capable de concevoir instantanément toutes sortes de coups de théâtre et de retournements de situation, et que chaque mensonge devenait une autre version possible de l'histoire. Je n'en tirais aucune vanité, c'était simplement un des risques de mon métier. Mais à présent, j'étais incapable de mentir. Je n'en savais pas assez pour fabriquer une histoire convaincante. Pas encore. J'allais m'endormir, et quand je me réveillerais, ce rêve serait terminé. J'ai serré les dents et fermé les yeux, pour écarter tout cela.

— Je ne sais pas, Thomas.

J'ai prononcé son nom, l'ai supplié de me laisser tranquille, et j'ai tourné la tête vers le mur. Je voulais être en sécurité avec mes pensées et avoir le temps de les examiner.

8 septembre 1917

Garvagh Glebe signifie « terre sauvage ». J'ai toujours pensé que c'était un nom intéressant pour un si bel endroit : le domaine est voisin du lac, les arbres sont grands, le sol est riche et l'herbe est verte. Ce domaine n'est pas une terre sauvage. Pourtant, c'est exactement ce que Garvagh Glebe a toujours représenté pour moi. Une terre sauvage. Un lieu difficile. Et j'ai toujours eu du mal à savoir si je devais l'aimer ou le détester. Il m'appartient maintenant, mais il n'a pas toujours été à moi.

Il appartenait à John Townsend, mon beau-père, un propriétaire anglais dont la famille avait reçu cette terre trois siècles avant sa naissance. John était un homme bon. Il était bon avec ma mère, bon avec moi, et quand il est mort, j'ai hérité de Garvagh Glebe. Moi, un Irlandais. Pour la première fois depuis trois cents ans, cette terre revenait en des mains irlandaises. J'avais toujours cru que la terre irlandaise devait appartenir aux Irlandais, à ceux qui avaient vécu et étaient morts sur ce sol génération après génération.

Mais cette idée ne m'inspirait ni orgueil ni sentiment de revanche. Le fait que le sort m'avait souri me remplissait en général d'un désespoir tranquille. On attend beaucoup de celui à qui tout a été donné, et j'attendais beaucoup de moi-même.

Je ne reprochais pas à John Townsend d'être anglais. Je l'aimais. Il n'avait ni opinions ni intentions mauvaises, ni préjugés contre les Irlandais, ni haine dans son cœur. C'était simplement un homme qui acceptait ce qui lui avait été donné. La marque d'infamie de son patrimoine s'était estompée avec les siècles. Il ne se sentait pas coupable des péchés de ses pères. Et il n'avait aucune raison de l'être.

J'imagine que je n'étais pas différent de mon beau-père. J'avais bénéficié de sa richesse. J'avais accepté bien volontiers son héritage. Il m'avait offert une excellente éducation, il avait fait venir les meilleurs médecins, les meilleurs précepteurs quand j'étais jeune et malade. Plus tard, il avait financé mes études, la belle maison que j'habitais à Dublin pendant que je faisais ma médecine à l'université. Il avait acheté une voiture pour me ramener à la maison quand ma mère était morte au milieu de ma deuxième année d'études. Et quand mon beau-père était mort, six mois avant l'Insurrection, il m'avait laissé tout ce qu'il possédait. Je n'avais pas gagné l'argent que j'avais investi à la Bourse de Londres. Je n'avais pas travaillé pour les sommes déposées à la Banque royale dans Knox Street, ou les billets qui remplissaient le coffre placé dans la bibliothèque à Garvagh Glebe. Les comptes étaient tous à mon nom, mais je n'avais pas mérité cet argent.

J'aurais pu fuir, refuser la richesse et la bonté de John Townsend. Mais je n'étais pas bête. J'étais idéaliste, nationaliste, j'étais un Irlandais orgueilleux, mais je n'étais pas bête. À quinze ans, dans ma classe à Wexford, alors que j'écoutais mon professeur nous lire les discours des patriotes emprisonnés, je m'étais promis d'utiliser mon éducation, ma position et ma fortune pour améliorer le sort de l'Irlande. C'était l'époque où Declan ne me quittait pas, aussi passionné que moi et aussi engagé en faveur de la cause de la liberté irlandaise. L'argent de John Townsend avait aussi financé les études de Declan. Mon beau-père avait souhaité que je vive entouré d'amis, et il avait payé le gîte et le couvert de Declan, il lui avait permis de revenir voir sa mère ; des années plus tard, quand Declan avait épousé Anne, il avait même payé leur mariage et il avait permis au couple d'habiter la maison de l'intendant à Garvagh Glebe sans avoir à verser de loyer.

John Townsend n'avait pas approuvé quand Declan et moi nous étions impliqués dans la branche locale du Sinn Féin, ni quand nous avions rejoint la Fraternité républicaine irlandaise. Mais il ne m'avait jamais retiré son soutien financier ou son affection. Maintenant que sa voix ne résonne plus entre les murs de Garvagh Glebe, je me demande si nous l'avons blessé par notre ferveur, si nos discours sur l'autorité britannique injuste et les Anglais sanguinaires l'ont contrarié et dégoûté. Cette pensée me cause de grands remords. J'ai dû admettre que l'idéalisme réécrit souvent l'histoire pour qu'elle coïncide avec sa vision des faits. En vérité, tous les Anglais ne sont pas des tyrans, et tous les Irlandais ne sont pas des saints. Assez de sang a été répandu, assez de blâmes ont été distribués, pour nous condamner tous.

Mais l'Irlande mérite son indépendance. Je ne suis plus aussi fougueux ou farouche que je l'étais jadis. Je ne suis plus aussi naïf ou aveugle. J'ai vu ce que coûte la révolution, et le prix est élevé. Mais quand je regarde Eoin et que je vois son père, je ressens encore cette aspiration dans ma chair et cette promesse dans mes os.

T. S.

6

Un rêve de mort

J'ai rêvé qu'elle était morte en terre étrangère,
Loin de toute main familière.
Sur elle ils ont cloué les planches du cercueil,
Les paysans de cette terre,
Puis ils l'ont exposée au ciel indifférent.
Je suis venu graver ces mots :
Elle était plus jolie que ton premier amour,
Mais elle gît dans un cercueil.

W. B. Yeats

Il y a des années, à la télévision, j'avais vu un documentaire sur une femme qui s'était réveillée chez elle un matin sans savoir le moins du monde comment elle était arrivée là. Elle ne connaissait ni ses enfants ni son mari. Elle avait oublié son passé et son présent. Elle a traversé les couloirs et les pièces de sa maison, regardé les photos de ses êtres chers et de sa vie, contemplé son propre visage inconnu dans le miroir. Et elle a décidé de faire semblant. Pendant des années, elle n'a jamais révélé qu'elle ne se rappelait rien. Sa famille n'a jamais deviné son secret jusqu'à ce qu'elle passe aux aveux, des années plus tard.

Les médecins pensaient qu'elle avait fait une sorte d'anévrisme qui avait affecté sa mémoire mais rien d'autre. Cette émission m'avait laissée très sceptique : qu'elle ait tout oublié, soit, mais comment avait-elle pu ainsi duper sa famille, sans qu'ils ne se doutent de rien ?

Pendant trois jours, je suis restée dans le malaise et le déni. Je dormais quand je pouvais, j'examinais le papier peint fleuri quand je ne pouvais pas. J'écoutais la maison et je la suppliais de me prendre pour confidente, de me dévoiler les secrets que j'ignorais et de me confesser les détails que je devrais connaître, les éléments dispersés comme des bouts de papier emportés par le vent, impossibles à rattraper. Je n'avais pas vraiment interrogé Eoin sur sa jeunesse. J'avais grandi immergée dans le monde qu'il construisait pour moi, un monde rempli de tous les oripeaux de l'enfance. J'étais le centre de son univers. Je ne m'étais jamais demandé ce qu'il y avait eu avant, du temps où il avait une existence distincte de la mienne. Mais il avait eu une vie sans moi. Et je me suis rendu compte que j'en ignorais presque tout.

À certains moments, je pleurais de peur, je remontais les couvertures par-dessus mon visage pour me cacher et trembler sous un couvre-lit qui n'aurait pas dû réellement exister, qui n'existait pas. Thomas, Brigid, Eoin – ces gens-là n'existaient pas. N'existaient plus. Pourtant ils étaient là, aussi vivants que moi, en chair, en os et en sentiments, ils vivaient des jours déjà passés. Alors je me remettais à pleurer.

J'étais à moitié convaincue que j'étais morte, que la balle reçue sur le lac m'avait tuée et que j'étais arrivée dans un étrange paradis où Eoin était redevenu enfant. En fin de compte, c'est cette idée qui a pris de l'ampleur, l'étincelle s'est changée en flamme, m'a réchauffée et a calmé le ressassement délirant de mes pensées. Eoin était ici, à cet endroit. Dans mon monde, il n'était plus. Ici, nous étions à nouveau réunis, tout comme il me l'avait promis. Eoin me donnait envie de rester, au moins un moment.

Thomas venait régulièrement me voir, pour changer mon bandage et vérifier que la plaie ne s'infectait pas.

— Tout ira bien, Anne. C'est encore douloureux, mais cela va s'arranger. La blessure n'avait rien de grave.

— Où est Eoin ?

Le petit garçon n'était pas revenu depuis le premier soir.

— Brigid est allée passer quelques jours chez sa sœur, à Kiltyclogher.

— Kiltyclogher, ai-je répété. (Je tâchais de me rappeler où j'avais rencontré ce nom. Et j'ai fini par tirer l'information d'un recoin de mon cerveau.) Seán Mac Diarmada est né à Kiltyclogher.

— Oui. Sa mère, Mary, était une McMorrow. Elle et Brigid sont sœurs.

— Declan et Seán étaient cousins ?

— En effet. Anne, vous le savez bien.

Je n'ai pu que secouer la tête, incrédule. Pourquoi Eoin m'avait-il ainsi dissimulé son histoire ? Un lien familial aussi important, et il ne l'avait jamais divulgué. « Brigid Gallagher, née McMorrow. » J'ai fermé les yeux et j'ai essayé de faire le vide dans ma tête, mais je n'ai pu m'empêcher de dire ce que je pensais :

— Brigid ne veut pas qu'Eoin me voie.

— C'est vrai, a répondu Thomas sans lui chercher d'excuses. Pouvez-vous lui en vouloir ?

— Non. (Je comprenais parfaitement Brigid. Je ne me serais pas fait confiance non plus. Mais je n'étais pas coupable des fautes d'Anne, quelles qu'elles aient pu être.) J'aimerais prendre un bain. Serait-ce possible ?

J'avais désespérément besoin d'un bain. Mes cheveux avaient perdu leur volume et me pendouillaient dans le dos, j'ai passé la main dessus avec embarras.

— Non. Pas encore. Il ne faut pas mouiller la plaie.

— Je pourrais peut-être me laver un peu ? Avec un gant ? Me brosser les dents, peut-être me laver la tête ?

Ses yeux se sont posés sur la masse emmêlée de mes cheveux, puis s'en sont vivement détournés.

— Si vous vous sentez assez forte, je suis d'accord. Mais la bonne est partie. Même Brigid n'est pas là pour vous assister.

Je n'avais pas envie que Brigid m'aide. Un jour, elle était entrée dans ma chambre comme un vent glacé et avait laissé un courant d'air sur son passage. Elle évitait de me regarder, même quand elle m'avait enfilé une vieille chemise de nuit qui me serrait la gorge et m'arrivait aux chevilles.

— Je m'en sortirai très bien toute seule, Thomas.

— Pas pour les cheveux, en tout cas. Vous arracheriez vos points de suture. Je m'en occuperai, a-t-il dit sévèrement en repoussant les couvertures pour m'aider à me lever. Pouvez-vous marcher ?

J'ai fait signe que oui, et il m'a donné le bras le temps que je me traîne jusqu'à la salle de bains où il m'avait conduite plusieurs fois ces derniers jours. Mon besoin normal et persistant d'uriner était l'une des choses qui m'avaient convaincue que je ne rêvais pas. Et que je n'étais pas morte.

— Les dents d'abord, s'il vous plaît.

Thomas a posé sur le lavabo une petite brosse en bois et un tube, assez semblable au dentifrice dont j'avais l'habitude. Les poils de la brosse étaient des soies naturelles, raides. Je me suis efforcée de ne pas trop y penser, pas plus qu'au goût de savon de la pâte. J'ai frotté avec soin, en finissant avec le doigt pour éviter de me faire saigner. Thomas a attendu que l'eau chaude gargouille dans les tuyaux, mais je l'ai surpris à me regarder, un sillon au milieu du front.

Quand j'ai eu terminé, Thomas a placé un tabouret en bois à côté de l'énorme baignoire à pattes de lion. Engoncée dans la vieille chemise de nuit de Brigid, j'ai essayé de me pencher par-dessus la baignoire, mais j'ai poussé un petit cri de douleur.

— Je crois que je ne peux pas encore me plier en deux.
— Alors restez debout. Tenez-vous sur le côté, je me charge du reste.

Les pieds au sol, je me sentais mieux, mais j'étais faible et vacillante, et le poids de ma tête était inconfortable. Je l'ai laissée reposer sur ma poitrine tandis qu'il remplissait un broc en faïence pour me verser, d'une main sûre, un flot d'eau tiède sur les cheveux.

C'était délicieux, cette chaleur et ces soins délicats, mais je me sentais si dépourvue de toute dignité, dans cette longue chemise de nuit, que j'ai éclaté de rire. J'ai senti que Thomas s'immobilisait.

— Je m'y prends mal ? a-t-il demandé.
— Pas du tout. C'est parfait, merci.
— J'avais oublié à quoi il ressemblait.
— Quoi ?
— Votre rire.

J'ai aussitôt cessé. Ce n'était qu'une imposture, affreuse et effrayante. L'eau a continué à couler jusqu'à ce que ma tête soit si lourde que je sentis un tiraillement au côté. J'ai titubé, Thomas m'a soutenue, essorant mes cheveux de sa main droite et me retenant de la gauche.

— J'ai besoin de mes deux mains pour vous laver les cheveux. Si je vous lâche, vous tombez ?

— Non.

— Ne dites pas ça pour me faire plaisir, me gronda-t-il.

Quelque chose dans son accent chantant s'insinuait sous ma peau. Je ne savais pas si c'était simplement le son de mon enfance, le son d'Eoin, mais cela me réconfortait. Thomas a lentement lâché prise, pour tester la véracité de mon affirmation. Comme je ne flageolais plus, il s'est empressé de faire mousser un morceau de savon dans la masse ruisselante. J'ai fait la grimace, non de douleur, mais parce que je ne parvenais pas à imaginer quelle allure auraient mes cheveux une fois secs. J'utilisais des produits hors de prix pour les empêcher de trop friser et de devenir impossibles à coiffer.

Thomas était méthodique mais sans la moindre brutalité. Je sentais ses longs doigts sur mon cuir chevelu, sa présence fidèle à mes côtés, et toute cette gentillesse me donnait envie de pleurer. Je serrais les dents pour ravaler les larmes qui me piquaient les yeux, en me répétant que j'étais ridicule. J'ai dû vaciller à nouveau car Thomas m'a enroulé une serviette autour des épaules, m'a essuyé les cheveux encore une fois, puis m'a rassise sur le tabouret.

— Avez-vous… de l'huile… une lotion… pour lisser les cheveux ? ai-je balbutié en cherchant les termes adéquats. Quelque chose pour les démêler plus facilement ?

Thomas a haussé les sourcils, et il a repoussé la mèche sombre qui avait glissé sur son front. Sa chemise était humide et ses manches retroussées aux coudes ne valaient guère mieux.

J'avais l'impression d'être un enfant capricieux.

— Peu importe. Je suis désolée. Merci de m'avoir aidée.

Il a réfléchi en faisant la moue, puis s'est dirigé vers la grande armoire près de la porte.

— Ma mère se lavait les cheveux avec un œuf battu et elle les rinçait avec une infusion de romarin. Peut-être la prochaine fois, hein ?

Il m'a adressé l'esquisse d'un sourire. Il a tiré de l'armoire un peigne métallique à dents fines et un petit flacon en verre. Sur une étiquette jaune, le mot « Brillantine » figurait au-dessus du dessin d'un homme aux cheveux plaqués et nettement divisés par une raie. J'ai deviné que ce flacon appartenait à Thomas.

— J'en mettrai juste un tout petit peu. Ça laisse des traces grasses, Brigid s'en plaint toujours. Elle dit que je salis les meubles partout où je pose la tête.

Il s'est assis sur la cuvette des toilettes et a tiré vers lui le tabouret sur lequel j'étais installée, si bien que je me trouvais entre ses genoux, lui tournant le dos. Je l'ai entendu déboucher le flacon d'huile et se frotter les mains. L'odeur n'était pas désagréable, comme je l'avais craint. C'était le parfum de Thomas.

— Commencez par les pointes et remontez peu à peu, ai-je suggéré doucement.

— Bien, madame.

Son ton était comique, et je me suis mordu la lèvre pour ne pas rire. J'étais tout à fait consciente du caractère intime de ses gestes. Dans les années 1920, aucun homme ne devait prendre soin ainsi de sa femme. Et je n'étais pas sa femme.

— Pas de patients à voir, aujourd'hui ? ai-je demandé lorsque, suivant ma suggestion, il s'est mis à remonter les mèches humides qui me pendaient dans le dos.

— C'est dimanche, Anne. Les O'Toole ne travaillent pas le dimanche, et je ne vois aucun patient sauf en cas d'urgence. Voilà deux semaines d'affilée que je manque la messe. Je suis sûr que le Père Darby va venir m'interroger à ce propos et boire mon whisky au passage.

— C'est dimanche, ai-je répété, essayant de me rappeler quel jour nous étions lorsque j'avais répandu les cendres d'Eoin au-dessus du Lough Gill.

— Je vous ai tirée du lough dimanche dernier. Cela fait une semaine que vous êtes ici.

Il a rassemblé mes cheveux dans une main et a glissé le peigne avec précaution à travers toute leur longueur.

— Quel jour sommes-nous ?
— Le 3 juillet.
— Le 3 juillet 1921 ?
— Oui, 1921.

Je suis restée muette tandis qu'il continuait, démêlant soigneusement les nœuds.

— Ils vont proposer une trêve, ai-je murmuré.
— Quoi ?
— Les Anglais vont proposer une trêve avec le Dáil. Les deux camps tomberont d'accord le 11 juillet 1921.

Cette date, au contraire de beaucoup d'autres, s'était logée dans ma tête, parce que le 11 juillet était l'anniversaire d'Eoin.

— Et comment savez-vous cela, exactement ? (Il ne me croyait pas, bien sûr. Il semblait méfiant.) Depuis décembre dernier, de Valera tente de convaincre le Premier Ministre britannique d'accepter une trêve.

— Je le sais, simplement.

J'ai fermé les yeux, en me demandant comment je pourrais jamais lui expliquer, comment je pourrais le convaincre de ma véritable identité. Je ne voulais pas me faire passer pour quelqu'un d'autre. Mais si je n'étais pas Anne Finnegan Gallagher, me permettrait-il de rester ? Et si je ne pouvais pas rentrer chez moi, où irais-je ?

— Là, ça devrait aller, a dit Thomas.

Il a frotté les mèches peignées avec la serviette, pour absorber l'eau et l'excédent d'huile. J'ai touché mes cheveux dont les pointes commençaient déjà à friser, et je l'ai remercié tout bas. Il s'est levé et, s'emparant de mes avant-bras, m'a aidée à me mettre debout.

— Je vous laisse, maintenant. Il y a un gant et du savon pour vous laver. Évitez de vous approcher des pansements. Je ne serai pas loin. Appelez-moi quand vous aurez terminé. Et pour l'amour du Ciel, ne vous évanouissez pas.

Il est parti vers la porte, mais a hésité alors qu'il manœuvrait la poignée.

— Anne ?

— Oui ?

— Je suis désolé. (Ses excuses sont restées en suspens pendant quelques instants.) Je vous ai laissée à Dublin. Je ne vous ai pas trouvée. Mais j'aurais dû continuer à chercher.

Il parlait d'une voix très douce, le visage détourné, le dos raide. J'avais lu ce qu'il avait écrit, son récit de l'Insurrection. J'avais ressenti son angoisse. Je la ressentais à nouveau, et j'aurais voulu le soulager.

— Vous n'avez rien à vous faire pardonner, ai-je dit sur un ton plein de conviction. Vous avez pris soin d'Eoin. Et de Brigid. Vous avez ramené Declan chez lui. Vous êtes un homme bon, Thomas Smith. Un homme très bon.

Il a secoué la tête, comme pour refuser le compliment, et quand il a repris la parole, il semblait éprouvé.

— Votre nom figure sur sa tombe. J'ai enterré votre châle à côté de lui, ce châle vert que vous aimiez tant. C'est tout ce que j'ai pu retrouver.

— Je sais, ai-je dit pour le consoler.

Il a brusquement pivoté sur ses talons, et j'ai vu briller dans ses yeux le chagrin que j'avais entendu dans sa voix.

— Vous le savez ? Comment le savez-vous ?

— Je l'ai vu. J'ai vu la tombe à Ballinagar.

— Que vous est-il arrivé, Anne ? a-t-il insisté, reprenant cette question qu'il m'avait déjà posée trop de fois.

— Je ne peux pas vous le dire.

— Pourquoi ?

Ce mot était un cri de frustration, et j'ai haussé la voix pour être au diapason.

— Parce que je ne sais pas. Je ne sais pas comment je suis parvenue ici !

Je me cramponnais au bord du lavabo, et il devait y avoir sur mon visage assez de vérité ou de désespoir car il a poussé un profond soupir en ramenant en arrière ses cheveux décoiffés.

— Très bien, a-t-il murmuré. Appelez-moi quand vous aurez fini.

Il est sorti sans un mot de plus, a refermé la porte de la salle de bains derrière lui, et je me suis lavée, les mains tremblantes et les jambes vacillantes, plus effrayée que je ne l'avais été de toute ma vie.

***

Eoin et Brigid sont rentrés le lendemain. J'ai entendu Eoin gravir le grand escalier, puis redescendre, après quoi Brigid lui a dit que je me reposais et qu'il ne fallait pas me déranger. J'étais allée deux fois à la salle de bains toute seule, à pas précautionneux mais avec une assurance croissante, pour me brosser les dents et me peigner moi-même. Je voulais m'habiller, voir Eoin, bouger, mais je n'avais rien à me mettre à part les deux chemises de nuit qu'on m'avait prêtées et que je portais depuis le début de ma convalescence. J'étais impatiente et faible, je passais mes journées à regarder la vue qu'offraient mes deux fenêtres. La chambre où je dormais était située à l'angle de la maison, et par une fenêtre je voyais parfaitement la grande allée, par l'autre le lac. Quand je ne contemplais pas les arbres feuillus et le lac scintillant encadré par leurs branches, je guettais le retour de Thomas sur le chemin ombragé.

Cet homme dormait rarement. Dimanche soir, il avait été appelé pour un accouchement, et j'avais passé la nuit seule dans la grande maison, craignant de ne pas être en assez bonne santé pour qu'on me laisse ainsi. Je lui ai affirmé que j'allais très bien. Je ne lui ai pas dit que j'avais passé seule l'essentiel de ma vie adulte, et que je n'avais pas besoin d'une compagnie constante.

J'en ai profité pour explorer la maison, mais pas longtemps. Je me suis traînée de l'imposante salle à manger à l'immense cuisine, puis jusqu'aux deux pièces que Thomas utilisait manifestement comme cabinet et comme clinique, et cela a suffi à m'épuiser. J'ai regagné mon lit alors que mes jambes me soutenaient à peine, bien contente de ne pas avoir d'escalier à monter pour atteindre ma chambre.

Les domestiques sont revenus le lendemain matin. À l'heure du dîner, une jeune fille vêtue d'une robe noire toute simple et d'un tablier blanc, ses cheveux blonds attachés en une longue natte, m'a apporté de la soupe et du pain sur un plateau. Elle a retiré les draps et le couvre-lit pendant que je mangeais, puis a refait mon lit. Après quoi elle s'est retournée vers moi, le regard curieux, les bras pleins de linge sale.

— Puis-je faire autre chose pour vous, madame ?

— Non, merci. Appelez-moi Anne, je vous en prie. Comment vous appelez-vous ?

— Maeve, madame. Je viens de commencer. Mes sœurs aînées, Josephine et Eleanor, sont en cuisine. Et je suis là pour aider Moira, mon autre sœur, à faire le ménage. Je travaille dur.

— Maeve O'Toole ?

Ma cuiller a tinté bruyamment contre l'assiette de porcelaine.

— Oui, madame. Mon père est l'intendant du Dr Smith. Mes frères travaillent aux champs ; nous autres, les filles, à la maison. On est dix en tout, même si le petit Bart n'est encore qu'un bébé. Onze si on compte mon arrière-grand-mère, mais c'est une Gillis, pas une O'Toole. Elle est si vieille qu'on pourrait même la compter deux fois ! On habite au bout du chemin, derrière la grande maison.

J'ai regardé cette jeune fille rieuse, qui avait douze ans tout au plus, et j'ai tenté de retrouver dans ses traits ceux de la vieille femme. Je n'ai pas pu. Le temps l'avait si complètement transformée qu'il n'y avait aucune ressemblance évidente.

— Ravie de vous avoir rencontrée, Maeve, ai-je balbutié en tâchant de dissimuler mon étonnement.

Avec un sourire radieux, elle a baissé la tête, comme si j'étais une reine en visite officielle, et elle a quitté la pièce.

« Anne est revenue. » C'est ce que Maeve avait dit. Elle n'avait pas oublié. J'avais fait partie de son histoire. Moi. Pas mon arrière-grand-mère. Ce n'était pas Anne Finnegan Gallagher qui était revenue. C'était moi.

23 mai 1918

Le mois dernier, une pétition contre la conscription attendait les signatures à la porte de chaque église d'Irlande. En Angleterre, le Premier Ministre avait déclaré que les jeunes Britanniques étaient en proie à l'angoisse des combats, sur un front long de quatre-vingts kilomètres, mais les Irlandais n'ont aucune part dans ce conflit. L'enrôlement forcé dans l'armée britannique est ce que l'on redoute à présent dans tous les foyers irlandais.

Les Anglais ont commencé à jouer au chat et à la souris : ils libèrent des prisonniers politiques pour mieux les rattraper et les arrêter à nouveau. Ils se sont également mis à arrêter les gens pour participation à toute activité susceptible de favoriser l'« irlandisme » – danses traditionnelles, cours de gaélique, matchs de hurling – et de fomenter le sentiment antibritannique.

Cela ne fait qu'attiser les rancœurs.

Je suis allé à Dublin le 15 mai, et j'ai appris qu'une série d'assauts allait être menée contre le domicile des membres éminents du Sinn Féin le vendredi suivant. Mon nom n'était pas sur la liste, mais Mick était inquiet. Il tenait l'information d'un de ses espions au château de Dublin, et il m'a conseillé de ne pas rentrer chez moi. J'ai passé la nuit au Vaughan's Hotel avec Mick et quelques autres, en attendant les assaillants. De Valera et plusieurs membres du conseil sont rentrés chez eux malgré l'avertissement, et ils ont été arrêtés lors de la rafle. Comment mettre en doute la parole de Michael Collins lorsqu'il vous dit de ne pas rentrer chez vous ? En tout cas, les Anglais ont dû se contenter de ceux qu'ils avaient capturés. Mick est reparti à l'aube, il a parcouru la ville à bicyclette, vêtu de son costume gris, au nez et à la barbe des hommes qui désiraient par-dessus tout l'arrêter.

Réconforté par l'idée que mon nom n'était pas mêlé à tout cela, je suis allé moi-même au château. Lord John French, récemment nommé gouverneur général de l'Irlande, est un vieil ami de mon beau-père. Mick est emballé par ce lien. J'ai pris le thé avec lord French dans son bureau, au château, et il m'a énuméré toutes ses petites maladies, comme font les gens dès qu'ils ont un médecin sous la main. J'ai promis de passer le voir une fois par mois avec un nouveau traitement pour sa goutte. Et il a promis de m'obtenir une invitation au bal du gouverneur à l'automne. J'ai essayé de ne pas faire la grimace et j'y suis parvenu.

Il a aussi affirmé avec aigreur que son premier objectif, dans ses nouvelles fonctions, était de proclamer l'interdiction du Sinn Féin, des Volontaires irlandais, de la Ligue gaélique et du Cumann na mBan. J'ai hoché la tête, en pensant à ce que de telles mesures présageaient.

*Chaque fois que je vais à Dublin, je pense à Anne. Parfois je me surprends à la chercher, comme si elle était restée ici après le soulèvement, comme si elle attendait que je la trouve. La liste des victimes de l'Insurrection de Pâques a enfin été publiée l'an dernier dans l'*Irish Times*. Le nom de Declan y figurait. Pas celui d'Anne. Il y avait une poignée de victimes « non identifiées ». Mais au point où nous en sommes, elles ne seront jamais identifiées.*

T. S.

7

Les cris des chiens

Avant l'aurore, un jour, nous nous éveillerons ;
Devant la porte, nos vieux chiens nous attendrons.
Nous comprendrons fort bien qu'une chasse est en cours.
Sur la piste de sang nous marcherons encore.

W. B. Yeats

THOMAS A DÛ RENTRER quand j'étais déjà couchée, et il est resté dehors presque tout le lendemain. J'ai encore passé la journée dans ma chambre ; je me suis risquée jusqu'à la salle de bains et j'en suis revenue, j'ai écouté la chaudière grommeler à la cave, extravagance moderne dont bien peu de demeures rurales sont dotées. J'ai entendu Maeve et une autre jeune fille – Moira ? – s'en émerveiller, dans le couloir menant à ma chambre. C'était le deuxième jour de Maeve dans la grande maison, et elle était manifestement stupéfaite devant tant de luxe. Thomas est arrivé à la nuit tombée et a frappé doucement à ma porte. Quand je lui ai répondu d'entrer, il n'a fait qu'un pas à l'intérieur de la chambre. Il avait les yeux rouges, injectés de sang, et une tache sombre sur le front ; sa chemise était salie, le faux col avait disparu.

— Comment vous sentez-vous ? a-t-il demandé sur le seuil de la pièce.

Jusqu'ici, il avait vérifié mes bandages tous les jours. Cela faisait quarante-huit heures qu'il ne l'avait pas fait, mais il ne s'est pas approché de mon lit.

— Mieux.

— Je me lave et je reviens changer vos pansements.

— Pas la peine. Demain il sera bien temps. Comment va le bébé ?

Il m'a regardée un moment sans comprendre, puis a eu une illumination.

— Le bébé et la mère vont bien. Je n'ai pas servi à grand-chose.

— Pourquoi dirait-on que vous revenez de la guerre ?

Il a contemplé ses mains et l'état de sa chemise froissée, puis s'est appuyé au chambranle, plein de lassitude.

— Il y a eu un problème à la ferme Carrigan. Les... gendarmes... cherchaient des armes. Comme ils se sont heurtés à une certaine résistance, ils ont mis le feu à la grange et à la maison, et ont abattu la mule. Le fils aîné, Martin, est mort. Il a tué un des gendarmes et en a blessé un autre avant d'être terrassé.

— Oh non, ai-je fait.

Je connaissais cette histoire, mais elle n'avait jamais eu autant de réalité dans mon esprit.

— Quand j'y suis arrivé, il ne restait plus rien de la grange. La maison s'en est mieux sortie. Il faudra refaire le toit. Nous avons sauvé ce que nous avons pu. Mary

Carrigan essayait encore de tirer leurs affaires du cottage alors que le chaume en flammes lui tombait dessus. Elle a les mains brûlées et a perdu la moitié de ses cheveux.

— Que pouvons-nous faire ?

— Nous ne pouvons rien. (Il a souri faiblement pour atténuer la brutalité de ce constat.) Je ferai en sorte que les mains de Mary cicatrisent. La famille va s'installer chez des parents de Patrick en attendant que le toit soit réparé. Et puis ils reprendront le cours de leur vie.

— Avaient-ils des armes ?

— Les gendarmes n'en ont pas trouvé. (Il a soutenu mon regard un moment, tout en réfléchissant, puis a détourné les yeux.) Mais Martin a… avait… la réputation d'en faire la contrebande.

— À quoi servent ces armes ?

— Les armes ne servent qu'à une chose, Anne. Nous combattons les Anglais avec tout ce qui nous tombe sous la main et avec des grenades artisanales. Et quand nous avons de la chance, nous les combattons aussi avec des fusils Mauser.

Sa voix semblait nerveuse, il avait la mâchoire serrée.

— Nous ? ai-je tenté.

— Nous. Il fut un temps où vous étiez incluse dans ce *nous*. Est-ce encore le cas ?

J'ai fouillé son regard, hésitante, et j'ai gardé le silence. Je ne pouvais pas répondre à une question que je ne comprenais pas.

Lorsqu'il a refermé la porte, son pied a laissé une empreinte noire.

***

Bien après que la grande horloge du vestibule avait sonné une heure, je me suis réveillée en sentant de petites mains sur mes joues et un petit nez contre le mien.

— Tu dors ? a chuchoté Eoin.

J'ai touché son visage, transportée de joie.

— Sûrement.

— Je peux dormir avec toi ?

— Ta grand-mère sait que tu es ici ?

J'ai tendu la main vers la douce toison cramoisie qui frisait au-dessus de son front.

— Non. Elle dort. Mais j'ai peur.

— De quoi as-tu peur ?

— Le vent fait beaucoup de bruit. Et si on n'entend pas venir les Tans ? Et si la maison prend feu pendant qu'on dort ?

— Qu'est-ce que tu racontes ?

Je lui ai caressé les cheveux pour l'apaiser.

— Ils ont brûlé la maison de Conor. J'ai entendu Doc le dire à Nana, a-t-il expliqué d'une voix plaintive, les yeux écarquillés.

— Eoin ?

Thomas se tenait à la porte, il s'était lavé et changé, mais pas pour se coucher. Apparemment, il n'avait pas dormi. Il portait un pantalon, une chemise blanche à col boutonné et ses chaussures. Et il serrait une carabine dans la main droite.

— Tu guettes les Tans, Doc ? a demandé Eoin.

Thomas n'a pas démenti, mais a posé son arme contre le mur et est entré. Il s'est avancé jusqu'à mon lit et a pris Eoin par la main.

— C'est le milieu de la nuit, petit gars. Viens.

— Ma mère va me raconter une histoire. (Eoin mentait avec obstination, et mon cœur protestait doucement.)

Et si tu les guettais de cette fenêtre-là pour écouter avec moi, Doc ?

Eoin désignait avec aplomb la vue sur la grande allée qui s'enfonçait dans les ténèbres.

— Anne ? a soupiré Thomas, qui avait besoin de renfort.

— Laissez-le-moi, je vous en prie. Il a peur. Il peut dormir ici.

— Je peux dormir ici, Doc !

— Attention, Eoin. Ne grimpe pas sur ta mère. Fais le tour.

Eoin s'est aussitôt faufilé de l'autre côté du lit pour l'escalader, se fourrant à côté de moi sous les couvertures. Son corps était tellement collé au mien que Thomas aurait eu la place de nous rejoindre. Bien sûr, il ne l'a pas fait. Il a préféré approcher une chaise de la fenêtre donnant sur l'allée et s'y est assis, les yeux fixés vers l'obscurité. Eoin ne s'était pas trompé ; il montait la garde.

J'ai raconté à Eoin la légende irlandaise de Fionn et du Saumon de la Sagesse, et pourquoi Fionn avait un pouce magique.

— Quand Fionn avait besoin de savoir quelque chose, il n'avait qu'à se mettre le pouce dans la bouche, et il trouvait la réponse, ai-je dit pour clore le récit.

— Une autre, s'il te plaît, a chuchoté Eoin, dans l'espoir que Thomas n'entendrait pas.

Thomas a soupiré mais n'a pas protesté.

— Tu connais l'histoire de Setanta ?

— Est-ce que je connais l'histoire de Setanta, Doc ?

Eoin avait oublié sa discrétion.

— Oui, Eoin.

— Je ne m'en souviens pas bien. Il faudrait qu'on me la raconte encore.

— D'accord. Setanta était le fils de Dechtire, sœur de Conchobar Mac Nessa, le roi d'Ulster. Setanta n'était qu'un jeune garçon, mais il avait très envie de se battre comme les chevaliers qui faisaient la guerre pour son oncle. Un jour que sa mère avait le dos tourné, Setanta s'est enfui et a entrepris le long voyage jusqu'en Ulster, résolu à rejoindre les chevaliers de la Branche rouge. Le trajet était ardu, mais à aucun moment Setanta n'a fait marche arrière pour repartir vers les bras de sa mère où il aurait été en sécurité.

— Ardu ? a interrompu Eoin, intrigué.

— Très difficile.

— Il n'aimait pas sa mère ?

— Si. Mais il voulait être un guerrier.

Eoin semblait douter, comme s'il ne comprenait pas vraiment. Il m'a passé son bras autour du cou et a posé sa tête sur ma poitrine.

— Ah. Il aurait pu attendre.

J'ai fermé les yeux pour refouler un soudain afflux de larmes.

— Oui. Mais Setanta était prêt. En arrivant à la cour du roi, il a fait tout ce qu'il pouvait pour impressionner son oncle. Et même s'il était petit, il était plein d'énergie et de courage, et le roi a dit qu'il pouvait se former au métier de chevalier. Setanta a appris beaucoup de choses : à se taire lorsqu'il était sage de se taire, à se battre quand il le fallait, à écouter le vent, la terre et l'eau pour que ses ennemis ne le prennent jamais par surprise.

— Il a revu sa mère ? a demandé Eoin, toujours préoccupé par ce détail.

— Oui. Et elle était très fière de lui.

— Raconte-moi le moment avec le chien.

— Donc tu t'en souviens, de cette histoire ?

Eoin est resté muet, conscient d'être démasqué. J'ai terminé par l'histoire du roi Conor dînant chez son forgeron Culann, et de Setanta qui avait tué le chien sauvage de Culann. Ce jour-là, Setanta avait juré de protéger le roi comme l'avait fait le molosse, à jamais appelé Cú Chulainn, le chien de Culann.

— Tu racontes drôlement bien, m'a complimentée Eoin, en me serrant dans ses petits bras.

La boule que j'avais dans la gorge est devenue si grosse qu'elle a débordé et s'est répandue en larmes sur mes joues.

— Pourquoi tu pleures ? Tu es triste parce que Setanta a tué le chien ?

— Non, ai-je répondu en enfonçant mon nez dans ses cheveux.

— Tu n'aimes pas les chiens ?

Eoin était choqué, sa voix montait dans les aigus.

— Chut, Eoin. Bien sûr que j'aime les chiens.

Son désarroi m'amusait malgré l'émotion dont j'étais envahie.

— Setanta était obligé de tuer le chien, a affirmé Eoin pour me rassurer, persuadé que cette histoire m'avait fait pleurer. Sinon c'est le chien qui l'aurait tué. Doc dit que c'est mal de tuer, mais il y a des fois où on n'a pas le choix.

Thomas s'est détourné de la fenêtre, les angles de son visage illuminés un instant par un éclair avant de replonger dans les ténèbres.

— Eoin, a-t-il grondé tout bas.

— Doc, tu es comme le chien. Tu protèges la maison.

Rien ne pouvait plus arrêter Eoin.

— Et toi, tu es comme Fionn. Tu poses trop de questions, a répliqué Thomas.

— Il me faut un pouce magique comme Fionn.

Eoin a sorti ses mains de sous les couvertures, remuant les doigts et dressant les pouces pour les examiner.

— Tous tes doigts seront magiques. Comme ceux du docteur. Tu guériras les gens avec tes mains.

Je parlais tout bas. Il devait être près de trois heures du matin, et Eoin ne montrait aucun signe de fatigue. Le petit garçon vibrait presque d'enthousiasme.

J'ai saisi ses mains dans les miennes, pour les rabattre le long de son corps, et j'ai remis en place l'oreiller sous sa tête.

— Il est temps de dormir, maintenant, a dit Thomas.

— Tu me chantes une chanson ? m'a suppliée Eoin.

— Non. Je vais te réciter un poème. Un poème, ça ressemble à une chanson. Mais tu devras fermer les yeux. C'est un très, très long poème. Plutôt comme une histoire.

— Tant mieux !

— Tu arrêtes d'applaudir. Tu arrêtes de parler. Tu fermes les yeux.

Eoin m'a obéi.

— Tu es bien installé ?

— Oui, a-t-il répondu sans rouvrir les yeux.

J'ai pris une voix grave et j'ai commencé à réciter tout bas :

— *J'entends à peine le courlis, ou le roseau gris dans le vent...*

Je racontais lentement, pour que le rythme et les mots bercent le petit garçon. « Baile et Aillinn » avait toujours endormi Eoin. Il ronflait doucement avant que je n'arrive au bout, et je me suis tue, laissant le récit inachevé.

Thomas s'est retourné :

— Ce n'est pas fini ?

— Non, mais Eoin dort.

— J'aimerais entendre la fin.

— Où me suis-je arrêtée ?

— Ils arrivent devant le guetteur gigantesque, ils sont tremblants d'amour et devant lui s'embrassent.

Il avait parfaitement cité les vers de Yeats. Dans sa bouche, les mots semblaient empreints d'une ardeur érotique, et j'ai bien volontiers repris le fil du récit, car je souhaitais lui faire plaisir.

— *Ils ont le savoir immortel, errant où la terre se fane...*

J'ai continué tout bas jusqu'aux dernières strophes, en concluant sur ces mots que j'aimais le plus :

— *Car jamais amant n'a vécu sans avoir désir d'épouser, ainsi que ceux qui ne sont plus.*

— *Ceux qui ne sont plus*, a-t-il murmuré.

Dans la pièce régnait ce silence chaleureux que laisse toujours une bonne histoire. J'ai fermé les yeux, j'ai écouté respirer le petit Eoin, osant à peine respirer moi-même, de peur que ce moment ne passe trop vite.

— Pourquoi pleuriez-vous ? Vous ne lui avez pas répondu.

J'ai rapidement réfléchi, ne sachant pas trop ce que je devais révéler, puis j'ai opté pour la version la plus simple de mes émotions complexes.

— Mon grand-père me racontait ces histoires. Il m'a raconté celle du chien de Culann. Maintenant je les raconte à Eoin. Un jour, il racontera à sa petite-fille les histoires que je viens de lui conter.

« Je te l'ai racontée. Tu me l'as racontée. Seul le vent sait ce qui vient réellement en premier. »

Thomas s'est détourné de la fenêtre, encadré par les faibles lueurs extérieures. Il attendait que je continue, et j'ai tenté de lui expliquer le tumulte assourdissant qui agitait mon cœur.

— Il est couché à côté de moi. Il est si gentil. Ses bras autour de mon cou. Cela m'a fait comprendre... à quel point... je suis heureuse.

L'étrange vérité avait un air de mensonge. Mon grand-père me manquait. Ma vie me manquait. J'avais peur. J'étais terrorisée. Pourtant, j'étais aussi remplie de gratitude envers ce petit garçon couché contre moi et envers cet homme qui montait la garde à la fenêtre de ma chambre.

— Vous êtes heureuse, donc vous pleurez ?

— J'ai beaucoup pleuré ces derniers temps. Mais cette fois, c'étaient des larmes de joie.

— Il y a bien peu de raison d'être heureux en Irlande, en ce moment.

— Eoin est pour moi une raison suffisante.

C'était la vérité, et j'en étais émerveillée.

Thomas est resté si longtemps sans rien dire que mes paupières se sont alourdies et que le sommeil s'est insinué en moi.

— Vous êtes si différente, Anne. Je vous reconnais à peine.

Le sommeil a fui, effarouché par mes palpitations et par la voix de Thomas. Le sommeil n'est pas revenu, et Thomas n'est pas parti. Il a continué à veiller, les yeux sur les arbres noirs et sur l'allée déserte, guettant une menace qui n'est jamais venue.

Quand l'aube a percé à travers le feuillage, Thomas a soulevé le corps de l'enfant endormi. Je les ai regardés s'éloigner, la tête rousse d'Eoin sur l'épaule de Thomas, ses petits bras qui pendaient dans son dos.

— Je vais le remettre dans son lit avant que Brigid ne se réveille. Elle n'en saura rien. Essayez de dormir, maintenant, Anne. Je pense que nous n'avons plus rien à craindre des Tans dans l'immédiat.

***

J'ai rêvé que des pages tourbillonnaient autour de ma tête. J'en saisissais une et je la tenais contre ma poitrine, mais je la perdais dès que j'essayais de la lire. Je pourchassais les feuilles blanches dans le lac, sachant que l'eau effacerait les mots que je n'avais pas lus. Je regardais les pages s'approcher, portées par les vagues, me narguer avec la possibilité d'un sauvetage, puis sombrer sous la surface. Ce n'était pas la première fois que je faisais ce rêve. J'avais toujours cru qu'il résultait de mon besoin d'écrire les choses, de les conserver, de leur conférer l'immortalité, ne serait-ce que sur une page. Je me suis réveillée haletante, sous l'effet d'un souvenir. Le journal de Thomas Smith, celui qui se terminait par un avertissement à sa bien-aimée, se trouvait peut-être au fond du Lough Gill. Je l'avais dans mon sac, avec l'image de Garvagh Glebe entre deux pages. Je l'avais oublié ; il y était enfoui sous l'urne contenant les cendres d'Eoin.

Une vague de tristesse et de regret m'a plaquée contre les oreillers. J'avais été si bête, si négligente. Dans ce livre, Thomas Smith revivait, et ce texte était maintenant perdu. Nous n'étions que des fragments, des morceaux de verre et de poussière. Nous étions aussi nombreux que les grains de sable du rivage, impossibles à distinguer les uns des autres. Nous ne faisions que naître, vivre et mourir. Le cycle recommençait inlassablement. Tant de vies vécues. Après la mort, nous disparaissions simplement. Quelques générations passeraient, et plus personne ne saurait même que nous avions existé. Plus personne ne se rappellerait la couleur de nos yeux ou la passion qui faisait rage en nous. À la fin, nous devenions tous des pierres dans l'herbe, des tombes moussues, et parfois moins que cela.

Même si je retournais à la vie que j'avais perdue dans le lough, le livre resterait introuvable. Thomas Smith aurait disparu – son écriture penchée, la tournure de ses phrases, ses espoirs et ses peurs. Sa vie. Perdue. Et cette pensée m'était intolérable.

19 mars 1919

La Grande Guerre est finie, mais la guerre de l'Irlande commence à peine. Un armistice a été signé le 11 novembre, qui met un terme à ce conflit sanglant et à la peur de la conscription. Plus de deux cent mille Irlandais se sont quand même battus, même sans être appelés sous les drapeaux, et trente-cinq mille d'entre eux sont morts pour un pays qui ne reconnaît pas leur droit à l'autodétermination.

Ce chaudron bouillonnant va peut-être enfin déborder. Lors des élections générales de décembre, les candidats du Sinn Féin ont remporté 73 des 105 sièges irlandais à la Chambre des communes du Royaume-Uni. Aucun des 73 ne siégera à Westminster. En accord avec le manifeste signé en 1918 par tous les membres du Sinn Féin, l'Irlande formera son propre gouvernement, le premier Dáil Éireann.

Mick organise l'évasion des prisonniers politiques, il leur fait parvenir des limes pour scier les barreaux, des échelles de corde à lancer par-dessus les murs, et ils effraient les gardiens en faisant croire que la cuiller cachée dans la poche de leur manteau est un revolver. Il riait tout seul en racontant l'assaut donné sur la prison de Mountjoy, dont ils ont libéré vingt prisonniers au lieu de trois – « O'Reilly attendait dehors avec trois vélos ! Il est arrivé ici en hurlant que toute la prison avait été vidée ! »

En février, Mick a fait sortir de la prison de Lincoln Eamon de Valera, nouvellement élu président de la République irlandaise, et a découvert alors que de Valera prévoit de partir en

Amérique lever des fonds et obtenir des soutiens pour l'indépendance. On ne sait pas du tout combien de temps il y passera. Je n'ai jamais vu Mick aussi estomaqué. Il se sent abandonné, et je ne peux pas lui en vouloir. La charge qui pèse sur ses épaules est énorme. Il dort encore moins que moi. Il est prêt pour une guerre totale, mais de Valera dit que la population ne l'est pas.

J'ai très peu de temps pour recueillir des renseignements. La grippe se propage à travers toute l'Europe, et mon petit coin d'Irlande n'est pas épargné. La plupart du temps, j'oublie quel jour on est, et j'essaye d'éviter Eoin et Brigid pour les protéger de la maladie qui s'accroche sûrement à ma peau et à mes habits. Quand j'arrive à rentrer à la maison, je me déshabille dans la grange, et je me baigne dans le lough plus souvent qu'à mon tour.

Une ou deux fois, j'ai aperçu Pierce Sheehan et Martin Carrigan sur le lac que je traversais pour aller voir les O'Brien. Je sais qu'ils apportent des armes depuis les docks de Sligo. Où vont-ils lorsqu'ils quittent le lac ? Je n'en sais rien. S'ils m'ont vu, ils ont fait semblant de rien ; j'imagine que cela vaut mieux pour tout le monde.

Willie, le petit-fils de Peader et Polly O'Brien, est mort de la grippe la semaine dernière. Il n'était pas beaucoup plus âgé qu'Eoin. Ce garçon va lui manquer. Ils jouaient parfois ensemble. Peader a tenu à répandre les cendres de l'enfant au-dessus du lac. La crémation est devenue préférable pour empêcher la propagation de la maladie. Avant-hier, la barque de Peader s'est échouée sur le rivage, du côté de Dromahair. C'est Eamon Donnelly qui l'a trouvée, mais Peader n'y était pas, hélas. Il n'est pas rentré chez lui, et nous craignons que le lough ne l'ait englouti. La pauvre Polly est seule, à présent. Il y a trop de chagrin partout.

T. S.

8

Le masque

Je voudrais découvrir ce qu'il reste à trouver,
Amour ou tromperie.
C'était le masque seul qui hantait ton esprit,
Et c'est lui désormais qui fait battre ton cœur,
Pas ce qui est derrière.
W. B. Yeats

JE NE SAIS PAS SI THOMAS m'a envoyé Brigid ou si elle l'a décidé de son propre chef, mais elle a fait irruption dans ma chambre deux jours plus tard, et a déclaré qu'il était temps que je me lève et que je m'habille.

— Quand tu n'es pas rentrée de Dublin, j'ai rangé tes affaires dans le coffre qui est là. J'ai conservé tout ce qui appartenait à Declan. (Rattrapée par l'émotion, elle a terminé en hâte ce qu'elle avait à dire.) Je suis sûre que tu reconnaîtras tes habits. Il n'y a pas grand-chose. Le docteur voit des patients à Sligo, aujourd'hui. Il dit qu'il t'emmènera dans les magasins pour tout ce qui te manquera.

J'ai hoché la tête, en sortant de mon lit avec précaution. Ma convalescence avançait bien, mais il s'écoulerait encore longtemps avant que je puisse bouger sans avoir mal.

— Tu as l'air d'une bohémienne avec ces cheveux, m'a lancé Brigid. Il faudra les couper ou les relever. Les gens croiront que tu t'es échappée de l'asile. Mais c'est ça que tu veux, non ? Si on te croit folle, tu n'auras pas à donner d'explications.

J'ai essayé de lisser mes boucles, embarrassée. Je ne me voyais pas arborer le genre de chignon volumineux qu'avait Brigid. C'était peut-être la mode en 1921, mais elle ne m'irait pas. Sur une de ses photos, Anne avait une coupe au carré, ses cheveux encadrant son visage de courbes douces. Ce style-là n'était pas non plus moi. Mes cheveux frisaient trop. Sans la longueur pour les dompter, ils formeraient une boule énorme. Quant à la folie dont parlait Brigid, ce n'était pas une mauvaise idée. Si les gens me croyaient dérangée, ils garderaient leurs distances.

Brigid a continué à marmonner avec aigreur, comme si je n'étais pas là.

— Tu surgis de nulle part, et blessée par balle, s'il vous plaît, habillée en homme, et il faudrait qu'on t'accueille à bras ouverts ?

— Je n'avais rien prémédité, ai-je répondu.

Mais elle m'a ignorée, ouvrant le coffre placé sous la fenêtre avec une petite clef tirée de la poche de son tablier. Elle a soulevé le couvercle et, après avoir vérifié que le meuble contenait bien ce qu'elle pensait, elle s'est dirigée vers la porte. Avant de sortir, elle m'a adressé cette injonction par-dessus son épaule :

— Tu ferais mieux de laisser Eoin tranquille. Il ne se souvient pas de toi, et il aura du chagrin avec toi qui oublies tout.

— Je ne peux pas.

J'avais prononcé ces mots sans réfléchir. Elle s'est retournée face à moi, les lèvres serrées, les mains plaquées à son tablier.

— Tu peux. Et tu dois, a-t-elle affirmé, si froide et si impérieuse que j'ai failli céder.

— Non, Brigid. Je passerai avec lui autant de temps que je pourrai. Ne cherchez pas à l'en dissuader. Je sais que vous l'aimez, mais je suis là, maintenant. Je vous en prie, n'essayez pas de nous empêcher de nous voir.

Il n'y avait plus la moindre trace de douceur dans son visage de granit, son regard glacial, sa bouche scellée.

— Vous l'avez si bien aimé. Il est si beau, Brigid. Merci pour tout ce que vous avez fait. Je ne pourrai jamais vous exprimer l'étendue de ma gratitude.

La prière frémissait dans ma voix. Mais Brigid a fait demi-tour, apparemment indifférente, et elle est sortie.

Sa colère était quelque chose de concret, ses reproches aussi réels que la blessure que j'avais au flanc. Il faudrait que je me le répète, je n'étais pour rien dans cette colère dont j'étais victime.

Je suis allée sans bruit jusqu'à la salle de bains, me suis lavé le visage, me suis brossé les dents et les cheveux avant de regagner ma chambre où le coffre m'attendait. J'ai fouillé dans son contenu, désireuse de me libérer de la chemise de nuit pour m'habiller et quitter cette pièce où je me languissais depuis dix jours.

J'ai enfilé une longue jupe sombre et j'ai essayé de la fermer. La taille était trop étroite, ou bien j'étais encore trop enflée. Je l'ai enlevée et j'ai cherché des sous-vêtements. Ceux que je portais quand Thomas m'avait tirée du lac étaient encore humides, car je les avais nettoyés seulement la veille dans le lavabo. Le reste de mes habits était plié avec soin sur l'étagère supérieure de la petite garde-robe, et les trous percés par les balles avaient été habilement reprisés. Quelques jours auparavant, j'avais déjà envisagé de les remettre, mais je savais que cette tenue étrange inspirerait la curiosité et encouragerait des questions auxquelles je ne saurais répondre. J'ai mis la main sur une veste qui m'arrivait à mi-cuisse, munie d'une large ceinture, d'un col haut et de trois gros boutons sur le devant. En dessous, j'ai trouvé une jupe assortie, du marron le plus terne qui soit. Dans une boîte défraîchie, j'ai découvert un chapeau en soie brune, orné d'un ruban brun fané, et j'ai deviné que les trois allaient ensemble.

Une paire de bottines à talons plats, usées aux orteils et à la semelle, était coincée sous le carton à chapeau. J'ai réussi à y insérer mes pieds, ravie qu'elle m'aille : je ne serais pas obligée de me promener nu-pieds. Cependant, je n'étais pas en état de me pencher pour les lacer. Je les ai ôtées et ai continué à explorer la malle.

J'ai tiré du coffre un objet qui ne pouvait être qu'un corset ; les baleines, les œillets, le lacet, tout cela me faisait frémir d'horreur et de fascination. Je l'ai posé autour de mon abdomen comme un énorme bracelet ; les extrémités ne se touchaient pas tout à fait. En haut, il s'évasait un peu, offrant un rebord sur lequel reposaient mes seins, le nœud de ruban froissé comme un bouton de rose au milieu.

Le corset descendait plus bas à l'avant et à l'arrière mais dégageait les hanches sur les côtés. Manifestement, les sangles qui pendaient devant et derrière étaient conçues pour qu'on y fixe des bas. Mais qu'est-ce que les femmes mettaient en dessous ? L'idée de porter ce carcan démodé tout en restant nue à l'endroit le plus important me semblait hilarante et, tout en gloussant, j'ai essayé de rapprocher les deux panneaux doublés de soie. La plupart des Irlandaises n'avaient pas de femme de chambre, j'en étais convaincue. Alors comment parvenaient-elles à fermer ces maudits corsets ? J'ai réussi à attacher les deux crochets du haut, sous mes seins, puis j'ai renoncé, le souffle court. Les blessures au ventre, même mineures, ne font pas bon ménage avec les corsets. Je suis repartie à la chasse dans le coffre, dans l'espoir de dénicher quelque chose de mettable.

Un chemisier blanc au col large m'allait plutôt bien. Il était horriblement froissé et un peu jauni par endroits. Bien qu'un rien trop courtes, les manches trois quarts pouvaient passer pour un effet de style ; dans l'ensemble, ce haut plutôt ample était flatteur pour la silhouette. La veste et la jupe brunes me convenaient, mais la laine sentait l'humidité et l'antimite, et je n'appréciais guère la perspective de rester habillée ainsi. Je ressemblais à la sœur mal attifée de Mary Poppins, et je me demandais pourquoi la première Anne Gallagher avait choisi une couleur qui ne devait pas lui être plus seyante, puisque j'étais son sosie.

J'ai tout enlevé pour recommencer à zéro.

Une sorte de nuisette blanche, à col carré, sans autre décoration qu'un peu de dentelle à l'ourlet et au centre, semblait prometteuse. Un autre vêtement, brodé des mêmes dentelles, était clairement conçu pour être porté par-dessus. Il avait des manches jusqu'au coude, étroites, et les pans s'écartaient pour laisser voir la robe en dessous. Une grosse ceinture serrait les deux épaisseurs. J'ai passé ma tête dans la nuisette, j'ai enfilé la mince surrobe, et j'ai noué la ceinture à ma taille, avec le nœud à l'arrière. Il aurait fallu la repasser et elle m'arrivait presque aux chevilles, mais les proportions étaient bonnes. Je me suis contemplée dans le grand miroir ovale et j'ai sursauté en comprenant que c'était la robe que portait mon arrière-grand-mère sur la photographie où elle était avec Declan et Thomas. Sur cette image, elle avait aussi un chapeau blanc à bord rond garni de fleurs. La robe était trop jolie pour tous les jours, mais j'étais soulagée d'avoir trouvé quelque chose que je pouvais m'approprier. J'ai relevé mes cheveux et j'ai essayé de me faire un chignon sur la nuque.

Lorsqu'on a frappé doucement à la porte, j'ai lâché mes cheveux et mes orteils nus se sont crispés sur le plancher.

— Entrez.

J'ai donné un coup de pied dans le corset qui est parti se cacher sous le lit. Seul un bout de lacet accusateur dépassait.

— Vous avez trouvé vos affaires, a constaté Thomas d'une voix pleine de tendresse et le regard triste.

Admettre que ces vêtements m'appartenaient aurait été mentir, donc j'ai préféré attirer l'attention sur les plis :

— Il faudrait les repasser.

— Oui... Cela fait longtemps qu'ils sont dans ce coffre.

J'ai hoché la tête et, pour me donner une contenance, je me suis mise à défroisser le chemisier.

— Y a-t-il là-dedans d'autres choses que vous puissiez porter ? a-t-il demandé d'une voix peinée.

— Quelques-unes.

Il faudrait vendre ma bague et mes boucles d'oreilles en diamants. Je ne pourrais jamais m'en sortir avec le contenu du coffre.

Thomas était visiblement d'accord.

— Il faudra autre chose que la robe dans laquelle vous vous êtes mariée. Vous pourrez la porter pour aller à la messe, je suppose.

— Ma robe de mariée ?

La surprise était telle que je n'ai pas pu tenir ma langue. J'ai touché ma tête, songeant au chapeau qu'Anne avait sur la photo. Cela n'avait pas du tout l'air d'une photo de mariage.

— Ça aussi, vous l'avez oublié ?

Sa voix trahissait son incrédulité, et l'émotion de souvenirs précieux a disparu de ses yeux quand je lui ai répondu d'un hochement de tête.

— C'était une belle journée, Anne. Vous et Declan étiez si heureux.

— Je n'ai pas vu de… voile… dans le coffre.

— Vous portiez le voile de Brigid. Il ne vous plaisait pas beaucoup. Il était beau, un peu démodé, mais Brigid et vous…

Thomas a haussé les épaules comme si les mauvaises relations ne dataient pas d'hier.

Mystère résolu. J'ai inspiré profondément et me suis efforcée de soutenir son regard.

— Je vais mettre l'ensemble en laine, ai-je murmuré en détournant les yeux, soucieuse de changer de conversation.

— Je ne sais pas pourquoi Brigid l'a gardé. Je n'ai jamais rien vu de plus laid. Mais vous avez raison. Cette robe, ce n'est pas possible.

— Brigid dit que je dois me couper les cheveux. Mais je n'en ai pas envie. Il me faudrait simplement quelques épingles, et je tâcherai de me rendre présentable. J'aurais aussi besoin d'aide pour attacher mes bottines.

— Retournez-vous, a ordonné Thomas.

Je me suis exécutée, docile mais sans bien comprendre. Un cri m'a échappé lorsqu'il s'est emparé de mes cheveux et s'est mis à les tresser en une longue natte. J'étais si surprise que je suis restée parfaitement immobile, accueillant avec joie le contact de ses mains, une fois encore. Il a fait un nœud au bout de la natte, puis l'a enroulée sur elle-même en la fixant à plusieurs endroits avec des épingles à cheveux.

— Et voilà !

Je sentais le chignon à la base de mon crâne et je me suis retournée.

— Vous êtes plein de surprises, Thomas Smith. Vous vous promenez avec des épingles à cheveux dans les poches ?

Une rougeur à peine perceptible a coloré ses joues, je ne m'en serais pas aperçue si je ne m'étais pas trouvée aussi près de lui et si je ne l'avais pas observé avec autant d'attention.

— Brigid m'a dit de vous les donner. (Il s'est éclairci la voix.) Ma mère a toujours eu les cheveux très longs. Mille fois je l'ai regardée se les attacher. Après une attaque, elle en est devenue incapable. Il m'arrivait de lui rendre ce service. Je ne vous ai pas fait une coiffure impeccable, mais si vous portez ce chapeau affreux avec cet ensemble affreux, personne ne prêtera la moindre attention à vos cheveux.

J'ai éclaté de rire, et il a baissé les yeux vers mon sourire.

— Asseyez-vous, a-t-il ordonné en pointant le doigt en direction du lit.

Là encore, j'ai obéi, et il s'est emparé des bottines.

— Pas de bas là-dedans ?

De la tête, il désignait le coffre. J'ai fait signe que non.

— Bien, nous y remédierons au plus vite. Mais pour le moment, les bottines.

Il s'est accroupi et j'ai glissé un pied dans la chaussure. Il a rapidement noué les lacets, mon pied contre sa poitrine.

— Pour ça, je ne peux pas aider, a-t-il murmuré en découvrant le corset à terre.

— Je ne suis pas près de le porter. Mon ventre me fait trop mal, et personne ne verra rien.

— Non, je pense que personne ne le remarquera.

Ses joues se sont à nouveau empourprées, et cela m'a étonnée car c'est lui qui avait abordé la question. Il a fini de lacer l'autre bottine et l'a déposée délicatement à terre. Il ne s'est pas relevé mais a glissé ses mains entre ses genoux et a contemplé le sol, la tête baissée.

— Je ne sais pas quoi vous dire, Anne. Je ne pourrai pas éternellement garder le secret. Vous devez m'aider. Vous êtes morte depuis cinq ans. Cela aiderait si nous avions une explication, même si c'est une pure invention.

— J'étais en Amérique.

Il a écarquillé les yeux.

— Vous avez quitté votre enfant, qui était encore un bébé, et vous êtes allée en Amérique ?

Sa voix était dénuée de toute expression. J'ai détourné le regard.

— J'étais au plus mal. J'étais folle de douleur.

J'avais bel et bien été en Amérique. Et quand Eoin était mort, cela m'avait bel et bien rendue folle de douleur.

— Brigid dit que j'ai l'air d'être échappée d'un asile. C'est peut-être ce que nous devrions dire.

— Jésus, a murmuré Thomas.

— Je peux jouer le rôle. Je me sens dingue. Et Dieu sait que je suis perdue.

— Pourquoi devriez-vous jouer un rôle ? Est-ce vrai ? Quelle est la vérité, Anne ? Voilà ce que je veux savoir. Je veux savoir la vérité. Vous pouvez mentir à tous les autres, mais pas à moi, je vous en prie.

— J'essaye au maximum de l'éviter.
— Qu'est-ce que ça signifie ?
Il s'est levé et, une fois debout, m'a toisée.
— La vérité serait impossible à croire. Vous ne voudrez pas y croire. Et vous penserez que je mens. Je vous dirais la vérité si je pensais que cela pouvait aider. Mais ce ne sera pas le cas, Thomas.
Il a reculé comme si je l'avais giflé.
— Vous affirmiez ne pas savoir !
— Je ne sais pas ce qui s'est passé après l'Insurrection. Je ne sais pas comment je suis arrivée ici. Je ne comprends pas ce qui m'arrive.
— Alors confiez-moi ce que vous savez.
— Je vous promets une chose. Si le silence est un mensonge, je suis coupable. Mais les choses que je vous ai racontées jusqu'ici sont vraies. Et si je ne peux pas vous dire la vérité, je ne dirai rien du tout.

Thomas a secoué la tête, un mélange de colère et de stupéfaction sur son visage. Puis il est sorti sans ajouter un mot, et je me suis retrouvée seule pour me demander une fois de plus comment cette situation allait finir, quand ma vie redeviendrait normale. J'étais maintenant plus forte, et assez bien portante pour m'évader jusqu'au lough. Bientôt, j'entrerais dans l'eau et je coulerais sous la surface, j'abandonnerais Eoin et Thomas et je rentrerais chez moi. Bientôt, mais pas tout de suite.

***

— Me reconnaîtront-ils ?

Je haussais la voix pour me faire entendre par-dessus le bruit du vent et le grognement du moteur. Au volant d'une voiture tout droit sortie de *Gatsby le Magnifique*, Thomas nous emmenait à Sligo. Eoin était perché entre nous, élégamment vêtu d'un gilet et d'une veste, ses genoux osseux visibles entre le bas de sa culotte courte et le haut de ses chaussettes noires montantes. Il portait le même genre de casquette qu'il avait eu toute sa vie, la mince visière rabattue sur ses yeux bleus. La voiture n'avait pas de toit – c'était assez téméraire, en Irlande – mais le ciel était dégagé, la brise était douce et le trajet agréable. Je n'étais pas sortie depuis ce jour sur le lac, et mes yeux ne pouvaient se détacher du paysage familier. En un siècle, la population irlandaise n'avait pas augmenté, et la nature restait pratiquement inchangée de génération en génération.

— Vous avez peur que l'on vous reconnaisse ? a demandé Thomas, narquois.

— Oui.

— Vous n'êtes pas de Sligo. Très peu de gens vous connaissent. Et ceux-là…

Avec un haussement d'épaules, il a laissé sa phrase en suspens, ses yeux évitant les miens pour s'abîmer dans la contemplation. Lorsqu'il bouillait de rage, Thomas Smith ne se mordait pas les lèvres, il ne fronçait pas les sourcils. Son visage était parfaitement immobile, comme si aucun écho de ses réflexions profondes ne parvenait à troubler ses traits. Il était vraiment curieux qu'en quelques jours j'en sois venue à reconnaître sa posture, sa façon de se tenir légèrement voûtée, la tête inclinée, sans expression particulière. Eoin avait-il appris à se conduire comme lui ? Était-ce la raison pour laquelle je connaissais si bien Thomas Smith ? Eoin avait-il assimilé les habitudes de l'homme qui avait remplacé son père ? Je remarquais de petites similitudes – le buste dégagé, les yeux baissés, ce calme apparent, cette rumination impassible. Les ressemblances me faisaient regretter mon grand-père.

Sans réfléchir, j'ai pris la main d'Eoin. Ses yeux bleus se sont braqués sur les miens, et il m'a serré la main en tremblant. Puis il a souri, et cette révélation a dissipé un désir pour en faire naître un autre.

— Je redoute un peu d'aller dans les magasins, ai-je chuchoté à son oreille. Si tu me tiens la main, ça m'aidera à être courageuse.

— Nana adore les magasins, pas toi ?

En temps normal, j'aimais faire du shopping. Mais j'avais la peur au ventre, aggravée par l'idée des corsets à porte-jarretelles, des vêtements inhabituels, et de ma complète dépendance envers Thomas. Une fois dans Sligo, j'ai ouvert grand les yeux, tâchant de trouver la cathédrale pour me repérer. Je sentais une brûlure dans ma poitrine.

— J'ai quelques bijoux. Je souhaiterais les vendre pour avoir un peu d'argent à moi. Pouvez-vous m'aider, Thomas ?

— Ne vous souciez pas de l'argent, a-t-il répliqué sèchement, sans détourner son regard de la route.

Un médecin de campagne payé en poulets, en porcelets ou en sacs de pommes de terre ne pouvait pas se désintéresser entièrement de l'argent, aussi mon inquiétude s'est accrue.

— Je veux avoir mon propre argent, ai-je insisté. Je vais aussi devoir trouver du travail.

Du travail. Mon Dieu. Je n'avais jamais eu d'emploi. J'écrivais des histoires depuis le moment où j'avais pu aligner trois mots. Et écrire n'était pas un métier. Pas pour moi.

— Vous pourrez être mon assistante, a dit Thomas, la mâchoire toujours serrée, les yeux sur le volant.

— Je ne suis pas infirmière !

Ou bien en étais-je une ? Anne était-elle infirmière ?

— Non, mais vous pouvez suivre des instructions et me prêter le renfort de vos mains de temps à autre. C'est tout ce dont j'ai besoin.

— Je veux avoir mon propre argent, Thomas. M'acheter mes propres vêtements.

C'est là qu'Eoin a glissé son grain de sel dans la conversation :

— Nana dit que tu devrais appeler Thomas « docteur Smith ». Et elle dit qu'il devrait t'appeler « Mrs Gallagher ».

Nous sommes restés muets. Je ne savais que répondre.

— Mais ta grand-mère aussi est Mrs Gallagher, a contré Thomas. On risquerait de se tromper, non ? Et puis, Anne était déjà une amie avant de devenir Mrs Gallagher. Ton amie Miriam, tu l'appelles « Miss McHugh » ?

Eoin a couvert sa bouche, mais un ricanement s'en est échappé.

— Miriam, c'est surtout une casse-pieds !

— Eh bien... Anne aussi.

Thomas a tourné les yeux vers moi, puis a regardé ailleurs, mais ses sourcils dressés indiquaient qu'il plaisantait.

— Y a-t-il un bijoutier ou un prêteur sur gages à Sligo ?

Casse-pieds ou non, je ne voulais pas lâcher prise. Ou bien fallait-il aller au mont-de-piété, en 1921 ? Je sentais l'hystérie monter en moi.

Thomas a soupiré, et la voiture a fait un soubresaut sur la route creusée d'ornières.

— J'ai trois patients à voir. Aucun des trois ne me retiendra bien longtemps, mais je vais vous déposer avec Eoin dans Knox Street – reste bien près de ta mère, Eoin, et aide-la. Il y a un prêteur sur gages près de la Banque royale. Daniel Kelly. Il sera honnête avec vous.

Quand vous aurez terminé, vous pourrez aller au grand magasin Lyons. Vous y trouverez tout ce qu'il vous faut.

Eoin sautait sur le siège entre nous, manifestement fou de joie à la mention du grand magasin.

— Je vous y rejoindrai quand j'aurai terminé, a promis Thomas.

Nous avons franchi la Garavogue sur Hyde Bridge, un pont sur lequel j'étais passé moins de deux semaines auparavant, et je suis restée bouche bée. La campagne n'avait pas changé, mais c'était clairement une autre époque. Sans les embouteillages du XXIe siècle, les rues en terre battue paraissaient beaucoup plus grandes, et les bâtiments beaucoup plus neufs. Le Yeats Memorial Museum se trouvait au coin, mais ce n'était plus un musée. Les mots *Royal Bank* étaient inscrits en grosses lettres sur le côté. Il y avait bien quelques automobiles et une camionnette de livraison, toutes noires et anciennes, mais les charrettes à chevaux les dépassaient en nombre. Les piétons formaient l'essentiel de la circulation, bien habillés, le pas vif. Leur tenue sérieuse – costumes et cravates, gilets et montres de gousset, robes longues et chaussures à talons, chapeaux et longs manteaux – conférait à cette vision une solennité presque irréelle. C'était un décor de cinéma, et nous étions des acteurs sur une scène.

— Anne ?

Thomas m'a donné un coup de coude. J'ai cessé de contempler les vitrines, les larges trottoirs et les réverbères, les vieilles voitures et les chariots, les gens qui étaient tous depuis longtemps... morts.

Nous étions garés devant un petit établissement, à deux numéros de la majestueuse *Royal Bank*. Trois boules dorées étaient suspendues à une barre de fer forgé chantourné, et l'inscription *Kelly & Co.* barrait la vitre, en lettres baroques que plus personne n'utilisait de nos jours. Eoin trépignait à côté de moi, impatient de sortir de la voiture. J'ai pris la poignée de la portière, les paumes moites, le souffle court.

— Vous dites qu'il sera honnête. Mais je n'ai aucune idée du prix de ces bijoux, Thomas.

— N'acceptez pas moins de cent livres. Je ne sais pas d'où vous tirez ces diamants, mais vos boucles d'oreilles valent beaucoup plus. Ne vendez pas votre bague. Quant au grand magasin, j'ai un compte chez Lyons. Profitez-en. Ils savent qu'Eoin est mon fils. (Thomas se reprit aussitôt.) Ils savent qu'Eoin vit avec moi, et ils ne poseront pas de questions. Mettez vos achats sur mon compte, Anne, a-t-il répété fermement. Achetez un cornet de glace au petit, et gardez le reste de votre argent.

30 novembre 1919

Il y a plusieurs mois, lors d'un rapide voyage à Dublin, j'ai passé une nuit affreuse dans Great Brunswick Street, enfermé dans un commissariat pour étudier les dossiers concernant les opérations secrètes d'espionnage menées par le château, et où figuraient les noms de leurs informateurs en Irlande, les « G-Men ». L'un des contacts de Mick, un policier qui travaille au château mais qui fournit des renseignements au Sinn Féin, nous avait fait entrer dans la salle des archives. Mick m'avait amené avec lui, « pour s'amuser ». Il n'avait pas besoin de moi pour lui donner du courage, mais il semblait avoir envie de compagnie. À nous deux, en quelques heures, nous avons pu nous faire une assez bonne idée de la manière dont l'information remontait au sein de la « G Division » et grâce à qui.

Mick a trouvé son dossier et il a beaucoup ri en voyant les photos floues et les compliments ambigus formulés à son sujet.

— Mais il n'y a pas de dossier pour toi, Tommy. Tu es propre comme un sou neuf, mon gars. Enfin, si on nous surprend ici, ça pourrait changer, a-t-il dit.

Nous avons eu très peur quand une pierre a fait voler en éclats l'une des fenêtres de la pièce où nous étions enfermés. Nous nous sommes cachés derrière les rayonnages, en priant pour que personne ne vienne voir ce qui se passait. Nous avons entendu un ivrogne chanter dans la rue, et un agent chasser le vandale. Après un moment, une fois le danger écarté, Mick s'est mis à chuchoter. Il ne parlait pas de ce que les dossiers nous avaient appris, mais de la vie, de l'amour et des femmes. Je savais qu'il cherchait à me distraire, et je l'ai laissé faire, en m'efforçant de lui rendre la pareille.

— Pourquoi tu ne t'es pas marié, Doc ? Tu aurais pu te mettre en ménage avec une jolie fille du comté de Leitrim et nous faire deux ou trois bébés aux yeux bleus !

— Et toi, Mick ? Nous avons à peu près le même âge. Tu plais aux femmes, et elles te plaisent.

— Et pas à toi ?

— Si. Tu me plais aussi.

Il a éclaté d'un rire sonore et joyeux, et cette insouciance m'a fait tressaillir.

— Tais-toi, grand couillon !

— T'es un bon copain, Tommy. (Son accent de Cork était plus prononcé lorsqu'il parlait tout bas.) Faut trouver du temps pour ce qui compte vraiment. Y a forcément quelqu'un à qui tu penses tout le temps.

Je pensais alors à Anne. Je pensais à elle plus que je ne l'aurais dû. En vérité, je pensais à elle constamment, mais je me suis empressé de le nier.

— Je n'ai pas encore trouvé la bonne. Je ne la trouverai peut-être jamais.

— Ha ha ! Toi, qui as repoussé les avances de l'une des plus belles femmes de Londres !

— Elle était mariée, Mick. Et elle s'intéressait beaucoup plus à toi.

Mick me taquinait à propos de Moya Llewelyn-Davies, qui était en effet très belle, et très mariée. Je l'avais rencontrée le jour où j'avais accompagné Mick à Londres, alors qu'il tentait de rédiger une proposition destinée au président américain. Il espérait que le président Woodrow Wilson accorderait son soutien à la question irlandaise, qui bénéficierait de son aura. Née en Irlande, Moya se passionnait pour le conflit anglo-irlandais, pour toute l'exaltation qui l'entourait. Elle avait suggéré à Mick d'utiliser comme refuge son domaine près de Dublin, Furry Park, et il l'avait prise au mot.

— Pas au début, mon gars. Elle trouvait que j'étais bruyant, mal dégrossi, et que je fumais trop. Tu étais plus son genre, c'était évident. Elle a seulement jeté son dévolu sur moi quand elle a compris que j'étais Michael Collins et que tu n'étais qu'un médecin de campagne.

Mick s'est mis à me bousculer pour rire, à m'empoigner pour se battre, comme il le faisait chaque fois que la tension devenait trop forte.

— Et que fait exactement un médecin de campagne caché dans ce trou poussiéreux avec un homme recherché par la police ? ai-je demandé, la gorge irritée par ladite poussière, les bras douloureux à force d'empêcher Mick de me mordre l'oreille, qu'il visait toujours quand il arrivait à vous plaquer au sol.

— Il fait son devoir envers l'Irlande. Pour l'amour du pays. Et pour rigoler un peu, a sifflé Mick, après avoir failli renverser une pile de dossiers.

Nous nous amusions, et je m'en suis tiré intact, avec mes oreilles. Ned Broy, le contact de Mick, est venu nous chercher avant l'aube, et nous sommes sortis discrètement, ni vu ni connu. Une fois ma mission à Dublin terminée, j'ai regagné Dromahair, je suis retourné auprès d'Eoin et de Brigid, et de tous ceux auxquels j'étais plus utile comme médecin de campagne que comme soldat dans l'armée de Mick. Je ne soupçonnais pas ce que cette nuit représentait pour sa guerre. Pour notre guerre.

C'est parmi ces dossiers que Mick a imaginé de détruire de l'intérieur le renseignement anglais en Irlande. Peu après notre nuit aux archives de la police, Mick a formé son propre bataillon d'élite militarisé. Un groupe de très jeunes hommes – plus jeunes que Mick ou moi –, tous complètement dévoués à la cause. Certains les appellent les douze apôtres, d'autres, les assassins. Je suppose qu'ils sont les deux à la fois. Ils suivent Mick. Ils font ce qu'il leur dit. Et ses ordres sont impitoyables.

Il y a des choses dont Mick n'a pas envie de parler avec moi, je crois, et des choses que je n'ai pas envie de savoir, mais j'étais avec lui dans Great Brunswick Street, j'ai vu les noms dans ces dossiers. Quand des G-Men ont commencé à être tués à Dublin, j'ai su pourquoi. Selon la rumeur, les cibles sont prévenues. On leur dit d'arrêter, de renoncer à travailler contre l'IRA – l'Armée républicaine irlandaise, comme s'intitule désormais la résistance. Ce ne sont plus les Volontaires, la Fraternité ou le Sinn Féin. Nous sommes l'Armée républicaine irlandaise. Mick hausse les épaules et dit qu'il est grand temps que nous soyons perçus ainsi. Certains des G-Men tiennent compte des avertissements, mais pas tous. Et certains meurent. Je n'aime pas ça. Mais je comprends. Ce n'est pas de la vengeance. C'est de la stratégie. C'est la guerre.

T. S.

9

Marchandage

Quand Platon nous parle des Parques,
Pourquoi leur fuseau tourne-t-il ?
Si l'éternité s'amenuise,
Le temps se dévide toujours.

W. B. Yeats

SERRANT LA MAIN D'EOIN dans la mienne, j'ai poussé la porte de la boutique du prêteur sur gages. La cloche a tinté au-dessus de ma tête, et je me suis retrouvée à l'intérieur d'une caverne d'Ali Baba où s'entassaient objets rares et curieux, précieux et variés : services à thé et trains électriques, fusils et bibelots dorés, et tout ce que l'on peut imaginer. Nous sommes restés sur le seuil, ébahis. La boutique était tout en longueur et, à l'autre bout, un homme attendait patiemment derrière le comptoir en bois, vêtu d'une chemise d'un blanc éclatant. Sa cravate sombre était glissée dans son gilet sombre boutonné de haut en bas, et de minuscules lunettes à monture d'or étaient posées sur son nez. Son épaisse chevelure grise ondulait, une barbe et une moustache soignées couvraient le bas de son visage.

— Bonjour, madame. Cherchez-vous quelque chose en particulier ?

— Euh... Non, monsieur, ai-je balbutié.

J'ai dû faire un effort pour détacher mon regard de toutes les bizarreries accrochées aux murs, en me promettant de revenir un jour les admirer. Eoin ne voulait pas bouger, fasciné par une petite voiture qui ressemblait exactement à celle de Thomas.

— Bonjour, Eoin. Où est le docteur, aujourd'hui ? a demandé le prêteur sur gages.

Son attention ainsi sollicitée, Eoin a poussé un profond soupir et m'a laissée le propulser vers le comptoir.

— Bonjour, Mr Kelly. Il rend visite à des patients.

Eoin s'exprimait comme un adulte, cela m'a rassurée. Au moins l'un de nous deux n'était pas terrorisé.

— Il travaille trop, a commenté le prêteur sur gages.

Daniel Kelly me dévisageait avec intérêt. Il m'a tendu une main, et je lui ai tendu la mienne, mais il ne l'a pas serrée comme je le prévoyais. Il a saisi mes doigts et m'a entraînée légèrement vers lui, puis a porté ma main jusqu'à ses lèvres velues et y a déposé un petit baiser avant de me libérer.

— Nous n'avons pas eu le plaisir d'être présentés, madame.

— C'est ma mère, a proclamé Eoin.

Ses petites mains s'agrippaient au bord du comptoir et il rebondissait sur ses orteils, tout joyeux.

— Ta mère ? a répété Mr Kelly, le front plissé.

— Je suis Anne Gallagher. Ravie de vous rencontrer, monsieur.

Je n'ai pas proposé d'explication. Je voyais les mécanismes tourner derrière les petites lunettes, les questions qui auraient voulu être posées. Le prêteur sur gages s'est caressé la barbe, une fois, deux fois, puis à nouveau avant de placer les mains sur le comptoir et de s'éclaircir la gorge.

— Que puis-je pour vous, Mrs Gallagher ?

Sans préciser que je n'étais pas mariée, j'ai enlevé la bague de mon doigt. Le camée était pâle sur son fond d'agate sombre, l'anneau d'or était fin, le filigrane finement détaillé. Mon grand-père comprendrait que je n'avais pas le choix.

— Je voudrais vendre mes bijoux et on m'a dit que vous me feriez un prix honnête.

L'homme a pris une loupe de joaillier et a examiné la bague avec une attention exagérée avant de se caresser la barbe une fois de plus. Il a préféré biaiser sans me proposer de prix :

— Puisque vous parlez de bijoux, auriez-vous autre chose à me montrer ?

— Oui. Je pensais aussi vendre mes… pendants d'oreilles.

J'ai repris le mot qu'avait employé Thomas et j'ai détaché les brillants pour les déposer sur le comptoir.

Ses sourcils fournis ont bondi et il a repris sa loupe. Il a consacré aux boucles plus de temps qu'à la bague, sans rien dire. Chaque diamant était de deux carats, serti dans du platine. Ils m'avaient coûté près de dix mille dollars en 1995.

— Je ne peux pas vous en donner autant qu'ils valent, a-t-il soupiré.

C'était à mon tour d'être surprise.

— Combien m'en offrez-vous ?

— Je peux vous en donner cent cinquante livres. Mais je pourrai les revendre beaucoup plus cher à Londres. Vous aurez six mois pour me rembourser avant d'en arriver là. Vous feriez mieux de les garder, madame.

— Cent cinquante livres est une somme plus que satisfaisante, Mr Kelly.

Je n'ai pas suivi son conseil, car ces boucles d'oreilles ne signifiaient rien pour moi, et j'avais besoin d'argent. La colère bouillonnait à présent dans ma gorge, à l'idée que je puisse avoir besoin d'argent. J'avais des millions de dollars, dans un lieu et une époque qui n'existaient pas encore. J'ai inspiré profondément, je me suis ressaisie pour me concentrer sur la tâche en cours.

— Et la bague ? ai-je demandé d'une voix ferme.

Le prêteur sur gages a manipulé le camée à nouveau. Comme il hésitait trop longuement, Eoin a plongé la main dans sa poche et a posé devant lui son propre trésor. Ses yeux arrivaient à peine à la hauteur du comptoir, mais il fixait sur Daniel Kelly un regard plein d'espoir.

— Qu'est-ce que vous me donnerez pour mon bouton, Mr Kelly ?

Mr Kelly a souri, a pris le bouton, l'a scruté à travers la loupe comme s'il était de grande valeur. Il m'a fallu du temps pour réagir et je commençais à peine à protester quand le bijoutier a froncé les sourcils.

— *S McD*, a-t-il lu. Qui est-ce, Eoin ?

— Ça vaut très cher !

— Eoin ! l'ai-je grondé. Je suis désolée, Mr Kelly. Ce bouton n'est pas à vendre. Je ne savais même pas qu'Eoin l'avait sur lui.

— Il paraît que Scán Mac Diarmada avait gravé son nom sur des boutons et des pièces de monnaie. C'est ça ?

— Je ne sais pas, Mr Kelly. Mais ce bouton est un souvenir. Vous voulez bien nous excuser un instant ?

Mr Kelly a incliné la tête et a tourné le dos, pour s'affairer dans les boîtes situées derrière lui. Nous nous sommes éloignés du comptoir, et je me suis agenouillée devant Eoin.

— Eoin, tu sais ce qu'est ce bouton ?

— Oui. Il était à Doc. Son ami le lui a donné et Doc me l'a donné. J'aime bien l'avoir dans ma poche comme porte-bonheur.

— Pourquoi voulais-tu vendre un objet aussi précieux ?

— Parce que... tu as besoin d'argent, a expliqué Eoin, le regard implorant.

— Oui. Mais ce bouton est plus important que l'argent.

— Nana dit que tu n'as pas de sous. Elle dit que tu es une pauvresse sans toit ni loi. Je ne veux pas que tu sois une pauvresse.

Il avait les yeux brillants et ses lèvres tremblaient. J'ai ravalé ma colère et j'ai dû me rappeler que Brigid était mon arrière-arrière-grand-mère.

— Tu ne devras jamais te séparer de ce bouton, Eoin. C'est le genre de trésor qu'aucune somme d'argent ne peut remplacer, parce qu'il représente la vie de gens qui sont morts, de gens aimés et regrettés. Tu comprends ?

— Oui. Mais toi, je t'ai regrettée. Et je donnerais mon bouton pour te garder.

Les larmes aux yeux, j'avais moi aussi les lèvres tremblantes.

— Quelqu'un de très intelligent a dit que nous gardons dans nos cœurs les gens que nous aimons. Nous ne les perdons jamais, tant que nous nous souvenons de l'amour qu'ils avaient pour nous.

Je l'ai attiré contre moi, j'ai étreint son petit corps si fort qu'il s'est mis à gigoter et à glousser. Je l'ai relâché, puis j'ai essuyé la larme qui m'avait échappé et qui s'accrochait à mon nez.

— Promets-moi de ne plus laisser ce bouton dans ta poche. Garde-le en sécurité, comme un trésor.

J'avais mis dans ma voix autant de sévérité que je le pouvais.

— Promis, a dit simplement Eoin.

Je me suis relevée, et nous sommes repartis vers le comptoir, où l'homme faisait semblant de ne pas nous épier.

— Ma mère ne veut pas que je vende le bouton, Mr Kelly.

— Cela me paraît sage, jeune homme.

— Le Dr Smith a aussi dit à ma mère de ne pas vendre sa bague.

— Eoin, ai-je murmuré, gênée.

— Ah bon ? a fait Mr Kelly.

— Oui, monsieur, a confirmé Eoin.

Mr Kelly a levé les yeux vers moi.

— Eh bien, dans ce cas, je suppose qu'il a raison. Mrs Gallagher, je vais vous donner cent soixante livres pour les diamants. Et vous devez conserver votre bague. Je me rappelle qu'il y a quelques années, un jeune homme est venu ici et m'a acheté ce bijou. (Il a frotté le camée avec son pouce, songeur.) L'objet était au-dessus de ses moyens, mais il voulait à tout prix l'avoir. Il m'a expliqué que c'était pour la jeune femme qu'il devait épouser. Nous avons conclu un marché : sa montre contre l'anneau. (Il a placé la bague dans ma main et a replié mes doigts par-dessus.) La montre ne valait pas grand-chose, mais c'était un négociateur habile.

J'ai dévisagé Mr Kelly, soudain prise de remords. Pas étonnant que Thomas se soit montré inflexible. J'avais tenté de revendre l'alliance d'Anne.

— Merci, Mr Kelly. Je ne connaissais pas cette histoire.

— Eh bien, maintenant vous savez, a-t-il conclu avec bienveillance. (Un souvenir est passé sur son visage, et il a eu une moue méditative.) Vous savez... Je l'ai peut-être encore, cette montre. Elle s'est arrêtée peu après notre marché. Je l'ai mise de côté, en me disant qu'il suffirait peut-être de l'ouvrir pour la remettre en route.

Il a ouvert des meubles, tourné des clefs dans des serrures. Un instant après, il a poussé un cri triomphal, en sortant d'un tiroir tapissé de velours une longue chaîne attachée à une montre toute simple.

Mon cœur a sursauté, et j'ai plaqué ma paume contre ma bouche pour étouffer ma surprise. C'était la montre qu'Eoin avait portée presque toute sa vie. Elle lui donnait un air un peu vieillot – cette chaîne pendante et l'oignon à glisser dans une poche – mais il n'avait jamais voulu s'en priver au profit d'un modèle plus moderne.

— Tu vois, mon garçon ?

Mr Kelly a appris à Eoin comment ouvrir le couvercle pour faire apparaître le cadran. Eoin hochait la tête, tout content, et le prêteur sur gages a fixé sur la montre un regard étonné.

— Eh bien, ça alors ! Voilà qu'elle fonctionne.

Il a consulté sa propre montre, qui pendait de la petite poche de son gilet. Avec un outil minuscule, il a ajusté l'heure sur celle de Declan Gallagher et a contemplé les petites aiguilles qui se déplaçaient. Il a émis un grognement satisfait.

— Je pense qu'elle te revient, petit. (Mr Kelly a avancé l'objet sur le comptoir, jusqu'à ce qu'Eoin puisse le saisir.) Après tout, elle appartenait à ton père.

***

Nous sommes sortis de la boutique, Eoin et moi, bien plus riches qu'à l'arrivée. Outre les cent soixante livres et la montre de Declan – qu'Eoin serrait dans sa main, alors même que j'avais fixé la chaîne à son gilet –, une paire de boucles d'oreilles en agate où pendaient de tout petits camées était fixée à mes lobes. J'ai compris sur le tard qu'en 1921, la plupart des femmes n'avaient sans doute pas les oreilles percées. Mr Kelly a affirmé que ces boucles étaient si bien assorties à ma bague qu'il me les fallait. Il était si aimable et si généreux que j'avais vraiment dû lui laisser des bijoux de très grand prix. Cependant j'avais conservé l'alliance d'Anne, et je ne pourrais jamais assez l'en remercier. Le prêteur sur gages m'avait évité de commettre une gaffe terrible, et il m'avait raconté une histoire de plus grande valeur encore.

Le parcours de la montre de Declan me donnait le vertige. Si je n'étais pas allée chez le prêteur sur gages avec Eoin, Mr Kelly lui aurait-il donné cette montre ? Pendant toutes les années où je l'avais connu, Eoin avait eu cette montre. Avais-je changé le cours de l'histoire, ou en avais-je toujours fait partie ? Et comment Eoin avait-il obtenu la bague d'Anne ? Si elle était morte et qu'on ne l'avait jamais retrouvée, n'était-ce pas elle qui l'avait au doigt ?

Je me suis rendu compte que toutes ces questions ne menaient nulle part. Je tenais l'argent dans ma main droite, la main d'Eoin dans ma gauche, et je le laissais me conduire, car j'avais l'esprit à quatre-vingts miles, ou plutôt à quatre-vingts années de là où nous étions.

— Eoin, tu sais où est le grand magasin Lyons ?

Mon air penaud l'a fait rire et il m'a lâchée.

— Juste là, grosse bête !

Sur le trottoir d'en face, je vis une rangée d'immenses vitrines – au moins six – protégée par un auvent rouge vif qui annonçait le nom du magasin, *Henry Lyons &*

Co. Ltd., Entrepôt de Sligo, en lettres blanches. Derrière les vitres, chapeaux et chaussures étaient disposés sur des présentoirs, robes et costumes sur le dos de mannequins au visage pâle. J'ai éprouvé quelques secondes de soulagement, avant que la peur ne reprenne le dessus.

— Je vais simplement demander de l'aide, ai-je dit tout haut pour m'enhardir, et Eoin a approuvé.

— Nana a une amie qui travaille ici, Mrs Geraldine Cummins. Elle l'aide beaucoup.

Mon cœur a fait une chute jusqu'au fond de mon estomac, et j'ai cru un moment que j'allais vomir. L'amie de Brigid connaissait forcément Anne Gallagher. La véritable Anne Gallagher. L'original, pas la copie d'Anne Gallagher. J'ai pris mon courage à deux mains tandis qu'Eoin m'entraînait, appâté par les merveilles du grand magasin.

Un groupe d'hommes s'était rassemblé autour des grandes vitrines à droite de l'entrée. Ils tournaient le dos à la route, les bras croisés, et contemplaient quelque chose de l'autre côté de la vitre. J'ai tendu le cou pour essayer de comprendre ce qui attirait du monde. Un homme a quitté sa place et m'a permis de bien voir la vitrine avant que ce trou ne soit comblé par quelqu'un d'autre. Ils lisaient un journal. L'*Irish Times* avait été placardé à l'intérieur, les pages déployées pour que les passants puissent le lire depuis la rue.

J'ai ralenti, intriguée et, comme c'était prévisible, captivée par ces mots, mais Eoin a foncé à l'intérieur. J'ai dû franchir avec lui la porte que me tenait patiemment ouverte un homme qui a baissé son chapeau sur mon passage. J'ai aussitôt oublié le journal et les articles en découvrant avec terreur et émerveillement les hautes étagères et les larges couloirs, les étalages et le décor. Il fallait que je décide par où commencer. Il n'y avait pas d'éclairage au néon, pas de musique en boîte diffusée dans les rayons. Des lampes suspendues au plafond répandaient une lumière chaude sur les parquets cirés, et j'ai fait un tour complet avant de trouver mes marques. J'étais au rayon homme et j'avais besoin d'explorer un peu.

— Des vêtements, des bas, une paire de bottines, une paire de chaussures, un chapeau, un manteau et une douzaine, deux douzaines d'autres choses.

Je murmurais, comme si cette liste pourrait m'empêcher de pleurer dans un coin. Je n'avais pas la moindre idée de ce que j'aurais les moyens d'acquérir. J'ai consulté l'étiquette fixée au manteau accroché à ma droite. Seize livres. J'ai commencé à calculer mentalement et j'ai aussitôt renoncé. J'en achèterai autant que je pourrai avec cent livres, tout simplement. Ce serait ma limite. Les soixante livres restantes constitueraient ma réserve en cas d'urgence, en attendant que j'en gagne davantage ou que je me réveille, selon ce qui viendrait en premier.

— Nana monte toujours l'escalier, là où sont les robes, m'a indiqué Eoin.

Je l'ai laissé me conduire une fois encore, en empruntant un vaste escalier jusqu'à l'étage, qui offrait des chapeaux compliqués, des tissus colorés et une atmosphère parfumée.

— Bonjour, Mrs Geraldine Cummins ! a crié Eoin en faisant signe à une femme d'à peu près l'âge de Brigid, debout derrière une vitrine voisine. Voici ma mère. Elle a besoin d'aide.

Une autre femme lui a imposé le silence comme si nous étions dans une bibliothèque et non parmi des rayonnages de vêtements. Geraldine Cummins s'est avancée vers nous, la posture royale, la silhouette pulpeuse.

— Bonjour, Mr Eoin Gallagher, a-t-elle salué posément.

Elle arborait une robe bleu marine à la ceinture relâchée, avec un nœud de la même couleur qui s'étalait sur son énorme poitrine ; les manches lui arrivaient au coude, et sa jupe ample tombait juste au-dessus de ses chevilles. Ses cheveux formaient comme un casque gris de vagues laquées embrassant son visage rond. Elle a affronté mon regard sans ciller, les mains jointes devant elle, les talons joints comme un soldat montant la garde.

Contrairement à Mr Kelly, elle n'a pas eu l'air surprise, et je me suis demandé si Brigid n'était pas allée à Sligo pendant ma convalescence. J'ai décidé que cela n'avait aucune importance, dès lors que cette femme pouvait m'aider et si je n'avais à répondre à aucune question.

— Que puis-je pour vous, Mrs Anne Gallagher ? m'a-t-elle demandé sans perdre de temps en formules de politesse ou en bavardages.

J'ai récité ma liste, en espérant qu'elle comblerait les lacunes.

Elle a levé une main pour faire venir une jeune femme qui se tenait à côté d'un énorme râtelier à chapeaux.

— J'emmène Mr Eoin Gallagher. Miss Beatrice Barnes vous assistera personnellement.

J'ai compris qu'Eoin appelait Geraldine Cummins par son nom complet parce qu'elle-même désignait tout le monde ainsi. Beatrice Barnes s'approchait à grands pas, un sourire affiché sur son charmant visage pour signaler qu'elle souhaitait se rendre utile.

— Miss Beatrice Barnes, je vous présente Mrs Anne Gallagher. Vous l'assisterez dans ses achats. Je me fie à votre bon sens.

Beatrice hocha vigoureusement la tête et Geraldine tourna les talons, tendant la main vers Eoin.

— Où… Où le conduisez-vous ?

J'étais certaine que les bons parents ne livraient pas ainsi leurs enfants à de parfaits inconnus. Eoin la connaissait, mais pas moi.

— Au rayon des jouets, bien sûr. Puis nous irons à l'épicerie Ferguson pour le goûter. (Elle a souri à Eoin et deux fossettes se sont creusées dans ses joues poudrées. Lorsqu'elle a de nouveau croisé mon regard, le sourire avait disparu.) Ma journée est terminée. Je vous le ramène à la demie. Cela vous laisse tout le temps de procéder à vos emplettes sans avoir cet enfant dans vos jambes.

Eoin sautait sur la pointe des pieds, euphorique, mais soudain ses épaules sont retombées et il a pris une mine dépitée.

— Merci, Mrs Geraldine Cummins, mais Doc a dit que je devais rester près de ma mère et l'aider.

— C'est en venant avec moi que tu aideras le mieux ta mère, a vivement répondu Mrs Cummins.

Eoin m'a interrogée des yeux, son sourire exprimant l'espoir et le doute.

— Vas-y, Eoin. Amuse-toi. Je m'en sortirai très bien, ai-je menti.

J'ai regardé Eoin s'éloigner, donnant la main à la vieille dame. J'avais désespérément envie de le rappeler. Il lui faisait déjà admirer sa montre et lui racontait notre récente aventure chez le prêteur sur gages.

— Et si nous commencions, Mrs Gallagher ? a suggéré Beatrice d'une voix haut perchée, l'œil pétillant.

J'ai acquiescé, en exigeant qu'elle m'appelle Anne, et j'ai une fois de plus récité ma liste en bredouillant. Nous avons parcouru le magasin et, au passage, je jetais un œil sur les prix, je désignais les choses qui me plaisaient et les couleurs que je préférais. Une robe coûtait en moyenne sept livres, mais je me suis sentie sur le point de défaillir en entendant Beatrice parler de robes du soir, de tenues d'intérieur, de vêtements d'hiver et d'été, sans parler de chapeaux, de chaussures et de sacs à main pour chaque saison.

— Il vous faudra aussi des chemises, des corsets, des culottes et des bas ? a-t-elle demandé avec discrétion, alors même qu'il n'y avait personne à proximité.

— Oui, s'il vous plaît. (Il était temps de mentir un peu si je voulais arriver à quelque chose.) J'ai été malade, voyez-vous, et il y a si longtemps que je n'ai plus rien acheté que je ne sais plus quelle taille je fais ni ce qui est à la mode. Je ne suis même plus très sûre de ce dont une dame a besoin. (Je n'ai eu aucun mal à lever les yeux au ciel d'un air pathétique.) J'espère que vous voudrez bien me donner quelques conseils, sachant que renouveler entièrement ma garde-robe risque de coûter très cher. Il me faut l'essentiel, rien de plus.

— Bien entendu ! Je vous emmène dans une cabine et nous allons démarrer. J'ai l'œil pour les tailles. Nous allons bien nous amuser.

Elle est revenue, les bras chargés de fanfreluches blanches.

— Nous avons une jolie soie artificielle qui vient d'arriver de Londres, et des culottes qui s'arrêtent au-dessus du genou. Nous avons aussi de nouveaux corsets qui se lacent par-devant et qui sont très confortables.

Je me suis un instant revue écrivant à mon bureau vêtue d'un pantalon de jogging à taille élastique et d'un débardeur en coton, et j'ai ravalé la bulle de panique qui cherchait à s'échapper.

La « soie artificielle » ressemblait à de la viscose et je me demandais comment elle résisterait au lavage, mais j'ai fait de mon mieux pour me glisser dans le corset, en appréciant la relative facilité avec laquelle il s'attachait.

Il était conçu pour être enfilé par-dessus la chemise à encolure carrée qui ne soutenait pas vraiment les seins mais qui était douce et agréable à porter. J'ai passé la culotte dont Beatrice avait parlé tout bas et j'ai conclu que ça aurait pu être pire.

J'ai essayé une robe bleu foncé à col carré. La ligne était droite et simple, avec un peu plus de volume en bas de la jupe, qui froufroutait à quelques centimètres au-dessus de mes chevilles. Une ceinture lui donnait un peu forme. Beatrice m'a examinée, les lèvres pincées.

— La couleur est bien, le style aussi. Vous avez un joli cou, et vous pourrez la mettre avec des bijoux pour un dîner, ou toute simple avec un chapeau pour la messe. Nous ajouterons la rose, qui est coupée de la même façon.

Deux chemisiers en coton, un rose et un vert, dont les revers formaient un grand V au-dessus de trois boutons, pouvaient être portés avec la longue jupe grise dont Beatrice affirmait que c'était la base de toute garde-robe. J'ai ensuite essayé deux « robes d'intérieur », l'une couleur pêche, l'autre blanche à petits pois bruns. Toutes deux avaient de profondes poches à la hauteur des cuisses, et de longues manches droites terminées par d'épaisses manchettes. Elles étaient sobres, avec un col rond qui longeait les omoplates et une taille plissée qui séparait le corsage de la jupe arrivant aux mollets. Beatrice m'a posé sur la tête un chapeau de paille blanc à large bord, décoré de fleurs de pêcher, et a déclaré le tout parfait. Elle a ajouté deux châles à mes achats, un vert tendre et un blanc, et m'a réprimandée quand j'ai essayé de m'opposer.

— Vous êtes bien née en Irlande, non ? Vous avez vécu ici toute votre vie. Vous savez qu'il vous faut des châles !

Beatrice m'a également apporté un long manteau de lainage et un chapeau anthracite assorti, orné d'une tige de roses noires et d'un ruban de soie noire. C'était, selon elle, un « chapeau cloche ». Au lieu du bord raide du chapeau de paille, le chapeau cloche s'arrondissait avec coquetterie autour de mon visage, épousant la ligne de mon crâne. Il me plaisait et je l'ai gardé sur la tête alors que nous passions à la suite.

J'ai commencé à faire un tas. En plus des sous-vêtements et des vêtements, il me faudrait quatre paires de bas, une paire d'escarpins en chevreau brun, une paire de chaussures noires à bride en T et à talon moyen, et des bottines noires pour les mois froids. Pour les longues promenades ou les corvées domestiques, je pourrais utiliser les vieilles bottines d'Anne. Je me rebellais à la perspective des corvées, en me demandant à quel type de tâches une femme était en général soumise en 1921. Thomas avait des domestiques, mais il disait qu'il comptait sur moi pour l'aider avec ses patients. Je voulais croire que les bottines seraient bien suffisantes pour cela aussi.

Je calculais dans ma tête – quatre paires de bas pour une livre, trois livres pour un châle ou une paire de chaussures. Les robes en coton coûtaient chacune cinq livres, les bottines et les robes de lin sept livres, les chemises et les culottes une livre pièce, et la jupe quatre livres. Les chemisiers étaient à deux livres et demie, le corset un peu plus, les chapeaux au même prix que les robes de coton, et le manteau de lainage quinze livres à lui tout seul. Je devais approcher les quatre-vingt-dix livres, et il me fallait encore des produits de beauté.

— Il vous faut une robe ou deux pour les réceptions. Le docteur est souvent invité dans le monde, a insisté Beatrice, le front plissé. Et vous avez des bijoux ? Nous en avons de faux qui sont si superbes que l'on dirait des vrais.

Je lui ai montré ma bague et mes boucles d'oreilles, en précisant que je n'avais rien de plus. Elle a hoché la tête en se mordant la lèvre.

— Vous aurez aussi besoin d'un sac à main. Mais cela peut attendre, je suppose. Quand viendra l'hiver, vous regretterez de ne pas avoir un autre tailleur en lainage, a-t-elle ajouté en louchant sur l'affreuse tenue démodée que je portais en entrant dans le magasin. Celui-ci n'est pas le plus... joli que j'aie vu. Mais il doit être chaud.

— Je n'irai à aucune réception avec le docteur. Et cet ensemble devra faire l'affaire. J'aurai mes châles et mon manteau. Ce sera très bien.

Elle a soupiré comme si elle avait manqué à ses devoirs envers moi, mais non sans donner son assentiment.

— D'accord. Je vais faire emballer vos achats pendant que vous vous rhabillez.

26 octobre 1920

Les Black and Tans et les Auxiliaires, injectés en Irlande depuis la Grande-Bretagne, sont partout et ils semblent n'avoir à répondre de leurs actes devant personne. Barbelés et barricades, blindés, soldats en patrouille munis de baïonnettes, tout cela est devenu monnaie courante. Dromahair est plus tranquille que Dublin, mais nous en sentons malgré tout l'écho. Toute l'Irlande le sent. À Balbriggan, le mois dernier encore, les Tans et les Auxies ont incendié la moitié de la ville. Les maisons, les commerces, les usines et des quartiers entiers ont été détruits par le feu. Les forces anglaises ont dit que c'était en représailles pour la mort de deux Tans, mais les représailles sont toujours excessives et toujours complètement aveugles. Ils veulent nous briser. Tant d'entre nous sont déjà brisés.

En avril dernier, la prison de Mountjoy était pleine de membres du Sinn Féin dont le seul crime était celui d'association politique. Les prisonniers politiques étaient mêlés à des criminels ordinaires, et pour protester contre leur incarcération, plusieurs ont entamé une grève de la faim. En 1917, un prisonnier politique, membre de la Fraternité républicaine irlandaise, a dû être nourri de force. La manière brutale dont il a été « alimenté » lui a coûté la vie. Comme la foule était de plus en plus nombreuse devant la prison, l'attention nationale s'est elle aussi accrue, et le Premier Ministre Lloyd George, encore sous le coup de l'indignation internationale suscitée par la grève de la faim de 1917, a cédé à leurs exigences : il leur a accordé le statut de prisonniers de guerre et les a transférés à l'hôpital pour leur convalescence. J'ai pu les voir à la Mater Misericordiae dans le cadre de mes fonctions officielles, en tant que représentant médical nommé par Lord French en personne. Je m'étais porté volontaire. Les hommes étaient faibles et maigres, mais ils avaient gagné leur bataille, et ils le savaient tous.

Le Dáil, le gouvernement irlandais récemment formé, composé des élus qui ont refusé de siéger à Westminster, a été interdit par l'administration britannique. Mick et les autres membres du conseil – ceux qui ne sont pas en prison – continuent en secret, ils ont établi un gouvernement et ils font de leur mieux pour créer un système permettant à une Irlande indépendante de fonctionner. Mais les maires, les fonctionnaires et les juges ne peuvent se cacher aussi facilement que les cadres du Dáil. Un par un, ils ont été arrêtés ou assassinés. Le lord-maire de Cork, Thomas MacCurtain, a été abattu chez lui, et son remplaçant élu, Terence MacSwiney, a été arrêté lors d'un assaut contre l'hôtel de ville de Cork, peu après son entrée en fonction. Le maire MacSwiney, comme les dix hommes avec lesquels il a été arrêté, a décidé de faire la grève de la faim pour dénoncer l'incarcération illégale de responsables publics. Comme celle d'avril, leur grève a attiré l'attention nationale. Mais pas parce qu'elle s'est bien terminée. Terence MacSwiney est mort hier en Angleterre, dans la prison de Brixton, soixante-quatorze jours après avoir commencé sa grève de la faim.

Chaque jour une nouvelle histoire affreuse, un autre événement impardonnable. Tout le pays est sous pression, mais une curieuse espérance se mêle à la crainte. C'est comme si toute l'Irlande s'éveillait et que nos yeux étaient fixés sur le même horizon.

T. S.

10

Les trois mendiants

Toi qui as parcouru les confins de la terre,
Tu peux élucider ce que j'ai dans la tête.
L'homme qui veut le moins obtiendra-t-il le plus,
Ou obtiendra le plus celui qui plus désire ?
W. B. Yeats

BEATRICE M'ATTENDAIT quand je suis sortie du salon d'essayage, les cheveux un peu ébouriffés. Je portais l'une des robes de coton et un nouveau chapeau qui couvrait le pire de ma coiffure. Beatrice m'avait aussi laissé les escarpins de chevreau, comme elle les appelait, ce qui m'évitait de devoir refaire moi-même les lacets des bottines d'Anne, et elle avait emporté le vieil ensemble marron afin de le faire emballer avec mes achats. J'avais bien meilleure allure qu'à mon arrivée, mais j'avais mal au côté, et une migraine causée par trop d'efforts. J'étais contente que l'aventure touche à sa fin.

Beatrice bavardait encore, s'enquérant de mes cosmétiques. Je lui ai dit qu'il me fallait du shampooing et un produit pour me lisser les cheveux. Elle a hoché la tête comme si le mot « shampooing » lui était connu.

— J'ai besoin de quelque chose pour quand... quand je suis indisposée.

J'avais cherché le plus délicat euphémisme pour désigner mes règles. Beatrice a acquiescé.

— Nous avons des serviettes hygiéniques et des ceintures menstruelles sur un présentoir discret, avec un tronc placé à côté, pour que les dames n'aient pas à les acheter en public. La plupart de nos clientes préfèrent cela. Mais j'en glisserai dans votre carton à un moment où personne ne regarde et j'ajouterai le montant à la note, a-t-elle murmuré.

J'ai cru bon de ne pas demander ce qu'était une ceinture menstruelle, me disant que je devinerais bien toute seule.

Les deux principaux problèmes étant réglés, je l'ai suivie vers le rayon des produits de beauté, au rez-de-chaussée, pour faire mon choix parmi tous les flacons disponibles, parmi lesquels j'ai eu la joie d'identifier quelques marques connues : Vaseline, savon Ivory et cold-cream Pond's. Beatrice a établi une liste, en inscrivant chaque achat de sa belle écriture et en insérant chaque objet dans un carton rose pâle que j'aurais bien vu dans une pâtisserie pour contenir des gâteaux. À cet inventaire elle a ajouté une crème démaquillante.

— Cold-cream le soir, crème de jour le matin. Vous n'aurez pas la peau brillante, et vous pouvez vous poudrer par-dessus. Il vous faut de la poudre ?

J'ai haussé les épaules et elle a fait la moue en étudiant ma peau.

— Chair, blanche, rose ou crème ?

— Qu'en pensez-vous ?
— Chair, a-t-elle tranché. La poudre LaBlache est ma préférée. Elle est un peu plus chère, mais cela en vaut la peine. Et peut-être un peu de rouge ? (Elle a pris derrière la vitre un petit pot et en a dévissé le couvercle métallique.) Vous voyez ?

La couleur était un peu trop rose à mon goût, mais Beatrice m'a rassurée.

— Cela donnera un très léger éclat à vos joues et à vos lèvres, mais personne ne saura que vous en avez mis. Et si jamais quelqu'un s'en apercevait, niez catégoriquement.

Le but était apparemment de ne pas du tout sembler maquillée, ce qui me convenait très bien.

— Nous avons un nouveau fard pour les cils. Autrefois, nous faisions toutes notre mélange de Vaseline et de cendres, mais c'est fini.

Elle a ouvert un autre contenant, pas plus grand qu'un pot de baume à lèvres, et m'a montré la graisse noire qu'il contenait. Cela ne ressemblait à aucun mascara connu de moi.

— Comment l'applique-t-on ?

Beatrice s'est rapprochée, m'a demandé de ne pas bouger, a humecté son index de cette pâte puis l'a frottée contre son pouce. Avec une assurance totale, elle a frotté l'extrémité de mes cils entre le bout de ses doigts noircis.

— Parfait. Vous avez naturellement des cils longs et noirs, vous n'en avez pas vraiment besoin, mais on les voit mieux à présent.

Avec un clin d'œil complice, elle a déposé le pot dans le carton. Elle m'a proposé un shampooing à l'huile de coco en jurant qu'il rendrait mes cheveux somptueux, du talc pour me « maintenir fraîche » et un petit vaporisateur à parfum. J'ai voulu du dentifrice, une brosse à dents, une petite boîte de fil dentaire, ainsi qu'un étui abritant peigne et brosse. Quand j'ai demandé si je pouvais payer, Beatrice m'a regardée bizarrement.

— C'est réglé d'avance, Anne. Le docteur vous attend à l'entrée. Vos achats y sont aussi. Je pensais que vous vous limitiez par caprice.

— J'aimerais payer tout cela moi-même, Beatrice.

— Mais... c'est déjà payé, Mrs Gallagher. Votre facture a été ajoutée à son compte. Je ne voudrais pas causer d'histoires.

Je ne voulais pas non plus causer d'histoires, mais je me sentais opprimée par la gêne. J'ai inspiré profondément pour y remédier.

— Ces choses-là n'ont pas été ajoutées au compte du docteur. (J'ai pris le carton rose dans mes bras.) Je paierai mes produits de beauté, ai-je insisté.

J'ai cru qu'elle allait contester, mais elle a hoché la tête et s'est dirigée vers la caisse enregistreuse voisine de l'entrée. Elle a remis ma liste de produits au caissier moustachu.

— Le Dr Smith m'a dit de mettre sur son compte les achats de Mrs Gallagher, a objecté Mr Barry.

— Je comprends. Mais c'est moi qui paye ces produits-là.

Le caissier fronçait les sourcils, mais je les fronçais tout aussi fermement. Il a jeté un coup d'œil vers la porte. J'ai suivi son regard : Thomas m'observait, la tête penchée sur le côté, une main tenant Eoin, l'autre fourrée dans la poche de son pantalon.

Eoin avait la joue gonflée par le bout rond d'une sucette, dont le bâton dépassait de ses lèvres humides.

Mr Barry a grommelé sa désapprobation, mais il a tapé chaque objet sur sa caisse, un tintement joyeux signalant chaque nouveau total.

— Cela fera dix livres, madame.

J'ai tiré de ma liasse ce qui semblait être deux billets de cinq livres, me promettant d'examiner ces billets de plus près quand je serais seule.

— Nous venons de terminer d'emballer vos autres emplettes, a-t-il déclaré, en désignant la pile de paquets derrière lui, puis il a fait signe à un petit commis d'accourir et a entassé les cartons dans ses bras. Après vous, Mrs Gallagher.

Je me suis retournée et me suis avancée vers Thomas. Je me sentais confuse, mal à l'aise, comme un mendiant ouvrant effrontément une procession royale. Beatrice trottinait derrière moi, munie de mes produits de beauté et de deux cartons à chapeau, tandis que le garçon et Mr Barry jonglaient avec le reste des paquets.

Thomas m'a tenu la porte et a indiqué sa voiture garée au bord du trottoir.

— Mettez les paquets sur le siège arrière, a-t-il ordonné.

Il ne quittait pas des yeux quatre hommes qui descendaient la rue à pas pressés. Ils portaient un uniforme kaki à ceinture noire, des bottes montantes et un calot à pompon. Ce couvre-chef me rappelait l'Écosse et les joueurs de cornemuse, mais ces hommes ne tenaient pas d'instrument de musique. Ils tenaient des fusils.

— Tu es belle comme une reine, Maman ! s'est écrié Eoin.

Il s'est jeté sur ma robe avec des doigts poisseux que j'ai évités de justesse. Je lui ai saisi la main, dont la paume s'est collée à la mienne. Thomas nous a poussés dans sa voiture, toujours sans détacher son regard des soldats qui approchaient.

Quand Mr Barry a vu ces hommes, il a jeté les paquets à l'arrière du véhicule et a obligé Beatrice et le commis à rentrer dans le magasin.

Thomas a refermé ma portière et a fait le tour de la voiture pour s'installer au volant. Il a claqué sa portière à l'instant où les hommes s'arrêtaient devant la vitre où étaient placardées les pages de l'*Irish Times*. Avec la crosse de leur fusil, ils ont soudain donné de grands coups dans l'immense vitrine qui s'est cassée, le journal s'envolant parmi les bris de verre. Un soldat s'est baissé et a mis le feu aux pages avec une allumette. De l'autre côté de la rue, les badauds s'étaient arrêtés pour observer cet acte de vandalisme.

— Que faites-vous ? a demandé Mr Barry, la bouche grande ouverte, les joues écarlates.

— Dites à Mr Lyons qu'il fomente la rébellion et la violence contre la Gendarmerie royale irlandaise et contre la Couronne. La prochaine fois qu'il affiche ce journal, on cassera toutes les vitrines, a répondu l'un des hommes, en haussant la voix pour être entendu de l'attroupement sur le trottoir d'en face.

Après un dernier coup de pied dans les pages qui s'envolaient en fumée, les soldats ont poursuivi leur chemin vers Hyde Bridge.

Thomas était pétrifié, les deux mains sur le volant, alors que la voiture vrombissait d'impatience. Il avait la mâchoire si serrée qu'un muscle dansait près de son oreille. Les gens ont traversé la rue en courant pour voir les dégâts et discuter. Mr Barry a pris en main les opérations de déblaiement.

— Thomas ? ai-je murmuré.

Eoin ouvrait des yeux immenses, sa lèvre inférieure tremblait. Sa sucette lui était tombée de la bouche et gisait à ses pieds, oubliée.

— Doc, pourquoi les Tans ont fait ça ? a-t-il demandé, au bord des larmes.

Thomas a caressé la jambe d'Eoin, a manipulé le démarreur, ajusté les leviers près du volant et nous nous sommes éloignés du grand magasin, laissant le saccage derrière nous.

— Que s'est-il passé, Thomas ?

Il n'avait pas répondu à Eoin, et il gardait la bouche fermée. Nous avons franchi Hyde Bridge derrière quatre gendarmes et sommes sortis de Sligo pour regagner Dromahair. Thomas s'est détendu à mesure que la distance se creusait par rapport à la ville. Il a soupiré et m'a lancé un regard rapide avant de se tourner à nouveau vers la route.

— Henry Lyons envoie tous les jours un chauffeur à Dublin pour en rapporter le journal. Il le placarde en vitrine pour que les gens sachent ce qui se passe. L'action est à Dublin. La bataille pour toute l'Irlande se mène à Dublin. Et les gens veulent être informés. Les Tans et les Auxies n'aiment pas qu'il affiche le journal.

— Les Auxies ?

— Les Auxiliaires, Anne. Ils ne dépendent pas de la gendarmerie ordinaire. Ce sont tous d'anciens officiers de l'armée et de la marine britannique qui n'ont plus rien à faire maintenant que la Grande Guerre est finie. Leur seul travail est d'écraser l'IRA.

Je me rappelais cela grâce à mes recherches.

— Ce n'était pas les Tans ? a demandé Eoin.

— Non, mon garçon. Les Auxiliaires sont encore pires que les Tans. On reconnaît toujours un Auxie à son béret et à son ceinturon. Tu as vu leur béret, n'est-ce pas, Eoin ?

Eoin a eu un hochement de tête si énergique que ses dents ont claqué.

— Évite les Auxies, Eoin. Et les Tans. Évite-les tous, pour l'amour du Ciel.

Plus personne n'a rien dit. Eoin se mordait les lèvres et enlevait la poussière de la sucette qu'il avait ramassée, et dont sa bouche exigeait le réconfort.

— Nous la nettoierons quand nous serons à la maison, Eoin. Tu verras, elle sera comme neuve. Pourquoi ne montres-tu pas ta montre à Thomas ? Raconte-lui l'histoire que Mr Kelly nous a confiée.

Je cherchais à le distraire, à nous distraire tous.

Eoin a déroulé la longue chaîne qu'il avait dans la poche et a balancé la montre sous le nez de Thomas pour être sûr qu'il la voyait.

— Mr Kelly me l'a donnée, Doc. Il dit qu'elle était à mon père. Maintenant elle est à moi. Et elle marche encore !

Thomas a détaché une main du volant pour accueillir la montre dans sa paume, les lèvres déformées par la surprise et la tristesse.

— Mr Kelly l'avait dans un tiroir. Il s'en est souvenu en nous voyant dans sa boutique, a expliqué Eoin.

Le regard de Thomas a croisé le mien, et j'ai eu la certitude qu'il connaissait déjà l'histoire de l'alliance.

— Il m'a rendu la montre de mon père, et ma mère a pu garder sa bague, tu vois ? a dit Eoin en me tapotant la main.

— Oui, je vois. Tu devras prendre bien soin de cette montre. Mets-la quelque part à l'abri avec ton bouton, a conseillé Thomas.

Le visage barbouillé d'Eoin a pris une mine coupable. Il se demandait si j'allais révéler au docteur comment il avait tenté de vendre son trésor ; je voyais son nez se plisser de peur. Je l'ai aidé à remettre la montre dans sa poche et lui ai souri pour le rassurer.

— Tu sais lire l'heure, Eoin ?

Il a secoué la tête.

— Alors je vais t'apprendre pour que tu puisses te servir de la montre.

— Toi, qui t'a appris ?

— Mon grand-père.

Une ombre de tristesse a dû passer sur mes traits car le petit garçon a posé ses doigts collants sur ma joue, pour me consoler.

— Il te manque ?

— Plus maintenant, ai-je répondu avec un tremblement dans la voix.

— Pourquoi ?

Il était choqué comme je l'avais été, il y a bien longtemps.

— Parce qu'il est encore avec moi.

J'avais répété tout bas les mots que mon grand-père m'avait dits quand il me berçait dans ses bras. Et tout à coup le monde a pivoté, la lumière s'est faite dans mon esprit, et je me suis demandé si mon grand-père ne savait pas depuis toujours qui j'étais réellement.

***

J'ai aidé Eoin à se laver les mains, et nous avons arrangé ensemble notre tenue avant le dîner. Mes cheveux avaient perdu leurs épingles, des boucles me pendaient dans le dos et devant les yeux. J'ai tout détaché, me suis mouillé les doigts et ai apprivoisé chaque mèche de mon mieux, avant de rassembler le tout en une queue-de-cheval nouée par un bout de ruban trouvé dans le coffre d'Anne. Je n'aspirais à rien d'autre qu'à m'écrouler sur mon lit. Ma blessure criait, mes mains tremblaient et je n'avais aucun appétit mais, pour la première fois, je me suis attablée avec la famille.

Pendant tout le repas, le dos raide, Brigid a observé un silence obstiné. Elle prenait de minuscules bouchées qui dérangeaient à peine ses mâchoires. Ses yeux s'étaient élargis, puis réduits à des fentes lorsqu'elle nous avait vus revenir, les bras encombrés de paquets, de boîtes à chaussures et de cartons à chapeau, le tout à destination de ma chambre. Elle n'a pas réagi quand Eoin, tout excité, lui a raconté comment les vitrines du magasin avaient été brisées, quand il lui a parlé de la sucette que Mrs Cummins lui avait offerte ou des jouets extraordinaires qu'il avait vus.

Brigid avait placé l'enfant à côté d'elle, Thomas présidait et j'étais assise à l'autre bout, avec un espace vide entre Thomas et moi. C'est un curieux arrangement, mais il évitait à Brigid de devoir me regarder et me tenait aussi loin que possible d'Eoin et de Thomas.

Eleanor, la sœur aînée de Maeve, attendait près de la porte de la cuisine, au cas où nous aurions besoin de quelque chose. Je lui ai souri et lui ai fait mes compliments pour le repas. Je n'avais pas très faim, mais tout était délicieux.

— Ce sera tout, Eleanor. Rentre vite chez tes parents. Anne pourra débarrasser et faire la vaisselle quand nous aurons terminé, a ordonné Brigid.

Une fois la jeune fille partie, Thomas a haussé les sourcils en direction de Brigid :

— On redistribue les tâches, Mrs Gallagher ?

— Je m'en chargerai volontiers, ai-je glissé. Je veux faire ma part.

— Vous êtes épuisée, et Eleanor va se demander tout le long du chemin ce qu'elle a fait de mal pour causer ainsi le déplaisir de Brigid. Elle débarrasse toujours après le dîner et elle emporte les restes pour sa famille.

— Je pense simplement qu'Anne a envers vous une grande dette dont elle devrait commencer à s'acquitter au plus vite, a déclaré Brigid, le teint enflammé, haussant le ton.

— Je suis assez grand pour m'occuper de mes dettes et de ceux qui ont une dette envers moi, a-t-il riposté calmement mais sur un ton sans réplique.

Brigid a tressailli et Thomas a soupiré.

— D'abord deux mendiants, et maintenant trois ? C'est ça que nous sommes ici ?

— Maman n'est pas une mendiante, Nana. Plus maintenant. Elle a vendu ses boucles d'oreilles. Maintenant elle est riche, a dit gaiement Eoin.

Brigid a repoussé sa chaise en arrière et s'est levée brusquement.

— Viens, Eoin. C'est l'heure du bain et du lit. Dis bonne nuit au docteur.

Eoin a protesté, mais son assiette était vide depuis quelque temps déjà.

— Je veux que Maman me raconte l'histoire du chien de Culann, a-t-il supplié.

— Pas ce soir, Eoin. La journée a été longue. Va avec ta grand-mère.

— Bonne nuit, Doc, a dit tristement Eoin. Bonne nuit, Maman.

— Bonne nuit, Eoin.

— Bonne nuit, petit garçon, ai-je ajouté en lui envoyant un baiser volant.

Ce geste l'a fait sourire, il a embrassé sa paume et m'a rendu la pareille, comme si c'était la première fois de sa vie.

— Eoin !

Sa grand-mère l'ayant rappelé à l'ordre, il l'a suivie, les épaules tombantes, la tête basse.

— Allez vous coucher, Anne, m'a conseillé Thomas dès que les bruits de pas se sont estompés. Vous êtes sur le point de vous endormir dans votre assiette. Je m'occuperai de tout.

Je l'ai laissé dire et me suis levée pour rassembler les assiettes vides.

— Brigid a raison. Vous m'avez recueillie. Sans rien demander...

— Pardon ! Des questions, je vous en ai posé plusieurs, si je me souviens bien.

— Sans rien exiger, ai-je rectifié. Et quand je ne suis pas terrorisée, je suis incroyablement reconnaissante.

Il m'a pris la pile d'assiettes.

— C'est moi qui porterai les choses lourdes. Vous pourrez faire la vaisselle.

Nous avons travaillé en silence. Nous n'étions ni l'un ni l'autre très à l'aise dans la cuisine, pour des raisons différentes, je suppose. Je ne trouvais rien de ce dont j'avais besoin, et Thomas n'en savait pas plus. Je me suis demandé s'il lui était déjà arrivé de laver une assiette ou de préparer un repas.

J'étais surprise par le luxe de la cuisine : une énorme glacière, un grand évier, deux fours, huit plaques électriques et un cellier – que Thomas appelait le garde-manger – grand comme un salon. Les plans de travail étaient larges, chaque surface était propre et bien entretenue. Je connaissais déjà la maison, et son confort était très au-dessus de la moyenne en 1920, surtout dans l'Irlande rurale. J'avais lu le passage consacré à Garvagh Glebe dans le journal intime de Thomas, où il parlait de son beau-père, de la fortune héritée et de la responsabilité qui lui incombait.

J'ai récupéré toute la nourriture laissée dans les assiettes pour la mettre dans un bol, de peur de jeter quoi que ce soit. Je savais que Thomas avait des porcs, des moutons, des poulets et des chevaux dont s'occupaient les O'Toole. Les cochons mangeaient bien les restes ? J'ai rincé les assiettes et les soucoupes, je les ai empilées dans une cuvette, sans pouvoir dénicher un quelconque détergent. Thomas a débarrassé la table du dîner, a mis les restes dans la glacière, rangé le pain et le beurre dans le garde-manger. J'ai frotté les plans de travail, admirative devant les surfaces en bois usées par des mains plus compétentes que les miennes. J'étais sûre que Brigid descendrait pour vérifier comment j'avais exécuté mes tâches, mais c'était le mieux que je puisse faire.

— Pourquoi avez-vous peur ? a demandé calmement Thomas, en me regardant finir. Vous dites que, lorsque vous n'êtes pas terrorisée, vous êtes incroyablement reconnaissante. Pourquoi êtes-vous terrorisée ?

— Parce que tout est tellement... incertain.

— Brigid a peur que vous ne partiez en emmenant Eoin avec vous. Voilà pourquoi elle se conduit si mal.

— Je ne ferais jamais ça. Jamais... Où pourrais-je aller ?

— Ça dépend. Où étiez-vous ?

J'ai éludé cette question à laquelle il revenait toujours.

— Je ne ferais jamais ça à Eoin, à Brigid ou à vous. Cette maison est celle d'Eoin.

— Et vous êtes sa mère.

J'aurais voulu avouer que ce n'était pas vrai, que je n'avais aucun droit sur lui à part ceux de l'amour. Mais je me suis tue. Avouer m'aurait privée de la seule chose qui comptait pour moi. J'ai donc confessé la seule vérité possible :

— Je l'aime tellement, Thomas.

— Je le sais bien. Je ne sais peut-être rien d'autre, mais ça, je le sais.

— Je vous promets que je n'emmènerai pas Eoin loin de Garvagh Glebe.

— Mais pouvez-vous promettre que vous ne partirez pas, vous ?

Thomas avait trouvé la faille dans mon armure.

— Non, ai-je murmuré en secouant la tête. Je ne peux pas.

— Alors vous devriez peut-être vous en aller, Anne. Si vous prévoyez de partir, partez maintenant, avant de causer trop de dégâts.

Il n'était pas en colère, il ne m'accusait pas. Ses yeux étaient tristes et sa voix douce. Quand des larmes ont monté jusqu'à mes yeux, il m'a attirée vers lui et m'a prise dans ses bras, me caressant les cheveux et me tapotant le dos comme si j'étais un enfant. Mais je ne me suis pas détendue contre lui, je n'ai pas laissé couler mes larmes. J'avais des haut-le-cœur, ma peau semblait sur le point d'éclater. Je me suis dégagée, de peur que la panique ne se libère en sa présence. Je suis sortie de la cuisine aussi vite que je le pouvais, les mains contre mon point de côté.

— Anne. Attendez ! m'a hélée Thomas.

Une porte a claqué et des voix ont rempli la cuisine. Un couple de vieillards, aux vêtements propres mais élimés, s'est jeté sur Thomas, l'empêchant de me suivre tandis que je traversais le couloir jusqu'à ma chambre.

— Notre Eleanor dit que Mrs Gallagher l'a renvoyée, docteur ! Elle a pleuré tout le long du chemin, et ça me rend folle. S'il y a un problème, vous me le direz, hein, Dr Smith ? criait la femme.

— Vous avez toujours été juste avec nous, docteur. Plus que juste, mais si la fille ne sait pas ce qu'elle a fait de mal, comment elle pourrait le réparer ? a ajouté l'homme.

Les O'Toole avaient interprété le retour prématuré d'Eleanor exactement comme Thomas l'avait prévu.

Pauvre Thomas. Il devait être pénible d'avoir toujours raison. Il avait raison pour tant de choses. Si je prévoyais de partir, je devais partir tout de suite. Là-dessus aussi, il avait raison.

Mais je ne savais pas comment m'y prendre.

28 novembre 1920

Samedi dernier, j'ai pris mon petit déjeuner avec Mick au Café du Caire, dans Grafton Street. Mick mange toujours comme s'il faisait la course, il a englouti ses œufs et son bacon, les yeux rivés à l'assiette, concentré sur sa mission : refaire le plein afin de pouvoir se remettre en route. Je suis toujours impressionné par l'aisance avec laquelle il circule en ville. Il porte en général un élégant costume gris et un chapeau melon, il se déplace le plus souvent à bicyclette, il sourit, adresse de grands saluts et bavarde précisément avec les gens qui le traquent. Il se cache au grand jour, et il tourne autour de tout le monde, au sens propre comme au figuré.

Mais samedi dernier il était nerveux, agité. À un moment, il a écarté son assiette et s'est penché par-dessus la table jusqu'à ce que son visage touche presque le mien.

— Tu vois les Angliches aux tables du fond, Tommy ? Ne regarde pas maintenant. Attends un peu et laisse tomber ta serviette.

J'ai pris une grande rasade de café noir et, alors que je reposais ma tasse, j'ai fait glisser ma serviette à terre. En la ramassant, j'ai laissé mes yeux s'égarer jusqu'aux tables à moitié remplies, vers le mur du fond. J'ai aussitôt compris à qui il faisait allusion. Des hommes en costume trois-pièces, pas en uniforme. Le chapeau rabattu sur la droite, comme pour attirer le regard, mais d'un air qui vous dissuadait de les dévisager. C'étaient bel et bien des Anglais. Cinq à une table, un peu plus à l'autre. Peut-être cela tenait-il à leur façon de surveiller la salle et de bavarder tout en fumant, mais ils formaient un groupe qui ne m'inspirait rien de bon.

— *Ils ne sont pas tous là. Mais demain ils seront partis, a commenté Mick.*

Je n'ai pas osé lui demander ce qu'il voulait dire. Ses yeux ne trahissaient aucune expression.

— *Qui sont-ils ?*

— *Ils se font appeler le Gang du Caire parce qu'ils se réunissent toujours ici. Lloyd George les a envoyés à Dublin pour m'arrêter.*

— *Si tu sais qui ils sont, ils doivent savoir qui tu es, donc ils vont nous attaquer à coups de barre de fer ? ai-je chuchoté.*

Mes mains tremblaient. Pas de peur. Du moins pas pour moi. Pour lui. Et j'étais furieux qu'il prenne un tel risque.

— *Il fallait que je leur fasse mes adieux, a dit Mick en haussant les épaules.*

Il était totalement apaisé, mais m'avait transmis sa nervosité. Il a mis son chapeau et s'est levé, en comptant ses pièces pour régler l'addition. Nous sommes sortis du café sans regarder en arrière.

Le lendemain matin, aux premières heures avant le lever du jour, quatorze hommes ont été abattus dans Dublin, dont de nombreux membres de l'unité spéciale venue régler leur compte à Michael Collins et à sa bande.

L'après-midi, les forces de la Couronne étaient en émoi. Après ce coup porté à leurs officiers, des blindés et des camions militaires ont été envoyés à Croke Park, où un match de football opposait l'équipe de Dublin à celle de Tipperary. Quand les vendeurs de billets ont vu les véhicules blindés et les camions bondés, ils ont couru se réfugier dans le stade. Les Tans les ont pris en chasse, prétendant avoir identifié des membres de l'IRA. Une fois à l'intérieur, les Black and Tans ont ouvert le feu sur la foule de spectateurs.

Des gens ont été piétinés. D'autres abattus. Soixante blessés. Treize morts. J'ai passé la soirée à proposer mes services aux blessés, accablé par ma culpabilité dans ce carnage, furieux que l'on en soit arrivé là, et impatient que tout cela se termine.

T. S.

11

Avant la création du monde

> *Si je rends mes cils noirs,*
> *Mes yeux plus éclatants*
> *Et mes lèvres plus rouges,*
> *Ou bien si j'interroge*
> *Miroir après miroir,*
> *Ce n'est pas vanité :*
> *Je cherche mon visage*
> *D'avant la Création.*
> W. B. Yeats

APRÈS AVOIR RASSURÉ LES O'TOOLE, Thomas est venu frapper à ma porte. J'avais vu le couple passer devant ma fenêtre, les bras chargés de pain et des restes du mouton aux pommes de terre qu'Eleanor avait préparé pour le dîner.

J'étais enfouie sous mes couvertures, le visage dissimulé, la lumière éteinte. Comme la porte n'était pas fermée à clef, Thomas a fini par l'ouvrir avec précaution.

— Anne, je voulais vérifier votre plaie, a-t-il dit sans dépasser le seuil.

J'ai fait semblant de dormir, gardant bien fermés mes yeux enflés, et après un moment il est parti, refermant la porte sans bruit. Il avait dit que je devais partir. J'ai envisagé d'enfiler mes vêtements rangés tout en haut de mon armoire, pour tenter de reprendre le cours de cette existence que j'avais perdue. J'irais jusqu'au lough sur la pointe des pieds, je volerais une barque et je rentrerais chez moi.

Je me représentais l'aurore, et moi ramant sur le lough, impatiente de regagner l'année 2001. Et s'il ne se passait rien ? Et si Thomas devait à nouveau me sauver la vie, habillée bizarrement et n'ayant nulle part où aller ? Il me croirait vraiment folle. Il ne voudrait pas que je m'approche d'Eoin. J'ai gémi, cette pensée m'empoignait et me faisait battre le cœur. Mais si cela fonctionnait ? Si je parvenais à rentrer chez moi ?

En avais-je réellement envie ?

Cette idée m'arrêta. J'avais un bel appartement à Manhattan. J'avais assez d'argent pour vivre confortablement. Je jouissais d'un certain respect, d'une certaine admiration. Mon éditeur s'inquiéterait. Mon agent aurait peut-être même du chagrin. Mais qui d'autre ?

J'avais des milliers de lecteurs passionnés mais aucun ami intime. J'avais des centaines de connaissances dans des tas de villes. J'étais sortie avec une dizaine d'hommes une dizaine de fois. J'avais même couché avec deux d'entre eux. Deux amants, et j'avais trente ans. Le terme « amants » était même douteux : il n'avait jamais été question d'amour. J'avais toujours été mariée à mon travail, amoureuse de mes histoires, engagée envers mes personnages, et je n'avais jamais eu envie d'autre chose. Eoin avait été mon île dans une mer très solitaire. Une mer que j'avais choisie. Une mer que j'avais aimée.

Mais Eoin n'était plus, et je me suis aperçue que je n'avais aucune envie de traverser l'océan s'il ne m'attendait pas de l'autre côté.

***

Le lendemain matin, Thomas était parti avant que je me lève et, le soir, il est rentré alors que j'étais déjà couchée. Je n'ai eu aucun mal à changer mes pansements, certaine que Thomas n'aurait plus à s'en soucier, mais il n'était évidemment pas de cet avis. Lorsqu'il a frappé à ma porte le surlendemain, je n'avais pas encore éteint la lumière et j'étais assise à mon petit bureau. Feindre le sommeil ne m'était pas possible.

Je savais que l'anniversaire d'Eoin aurait lieu lundi, et je voulais lui offrir quelque chose. J'avais trouvé du papier dans le tiroir du bureau de Thomas, avec quelques crayons et un stylo-plume que j'aurais été bien incapable d'utiliser. Maeve m'avait aidée à coudre un gros fil au centre d'une épaisse pile de feuilles afin de les relier comme un livre. Eoin avait dansé de joie, devinant que ce serait pour lui, et je l'avais laissé étaler la colle sur les coutures pour les consolider. Après séchage, j'avais plié les pages en deux. Il ne me restait plus qu'à inventer une histoire rien que pour lui. Il ne verrait pas le livre terminé avant lundi, c'est-à-dire dans trois jours.

Et voilà que Thomas était à ma porte. Je ne voulais pas le voir. Le souvenir de ses paroles me mettait la poitrine en feu. Je n'étais pas partie comme il l'avait demandé, et je redoutais le moment où je me retrouverais face à lui, sans réponses, sans explications, et sans invitation à rester sous son toit.

J'avais mis le pull et le pantalon que je portais le jour où Thomas m'avait tirée du lac. Je n'attendais personne, et je n'avais pas de pyjama en dehors des volumineuses chemises de nuit qui s'enroulaient autour de mon corps et m'étranglaient la nuit. Je flirtais encore avec l'avenir, avec un retour chez moi. Et puis je me sentais davantage moi-même dans ces vêtements ; j'avais besoin d'être Anne Gallagher l'écrivain, de créer une histoire particulière pour un petit garçon parfait.

Thomas a frappé à nouveau, et a délicatement tourné la poignée de la porte.

— Puis-je entrer ?

Il avait sa trousse à la main, en vrai médecin dévoué.

J'ai acquiescé, sans détourner la tête du brouillon où je notais mes idées avant de me lancer dans la rédaction.

Il s'est avancé, et je sentais sa chaude présence dans mon dos.

— Qu'est-ce que c'est que ça ?

— Je fabrique un livre pour l'anniversaire d'Eoin. Je lui écris une histoire qui n'a encore jamais été racontée. Exclusivement pour lui.

— Vous l'écrivez ?

Quelque chose dans sa voix a fait battre mon cœur plus vite.

— Oui.

— Vous demandiez toujours à Declan de vous faire la lecture. Vous disiez que les lettres dansaient devant vos yeux quand vous tentiez de lire. J'aurais cru qu'écrire vous poserait les mêmes difficultés.

— Non. Je n'ai aucun mal à lire ou à écrire.

J'ai posé mon crayon.

— Et vous êtes gauchère, s'est étonné Thomas.

J'ai hoché la tête avec hésitation.

— Je n'en savais rien. Declan était gaucher. Eoin l'est aussi.

Thomas a gardé le silence quelques secondes, songeur. Je n'osais pas recommencer à écrire, au cas où il remarquerait autre chose.

— Il faut que je regarde votre plaie, Anne. Elle doit être assez cicatrisée pour que l'on enlève les fils.

Je me suis levée sans protester.

Il a froncé les sourcils en voyant comment j'étais habillée et coiffée.

— La comtesse Markievicz porte des pantalons, ai-je balbutié pour ma défense.

Constance Markievicz était une personnalité éminente de la politique irlandaise, une femme riche qui s'intéressait néanmoins à la révolution. Incarcérée après l'Insurrection, elle jouissait d'une certaine notoriété, mais aussi de respect, surtout de la part des sympathisants de la cause indépendantiste. Le fait qu'elle avait épousé un comte polonais la rendait plus fascinante encore.

— Oui, il paraît. C'est elle qui vous a donné celui-là ? a-t-il riposté avec un sourire sarcastique.

Je n'ai pas relevé, mais suis allée m'étendre sur le couvre-lit. J'avais surpris Maeve en train de le repasser. Elle m'avait alors donné une rapide leçon de maniement du fer, tout en affirmant que je n'avais pas à m'occuper de mes habits, ils avaient déjà été repassés et suspendus dans l'énorme armoire, dans le coin de la pièce.

J'ai retroussé mon pull pour dévoiler mon bandage, mais la taille de mon pantalon masquait encore le bord du pansement. Je l'ai déboutonné et l'ai baissé de deux centimètres, gardant les yeux fixés au plafond. Thomas m'avait déjà vue moins vêtue. Beaucoup moins. Mais exposer ma peau était une autre affaire, comme si je faisais un strip-tease, et lorsqu'il s'est éclairci la gorge, son embarras a augmenté le mien. Il a approché une chaise et s'y est assis, tirant de son sac une petite paire de ciseaux, des pincettes et un flacon de teinture d'iode. Il a ôté le pansement que j'avais posé la veille, a nettoyé toute la zone et, avec concentration, a entrepris d'éliminer les fils qui dépassaient de la cicatrice.

— Beatrice Barnes m'a dit qu'il vous manquait encore plusieurs choses, quand nous étions au grand magasin. Puisque vous avez dû recourir au pantalon de la comtesse Markievicz, je serais assez tenté d'être de son avis.

— Je n'avais pas prévu que vous paieriez mes vêtements.

— Et je n'avais pas prévu que vous me croiriez quand je disais que vous deviez partir.

Il avait répondu lentement, avec douceur, pour être sûr d'être bien compris.

J'ai dégluti, résolue à ne pas pleurer, mais je me suis trahie lorsqu'une larme a roulé sur ma joue. Je n'avais jamais beaucoup pleuré dans ma vie avant la mort d'Eoin. À présent je pleurais constamment.

— Ma voiture est remplie de paquets. Je vous les apporterai quand j'aurai terminé. Beatrice m'a garanti qu'après cela, vous aurez tout ce qu'il vous faut.

— Thomas...

— Anne, a-t-il contré sur le même ton.

Il a levé un instant ses yeux bleus vers moi, puis s'est remis à couper les fils avec soin. Je sentais son haleine sur ma peau, et j'ai fermé les yeux pour lutter contre mon estomac qui s'agitait. Le contact de ses mains me plaisait. Voir sa tête penchée au-dessus de mon corps me plaisait. Il me plaisait.

Thomas Smith était le genre d'homme qui peut entrer et sortir d'une pièce sans attirer l'attention. Il était beau si l'on prenait le temps de contempler chacun de ses traits, ses yeux bleu sombre plutôt que scintillants. De longs sillons se creusaient dans ses joues lorsqu'il affichait un rapide sourire. Des dents blanches et droites derrière des lèvres pleines, au-dessus de la fossette à la pointe de sa mâchoire bien dessinée. Pourtant, il avait les épaules légèrement voûtées et un air de mélancolie qui poussait les gens à respecter son espace et sa solitude. Ses cheveux étaient noirs, pourtant les poils courts qu'ôtait son rasoir chaque matin étaient décidément roux. Il était élancé, mais ses muscles noueux lui donnaient de la carrure. Il n'était ni grand ni petit. Il n'était ni gros ni maigre. Il n'avait rien de bruyant ou d'arrogant alors même qu'il se mouvait et agissait avec une assurance innée. Il était simplement Thomas Smith, aussi ordinaire que son nom, et cependant... pas ordinaire du tout.

J'aurais pu le choisir comme héros de mes histoires.

Il serait un personnage auquel le lecteur s'attache, que l'on aime simplement pour sa bonté. Son honnêteté. Sa fiabilité. Je le prendrais peut-être comme héros de mes histoires. Peut-être... un jour.

Il me plaisait. Et l'aimer aurait été facile.

J'ai tout à coup eu cette révélation, cette pensée fluctuante qui voltigeait avec ses ailes de papillon. Je n'avais jamais rencontré personne qui ressemble à Thomas. Je n'avais jamais été intriguée par un homme, même par ceux auxquels j'avais momentanément accordé une place dans ma vie. Je n'avais jamais ressenti cette attraction, cette pression, ce désir de découvrir et d'être découverte en retour. Jamais auparavant, jamais avant Thomas. À présent, j'éprouvais tout cela.

— Racontez-moi l'histoire, a-t-il murmuré.
— Pardon ?

— L'histoire que vous imaginez pour Eoin. J'aimerais l'entendre.

— Ah. (J'ai réfléchi un instant, pour rassembler en phrases les fils de mes idées.) Eh bien... c'est l'histoire d'un petit garçon qui voyage dans le temps. Il a un petit bateau – un petit voilier rouge – et il part se promener sur l'eau... sur le Lough Gill. Il traverse le lac, mais quand il arrive de l'autre côté, il est toujours ailleurs. En Amérique à l'époque de la Révolution, en France avec Napoléon, en Chine pendant la construction de la Grande Muraille. Lorsqu'il veut rentrer chez lui, il lui suffit de lancer sa barque sur le lac ou le cours d'eau le plus proche.

— Et il se retrouve sur le lough, a terminé Thomas, un sourire dans la voix.

— Oui. De retour chez lui.

— Eoin va adorer.

— Je voudrais écrire cette première histoire, cette première aventure, et ensuite nous pourrons en ajouter d'autres, selon ce qui l'intéresse le plus.

— Et si vous lui donniez pour cela le livre que vous avez déjà fabriqué, avec ses pages blanches ? Je vous aiderais à en faire un autre. (Thomas s'est redressé, a baissé mon pull sur mon ventre et a rangé ses instruments.) Je ne suis pas trop mauvais en dessin. Je pourrais certainement dessiner un petit garçon dans un voilier rouge.

— J'écris l'histoire et vous ferez les illustrations ? ai-je demandé, ravie.

— Oui. Ce sera plus facile sur des feuilles volantes. Quand nous aurons terminé, nous agencerons les mots et les images pour qu'ils coïncident. Et en dernier, nous coudrons et collerons.

— Nous n'avons pas beaucoup de temps.

— Alors, au travail, comtesse !

***

Thomas et moi avons travaillé jusqu'au petit matin, le vendredi et le samedi. Je n'aurais pu dire comment il a pu travailler toute la journée et passer ses nuits à fabriquer un livre pour enfants. Il a créé un système permettant d'aligner les images et le texte au moment de la reliure, et j'ai commencé à imaginer l'histoire, en restant concise, avec un récit limité à un petit paragraphe par page. Thomas ajoutait ses esquisses au crayon sous les mots, insérant ici et là une image en pleine page pour rendre la lecture plus amusante. Il m'a donné un stylo-plume avec un petit réservoir juste assez grand pour qu'on y insère des tablettes d'encre et quelques gouttes d'eau. Il y avait une manière de tenir le stylo pour que toute l'encre ne se répande pas sur le papier, mais j'étais si maladroite que je devais écrire au crayon, après quoi Thomas repassait les mots à l'encre, la langue entre les dents, l'épaule baissée sur la page.

Dimanche, nous sommes allés à la messe, Brigid, Eoin, Thomas et moi ; Thomas disait que manquer la messe trois dimanches de suite étonnerait autant les gens que de revenir d'entre les morts. C'est ce que j'avais fait. J'avais hâte de revoir la chapelle de Ballinagar, et en même temps je redoutais l'attention que j'allais susciter. J'ai pris particulièrement soin de mon apparence, sachant que c'était sur elle que j'allais être jugée. J'ai décidé de porter la robe rose avec le chapeau cloche crème que Beatrice m'avait fait livrer par Thomas. Elle avait aussi envoyé un carton d'accessoires, des boucles d'oreilles qui s'assortissaient avec plusieurs tenues, quelques paires de gants et un sac à main anthracite, assez neutre pour être utilisable en toutes circonstances.

Beatrice avait glissé dans les paquets un matériel de rasage identique à celui de Thomas : une petite boîte de lames et un manche épais à tête large, le tout dans une petite boîte métallique où était gravé un aigle. Je me suis demandé si Thomas m'avait acheté un rasoir pour que je cesse de lui emprunter le sien. Cet ustensile était massif et bien plus lourd que ceux auxquels j'étais habituée mais, manié avec précaution, il fonctionnait.

J'ai procédé à des expériences avec les cosmétiques ; j'ai étalé sur mon visage la crème démaquillante, suivie de la poudre, du rouge et du fard à paupières, et j'ai été agréablement surprise par le résultat. Mon visage semblait frais et séduisant. Beatrice avait bien choisi le rose pour mes joues et mes lèvres, la nuance était subtile et seyante.

Mes cheveux restaient le point le plus problématique. Je les ai entrelacés pour former une grosse tresse que j'ai ensuite nouée en un chignon sur ma nuque. J'y ai planté quelques longues épingles, avec l'espoir qu'il ne bougerait pas. Pour la première fois, j'ai porté un corset, en fixant mes bas aux longues attaches, et j'étais si fatiguée après m'être habillée que j'ai juré de ne plus jamais le remettre.

Brigid a reniflé en me voyant monter à l'arrière de la voiture avec Eoin pour lui laisser le siège avant, mais le petit garçon était radieux.

— La messe, c'est très long, Maman, m'a-t-il avertie tout bas. Et Nana ne veut pas que je m'assoie avec mes amis. Mais si tu t'assieds à côté de moi, je m'ennuierai peut-être moins.

— Un jour, ça te plaira. C'est très reposant d'être entouré de gens qui t'aiment et que tu aimes. C'est à ça que sert l'église. C'est l'occasion de rester tranquille et de penser à toutes les choses merveilleuses que Dieu a faites et de le remercier pour tout.

— Moi je dis toujours merci !

— Alors tu ne devrais pas t'ennuyer.

Après Dromahair, nous avons roulé à travers champs, sur cette même route – mais non goudronnée – que j'avais prise en suivant les instructions de Maeve O'Toole. Quand j'ai aperçu l'église, j'ai eu le sentiment de revoir un visage connu, et j'ai souri malgré mes appréhensions. Nous nous sommes garés parmi d'autres voitures du même style, Thomas a soulevé Eoin dans ses bras, puis a aidé Brigid à sortir avant d'en faire autant pour moi.

— Brigid, emmenez Eoin à l'intérieur, a-t-il dit. J'ai à parler avec Anne.

Eoin et Brigid ont froncé les sourcils à l'unisson, mais la vieille dame a pris la main du petit garçon et ils se sont dirigés vers les portes ouvertes qui accueillaient un flot de fidèles venus en automobile, en camion ou en carriole à chevaux.

— J'ai vu le Père Darby ce matin de bonne heure. Il donnait l'extrême-onction à Sara Gillis, la grand-mère de Mrs O'Toole.

— Oh, je suis désolée.

— La pauvre femme était si vieille qu'elle priait pour s'en aller. Elle devait bien être centenaire. Son décès est une bénédiction pour la famille.

J'ai acquiescé, songeant à Maeve et à la longévité dont elle hériterait.

— Mais ce n'est pas de cela que je voulais vous parler. J'ai demandé au Père Darby d'annoncer en chaire que vous étiez de retour après une longue maladie, et que vous habitiez à Garvagh Glebe avec votre fils. Cela m'a paru plus facile que d'essayer d'en informer les gens un par un. Et personne ne pourra poser de question juste après les mots du Père Darby, même s'ils essaieront à la fin de la messe.

J'ai lentement hoché la tête, à la fois nerveuse et soulagée.

— Et maintenant ?

— Maintenant... il faut entrer, a-t-il répondu avec un sourire narquois.

Comme je renâclais, Thomas m'a pris le menton pour croiser mon regard sous le bord de mon chapeau.

— Anne, on ne pourra pas empêcher les gens de parler. Ils parleront, ils se demanderont où vous étiez, ce que vous avez fait et avec qui. Ce qu'ils ne sauront pas, ils l'inventeront peut-être. Mais en fin de compte, rien de tout ça n'a d'importance. Vous êtes ici, aussi incroyable que cela semble. Et personne ne peut le contester.

— Je suis ici. Aussi incroyable que cela semble.

— Libre à vous de compléter par des détails, ou pas. Je serai à vos côtés, et... ils finiront par s'en désintéresser.

J'ai approuvé, plus fermement cette fois, et j'ai passé mon bras dans le sien.

— Merci, Thomas.

Le mot paraissait dérisoire, par rapport à tout ce qu'il faisait pour moi, mais il m'a laissée m'accrocher à lui et nous sommes entrés ensemble dans l'église.

8 juillet 1921

Elle est la même. Mais elle n'est pas du tout la même.

Sa peau a le même éclat, ses yeux ont la même forme. Son nez, son menton et les traits fins de son visage sont inchangés. Ses cheveux sont devenus si longs qu'ils lui tombent jusqu'au milieu du dos. Mais ils sont toujours noirs, ils sont toujours frisés. Elle est aussi frêle que je me le rappelle, et pas particulièrement grande. Son rire me donne envie de pleurer – un souvenir ressuscité, les sons d'une époque plus douce, d'une vieille amie et d'une douleur nouvelle. Une douleur nouvelle parce qu'elle est revenue alors que j'avais renoncé à elle. Je ne l'avais pas trouvée. C'est elle qui nous a trouvés et, curieusement, elle n'est pas en colère. Elle n'est pas brisée. C'est presque comme si elle n'était pas Anne.

Sa voix est la même, musicale et grave, mais elle parle désormais lentement, presque avec douceur, comme si elle n'était pas sûre d'elle. Et les histoires qu'elle raconte, les poèmes qu'elle récite avec une telle facilité ! Je pourrais l'écouter pendant des heures, mais cela ressemble si peu à la jeune femme que j'ai connue. Anne autrefois crachait ses mots comme si elle ne pouvait jamais les prononcer assez vite ; elle était enflammée et pleine d'idées. Elle ne tenait pas en place. Declan riait et l'embrassait pour la ralentir. Elle essayait de l'embrasser aussi tout en finissant ce qu'elle avait à dire.

Anne est maintenant pleine d'une paix intérieure, d'un calme bien différent, comme une Madone bienheureuse, même si je me demande si c'est parce qu'elle est enfin avec Eoin. Elle l'observe avec tant d'amour et d'attachement, avec une telle fascination que j'ai honte de douter d'elle. La joie qu'elle trouve en lui m'inspire de la colère pour toutes ces années perdues. Elle aussi devrait être en colère. Elle devrait être triste. Elle devrait être blessée. Mais pas du tout. La seule blessure visible est la plaie causée par une balle à son flanc, qu'elle refuse d'expliquer.

Elle refuse de me dire où elle est allée et ce qui lui est arrivé. J'ai essayé d'imaginer des scénarios plausibles, en vain. A-t-elle été blessée lors de l'Insurrection ? Quelqu'un l'a-t-il recueillie et soignée ? A-t-elle perdu la mémoire pour la retrouver cinq ans plus tard ? Était-elle vraiment en Amérique ? Est-elle une espionne anglaise ? A-t-elle eu un amant ? Ou bien la mort de Declan lui a-t-elle fait perdre la tête ? Toutes ces interrogations me rendront fou. Quand j'exige des réponses, elle semble véritablement effrayée. Puis sa bouche et ses mains tremblent de terreur, et elle lutte pour soutenir mon regard. Alors j'abandonne, je cède et je remets à plus tard les questions qui devront avoir une réponse. Un jour.

Elle a les oreilles percées – et elle avait des boucles en diamants, avant de les vendre – mais il n'y a pas d'écart entre ses dents de devant. Je l'ai remarqué le jour où elle a demandé à pouvoir se les laver. Ma mémoire me joue peut-être des tours, mais cette rangée de dents parfaites, ça ne va pas.

Quand je l'ai tirée du lac, elle a aussitôt répondu à son nom, mais elle ne m'a pas appelé par le mien. Je frémis à l'idée de ce qui se serait passé si je n'avais pas été là. J'étais allé voir Polly O'Brien de l'autre côté du lac, pour la première fois depuis bien longtemps. C'est le hasard qui a voulu que je sois là. J'ai entendu une détonation, et rien d'autre. Quelques minutes plus tard, elle s'est mise à crier au secours, ce qui m'a permis de la trouver. Depuis, elle me mène par le bout du nez, et je ne sais vraiment pas ce que je pourrais y faire.

Quand je suis éloigné d'elle, je respire mal jusqu'au moment où je la revois. Brigid pense qu'Anne s'enfuira en emmenant Eoin dès qu'elle en aura l'occasion. Je le crains aussi, et même si je suis attiré par elle comme jamais auparavant, je ne lui fais pas confiance. Cela me rend beaucoup plus difficile de partir. Pour Eoin, je ne veux pas faire fuir Anne. Et si je suis sincère, je ne supporterai pas de la voir s'en aller.

Je me suis rendu à Dublin en juin, j'ai fait le tour des prisons, en me servant de mon titre de médecin pour rendre visite aux prisonniers politiques dont Mick négociait la libération. Lord French a démissionné, mais le laissez-passer qu'il m'avait donné lors des grèves de la faim m'a permis d'entrer presque partout. On m'a refusé l'accès à quelques prisonniers, probablement parce qu'ils étaient en trop mauvaise santé pour tolérer une inspection officielle. J'ai menacé, j'ai brandi mes papiers, en exigeant qu'on me laisse faire mon métier, ce qui m'a ouvert certaines portes mais pas toutes. J'ai bien noté où les hommes étaient enfermés, en rassemblant autant d'informations que je pouvais auprès de leurs gardiens, et j'ai veillé à ce que Mick sache quels détenus couraient le plus grand danger de ne pas en sortir vivants.

Il m'a fallu trois jours pour faire les visites, rédiger mes rapports et dessiner mes schémas. Quand j'ai quitté Dublin, Mick préparait déjà plusieurs évasions. Je n'y suis pas retourné. Mais avec les rumeurs de trêve – Anne l'avait prédit –, j'ai besoin de savoir ce que Mick a en tête. Il a été exclu des négociations entre de Valera et Lloyd George, bien que Mick ait dirigé le gouvernement et la guerre pendant que de Valera passait dix-huit mois en Amérique, à collecter des fonds, loin de cet enfer qu'est l'Irlande, loin des lignes de front d'une guerre qui se menait sans lui.

T. S.

12

Premier aveu

> *Pourquoi ces yeux curieux*
> *Sont-ils fixés sur moi ?*
> *Ils devront m'éviter*
> *Si la nuit répond seule.*
> W. B. Yeats

— Vous êtes très doué, vous savez. Ces illustrations sont ravissantes, ai-je dit le dimanche soir, après avoir persuadé Eoin de se coucher.
— Enfant, j'étais très souvent malade. Quand je ne lisais pas, je dessinais.

Thomas avait les yeux fixés sur l'image qu'il était en train de créer : un homme contemplant un lac où un minuscule bateau flottait dans le lointain. L'histoire était terminée, mais Thomas dessinait encore. J'avais déjà cousu ensemble les pages achevées et collé une couverture toilée que Thomas avait détachée d'un vieux livre de comptes. Elle était en tissu bleu uni, ce qui convenait parfaitement à notre projet. Thomas y avait écrit : *Les Aventures d'Eoin Gallagher* en belles lettres décorées et dessiné un petit voilier sous le titre. Nous avions créé pour Eoin trois voyages, l'un à l'époque des dinosaures, l'autre au temps des pyramides et le dernier dans l'avenir, quand l'homme marcherait sur la Lune. La barque d'Eoin devait suivre la Voie lactée pour lui permettre de rentrer chez lui ; Thomas était très impressionné par mon imagination. Ses esquisses de vaisseau spatial manifestaient une prescience qui n'avait rien d'étonnant, compte tenu de mes suggestions.

— Vous habitiez déjà cette maison ? lui ai-je demandé.

— Oui. Mon père est mort avant ma naissance.

Thomas a braqué ses yeux vers les miens, pour déterminer si je savais déjà cela.

— Et votre mère s'est remariée avec un Anglais.

— Oui. La maison lui appartenait. Cette terre aussi. Ma mère et moi avons rejoint la classe des propriétaires, a-t-il ajouté d'un ton sarcastique. Enfant, je passais la plupart de mes journées à regarder par la fenêtre de la chambre où vous dormez. Je ne pouvais ni jouer, ni courir, ni sortir. Cela m'aurait fait tousser et éternuer, et il m'est même arrivé d'arrêter de respirer.

— L'asthme ? ai-je demandé distraitement.

— Oui. Comment le savez-vous ? Ce terme n'est pas du tout répandu. Les docteurs parlaient de bronchospasme, mais j'ai trouvé un article paru en 1892 dans une revue médicale où le mot figure pour la première fois. Il vient du grec *aazein,* qui signifie « haleter », ou « respirer la bouche ouverte ».

Je n'ai formulé aucun commentaire. J'attendais, dans l'espoir qu'il continue.

— Je pensais que si j'étudiais assez, je pourrais me guérir moi-même, puisque personne d'autre ne semblait capable de le faire. Je rêvais de courir dans l'allée, de courir sans jamais m'arrêter. Je rêvais de sauter, de me battre. Je rêvais d'un corps qui ne serait jamais fatigué. Ma mère avait peur de m'envoyer à l'école, mais elle ne discutait pas, elle me laissait lire ce que je voulais. Elle a même demandé au Dr Mostyn si je pouvais regarder ses livres d'anatomie quand je me suis déclaré intéressé. Je les ai lus et relus. Parfois, le docteur venait passer un moment avec moi et répondait à mes questions. Mon beau-père a engagé un précepteur, qui m'a également permis de suivre ma fantaisie. Il a commandé des revues spécialisées et, à force de dessiner et de lire Wolfe Tone et Robert Emmet, je suis devenu une sorte d'expert médical.

— Vous n'êtes plus malade aujourd'hui.

— Non. J'aime à penser que je me suis guéri en buvant régulièrement de grandes doses de café noir, qui ont beaucoup atténué les symptômes. Mais à part le fait que j'ai évité tout ce qui aggravait mon mal, comme le foin, certaines plantes ou la fumée de cigare, je crois que le problème s'est atténué avec l'âge. À quinze ans, j'étais en assez bonne santé pour aller au collège St Peter, à Wexford, comme pensionnaire. Et vous connaissez le reste de cette histoire.

Je ne connaissais pas la suite, évidemment, mais je n'ai rien dit. J'ai enveloppé le livre d'Eoin dans du papier brun et je l'ai attaché avec un long morceau de ficelle.

— Qu'avez-vous pensé de l'annonce du Père Darby ce matin ? a demandé Thomas d'une voix égale.

Je savais qu'il ne parlait pas de l'annonce qui avait fait se retourner toutes les têtes et se tendre tous les cous. J'avais gardé les yeux baissés lorsque le Père Darby m'avait souhaité la bienvenue, comme Thomas l'avait souhaité. Eoin gigotait à côté de moi, très content d'attirer ainsi l'attention, et Brigid, assise de l'autre côté, lui avait sévèrement pincé la cuisse pour le rappeler à l'ordre. J'avais lancé à la vieille dame un regard noir, furieuse de la marque rouge que son geste avait laissée à l'enfant. Elle avait les joues luisantes, la mâchoire serrée, et ma colère avait bientôt cédé la place au désespoir. Brigid était mal à l'aise, elle souffrait. Pendant l'annonce, elle n'avait pas détaché les yeux du vitrail représentant la crucifixion, mais son inconfort était aussi vif que le mien. Elle s'était un peu détendue lorsque le Père Darby avait abordé les questions politiques et captivé ses ouailles en leur parlant d'une trêve signée entre le gouvernement britannique et le Dáil, le parlement irlandais nouvellement formé.

— Mes bien chères sœurs, mes bien chers frères, j'ai appris que, demain, 11 juillet, Eamon de Valera, président de la République irlandaise et du Dáil Éireann, et Lloyd George, Premier Ministre d'Angleterre, vont signer une trêve entre nos deux pays, mettant fin à de longues années de violences et ouvrant une période de paix et de négociation. Prions pour nos dirigeants et pour nos compatriotes, afin que l'ordre puisse être maintenu et la liberté enfin installée en Irlande.

Des cris de surprise et de joie ont éclaté. Le Père Darby s'est tu un moment pour laisser les fidèles digérer la bonne nouvelle. J'ai levé les yeux vers Thomas, en espérant qu'il avait oublié ma prédiction. Il me dévisageait en prenant bien soin de ne trahir aucune émotion, le regard mi-clos.

Nous sommes restés une fraction de seconde face à face, puis je me suis détournée, le souffle court, sous l'effet du repentir. Je ne savais vraiment pas comment j'allais m'expliquer.

Il n'a rien dit après la messe. Rien non plus au dîner, en discutant des événements avec Brigid, ni plus tard avec des hommes qui étaient venus en parler avec lui. Ils ont délibéré au salon de la véritable signification de cette trêve, de la division de l'Irlande en deux, et du fait que tous les membres de l'IRA avaient désormais une cible dans le dos. Ils ont bavardé si longtemps et si fort, en fumant des cigarettes qui faisaient tousser Thomas, qu'il a fini par proposer de continuer dehors, sur la terrasse où l'air était frais, afin que leur conversation n'empêche pas de dormir le reste de la maisonnée. Brigid et moi n'avions pas été invitées à nous joindre à la discussion, aussi j'ai aidé Eoin à se mettre au lit. J'ai passé un long moment dans sa chambre, à lui raconter des histoires et à lui réciter du Yeats, et il s'est finalement endormi pendant « Baile et Aillinn », la seule histoire qui ne l'intéressait pas.

Quand je me suis faufilée dans ma chambre pour terminer le livre d'Eoin, les hommes étaient partis et Thomas m'attendait déjà, assis à mon bureau. Même alors, nous avons parlé de choses insignifiantes.

Mais, soudain, il m'a regardée, d'un air plein de lassitude. Ses doigts étaient noircis par le crayon, et il sentait ces cigarettes qu'il n'avait pas fumées. Son expression n'avait plus rien de bienveillant, la conversation plus rien d'aisé.

— Je sais que vous n'êtes pas l'Anne de Declan, a-t-il dit calmement.

Muette, le cœur tremblant, j'attendais ses récriminations. Il s'est levé, a fait le tour du bureau et s'est arrêté devant moi, à un mètre de distance. J'avais envie de m'avancer vers lui. Envie d'être tout contre lui. Quand il était près de moi, je sentais des papillons dans mon ventre et mes seins se contractaient. Il me faisait éprouver des choses que je n'avais jamais connues. Et même si je redoutais ce qu'il allait dire, je brûlais de me rapprocher de lui.

— Je sais que vous n'êtes pas l'Anne de Declan, que vous ne l'êtes plus, parce que l'Anne de Declan ne m'a jamais regardé comme vous le faites.

Ces derniers mots avaient été prononcés si simplement que je n'étais pas sûre d'avoir bien entendu. Nos yeux se sont rencontrés, affrontés, et j'ai dégluti, comme pour déloger le crochet fixé dans ma gorge. Mais j'étais prise à l'hameçon, aussi sûrement que lorsqu'il m'avait tirée du lac.

— Et si vous continuez à me regarder ainsi, Anne, je vous embrasserai. Je ne sais pas si j'ai confiance en vous. Je ne sais même pas qui vous êtes la moitié du temps. Mais je suis incapable de vous résister quand vous me regardez comme cela.

Je le voulais. Je voulais qu'il m'embrasse, pourtant il a maintenu la distance entre lui et moi, et ses lèvres ne se sont pas collées aux miennes.

— Je ne pourrais pas être Anne tout court ? ai-je presque supplié.

— Si vous n'êtes pas l'Anne de Declan, qui êtes-vous ?

Il murmurait comme s'il ne m'avait pas entendue.

J'ai soupiré, j'ai laissé s'abaisser mes épaules et mes yeux.

— Je suis peut-être l'Anne d'Eoin.

Celle que j'avais toujours été.

Il a hoché la tête avec un sourire triste.

— Oui. Peut-être bien. Finalement.

— Étiez-vous... amoureux... de moi, Thomas ? ai-je risqué, soudain courageuse.

Ma hardiesse m'a fait tressaillir, mais j'avais besoin de connaître les sentiments que lui inspirait la véritable Anne Gallagher.

La surprise lui a fait lentement hausser les sourcils et il s'est reculé, creusant encore la distance entre nous. J'ai ressenti une perte en même temps que j'emplissais mes poumons, soulagée.

— Non. Jamais. Vous étiez à Declan, vous l'avez toujours été. Et Declan était mon ami.

— Et si je n'avais pas été… à Declan… auriez-vous voulu… que je sois à vous ?

J'insistais, en veillant à ne pas bafouiller.

Thomas a secoué la tête, comme pour nier les mots qu'il prononçait.

— Vous étiez farouche. Vous brûliez d'un tel feu qu'aucun d'entre nous ne pouvait s'empêcher de s'approcher, au moins pour se réchauffer à votre contact. Et vous étiez – vous êtes – si belle. Mais non. Je n'avais aucun désir d'être consumé par vous. Je n'avais aucun désir d'être brûlé.

Je ne savais pas si je devais me sentir rassurée ou désespérée. Je ne voulais pas que Thomas soit amoureux d'elle, mais je voulais qu'il ait de l'amour pour moi. Et les deux choses étaient étroitement liées.

— Declan pouvait supporter cette ardeur. Il l'aimait. Il vous aimait. Tellement. Lorsqu'il était avec vous, une flamme s'allumait en lui, et j'ai toujours pensé que vous ressentiez la même chose avec lui.

Ne pas prendre la défense d'Anne aurait été mal. Je ne pouvais laisser Thomas douter d'elle, même pour me sauver, moi.

— Je suis sûre que c'était le cas. Je suis sûre qu'Anne Gallagher ressentait exactement la même chose, ai-je dit, la tête baissée.

Il n'a pas réagi, mais je devinais son trouble alors même que je refusais de croiser son regard.

— Je ne comprends pas. Vous parlez comme si vous étiez deux personnes différentes.

— Nous sommes deux personnes différentes.

J'étouffais, je ne savais plus où me mettre.

Il a fait un pas, puis un second, s'est approché assez pour me prendre le menton et scruter mes yeux. Le contact de ses doigts était doux. Je voyais mes émotions – chagrin, deuil, peur, incertitude – reflétées dans son regard.

— Nous ne sommes plus les mêmes, Anne. Certains jours je ne me reconnais plus dans la glace. Ce n'est pas mon visage qui a changé, c'est la manière dont je vois le monde. J'ai vu des choses qui m'ont définitivement transformé. J'ai fait des choses qui ont déformé ma vision. J'ai franchi des limites et j'ai tenté de les retrouver, mais j'ai découvert que toutes mes limites avaient disparu. Et sans limites, tout devient flou.

Sa voix était si affligée, ses mots si lourds que je n'ai pu que le dévisager, émue aux larmes et réduite au silence par sa tristesse.

— Mais quand je vous regarde, je vois encore Anne. Vos traits sont nets et fins. Autour de vous, tous sont ternes et fanés, cela fait des années qu'ils sont ternes et fanés, mais vous… vous êtes parfaitement claire.

— Je ne suis pas elle, Thomas. (Il fallait qu'il me croie, mais je n'osais pas me faire comprendre.) En ce moment, je voudrais presque être elle. Mais je ne suis pas cette Anne-là.

— Non, en effet. Vous avez changé. Vous ne me brûlez plus les yeux comme autrefois. Je ne suis plus obligé de regarder ailleurs.

Cet aveu, dont le son s'est répercuté entre nous deux, a interrompu ma respiration, et il s'est penché vers moi pour la libérer, effleurant ma bouche avec la sienne.

Douces et timides, ses lèvres se sont éloignées avant que j'aie pu les accueillir. Je les ai suivies, je voulais les rappeler à moi, et il a hésité, le front contre le mien, ses mains sur mes épaules, laissant mon souffle émettre une invitation avant de l'accepter et de l'honorer. Ses mains ont glissé vers mon dos tandis que sa bouche se rapprochait et s'attardait, me faisant sentir la chaude pression de son baiser, si réel, si présent, si impossible.

Nos bouches se mouvaient dans une aura de caresses, glissant et s'effleurant, l'une incitant l'autre puis s'arrêtant, savourant le poids des lèvres sur les lèvres. Mon cœur battait jusque dans mon ventre, dans tout mon corps. Chacun a fait un pas en arrière, abasourdi, les yeux écarquillés, les lèvres séparées mais les mains se tenant encore.

Pendant un moment, nous n'avons fait que nous contempler, à quelques centimètres l'un de l'autre, tandis que nos corps hurlaient de désir. Puis nous avons élargi la distance, chacun a lâché l'autre. Le vacarme dans ma poitrine et la pulsation de mon sang ont commencé à s'apaiser.

— Bonne nuit, comtesse, a murmuré Thomas.

— Bonne nuit, Setanta.

L'ombre d'un sourire est passée sur ses lèvres alors qu'il sortait de ma chambre. J'étais en train de m'endormir quand je me suis rendu compte qu'il n'avait pas exigé d'explication au sujet de la trêve.

***

Durant les quelques semaines suivantes, j'ai vécu dans une sorte de brume, à cheval entre la réalité et une existence à la fois illogique et absolument indéniable. J'ai cessé de m'interroger sur ce qui m'était arrivé – sur ce qui allait m'arriver – et j'ai accepté chaque journée à mesure qu'elle venait. Lorsque l'on fait un rêve affreux, une partie de notre inconscient nous rassure : le réveil ramènera la réalité et bannira le cauchemar. Mais ce n'était pas un rêve affreux. C'était devenu un délicieux refuge. Et même si une voix s'obstinait à chuchoter que j'allais me réveiller, peu m'importait désormais si je dormais. J'acceptais ma situation avec une imagination d'enfant, perdue dans un monde que j'avais créé, redoutant que l'histoire ne finisse et que je retourne à ma vie d'avant, où Eoin, l'Irlande et Thomas Smith n'existaient plus.

Thomas ne m'avait plus embrassée, et je ne lui avais pas indiqué que je voulais qu'il m'embrasse. C'était un territoire que nous n'étions prêts ni l'un ni l'autre à explorer à nouveau. Declan était mort, et Anne n'était plus. Du moins, l'Anne que j'avais été, selon lui. Thomas restait pris entre les souvenirs qu'il gardait d'eux et les perspectives que je lui offrais, tandis que j'étais coincée entre un avenir qui était mon passé, et un passé qui pourrait être mon avenir. Nous nous limitions donc à un cercle de découverte toujours plus restreint, parlant de tout et de rien. Je posais des questions, et il y répondait librement. Il posait des questions, et j'essayais de ne pas mentir. J'éprouvais un bonheur absurde, une satisfaction qui me faisait douter de ma santé mentale. J'étais entourée de gens qui me rendaient heureuse d'être en vie, pour autant que j'aie réellement été vivante.

Thomas m'emmenait avec lui une ou deux fois par semaine pour ses consultations, lorsqu'il pensait qu'il aurait besoin d'aide, et je faisais de mon mieux pour me montrer utile. J'avais été élevée par un docteur ; je connaissais les bases des premiers secours, il en fallait beaucoup pour m'effrayer et je ne m'évanouissais pas à la vue du sang, mais mes compétences s'arrêtaient là. Thomas semblait pourtant estimer que c'était suffisant. Quand il le pouvait, il me laissait à la maison pour que je passe du temps avec Eoin, qui devait faire sa première rentrée des classes à l'automne. Eoin m'a présenté par leur nom tous les animaux de Garvagh Glebe, les cochons, les poules, les moutons, et la jolie jument brune qui allait avoir un poulain. Nous partions pour de longues promenades au bord du lac et dans l'allée, sur les collines verdoyantes et entre les murets de pierre. Je parcourais les champs du comté de Leitrim, Eoin babillant à mes côtés. L'Irlande était grise et verte, avec parfois la tache jaune des ajoncs sauvages qui poussaient sur les hauteurs et dans les vallées, et je voulais connaître intimement cette contrée.

Parfois Brigid nous accompagnait, d'abord parce qu'elle avait peur qu'Eoin ne disparaisse avec moi, ensuite parce qu'elle semblait apprécier l'exercice. Son attitude envers moi a commencé à s'adoucir, par doses infinitésimales, et elle se laissait persuader, certains jours, d'évoquer le temps où elle était jeune fille, à Kiltyclogher, dans le nord du comté. J'apprenais ainsi quelle avait été sa vie, et elle semblait étonnée que je l'écoute aussi attentivement, que je m'intéresse à ses histoires, que je désire même la connaître. J'ai découvert qu'elle avait deux fils et une fille, tous plus âgés que Declan, et une petite-fille enterrée à Ballinagar. Comme je n'avais pas vu sa tombe, j'ai supposé que l'enfant avait simplement eu droit à une pierre pour marquer le lieu de sa sépulture.

Sa fille aînée vivait en Amérique, à New Haven, dans le Connecticut. Elle se prénommait Mary et avait épousé un certain John Bannon. Ils avaient trois enfants, mais Brigid n'avait jamais vu ses petits-enfants et Eoin ne m'avait jamais parlé de ses cousins. Les deux fils de

Brigid étaient célibataires. L'un d'eux, Ben, était contrôleur dans les chemins de fer, et l'autre, Liam, travaillait aux docks de Sligo. Depuis que j'étais à Garvagh Glebe, ni l'un ni l'autre n'était venu lui rendre visite. J'écoutais Brigid me donner des nouvelles de chacun de ses enfants, et je m'accrochais à ses paroles, pour tâcher d'absorber des informations que j'aurais dû connaître, des choses qu'Anne aurait sues, et de bluffer pour masquer mon ignorance du reste.

— Vous êtes bien aimable avec Brigid, a remarqué Thomas, un jour où nous l'avons trouvé à la maison en revenant de notre promenade. Elle n'a jamais été particulièrement gentille avec vous.

Principale différence entre la véritable Anne Gallagher et moi : Brigid était sa belle-mère alors qu'elle était mon arrière-arrière-grand-mère. Le sang de Brigid coulait dans mes veines. Elle faisait partie de moi, elle était liée à moi et je voulais la connaître. La première Anne ne ressentait évidemment pas le même lien.

À la mi-août, Thomas est allé passer quelques jours à Dublin. Il voulait nous emmener, Eoin et moi, mais il a finalement changé d'avis. Il semblait à la fois réticent à partir et soucieux d'y aller, et il m'a fait promettre, alors qu'il déposait sa trousse médicale et une petite valise sur le siège arrière de sa Ford T, que je serais encore à Garvagh Glebe quand il reviendrait. Il tenait son chapeau dans ses mains et la peur se lisait dans ses yeux.

— Anne, ne partez pas. Promettez-moi de ne pas vous éloigner. Promettez-le, pour que je puisse faire ce que j'ai à faire à Dublin sans avoir constamment l'esprit ici.

J'ai acquiescé avec un soupçon de crainte. Si je n'étais pas rentrée chez moi auparavant, je ne voyais pas pourquoi je le ferais précisément en son absence. Peut-être

Thomas a-t-il discerné cette crainte, si vague qu'elle ait été, car il a poussé un profond soupir d'un air de soumission.

— Je ne pars pas, a-t-il déclaré. J'attendrai.

— Thomas, allez-y. Je serai là quand vous reviendrez. Je le promets.

Il a regardé un moment ma bouche, comme s'il voulait l'embrasser, y goûter la saveur de la vérité, mais Eoin est sorti de la maison en courant et s'est jeté sur lui, pour exiger une marque d'affection et lui soutirer un cadeau de Dublin. Thomas l'a soulevé et l'a serré dans ses bras avant de lui présenter ses conditions.

— Je te rapporterai un cadeau si tu obéis à ta grand-mère et que tu prends bien soin de ta maman. Et ne la laisse pas s'approcher du lough, a-t-il ajouté en levant vers moi ses yeux bleu pâle alors qu'il reposait l'enfant à terre.

Mon cœur a chaviré, et un souvenir m'a envahie, entraînant une sensation de déjà-vu et me rappelant un vers que j'avais lu quelque temps auparavant.

— *« Mon amour, reste loin de l'eau, le lough veut te reprendre à moi »*, ai-je murmuré.

Thomas a redressé la tête.

— Quoi ?

— Rien. Juste quelque chose que j'ai lu un jour.

— Pourquoi Maman ne peut pas s'approcher du lough ? a demandé Eoin, perplexe. Nous y allons tout le temps. On marche au bord de l'eau et on fait des ricochets. Maman m'a appris.

Mon grand-père m'avait montré comment faire des ricochets, il y a bien longtemps. Encore une boucle qui se bouclait en un vertigineux tourbillon.

Thomas a froncé les sourcils, sans répondre à Eoin, et il a de nouveau soupiré, l'esprit en paix mais la peur au ventre.

— Partez, Thomas. Tout se passera bien en votre absence, ai-je dit d'une voix ferme.

22 août 1921

J'ai roulé jusqu'à Dublin les deux mains sur le volant, un nœud dans la gorge. Je n'avais guère eu de contact avec Mick depuis que de Valera était revenu, et lord French n'était plus gouverneur général. Dans cette nouvelle configuration, je ne pouvais guère être utile à Mick. Je n'étais qu'un ami avec lequel il pouvait tester ses idées. Un appui financier et un dépositaire de secrets. Je faisais ce que je pouvais, quand je le pouvais. Mais j'étais resté trop longtemps sur la touche et, malgré la trêve, je m'inquiétais.

J'ai retrouvé Mick et Joe O'Reilly, son assistant, au Devlin's Pub. Ils se serraient dans l'arrière-salle qui servait de bureau à Mick. La porte était entrouverte afin qu'il puisse voir venir les ennuis de loin. La porte du fond permettait de fuir rapidement. Mick passait plus de temps au Devlin's que dans son propre appartement. Il ne restait jamais longtemps au même endroit et, sans la loyauté des citoyens, qui savaient exactement qui il était et qui n'ont jamais dit un mot malgré la récompense promise pour sa tête, il aurait été capturé depuis des mois. Sa réputation avait pris des proportions épiques et, je le craignais, la mésentente entre Mick et le président du Dáil venait en partie de sa popularité. Il m'a alarmé le jour où il m'a dit que « Dev » (de Valera) envisageait de l'envoyer en Amérique pour « l'écarter du combat ».

Je n'en croyais pas mes oreilles. Mick est le combat, et je le lui ai dit. Sans lui, notre rébellion irlandaise n'est qu'un symbole, une souffrance sans résultats, exactement comme toutes les autres rébellions irlandaises au cours des derniers siècles.

Joe O'Reilly était d'accord avec moi, et je me suis demandé pour la première fois quel âge avait ce jeune homme. Il devait être plus jeune que moi, pourtant il semblait usé. Mick aussi. Il avait mal à l'estomac, une douleur si intense que j'ai pensé à un ulcère et lui ai fait promettre de modifier son alimentation.

— Dev ne m'enverra pas en Amérique, personne n'y est favorable. Mais il pourrait m'envoyer à Londres, Doc. Il prétend vouloir que j'aille négocier les termes d'un traité, a dit Mick.

Je lui ai répondu que c'était une bonne nouvelle, mais il m'a appris que de Valera, lui, comptait rester à Dublin.

— Il a passé des mois à discuter avec Lloyd George pour la trêve, et maintenant il veut rester en arrière quand il est temps de négocier un traité ? Dev n'est pas idiot. Il est rusé. Il veut tirer les ficelles.

— Il lui faut un bouc émissaire.

C'était une conclusion assez évidente.

— Exactement. Il veut que je fasse la culbute en cas d'échec. Nous n'obtiendrons pas tout ce que nous voulons. Nous risquons de ne rien obtenir de ce que nous voulons. Et nous n'obtiendrons certainement pas une République irlandaise sans division entre le Nord et le Sud. Dev le sait. Il sait que l'Angleterre a les moyens de nous écraser dans un conflit corps-à-corps. Nous avons trois, peut-être quatre mille combattants. C'est tout. Il ne sait rien de la stratégie dans laquelle nous sommes engagés.

Dans son agitation, Mick enfonçait ses talons dans le sol, et je ne pouvais que l'écouter alors qu'il arpentait la pièce en exprimant ses craintes.

— Nous nous sommes battus par tous les moyens possibles. Nous comptions sur les Irlandais pour nous cacher, nous abriter, nous nourrir et se taire. Et ils l'ont fait. Oui, nom de Dieu ! Même quand les Anglais brûlaient les fermes à Cork l'an dernier et qu'ils incendiaient les entreprises dans tous les

comtés. Quand des représailles ont eu lieu à Sligo et quand les Auxies tiraient une balle dans la tête des curés qui refusaient de pointer du doigt leurs paroissiens. Quand des jeunes gens qui n'avaient rien à voir avec le Dimanche sanglant étaient torturés et pendus parce que quelqu'un devait payer, même alors personne n'a parlé, personne n'a dénoncé.

Mick s'est laissé tomber sur une chaise et a pris une longue rasade de bière noire, en s'essuyant la bouche avant de continuer.

— Tout ce que nous demandons – tout ce que nous demandons depuis des siècles – c'est qu'ils s'en aillent. Qu'ils nous laissent nous gouverner nous-mêmes. Lloyd George sait que déclarer la guerre totale au peuple irlandais ne sera pas bien reçu par l'opinion internationale. L'Église catholique a officiellement condamné la tactique britannique. Elle supplie George d'envisager une solution irlandaise. Même l'Amérique s'en mêle. Et nos espoirs reposent là-dessus. Mais nous ne pouvons pas continuer comme ça. L'Irlande ne peut pas.

L'Irlande ne peut pas. Et Mick ne peut pas. Joe O'Reilly ne peut pas non plus. Quelque chose va devoir céder.

— Tu iras à Londres ? ai-je demandé à Mick, et il a hoché la tête.

— Je ne vois pas d'autre possibilité. Je ferai de mon mieux. Même si ça n'est pas grand-chose. Je ne suis pas un homme d'État.

— Dieu merci ! s'est exclamé Joe O'Reilly en lui donnant une claque dans le dos.

— Dev ne va sûrement pas t'envoyer tout seul. Tu sais que Lloyd George aura toute une équipe de juristes et de négociateurs.

— Il veut envoyer Arthur aussi. Sa place est là-bas, et il nous représentera bien. Il y en aura quelques autres, j'en suis sûr.

— J'y serai aussi. À Londres. Si tu as besoin de moi, ai-je dit. Ils ne me laisseront pas m'asseoir à la table des négociations, mais je serai là pour t'écouter si tu veux.

Il a approuvé avec un profond soupir, comme si le simple fait d'en parler avec moi l'avait déjà aidé. Il avait le regard plus clair, la posture moins nerveuse. Soudain, il a souri, et la torsion moqueuse de ses lèvres m'a mis sur mes gardes.

— J'ai appris par mon réseau d'espions qu'il y a une femme qui vit chez toi, Doc. Une belle femme dont il n'est jamais question dans tes lettres. C'est à cause d'elle que tu es resté aussi longtemps loin de Dublin ? Le grand Thomas Smith aurait-il enfin succombé ?

Quand je lui ai répondu que c'était Anne, l'Anne de Declan, il est resté bouche bée, et il n'a rien dit pendant un moment. Joe, qui n'a connu ni Declan ni Anne, sirotait tranquillement sa bière, attendant que je m'explique, mais le silence lui convenait sans doute. D'habitude, ni Joe ni Mick ne tenaient en place. Joe quadrillait tout Dublin à bicyclette pour aller porter les dépêches de Mick et mettre de l'huile dans les rouages.

— Pendant tout ce temps, elle était en vie… et elle ne t'a jamais contacté ? a murmuré Mick.

Je lui ai raconté que je l'avais trouvée dans le lough, blessée par balle, et il m'a dévisagé, abasourdi.

— Oh, Tommy, sois prudent, mon ami. Sois très, très prudent. Il y a des forces à l'œuvre dont tu n'as même pas idée. Il existe des espions de toutes les formes et de toutes les tailles. Tu ne sais pas où elle était ni qui elle a pu rencontrer. Je n'aime pas du tout cette histoire.

J'ai acquiescé sans un mot, sachant qu'il avait raison. Je me suis fait la même réflexion dès l'instant où je l'ai tirée de l'eau. Je n'ai pas raconté à Mick qu'elle connaissait la trêve avant même qu'elle ne se produise. Et je ne lui ai pas dit que je suis déjà amoureux d'elle.

T. S.

13

Le triomphe d'une femme

> *J'obéis au dragon jusqu'à ton arrivée*
> *Car à mes yeux l'amour n'était que bagatelle,*
> *Une improvisation, un simple jeu réglé.*
> *Quand parmi les anneaux du serpent tu parus,*
> *J'ai ri car j'étais fou, mais tu l'as maîtrisé,*
> *Tu as brisé la chaîne et libéré mes pieds.*
>
> W. B. Yeats

J'AVAIS PROMIS À THOMAS que tout irait bien en son absence, mais c'est une promesse que je n'ai pas pu tenir. Deux jours après son départ, bien après que le silence s'était établi dans la maison et alors qu'il faisait nuit noire, Maeve, un châle drapé par-dessus sa chemise de nuit, m'a réveillée par des chuchotements agités.

— Miss Anne, levez-vous ! Il y a un souci dans la grange. Le Dr Smith n'est pas là, et je sais que vous l'aidez quelquefois. Il faut des pansements et des médicaments. Mon père dit qu'il faudra peut-être aussi du whisky.

Une fois sortie de mon lit, j'ai enfilé la robe bleue que Beatrice m'avait choisie et que Thomas avait achetée malgré moi et me suis précipitée vers la clinique de Thomas, chargeant les bras de Maeve de bandages et de tout ce qui pouvait être utile, avant de me tourner vers l'armoire à alcool pour y prendre trois bouteilles de whisky irlandais – non sans en boire une rapide gorgée afin de me donner du courage.

Je ne me suis pas accordé un instant pour songer à ce qui m'attendait. J'ai couru vers la porte arrière, j'ai traversé la véranda et je me suis élancée sous la forte pluie qui avait commencé à tomber peu après que je m'étais couchée.

L'écurie et la vaste grange étaient séparées de la maison par une grande pelouse bordée d'arbres. L'herbe était froide et mouillée sous mes pieds nus. Une lanterne vacillait entre les arbres pour nous orienter et Maeve courait devant moi, laissant traîner des bandages qui ne serviraient guère s'ils étaient trempés.

Un jeune homme, inconscient et trempé, gisait sur le sol de la grange, entouré de quelques autres à peine plus âgés. L'un d'eux tenait une lanterne au-dessus du corps du blessé, et quand je suis entrée derrière Maeve, toutes les têtes se sont braquées vers nous, toutes les armes se sont dressées.

— Le docteur est à Dublin, Papa. Il n'y a que Miss Anne.

La voix de Maeve trahissait sa peur, comme si elle redoutait d'avoir commis une erreur. Je me suis avancée vers son père, qui faisait de son mieux pour étancher le sang qui coulait de la tête du jeune homme avec sa chemise, implorant Marie, mère de Dieu, d'intercéder pour son fils.

— Que s'est-il passé ? ai-je exigé de savoir, tout en m'agenouillant.

— Sa tête. Robbie a perdu un œil, a balbutié Daniel O'Toole.

— Une balle, m'dame. Le gamin s'est pris une balle, a dit l'un des membres du cercle qui nous observait.

— Laissez-moi voir, Mr O'Toole.

Il a retiré sa chemise souillée du visage de son fils. L'œil droit de Robbie n'était qu'un bouillonnement de sang. Par miracle, il a gémi lorsque j'ai dirigé sa tête vers la lumière, m'indiquant qu'il vivait encore. Un autre trou, noir et irrégulier, perçait sa tempe à deux centimètres de son œil, comme si la balle l'avait effleuré à un angle extrême et avait emporté un morceau de sa tête. Je ne m'y connaissais pas assez en blessures au crâne ou au cerveau pour émettre un verdict, mais si la balle était ressortie, cela semblait une bonne chose.

Je ne pouvais qu'essayer d'arrêter l'hémorragie et de maintenir le jeune homme en vie jusqu'au retour de Thomas. J'ai ordonné à Maeve de m'apporter les bandages et j'ai appuyé un épais morceau de gaze contre l'œil de Robbie et contre le trou par où la balle était sortie. Son père a maintenu le bandage en place tandis que je commençais à serrer la gaze autour de la tête autant que je l'osais, superposant les couches jusqu'à ce que tout le crâne soit enveloppé.

— Il nous faut des couvertures, Maeve. Vous savez où les trouver.

Maeve a hoché la tête et a disparu en un éclair, repartant vers la maison avant que j'aie fini de parler.

— Est-ce qu'on ne devrait pas le ramener à la maison, m'dame ? a demandé Daniel O'Toole. Où sa mère pourra s'occuper de lui ?

— Moins on le bougera, mieux cela vaudra, Mr O'Toole. Il doit rester au chaud, et il faut que le sang cesse de couler. C'est le mieux que nous puissions faire jusqu'à ce que le docteur revienne.

— Et les fusils ? a chuchoté l'un des hommes.

Je me suis rappelé que j'étais observée par tous ces spectateurs ruisselants.

— Combien d'armes y a-t-il ?

— Moins vous en savez, mieux c'est, a répliqué une voix surgie de l'ombre.

— On peut les cacher sous le plancher. Je vais vous montrer, a proposé Daniel O'Toole, incapable de croiser mon regard.

— On a peut-être les Tans à nos trousses. Ils étaient sur tout le rivage. Si on était allés aux grottes, on les aurait conduits au reste de la cachette.

— Boucle-la, Paddy.

— Comment se fait-il que Robbie ait reçu une balle dans la tête ? ai-je interrogé, la voix calme, les mains tremblantes.

— Un des Tans a tiré dans les arbres, dans l'espoir de nous effrayer. Robbie n'a même pas crié. Il a continué à marcher jusqu'à ce qu'on soit tous entrés.

Maeve est revenue, les bras pleins, mais le visage livide.

— Miss Anne, les Tans arrivent dans l'allée. Deux camions. Mrs Gallagher est réveillée, et Eoin aussi. Et ils ont peur. Eoin demande après vous.

— S'ils viennent ici et qu'ils voient Robbie, ils sauront. Même si on cache les fusils dans le grenier et qu'on se disperse, ils sauront. Ils fouilleront partout, ils mettront peut-être le feu, et ils emmèneront Robbie, a déclaré l'homme à la lanterne.

— Ramenez Robbie dans la sellerie, ai-je crié. Il y a un lit là-bas. Videz sur lui ce qui reste de whisky dans cette bouteille et posez-la au pied de son lit. Puis couvrez-le chaudement. Couvrez-lui la tête aussi, en laissant à découvert le bas de son visage, comme s'il était endormi avec l'oreiller par-dessus. Mr O'Toole, prenez la jument, celle qui est grosse. Couchez-la et agitez-vous autour d'elle, comme si elle était sur le point de mettre bas. Vous autres, cachez les armes, cachez-vous. Je les retiendrai aussi longtemps que je pourrai. Maeve, venez avec moi.

Je suis repartie à travers la pelouse, la jeune fille sur mes talons. J'ai parcouru la maison en courant, ôtant ma robe ensanglantée et la chemise de nuit que j'avais en dessous, les fourrant sous mon lit. Puis j'ai remis la robe que j'avais portée la veille, et j'ai pris le temps de me vaporiser un peu de parfum et de passer une main sur ma natte.

— Miss, vous avez du sang sur le visage et sur les mains ! a hurlé Maeve quand je l'ai retrouvée dans la grande salle.

Je suis allée bien vite me nettoyer à l'évier de la cuisine, quand tout à coup trois coups secs ont résonné dans la maison. Des soldats à la porte.

— Allez dire à Brigid et Eoin de ne pas descendre. Restez avec eux, Maeve. Tout ira bien.

Elle a hoché la tête et a de nouveau disparu, grimpant sans bruit l'énorme escalier tandis que je m'avançais vers la porte, personnage de ma propre histoire, la tête fourmillant d'intrigues et de scénarios possibles. Puis j'ai ouvert la porte d'une main incertaine et découvert les hommes au visage de marbre qui se tenaient sous la pluie, comme si j'étais Scarlett O'Hara recevant une douzaine de visiteurs.

— Oh là là ! me suis-je exclamée en abandonnant l'accent irlandais que j'arborais comme une armure depuis que je m'étais réveillée à Garvagh Glebe. Vous m'avez fait une de ces peurs ! Il fait un temps de chien, cette nuit, je rentre à l'instant. J'étais dans la grange. Nous avons un poulain qui arrive. Notre pouliche souffre, j'ai dû rester à côté d'elle un moment. Vous vous y connaissez en élevage ? (J'ai ri comme si je venais de faire une plaisanterie. Tout en gazouillant, j'avais laissé la pluie arroser le devant de ma robe et mouiller mes cheveux, avant de me reculer pour les inviter à entrer, d'un geste large.) Que puis-je pour vous ? Le docteur est absent, hélas. J'espère qu'aucun d'entre vous n'a besoin de soins médicaux.

— Nous allons devoir fouiller la maison, madame. Et le domaine, a dit leur chef, sans pour autant faire mine d'entrer.

Il portait un bonnet écossais et des bottes montantes, et je me suis rappelé ce que Thomas avait dit à propos des Auxiliaires. Ils n'étaient responsables devant personne.

— Très bien, ai-je dit en fronçant les sourcils. Mais pourquoi ?

— Nous avons des raisons de penser qu'il y a dans les bois autour de cette maison des gens qui font de la contrebande d'armes.

— Oh là là ! ai-je répété, mais cette fois avec une peur bien réelle. Oh, vous pouvez certainement fouiller la maison, capitaine. Puis-je vous appeler capitaine ? (Je me suis écartée pour le laisser passer.) Il pleut bien trop fort pour rester dehors. Je viens juste d'aller dans l'écurie, je n'ai vu personne. Et si vous remuez tout dans la grange, notre pauvre jument risque de perdre son poulain. Je pourrais peut-être accompagner quelques-uns d'entre vous pour jeter un coup d'œil à l'intérieur, afin de ne pas la perturber ?

— Qui y a-t-il d'autre dans la maison, madame ? a demandé l'Auxie sans tenir compte de ma requête.

— Pour l'amour du Ciel, capitaine ! ai-je insisté en frappant du pied. Encore une minute et je serai trempée jusqu'aux os ! (L'homme a baissé les yeux vers ma poitrine puis les a relevés.) Entrez donc tous, s'il vous plaît, si vous devez vraiment entrer.

Le capitaine – il n'avait pas démenti quand je lui avais attribué ce grade – a aboyé des ordres pour que six des hommes encerclent la maison et attendent ses instructions, pendant que les autres entraient avec lui. Ils étaient dix soldats en tout, et quatre d'entre eux pénétrèrent vivement dans le vestibule, me laissant refermer la porte derrière eux.

— Puis-je vous débarrasser de vos manteaux et de vos chapeaux, messieurs ? ai-je proposé, sachant pertinemment qu'ils refuseraient.

— Combien êtes-vous dans la maison, madame ? a redemandé le capitaine.

Il lorgnait l'étage. Une lampe sur le palier et celle que j'avais laissée dans la cuisine étaient les seules sources d'éclairage. J'ai allumé le lustre, inondant les hommes de lumière.

— Mon fils – il a six ans et il dort, donc veuillez fouiller sans bruit –, ma belle-mère et une bonne. Le docteur est à Dublin. Notre intendant est dans la grange avec la jument. Son fils doit y être aussi, mais il est peut-être allé se coucher.

— Ils y étaient quand vous êtes partie ?

— Oui, capitaine. Mais je les ai laissés avec une bouteille de whisky, donc ils n'étaient pas trop tristes de devoir attendre le bon plaisir de la jument, ai-je précisé avec un sourire de conspiratrice.

— Vous êtes américaine, madame ? a demandé un autre soldat.

Je me suis rendu compte que je l'avais vu à Sligo. C'était l'un de ceux qui avaient brisé les vitrines du grand magasin Lyons.

— En effet. Je ne maîtrise pas l'accent irlandais, je le crains.

— Vous ne perdez rien, a répondu l'homme.

Leur capitaine a désigné l'escalier :

— Barrett, et toi, Ross, allez fouiller les pièces du haut. Walters et moi nous fouillerons le bas.

— Faites attention, je vous prie, messieurs les officiers. Ma belle-mère a très mauvais caractère. Je ne voudrais pas que vous receviez un coup de tisonnier.

Ils ont blêmi et hésité avant de gravir les marches. Je ne savais pas trop lesquels j'allais escorter, car j'espérais que Brigid garderait son sang-froid et aiderait Eoin à conserver le sien. J'étais certaine que Maeve se débrouillerait très bien.

— Puis-je vous offrir quelque chose pour vous réchauffer, du thé ou du brandy, capitaine ?

— Non, madame.

Le capitaine a traversé le vestibule à grands pas. Je l'ai suivi en lui racontant toutes sortes de sornettes, mais il ne m'écoutait pas. Il a fouillé ma chambre, la salle de bains et la cuisine, avant que le nommé Walter ne l'appelle.

— Capitaine ! Qu'est-ce que vous pensez de ça ?

Mon cœur battait à tout rompre quand j'ai conduit le capitaine à l'arrière de la maison. Dans la clinique de Thomas, Walter examinait les tiroirs et les placards ouverts, leur contenu en désordre.

— Madame ?

— Oui, capitaine ? ai-je fait, l'air innocent.

— Le reste de la maison est parfaitement rangé. Qui a eu besoin de secours médicaux ?

— La jument, capitaine ! Je cherchais le laudanum. Le docteur me le cache. Il a peur que j'en consomme trop. Mais mon père m'a dit que si on en mettait une goutte sur la langue d'un cheval, cela le calme tout de suite. Avez-vous déjà essayé de mettre une goutte de laudanum sur la langue d'un cheval, capitaine ?

Il m'a regardée d'un air dubitatif.

— Je vois bien que non, ai-je poursuivi en riant. C'est plus facile à dire qu'à faire !

— Et vous en avez trouvé ?

— Non. Mais j'ai tout laissé dans un beau désordre, n'est-ce pas ?

— Je pense que nous devons aller voir la jument, madame.

— Bien. Laissez-moi le temps de prendre un châle, je vous prie.

J'ai traversé la maison, en respirant par le nez pour rester calme, souriante, tandis que les deux gendarmes descendaient l'escalier. Il n'y avait pas eu de vacarme.

J'ai tiré un châle de ma garde-robe et j'ai glissé mes pieds dans les vieilles bottines d'Anne, en les laçant aussi vite que je le pouvais. Je ne voulais pas que le capitaine procède à sa fouille sans moi. Je voulais qu'il voie de ses yeux le tableau que j'avais déjà dépeint. J'ai simplement prié pour que les hommes de la grange et leurs fusils soient partis.

Nous avons cheminé sous la pluie, alors que des soldats arpentaient le bord de la pelouse, scrutant les arbres, et que d'autres restaient dans la maison. Une lanterne éclairait encore la grange, et j'ai fait exprès de trébucher, m'agrippant au capitaine. Il a ralenti le pas, et j'ai accepté son bras avec un sourire reconnaissant.

— Eh bien, quelle aventure ! Le docteur n'en croira pas ses oreilles quand il reviendra. Et avec un peu de chance, nous aurons aussi un nouveau poulain à lui montrer.

— Quand le docteur doit-il rentrer, Mrs... ?

— Gallagher. Demain ou après-demain. Il allait beaucoup plus souvent à Dublin du temps où lord French était gouverneur général. Feu le père du docteur était un ami de Lord et Lady French. Vous connaissez lord French, capitaine ?

— Je n'ai pas ce plaisir, Mrs Gallagher.

Le ton du militaire s'était radouci. Thomas n'aurait peut-être pas voulu que je communique cette information, mais vu les circonstances, une amitié avec un loyaliste britannique ne pouvait que rassurer le capitaine.

Quand nous sommes entrés dans la grange, Daniel O'Toole faisait tourner en rond la jument luisante de sueur. Il s'arrêtait constamment pour lui parler à l'oreille avant de la remettre en marche. Sa chemise était encore couverte de sang, et son bras à la manche retroussée au-dessus du coude en était maculé.

Il a eu un sursaut de surprise en nous voyant. Il était bon comédien, mais je pense que la peur visible sur son visage était tout à fait authentique.

— Comment va la jument, Mr O'Toole ? ai-je demandé avec entrain.

À m'entendre, on aurait cru que les gendarmes étaient des visiteurs de marque. Étonné par mon accent américain, Daniel m'a interrogée du regard.

— Je la promène un peu, Mrs Gallagher. Parfois ça aide.

— Vous êtes plein de sang, vous, a glapi le capitaine.

— Pour sûr, monsieur ! a gaiement admis Mr O'Toole. Mais c'est moins grave que ça en a l'air. Elle a perdu les eaux au moment où je la palpais, mais j'ai senti la tête de son petit, comme je vous le dis. Et ses deux petits sabots de devant aussi.

— Êtes-vous seul ici, Mr O'Toole ? a aboyé le capitaine, qui semblait se désintéresser entièrement des détails de la mise bas d'un poulain.

— Mon fils Robbie est couché là-bas derrière. Il dort. C'est qu'il avait bu un petit coup de trop. Mais voilà que le jour se lève, capitaine. On aura passé toute la nuit avec la jument.

Le capitaine n'était pas impressionné, il s'est dirigé vers le fond de la grange, envoyant quelques-uns de ses hommes dans le grenier, et un autre fouiller la pièce située à l'arrière. Je retenais ma respiration, craignant pour Robbie. Ses bandages pouvaient nous trahir. Mais le soldat est revenu quelques minutes plus tard, s'essuyant la bouche. Je visualisais la bouteille d'excellent whisky ouverte en toute innocence, là où un gendarme fatigué et assoiffé pouvait se servir.

— C'est comme il a dit, capitaine.

— Mrs Gallagher, dans les heures qui viennent, nous allons fouiller les champs et le bord du lac. Je vous recommande de garder vos domestiques et votre famille dans la maison. Je repasserai demain dans la journée.

— Êtes-vous sûr que je ne peux rien vous proposer à boire, capitaine ? À l'aube, tout mon personnel sera de retour, et ma cuisinière pourra préparer un solide petit déjeuner pour vous et vos hommes.

Il a hésité, et je me suis demandé si je n'étais pas allée trop loin. Plus tôt ils partiraient, mieux cela vaudrait.

— Non. Merci, madame.

Le capitaine a soupiré. Ses hommes ont commencé à sortir de la grange un par un, mais juste avant de sortir, leur chef s'est retourné et a penché la tête sur le côté.

— Mr O'Toole, avez-vous déjà vu donner du laudanum à une jument qui doit mettre bas ?

Daniel a plissé le front, et j'ai cru que tout était perdu.

— Je n'en ai jamais eu de trop, capitaine, mais si j'en avais, ça ne pourrait pas faire de mal.

— Hem. Mrs Gallagher semble convaincue que c'est efficace.

— Ah, si c'est madame qui le dit, capitaine... C'est une femme intelligente.

Daniel a hoché la tête, sans même regarder le militaire. Un rire hystérique montait dans ma gorge quand j'ai suivi le capitaine hors de la grange.

***

La pluie a cessé juste après l'aurore, et le soleil s'est levé sur Garvagh Glebe comme si la nuit avait été consacrée au sommeil le plus paisible. Robbie O'Toole nous a terrorisés lorsqu'il s'est avancé dans l'herbe en titubant, désorienté et hurlant de douleur. Ses jambes et ses poumons fonctionnaient parfaitement. Nous l'avons fait disparaître dans la maison, puis dans ma chambre. Je craignais que l'infection ne s'installe, mais je n'ai pas osé lui enlever ses pansements pour vérifier la vilaine plaie. L'hémorragie s'était arrêtée, et il n'avait pas de fièvre, donc je lui ai fait avaler une dose du même sirop que Thomas m'avait donné, alors il a sombré dans un sommeil profond et, par chance, silencieux.

Les hommes de Robbie s'étaient dispersés dans la nuit, après avoir caché leurs fusils dans une cave située juste en dessous de l'endroit où Daniel O'Toole faisait tourner en rond la jument ; elle n'était pas du tout près de mettre bas, ce qui constituait une autre cause de souci si les Tans revenaient. Pour l'heure, nous avions évité le pire, et les O'Toole, à l'exception de Robbie, se sont réunis dans la cuisine de Garvagh Glebe. Maggie, la mère, veillait au chevet de son fils aîné, et je faisais de mon mieux pour retenir son troupeau dans la maison, comme l'avait ordonné le capitaine. Celui-ci est revenu au coucher du soleil et a signalé qu'ils continueraient à patrouiller dans les parages. Je l'ai remercié comme si ses hommes et lui étaient les garants de notre sécurité et quand il est parti, je lui ai fait signe comme à un vieil ami.

J'avais des questions pour Daniel, et je savais qu'il avait des questions pour moi, mais nous nous sommes tus tous les deux, vaquant de notre mieux à nos occupations quotidiennes, l'œil et l'oreille aux aguets en attendant le retour de Thomas. Au crépuscule, Daniel a emmené ses enfants chez lui, aussi épuisé que moi après une nuit sans sommeil, et Maggie est restée à Garvagh Glebe pour s'occuper de Robbie. Brigid m'a bloquée dans un coin pour m'assaillir de questions sur les Tans – que voulaient-ils ? Pourquoi Robbie O'Toole était-il blessé et dans mon lit ? Je ne lui ai pas parlé des hommes de la grange ni des armes qu'ils dissimulaient. J'ai feint l'innocence et lui ai assuré qu'aucun d'entre nous ne savait ce qu'il s'était passé. Robbie avait été atteint par une balle perdue et avait besoin de soins.

Elle s'est vigoureusement plainte, maudissant les Anglais et l'IRA, grommelant contre les trêves qui n'en étaient pas, les médecins qui n'étaient même pas chez eux et les femmes qui gardaient des secrets dangereux. Je n'ai pas réagi à sa dernière remarque et j'ai redoublé de prières pour le prompt retour de Thomas. Je dormais dans sa chambre, voisine de celle d'Eoin, puisque j'avais été délogée de la mienne.

Thomas est rentré au petit matin, quatre jours après être parti. Maggie O'Toole l'a intercepté dès qu'il a mis le pied dans la maison. Il a retiré les bandages de Robbie, stérilisé et irrigué la plaie de son mieux, puis refait le pansement, disant à Maggie que Robbie avait la chance des Irlandais. Son œil droit ne fonctionnerait probablement plus, mais il était encore en vie. Daniel O'Toole est arrivé peu après Thomas et lui a raconté tout ce qu'il avait manqué. Les O'Toole n'ont pas précisé que je dormais dans son lit ; quand Thomas est venu s'étendre à côté de moi, il m'a réveillée et la surprise a été aussi grande pour lui que pour moi.

— Mon Dieu, Anne ! Je ne vous avais même pas vue. Je trouvais bizarre que mon lit ne soit pas fait, mais j'ai pensé qu'avec toute cette agitation, on l'avait oublié. Je croyais que vous seriez dans la chambre d'Eoin.

J'étais si soulagée de le voir que j'avais envie de pleurer.

— Comment va Robbie ?

Thomas m'a répété ce qu'il avait dit à Maggie et Daniel, ajoutant que si l'infection pouvait être évitée, la blessure guérirait, et que le jeune homme se rétablirait.

Nous avons gardé le silence un moment, la tête pleine de ce qui nous attendait peut-être.

— Daniel m'a raconté que vous aviez conçu tout un plan. Il dit que, sans vous, c'en était fait de Liam, Robbie et des autres. Sans parler de Garvagh Glebe. Les Tans ont incendié des maisons pour moins que ça, Anne.

— J'ai découvert que je suis très bonne actrice, ai-je marmonné, gênée et flattée par ses éloges.

— Daniel est du même avis. Il dit aussi que vous vous exprimiez comme une Américaine. (Il est resté un instant songeur.) Pourquoi une Américaine ?

— J'ai fait tout ce que j'ai pu pour ne pas être perçue comme une menace. Tout ce qui pouvait détourner leur attention. Si je n'étais pas irlandaise, pourquoi aurais-je caché l'Armée républicaine irlandaise ? Je les ai laissés entrer sans protester, en babillant comme une écervelée, et j'ai tout inventé au fur et à mesure. J'ai cru que mon compte était bon lorsqu'ils ont vu que j'avais mis la clinique sens dessus dessous.

— Le laudanum ? a demandé Thomas, les lèvres tiraillées par une envie de rire.

— Oui, le laudanum. Daniel O'Toole sait aussi très bien mentir.

— Comment avez-vous pensé à la jument ? C'était une excellente idée. Le sang, l'affairement, tout...

— Un jour, j'ai... lu... l'histoire d'une famille installée à Louisville, dans le Kentucky, au milieu du XIXe siècle, qui élevait des chevaux et les vendait aux plus grandes fortunes d'Amérique. (Je mentais à nouveau, mais c'était un mensonge bénin. Je n'avais pas lu ce livre. Je l'avais écrit. Thomas me regardait, les yeux lourds de fatigue, guettant la suite.) Il y avait une scène où la famille se servait de la naissance d'un poulain pour détourner l'attention des autorités... sauf qu'ils ne cachaient pas des armes, mais des esclaves. Ils les aidaient à fuir vers le nord des États-Unis.

— C'est... vraiment... stupéfiant.

— Ce livre s'inspirait d'une histoire vraie.

— Non, Anne. C'est vous, vous, qui êtes stupéfiante.

— Et vous, vous êtes épuisé.

Ses yeux se sont fermés, son visage s'est détendu. Nous sommes restés couchés face à face sur le grand lit, comme de vieux amis lors d'une soirée pyjama.

— Je savais bien que je n'aurais pas dû partir. Je l'ai senti pendant ces quatre jours. J'ai quitté Dublin à deux heures du matin. J'ai transmis mon rapport au Grand Bonhomme, puis j'ai roulé jusqu'ici sans m'arrêter, a murmuré Thomas.

— Reposez-vous, Setanta.

J'aurais voulu caresser ses cheveux sur son front, toucher son visage, mais je me suis contentée de le regarder dormir.

25 août 1921

C'est Liam Gallagher, le frère aîné de Declan, de plusieurs années plus âgé, qui avait décidé d'apporter les armes à Garvagh Glebe. Je savais depuis un certain temps que Mick profitait de l'accès de Liam aux docks de Sligo pour déplacer des chargements au nez et à la barbe des Tans. À marée haute, ils descendaient le long canal allant de la mer au lough et cachaient les armes dans les grottes du rivage, après quoi ils les distribuaient à l'intérieur des terres. Ben Gallagher, le fils aîné de Brigid, est contrôleur sur la ligne de chemin de fer reliant Cavan à Dublin, et je suis certain qu'il dissimule souvent des fusils à bord des trains. Il y a un moment, Mick a parlé d'une cargaison de pistolets-mitrailleurs Thompson qui donnerait à l'IRA une nouvelle puissance de tir, mais jusqu'ici, cet arsenal ne s'est pas concrétisé.

Les armes que Liam et ses hommes ont apportées à Garvagh Glebe sont rangées dans un trou sous le plancher de la grange. Nous avons creusé cet espace il y a des années, Daniel et moi, et nous l'avons tapissé de pierres. La trappe est difficile à trouver, sauf pour ceux qui savent qu'elle existe ; un petit ressort placé à l'intérieur permet de se dispenser de poignée.

Depuis un bon moment, Ben et Liam gardent leurs distances, mais je soupçonne que c'est surtout à cause d'un sentiment de culpabilité et d'impuissance. Ils ont été soulagés quand leur mère s'est installée à Garvagh Glebe avec Eoin. Ni l'un ni l'autre n'a les moyens de subvenir aux besoins de Brigid et de l'enfant. Il existe en Irlande deux catégories d'individus : les fermiers à famille nombreuse et les adultes célibataires. L'émigration étant l'une des rares options viables pour trouver du travail, les hommes et les femmes qui ne veulent pas quitter l'Irlande se marient de plus en plus tard : la peur de ne pas pouvoir nourrir une famille retient les hommes de s'engager pour plus que leur propre survie, et dissuade les femmes d'accueillir un homme dans leur lit.

Brigid parle souvent de ses enfants. Ils lui manquent. Elle leur écrit et supplie ses fils de lui rendre visite à Garvagh Glebe. Depuis qu'Anne est revenue, je n'avais plus eu de nouvelles d'eux. Jusqu'à tout récemment.

Liam est venu voir sa mère ce soir. Il a dîné avec nous, a bavardé avec elle, et a soigneusement évité toute conversation avec Anne, qu'il ne cessait pourtant de regarder. Elle semblait tout aussi mal à l'aise en sa présence ; elle est restée assise à côté d'Eoin sans rien dire, les yeux dans son assiette. Je me demande si elle est peinée par la ressemblance entre Declan et son frère, ou par les questions sans réponses qui pèsent sur sa tête. En revanche, elle a fait la conquête de Daniel. Il est convaincu qu'elle leur a à tous sauvé la vie. Liam n'en paraît pas si sûr.

Une fois le dîner terminé, Liam a demandé à me parler en privé, et nous sommes allés jusqu'à la grange, discutant à voix basse, scrutant l'obscurité à la recherche d'oreilles indiscrètes.

— J'attendrai que les Tans et les Auxies arrêtent de patrouiller, m'a-t-il déclaré. Ils sont censés se replier, mais on sait tous que la trêve est juste un prétexte pour doubler leurs effectifs. De notre côté, on ne se tourne pas les pouces non plus, Doc. On fait des stocks. On se prépare. On prévoit que ça va repartir de plus belle. Dans trois jours, les fusils seront ailleurs, et je ferai de mon mieux pour ne plus te mettre en position délicate.

— *Ça aurait pu très mal finir, Liam, ai-je dit, non pour le réprimander, mais pour lui rappeler la réalité.*

Il a acquiescé d'un air lugubre, les épaules voûtées, les mains enfoncées dans les poches.

— *Ça aurait pu, Doc. Et ça pourrait encore.*

— *Comment ça ?*

— *Je ne fais pas confiance à Anne, Thomas. Pas du tout. Elle réapparaît, et tout à coup les Tans sont sur notre dos. Notre trafic d'armes dure depuis trois ans. Le jour où tu l'as tirée du lough, on a dû abandonner les fusils dans les grottes de la rive ouest au lieu de les décharger chez O'Brien comme d'habitude. Deux douzaines de Tans nous attendaient sur le ponton. Si la brume n'était pas arrivée, on était fichus.*

— *Liam, qui t'a dit que je l'ai tirée du lough ?*

Je n'ai pas haussé la voix, mais des sonnettes d'alarme retentissaient dans ma tête.

— *Eamon Donnelly. Il croyait que j'étais au courant, puisque c'est dans la famille, a-t-il répondu, sur la défensive.*

— *Ah. D'après ce que Daniel dit, si Anne travaillait pour les Tans, vous n'auriez pas survécu à cette nuit.*

— *Cette femme n'est pas Anne. Je ne sais pas qui elle est. Mais ce n'est pas notre Annie.* (Il s'est frotté les yeux comme s'il voulait en effacer l'image d'Anne, et quand il a repris la parole, la lassitude avait succédé à la véhémence.) *Tu t'es occupé de ma mère et de mon neveu. Tu prends soin de beaucoup de gens, Thomas. Tout le monde le sait. Et aucun d'entre nous ne pourra jamais assez te remercier. Mais tu ne dois rien à Anne. Nous ne lui devons rien. Il faut te débarrasser d'elle. Et le plus tôt sera le mieux.*

Liam s'en est allé sans dire au revoir à Brigid. Anne a emmené Eoin dans sa chambre sans me souhaiter bonne nuit. J'ai installé Robbie sur un lit pliant dans la clinique pour qu'Anne n'ait pas à dormir dans ma chambre. De mon *bureau, je l'entends dans la pièce voisine, elle raconte à Eoin la légende de Niamh et d'Oisín au Pays de la jeunesse.*

J'arrête d'écrire pour l'écouter, une fois de plus subjugué par sa voix et ses histoires.

Je ne suis plus hanté mais enchanté par Anne.

Liam dit que ce n'est pas Anne. Il a perdu la tête. Pourtant, tout au fond de moi, je suis à moitié convaincu qu'il a raison, ce qui me rend aussi bête que lui.

T. S.

14

Je suis d'Irlande

Moi je viens de l'Irlande,
Je suis du saint pays d'Irlande,
Et le temps fuit, a-t-elle dit.
Venez par charité
Danser avec moi en Irlande.
W. B. Yeats

LIAM GALLAGHER, frère de Declan Gallagher et fils de Brigid, était l'homme qui m'avait tiré dessus sur le lough. Il était l'un des hommes sur la péniche. Celui qui avait levé le bras, braqué un fusil sur moi et appuyé sur la détente.

Une partie de moi croyait être tombée dans une faille temporelle : je m'étais réfugiée en 1921 pour fuir un danger en 2001. Mais Liam Gallagher était aussi réel en 1921 qu'il l'avait été sur le lac ce jour-là, avant même que j'aie compris où j'étais. Dans la barque, je m'étais éloignée des rives de 2001 pour pénétrer dans un autre monde, où Liam Gallagher avait tenté de me tuer.

Il devait se trouver dans la grange avec les hommes qui avaient apporté les armes. Mais mon attention avait alors été fixée sur Robbie, ma peur focalisée sur la menace pour Garvagh Glebe et ses habitants, et je n'avais pas vraiment regardé les contrebandiers. Mais Liam était parmi eux, et il m'avait vue. Et ce soir, il est revenu, il a partagé notre repas – rôti de bœuf, pommes de terre et carottes en sauce caramélisées – comme si cette journée sur le lough n'avait jamais eu lieu.

Peut-être n'a-t-elle pas eu lieu.

Pour la énième fois, j'ai songé que je me trompais peut-être, que le traumatisme de ce voyage dans le temps avait déformé ma vision et modifié les événements. Mais j'avais au flanc une épaisse cicatrice rose comme preuve du contraire. Et Liam Gallagher pratiquait la contrebande d'armes.

Il était déjà attablé quand je suis entrée dans la salle à manger. Brigid et lui m'ont ignorée, et Eoin m'a fait signe de venir m'asseoir près de lui, tout excité à la perspective de m'avoir comme voisine pour la première fois. Je me suis presque effondrée sur la chaise, écœurée et choquée. Thomas est arrivé quelques instants après ; absorbé par sa conversation avec Liam, il m'a laissée me recroqueviller dans un silence pétrifié.

J'ai pris congé dès que j'ai pu, mais Eoin a glissé sa main dans la mienne et m'a suppliée de lui donner le bain et de lui raconter une histoire. Brigid a bien volontiers consenti, car elle voulait manifestement passer du temps avec son fils. Je suis maintenant assise dans la chambre d'Eoin, dans le noir, et j'observe son sommeil. J'ai peur d'être seule, j'ai peur de faire le moindre mouvement.

Il faudra que j'en parle à Thomas. Il faudra lui dire que Liam a tiré sur moi. Mais il voudra savoir pourquoi je me suis tue jusque-là. Si j'étais Anne Gallagher, j'aurais reconnu Liam. Et Liam aurait reconnu Anne. Pourtant il avait tenté de la tuer. Me tuer. Nous tuer.

Un gémissement d'effroi m'a échappé, et Eoin a remué. J'ai plaqué la main sur ma bouche pour étouffer ma détresse. Liam n'avait pas eu peur. Assis face à moi au dîner, il avait bavardé avec Thomas et avec sa mère, avait mangé tout le contenu de son assiette et s'était resservi. Il devait se sentir en sécurité ; j'étais à Garvagh Glebe depuis près de deux mois, et je n'avais émis aucune accusation.

Si je le dénonçais, ce serait ma parole contre la sienne, et c'est moi qui aurais le plus d'explications à fournir.

J'ai passé la nuit sur un fauteuil, dans la chambre d'Eoin, trop apeurée pour regagner la mienne. Thomas m'a trouvée là le lendemain matin. J'étais blottie dans une position peu naturelle, le cou raide, la robe froissée. Il s'est penché et a touché ma joue. Je me suis réveillée, affolée, haletante, et il m'a imposé le silence en posant une main sur ma bouche.

— Votre lit n'était pas défait. Je m'inquiétais, a-t-il dit doucement. J'ai cru…

Il s'est redressé sans achever sa phrase.

— Quelque chose ne va pas ? ai-je demandé.

Je n'étais pas la seule à porter encore mes vêtements de la veille.

— Robbie est au plus mal. Il faut l'hospitaliser. Je pense qu'il a un œdème au cerveau, peut-être à cause de fragments d'os. Je n'ai ni les moyens ni la compétence pour accomplir le nécessaire. Je l'emmène à Dublin.

— Puis-je vous accompagner ?

Je n'avais pas envie qu'il parte sans moi. Encore une fois. Surtout avec Liam Gallagher qui rôdait encore dans les parages. Une fois les fusils partis, il s'en irait peut-être aussi, et je n'aurais plus rien à craindre.

Ma question a étonné Thomas.

— Vous voulez aller à Dublin avec moi ?

— Je ferai de mon mieux pour m'occuper de Robbie pendant que vous conduirez.

Il a lentement hoché la tête, tout en réfléchissant.

— Moi aussi, je veux venir, a marmonné Eoin dans son lit. Je t'aiderai à t'occuper de Robbie.

Thomas s'est assis sur le lit du petit garçon et l'a pris dans ses bras pour l'apaiser.

— Pas cette fois, Eoin. Tu me manques, mon garçon. Ça me ferait très plaisir de t'emmener partout où je vais. Mais Robbie est très malade. Ce ne serait pas un voyage très agréable pour toi.

— Et il sera agréable pour Maman ? a demandé Eoin, sceptique.

— Non, ce ne sera pas agréable pour elle non plus. Mais j'aurai peut-être besoin de son aide.

— On travaille sur notre livre, a protesté l'enfant. Elle écrit une nouvelle aventure d'Eoin Gallagher.

Son cadeau d'anniversaire avait eu beaucoup de succès et je continuais à inventer des histoires. Eoin avait déjà réclamé des aventures au Japon, à New York et à Tombouctou.

— Vous laissez de la place pour des images ? a voulu savoir Thomas.

— En bas des pages, a répondu Eoin. Tu as beaucoup de retard, Doc.

— Je promets de le rattraper. Et tu voudras peut-être aussi dessiner certaines illustrations. Tes dessins me font toujours sourire.

Eoin a approuvé en bâillant. Comme il avait encore sommeil, il s'est retourné dans le lit, et Thomas a remonté les couvertures sur ses épaules. J'ai embrassé la joue d'Eoin, lui ai murmuré quelques mots affectueux, puis nous sommes sortis sans bruit.

— Nous devrons nous mettre en route dès que possible. Daniel m'aidera à porter Robbie jusqu'à la voiture. Pouvez-vous être prête dans un quart d'heure ?

J'ai fait signe que oui, et je suis partie dans le couloir en dressant mentalement une liste.

— Anne ?

— Oui ?

— Prenez une robe habillée. La rouge. Il y a une valise dans le placard sous l'escalier.

J'ai acquiescé sans poser de question, et j'ai couru jusqu'à ma chambre.

***

Le trajet de Dromahair à Dublin était beaucoup plus long qu'en 2001. Les chemins de terre, les vitesses inférieures, et la présence d'un malade sur le siège arrière, tout contribuait à rendre le voyage stressant. Il n'y avait cependant guère de circulation, et je n'étais pas au volant, obligée d'éviter les véhicules roulant en sens inverse. Nous nous sommes arrêtés une fois pour faire le plein, et j'ai dû descendre car, à ma grande surprise, le réservoir se trouvait sous le siège avant. Thomas a remarqué mon étonnement, a plissé le front et a demandé :

— Où pourrait-il bien être ailleurs ?

Trois heures et demie après avoir quitté Dromahair, nous sommes arrivés à Dublin. J'aurais dû être préparée aux vêtements et aux voitures, aux rues et aux bruits, mais je ne l'étais pas. Thomas a commenté, soulagé, l'absence de points de contrôle, signe le plus flagrant de la trêve. Je ne pouvais que hocher la tête, les yeux écarquillés pour tâcher de tout voir. Il était neuf heures, un vendredi matin, et Dublin était en ruines, crasseuse, complètement méconnaissable jusqu'au moment où nous avons atteint le centre-ville. Les images anciennes que j'avais étudiées devenaient tout à coup des toiles de fond devant lesquelles se pressait la foule ; les photos en noir et blanc étaient baignées de lumière et de couleur. O'Connell Street s'appelait alors Sackville Street – je m'en souvenais – et la Colonne Nelson n'avait pas encore été dynamitée. La Poste centrale se réduisait à ses murs extérieurs, et mon regard s'est attardé sur ses vestiges calcinés. D'après ce que je me rappelais des plans de Dublin en 1916 – j'en avais un accroché au mur de mon bureau –, il me semblait que nous ne prenions pas l'itinéraire le plus direct pour l'hôpital Mater Misericordiae. Je soupçonnais Thomas de vouloir connaître ma réaction face à la zone de combats. Si mon étonnement l'a laissé perplexe, il l'a bien caché.

Nous sommes passés devant une rangée de maisons mitoyennes en pierre brune, que Thomas a désignées d'un signe de tête.

— J'ai revendu la vieille maison de Mountjoy Square pour en acheter une ici, trois numéros plus loin. Sans mauvais souvenirs.

J'ai approuvé, heureuse qu'il ne me demande pas de me remémorer une maison qu'Anne Gallagher avait dû bien connaître. Nous nous sommes arrêtés devant l'hôpital, dont les hautes colonnes et le portail majestueux évoquaient les images de la Poste centrale avant l'Insurrection. Je suis restée dans la voiture avec Robbie, devant l'entrée principale, tandis que Thomas partait chercher une civière et de l'aide.

Il est revenu au bout de vingt minutes, avec une religieuse en habit blanc, suivie de deux hommes portant un brancard. Thomas leur a brièvement expliqué l'état de Robbie, a demandé qu'il soit soigné par un chirurgien bien précis, et la religieuse a répondu qu'ils feraient de leur mieux. Elle semblait le connaître, l'appelait « Dr Smith », et lançait des injonctions péremptoires aux aides-soignants. J'ai passé le reste de la journée à déambuler dans les couloirs en attendant des nouvelles. Les infirmières en long tablier blanc et petit bonnet poussaient des fauteuils et des lits roulants à l'ancienne, et, même si la médecine avait réalisé des progrès considérables en quatre-vingts ans, l'ambiance des hôpitaux n'avait pas changé. On sentait la même impression de compétence et de frénésie, de tristesse et de soulagement, et surtout l'odeur terrible des fins tragiques. Eoin avait passé toute sa vie adulte dans un hôpital. J'ai soudain compris pourquoi il avait insisté pour mourir chez lui.

Thomas a pu assister à l'opération et, à dix-huit heures, il m'a rejointe au réfectoire, où je nous avais acheté du pain et de la soupe qui avait depuis longtemps refroidi.

J'avais mangé ma part tout en rédigeant une nouvelle histoire pour Eoin. J'avais décidé de semer la graine de Brooklyn dans sa petite tête. Pour cet épisode, Eoin Gallagher traversait le Lough Gill et se retrouvait dans le port de New York à contempler la statue de la Liberté. Sur une page il franchissait le pont de Brooklyn, sur une autre il arrivait à l'angle de Jackson Street et de Kingsland Avenue, puis il parcourait les couloirs du vieil hôpital de Greenpoint, construit en 1914, où mon grand-père avait travaillé jusqu'à sa fermeture au début des années 1980. J'avais inclus une page où le jeune aventurier assistait à un match de base-ball au stade d'Ebbets Field, sur des gradins surplombant le terrain de très haut, il écoutait Hilda Chester encourager l'équipe avec sa cloche de vache quand Gladys Gooding ne jouait pas sur son orgue. Je dépeignais les arches de brique, le mât du drapeau et la publicité pour le magasin Abe Stark en bas du tableau des scores, « Une balle ici, un costume offert ».

Je n'étais jamais allée à Ebbets Field. Le stade avait été démoli en 1960. Mais Eoin l'adorait et il me l'avait décrit en détail. Eoin disait que le base-ball n'était plus le même depuis que les Dodgers avaient quitté Brooklyn. Il le disait toujours avec un sourire nostalgique, comme pour sous-entendre qu'il était heureux d'avoir vécu cette époque.

J'ai dessiné une petite image de Coney Island avec le jeune Eoin mangeant un hot-dog et contemplant la grande roue, que mon grand-père adorait aussi. Mon illustration ne valait pas celles de Thomas, mais elle ferait l'affaire.

Quand Thomas s'est assis à côté de moi, une tasse de café noir à la main, et m'a annoncé que l'opération était réussie, je lui ai lu l'histoire. Il a écouté, les yeux perdus dans le lointain, les cheveux ébouriffés.

— Du base-ball à Brooklyn, vraiment ?

— Eoin voulait une aventure à New York.

La construction d'Ebbets Field avait pris fin avant 1921. Pour les dates, je savais que je n'avais rien à craindre, mais l'attention de Thomas me mettait mal à l'aise.

— Eoin veut une aventure à New York. Mais vous, Anne, voudriez-vous une aventure à Dublin ?

— À quoi pensez-vous, Dr Smith ?

Il a posé sa tasse, a pris un morceau de pain dur et l'a trempé dans la soupe froide. Il a mâché lentement, gardant toujours les yeux sur moi. Après avoir dégluti, il a repris une gorgée de café et a soupiré comme s'il était parvenu à une décision.

— Je voudrais vous présenter quelqu'un.

***

Beatrice Barnes, la jolie vendeuse du grand magasin Lyons, avait choisi une robe rouge moulante à encolure bateau, à mancherons et à taille basse. Le tissu bruissait autour de mes jambes et j'avais l'impression que j'allais me mettre à danser le charleston comme une garçonne – c'était hors de question, mais je devais admettre que Beatrice avait très bon goût. Cette robe m'allait parfaitement, sa couleur mettait mon teint en valeur et faisait pétiller mes yeux. Des gants de soie assortis montaient jusqu'au-dessus du coude et ne laissaient découvert que le haut de mes bras. Je les ai mis, puis ôtés aussitôt. Août, même en Irlande, était un mois trop chaud pour de longs gants de soie, quoi qu'ait pu exiger la mode. J'ai séparé mes cheveux par une raie sur le côté, me suis fait un chignon lâche sur la nuque, et j'ai libéré quelques boucles qui frisaient sur mes omoplates. Avec la poudre, le fard à paupières et le rouge à lèvres carmin, on voyait que j'avais accompli un effort : je me suis éloignée du miroir, en espérant que je plairais à Thomas. Il a frappé à la porte et je l'ai invité à entrer. Il s'est avancé, rasé de frais, les cheveux plaqués en vagues noires comme le jais. Il portait un costume trois-pièces et une cravate avec une chemise blanche immaculée, un long pardessus noir sur le bras.

— L'air est humide. Il vous faut un manteau avec cette robe.

Il s'est approché de l'armoire où j'avais suspendu mes vêtements. La chambre était parée de meubles sombres et de draperies opulentes, d'un luxe certain sans rien de tapageur. Toute la maison était décorée de la même manière, dans un style classique et sans prétention, accueillant, comme un majordome distingué. Comme Thomas lui-même.

— Il n'y a pas de couvre-feu. Dublin fête la trêve.

Il a regardé mon visage avec douceur, et j'ai souri, ravie par la chaleur de son attention.

— Avons-nous quelque chose à fêter ? ai-je demandé.

— Je crois bien. Cela ne vous dérange pas d'y aller à pied ? Ce n'est pas très loin.

— Aucun problème.

Il m'a escortée jusqu'à la porte, m'a aidée à mettre mon manteau puis m'a offert son bras. Mais j'ai préféré entrelacer mes doigts aux siens. Sa respiration a marqué un temps d'arrêt, ses yeux se sont écarquillés, ce qui m'a fait battre le cœur plus vite. Nous sommes sortis dans la nuit et avons marché dans la rue, main dans la main, nos pas résonnant sur un rythme syncopé.

La brume était basse, les réverbères avaient l'air de bougies vues derrière un tissu, floues et hésitantes. Thomas avançait à grands pas, son long pardessus noir se fondait étrangement dans le brouillard d'où il surgissait et disparaissait comme les autres formes. Les bas fixés à mon corset par ces porte-jarretelles auxquels je ne m'habituais pas ne me protégeaient pas vraiment de l'humidité, pourtant le contact de l'air sur ma peau était agréable. Je n'avais pas pris mon chapeau, car je ne souhaitais pas aplatir mes cheveux, mais Thomas avait mis sa casquette à visière, d'un style qu'il semblait apprécier et qu'Eoin avait conservé toute sa vie. Au-dessus de ses yeux bleus, elle lui donnait un air enfantin et désinvolte qui ne lui ressemblait pas du tout. J'ai remarqué beaucoup d'hommes en chapeau melon, coiffure des cercles plus élégants. Mais Thomas en portait rarement, comme s'il tenait au message qu'énonçait la casquette : « Je ne suis qu'un homme ordinaire. Rien à signaler. »

— Nous allons à l'hôtel Gresham. Un de mes amis s'est marié aujourd'hui. Puisque nous sommes en ville, j'ai pensé que nous devrions assister à l'événement. Nous avons manqué la cérémonie à la cathédrale Saint-Patrick, mais la fête ne fait que commencer.

— C'est cet ami à qui vous voulez me présenter ?

— Non, a-t-il dit, sa main se resserrant sur la mienne. Dermot Murphy est un type épatant. Mais ce soir il n'aura d'yeux que pour sa Sinead. Vous vous rappelez peut-être Sinead.

Je ne me souvenais évidemment pas de Sinead, et j'ai tenté de calmer mes nerfs. Nous avons quitté Parnell Street pour rejoindre Sackville Street, et la silhouette de l'hôtel Gresham est apparue, dominant la rue. C'était le vaisseau amiral du centre-ville, illuminé et vivant, dont les occupants se répandaient dans la brume nocturne pour mieux y retourner ensuite.

Nous avons été accueillis comme des monarques en visite, on nous a débarrassés de nos manteaux au vestiaire avec rapidité et efficacité, puis on nous a conviés à monter un large escalier menant à une salle de bal. Les lumières scintillaient, la musique se coulait jusqu'à nous pour nous attirer dans un vaste espace où jouait un orchestre. Des couples dansaient sur un parquet bordé de petites tables où des hommes et des femmes étaient installés, vêtus de leurs plus beaux atours. De l'autre côté de la piste de danse trônait un énorme bar entouré de tabourets et surmonté de lampes basses. La main au creux de mon dos, Thomas a pris le temps d'observer l'endroit.

— Tommy ! a crié quelqu'un.

D'autres voix se sont élevées, formant un chœur dans le coin à gauche.

Il a tourné les yeux vers moi avec une petite grimace et j'ai baissé la tête en tâchant de ne pas sourire. Il a retiré sa main et a redressé les épaules.

— Il m'appelle toujours Tommy. Alors tous les autres croient pouvoir se le permettre aussi. À votre avis, est-ce que j'ai une tête à m'appeler Tommy ?

Un flash s'est déclenché tout à coup, et nous avons tressailli, aveuglés, reculant d'un pas. Nous nous étions arrêtés juste au bon endroit, et le photographe, tout sourire, planté à l'entrée pour saisir les invités à mesure qu'ils arrivaient, a sorti la tête de derrière son appareil qui ressemblait à un accordéon doté d'un œil.

— Celle-là devrait vous plaire, les amis. Ce n'est pas souvent que les gens ont l'air aussi naturel sur un cliché.

Quelques secondes plus tard, nous étions assaillis par un groupe d'hommes qui donnaient à Thomas des claques dans le dos et qui saluaient à grands cris son apparition imprévue.

— On pensait que tu étais rentré dans ta cambrousse, Doc !

Tel était le joyeux refrain, jusqu'au moment où un autre personnage est venu se joindre à la cohue.

— Présente-nous la dame, Tommy, a-t-il dit.

Quand j'ai levé les yeux, j'étais l'objet des regards admirateurs de Michael Collins. Les mains dans les poches, il faisait reposer tout son poids sur ses talons, la tête penchée de côté. Il était jeune. Je connaissais son histoire, les principaux incidents de sa vie et de sa mort. Mais j'ai quand même été ébranlée par sa jeunesse. J'ai tendu la main, m'efforçant de ne pas trembler, de ne pas crier comme une groupie à un concert de rock, mais l'importance de ce moment, le poids du passé et la grandeur de l'individu me mettaient des étoiles dans le cœur.

— Je suis Anne Gallagher. C'est un honneur de vous rencontrer, Mr Collins.

— La fameuse Anne Gallagher…

Après avoir distinctement articulé chaque syllabe, il a émis un long sifflement.

— Mick ! a protesté Thomas.

Michael Collins a paru légèrement chagriné et a agité la tête comme pour demander pardon de sa grossièreté, mais il a continué à m'examiner, ma main toujours dans la sienne.

— Que pensez-vous de notre Tommy, Anne Gallagher ?

Alors que j'allais répondre, il a serré ma main comme pour m'avertir :

— Si vous me mentez, je le saurai.

— Mick, l'a de nouveau mis en garde Thomas.

— Tais-toi, Tommy, a-t-il murmuré sans cesser de me dévisager. Vous l'aimez ?

J'ai inspiré profondément, incapable de détacher mon regard des yeux sombres d'un homme qui ne vivrait pas assez longtemps pour avoir le temps de se marier, qui mourrait avant ses trente-deux ans, et qui ne saurait jamais à quel point il était remarquable.

— Il est facile à aimer, ai-je répondu doucement.

Chaque mot était comme une ancre qui m'amarrait dans un lieu et dans un temps qui n'étaient pas les miens.

Collins a poussé un cri de joie et m'a soulevée dans ses bras, comme si je venais de faire de lui le plus heureux des hommes.

— Tu entends ça, Tommy ? Elle t'aime. Si elle avait dit non, je me serais battu avec toi pour te la prendre.

Faisons une photo ! a-t-il exigé en pointant le doigt vers le photographe. Il faut immortaliser ça. Tommy s'est trouvé une fillette.

Je ne pouvais ni regarder Thomas ni respirer, mais Michael Collins était aux commandes, il nous a placés autour de lui, m'a posé un bras sur l'épaule, souriant à l'objectif comme s'il venait de triompher des Anglais. Une sensation m'a envahie : j'avais déjà vu et vécu tout cela. Le flash a brillé et j'ai compris. Je me rappelais l'image que j'avais vue, Anne au milieu d'un groupe à côté de Michael Collins, et celle de Thomas et d'Anne, l'intimité que suggéraient la forme de leur corps et l'angle de leurs regards. Ce n'étaient pas des photos de mon arrière-grand-mère. C'étaient des photos de moi.

— Ce Thomas Smith... il était amoureux de ta mère ? avais-je demandé à mon grand-père.
— Oui... et non.
— Oh là là, il y a une histoire là-derrière.
— En effet, avait-il murmuré. Une histoire merveilleuse.

Je comprenais, à présent.

26 août 1921

Je n'oublierai jamais cette journée. Anne vient de se coucher, mais je reste éveillé, je contemple le feu comme s'il pouvait m'offrir d'autres réponses, meilleures. Anne m'a tout dit. Et pourtant... je ne sais rien.

J'ai appelé Garvagh Glebe avant de partir pour l'hôtel Gresham, sachant que les O'Toole ne seraient pas loin, dans l'attente de nouvelles de Robbie. Il y a deux téléphones en tout à

Dromahair, et Garvagh Glebe possède l'un d'eux. J'avais sans peine justifié cette dépense : un médecin a besoin d'être toujours joignable. Mais personne d'autre n'avait le téléphone dans l'Irlande rurale. On ne m'appelait pas, on venait me chercher. Les seuls coups de fil que je recevais émanaient de Dublin.

*Sa respiration suspendue, Maggie se tenait à l'autre bout de la ligne quand l'opérateur nous a mis en contact, et je l'ai entendue pleurer quand j'ai dit que « mon patient » avait très bien réagi à l'opération, puisque l'œdème avait considérablement diminué. Tout en récitant l'*Ave Maria*, elle a passé le téléphone à Daniel, qui m'a remercié abondamment, même s'il savait bien qu'il ne fallait pas préciser pour quoi. Après quoi, bizarrement, il m'a donné le bulletin de santé du poulain qui ne devait naître que deux semaines plus tard.*

— *On est allés la voir cet après-midi, Doc… et le poulain a disparu, a dit Daniel d'une voix lente et lourde de sous-entendus.*

Il m'a fallu un moment pour comprendre.

— *Quelqu'un est allé dans la grange, Doc. Il est parti. Personne ne sait où. Liam est passé voir Brigid, et j'ai dû lui annoncer. Il est bouleversé. Il avait des projets pour le poulain, comme vous savez. Maintenant qu'il n'est plus là… il faut qu'on sache qui l'a pris. Vous en parlerez à Miss Anne, hein, Doc ? Liam est sûr qu'elle est déjà au courant. Mais je ne vois pas comment elle le saurait.*

Je suis resté muet, stupéfait. Les armes avaient disparu, et Liam accusait Anne. Daniel n'a plus rien dit pendant un instant, pour me laisser le temps de digérer sa métaphore. Je lui ai répondu que nous mènerions l'enquête à mon retour de Dublin. Il a acquiescé, et j'ai raccroché.

J'ai failli dire à Anne que nous n'irions pas au Gresham, finalement, mais quand je suis entré dans la chambre et que je l'ai vue, superbe, ses cheveux frisés noués dans son cou, son regard chaud et son sourire ardent, j'ai changé d'avis.

Elle m'a tendu la main et je me suis avancé, à moitié engourdi et nullement préparé au risque que je prenais. Tout ce que je savais, c'est que je voulais la présenter à Mick. Je voulais qu'il me rassure. Qu'il m'absolve. C'était une folie que d'emmener Anne le rencontrer. Je ne sais pas ce qui m'y poussait, ni ce qui l'a poussé à arracher un aveu à ses lèvres rouges. C'est sa façon de faire ; je le connais assez. Il est totalement anticonventionnel, et il ne manque jamais de me surprendre.

Il a demandé à Anne ce qu'elle pensait de moi, si elle m'aimait, et après à peine une seconde d'hésitation, comme lorsque l'on avoue en public une chose personnelle, elle a répondu que oui. Mon cœur a fait un bond et j'ai eu envie de m'enfuir avec elle dans la nuit où je pourrais maintenir Mick en sécurité et embrasser Anne jusqu'à l'asphyxier.

Elle avait les joues en feu, les yeux brillants, et n'osait plus croiser mon regard. Elle semblait aussi éblouie, aussi abasourdie que moi, mais Mick produit toujours cet effet-là. Il a tenu à ce que nous posions pour une photographie, puis l'a persuadée de danser avec lui, malgré ses protestations. « Je ne sais pas danser, Mr Collins ! » l'ai-je entendue dire, alors qu'elle a toujours été une danseuse passionnée, entraînant Declan chaque fois qu'il y avait de la musique.

Mick la serrait dans ses bras, dansant un simple two-step sur un rythme de ragtime, en faisant presque du sur-place sur la piste. Et il lui parlait, ses yeux sondant les siens comme s'il voulait percer tous ses secrets. Je comprenais ce désir. Je la voyais secouer la tête et lui répondre avec le plus grand sérieux. J'ai eu beaucoup de mal à ne pas intervenir, pour le sauver, la sauver et me sauver moi-même. C'était de la démence.

Je me suis laissé guider vers une table dans l'angle, avec Joe O'Reilly à côté de moi. Tom Cullen m'a mis un verre dans la main tandis que Sean MacEoin, fraîchement libéré, que j'avais soigné à la prison de Mountjoy en juin, m'a obligé à m'asseoir. Ils étaient surexcités, le calme de la trêve et le fait de ne plus avoir à se battre ou à se cacher leur donnaient envie de parler fort et de boire sec. Pour ma part, je n'étais qu'étonnement. À quand remontait la dernière fois où ils avaient pu assister au mariage d'un ami sans que des policiers montent la garde à chaque porte, sans redouter les patrouilles, les raids, les arrestations ?

Mick a conduit Anne à notre table, elle s'est écroulée sur la chaise voisine de la mienne et a bu une gorgée dans mon verre, non sans tressaillir.

— Danse avec elle, Tommy. Ça fait assez longtemps que je la monopolise, a ordonné Mick.

Son humeur s'était assombrie, et il était loin d'être aussi joyeux que ses hommes. Ils avaient été temporairement soulagés de leur fardeau. Mais pas lui, et il vivait mal la mission qui l'envoyait assister aux négociations du traité, comme une marionnette.

Je me suis levé et ai donné la main à Anne. Elle n'a pas refusé, mais a imploré ma patience, comme elle l'avait fait avant de danser avec Mick.

Elle était si légère entre mes bras, ses boucles effleuraient mes joues, son souffle chatouillait mon cou. Je suis un danseur accompli. Pas parce que j'ai cherché à le devenir, bien au contraire. Je n'ai aucun désir d'impressionner, aucune volonté d'être remarqué, et j'ai abordé la danse de la même manière que presque tout le reste. Savoir danser était simplement une compétence à maîtriser et, dans le cas des danses traditionnelles irlandaises, un geste de défi.

Anne s'est laissée guider, en faisant le moins de pas possible, se balançant contre moi, le cœur battant, se mordant la lèvre dans sa concentration. J'ai remonté le bras et j'ai passé mon pouce sur sa bouche. Elle a posé les yeux sur moi et m'a regardé d'une façon qui ne ressemblait pas du tout à Anne. Nous n'avons pas parlé de son aveu, ni des sentiments toujours plus intenses entre elle et moi. Je n'ai pas évoqué la disparition des fusils à Garvagh Glebe.

Puis il y a eu une détonation, un hurlement, et j'ai caché Anne derrière moi. Des rires ont aussitôt éclaté. Ce n'était pas une arme, c'était le champagne. La mousse a jailli d'une bouteille qu'on venait de déboucher, et Dermot Murphy a levé son verre pour porter un toast traditionnel en espérant mourir en Irlande. Vouloir mourir en Irlande signifiait avoir vécu en Irlande, et non comme émigré n'importe où ailleurs.

Les verres ont tinté en accord avec ce souhait, mais Anne était devenue silencieuse.

— Quel jour sommes-nous ? a-t-elle demandé avec une nuance de panique dans la voix.

J'ai répondu que nous étions le vendredi 26 août.

Elle s'est mise à marmonner, comme si elle essayait de se rappeler une chose importante.

— Le vendredi 26. Le 26 août 1921. L'hôtel Gresham. Il s'est passé quelque chose à l'hôtel Gresham. Une noce. Qui se marie ? Comment s'appellent-ils ?

— Dermot Murphy et Sinead McGowan.

— Murphy et McGowan, un mariage. L'hôtel Gresham. (Soudain elle a eu le souffle coupé.) Il faut faire sortir Michael Collins, Thomas. Tout de suite.

— Anne...

— Tout de suite ! a-t-elle ordonné. Et ensuite nous verrons comment faire sortir tous les autres.

— Pourquoi ?

— Dites-lui que c'est Thorpe. Je pense que c'est son nom. Un incendie se déclare, et la porte est barricadée pour que personne ne puisse s'échapper.

Je ne lui ai pas demandé comment elle savait cela. Je me suis simplement retourné, l'empoignant par la main, et je me suis dirigé vers l'angle où Mick buvait et riait, les paupières lourdes.

Je me suis penché et lui ai parlé à l'oreille, Anne debout derrière moi. Je lui ai expliqué qu'il y avait une menace d'incendie, en lien avec un nommé Thorpe – je n'avais aucune idée de qui il pouvait s'agir –, et qu'il fallait aussitôt évacuer la salle.

Michael m'a regardé avec une telle expression de lassitude que j'ai senti mes os trembler. Puis il est brusquement sorti de sa torpeur et sa fatigue apparente a disparu.

— Je veux un homme à chaque sortie, les gars. Tout de suite. Il pourrait y avoir un début d'incendie dans la salle.

La table s'est aussitôt vidée ; chacun a fini son verre et l'a reposé, certains se recoiffaient comme si la vigilance exigeait un certain respect des apparences. Les hommes se sont dispersés en direction des portes, mais Mick est resté à côté de moi, attendant le verdict. Un instant après, un cri a résonné. Gearóid O'Sullivan donnait des coups de pied dans la porte principale, apparemment barricadée. Exactement comme Anne l'avait dit.

Mick a croisé mon regard, il a froncé les sourcils, puis ses yeux troublés se sont posés un instant sur Anne.

— Celle-ci est ouverte ! a crié Tom Cullen de derrière le bar. Tout le monde sort ! Allons-y. Les dames d'abord, messieurs ! Tout va bien. Juste une petite précaution pour être sûr que le Gresham ne prend pas feu… une fois de plus.

Situé en plein centre de Dublin, le Gresham a essuyé des catastrophes plus souvent qu'à son tour en un siècle d'existence. Mick filait déjà vers la sortie, son chapeau à la main ; Joe l'accompagnait, courant pour ne pas se laisser distancer.

Avec quelques gloussements nerveux, toute la noce s'est dépêchée de passer par la petite porte pour sortir dans l'obscurité humide d'une nuit d'août. Même le barman a décidé qu'il était stupide de rester dans la salle. Je suis le dernier à être parti, poussant devant moi Anne et O'Sullivan – qui avait renoncé à briser l'autre porte – avant d'examiner les lieux une dernière fois, pour être sûr que nous n'avions oublié personne. La fumée pénétrait déjà par les bouches d'aération.

T. S.

15

Bien avant que le temps ne m'ait transfiguré

> *Si je dois maintenant m'abriter de la pluie*
> *Sous un arbre brisé,*
> *Je prenais autrefois place tout près du feu*
> *En toute compagnie*
> *Lorsqu'on parlait d'amour ou bien de politique,*
> *Bien avant que le temps ne m'ait transfiguré.*
> W. B. Yeats

Q UAND LE MARIÉ AVAIT TRINQUÉ en souhaitant mourir en Irlande, ma mémoire s'était mise en marche. J'avais lu quelque part le récit d'une noce lors de mes recherches sur l'hôtel Gresham. J'avais prévu d'y séjourner quand je repartirais pour Dublin après mon pèlerinage à Dromahair. J'avais choisi le Gresham pour son histoire et pour son rôle central dans l'Insurrection de 1916 et les années tumultueuses qui avaient suivi. J'avais vu des photos de Michael Collins sur le seuil, rencontrant des contacts dans le restaurant ou buvant dans le pub de l'hôtel. Je m'étais documentée sur Moya Llewelyn-Davies, l'une des femmes qui avaient été amoureuses de lui, et qui avait séjourné au Gresham une fois libérée de prison.

L'attentat de l'hôtel Gresham n'était qu'une des nombreuses tentatives perpétrées contre la vie de Michael Collins. Le fait qu'il avait eu lieu après la trêve et que tant de personnes y étaient visées le rendait remarquable. Le gouvernement britannique avait vigoureusement nié toute implication. Certains pensaient que le complot visait à saper le processus de paix et était commandité par ceux qui profitaient du conflit. Un agent double britannique appelé Thorpe avait aussi été soupçonné. Michael Collins l'avait désigné comme coupable. Mais nul n'était parvenu à la moindre certitude.

J'ignorais si j'avais sauvé des vies ou si je m'étais simplement incriminée. Si j'avais changé le cours des événements ou si je l'avais simplement infléchi en donnant l'alarme. Mais peut-être avais-je toujours fait partie de l'Histoire. Et pourtant, je m'étais solidement installée au beau milieu des faits. Si innocente que j'aie pu être, ma prescience de l'incendie restait impossible à expliquer.

Alors que je courais au côté de Thomas, le cœur battant, relevant mes jupes pour être plus libre de mes mouvements, je savais que je venais d'aggraver mon cas. Michael Collins s'était penché pour me parler à l'oreille pendant que ses hommes vérifiaient les portes.

— Je n'ai pas envie de vous tuer, Anne Gallagher. Mais je le ferai. Vous le savez, n'est-ce pas ?

J'avais hoché la tête. Curieusement, je n'étais pas effrayée. J'avais tourné la tête et soutenu son regard.

— Je ne suis pas un homme bon. J'ai commis des choses atroces dont j'aurai à répondre. Mais je les ai toujours faites pour une bonne raison.

— Je ne suis pas une menace pour vous ou pour l'Irlande, Mr Collins. Je vous en donne ma parole.

— Le temps nous le dira, Mrs Gallagher. Le temps nous le dira.

Michael Collins avait raison. Seul le temps pourrait le dire. Et le temps ne prendrait pas ma défense.

Les invités de la noce ont remonté la ruelle menant dans Sackville Street, rejoignant les clients de l'hôtel qui se sauvaient par l'entrée principale. La fumée et le brouillard fusionnaient et s'alimentaient, déformant les silhouettes et les cris des innocents comme des coupables. Et personne ne savait qui se rangeait dans quelle catégorie. Michael Collins et son entourage ont disparu dans la nuit, s'entassant à bord de voitures surgies de nulle part qui ont démarré dans un crissement de pneus.

Les camions des pompiers et les secours d'urgence approchaient de deux directions différentes, et Thomas circulait parmi la foule, improvisant une unité de triage des victimes, pour faire monter dans les ambulances ceux qui souffraient d'avoir inhalé la fumée, et envoyer les autres vers un hébergement plus sûr. Tandis que j'essayais de ne pas gêner, sans perdre Thomas de vue, il s'est mis à pleuvoir, ce qui a aidé les efforts des pompiers. Les badauds et les rescapés ont couru se mettre à l'abri, de sorte que les lieux ont été évacués. Nos manteaux étaient restés à l'intérieur de l'hôtel, ils pouvaient être considérés comme perdus. Ma robe était trempée, mes cheveux ruisselaient. Thomas a enlevé sa veste et me l'a drapée autour des épaules ; je la portais encore lorsqu'il s'est aperçu que je l'attendais, alors que la dernière ambulance s'éloignait.

— Je ne peux plus rien faire ici. Partons.

Sa chemise lui collait à la peau, et il rejetait ses cheveux en arrière, passant ses mains sur ses joues noircies de suie, qui redevenaient mouillées dès qu'il les essuyait.

L'eau dégoulinait des toitures, dégorgée par la colère des cieux, s'abritant dans les creux et les fissures, inondant les rues et les bâtiments.

Nous nous sommes précipités dans les rues, main dans la main ; Thomas m'empêchait de tomber malgré mes talons qui nous ralentissaient et me faisaient glisser, mais je sentais sa tension contre ma paume, irradiant de ses doigts serrés et sculptant la ligne de sa mâchoire.

Nous étions arrivés dans son quartier lorsqu'il s'est soudain arrêté, lançant un juron. Il m'a attirée sous une porte cochère, à l'abri de la pluie, et s'est mis à fouiller dans ses poches.

— J'ai laissé la clef de la maison dans mon manteau.

J'ai glissé la main dans la poche de sa veste, à tout hasard, mais la clef était bien dans le pardessus resté au vestiaire de l'hôtel Gresham.

— Retournons-y, ai-je suggéré. Quelqu'un pourra peut-être nous introduire dans le vestiaire ou récupérer nos habits.

Je sautais d'un pied sur l'autre pour me réchauffer. La porte cochère nous abritait de l'averse, mais pas du froid, et nous ne pourrions pas passer la nuit dehors.

Thomas a lentement secoué la tête, les lèvres serrées en une moue, le visage pensif.

— L'un des pompiers que j'ai soignés a dit que le feu avait démarré dans le vestiaire. Tous les manteaux ont été arrosés d'essence. La porte était fermée et les ventilations ouvertes. Il se trouve tout contre la salle de bal. Ou bien vous ne connaissiez pas ce détail ?

Il m'a regardée, puis s'est détourné, l'eau dégoulinant de la mèche collée à son front, son expression aussi noire que les ombres qui nous entouraient. Sa voix était calme, parfaitement égale, mais imprégnée de sous-entendus.

Je n'avais aucun moyen de me défendre. Rien de ce que j'aurais pu dire n'aurait arrangé les choses. Nous sommes restés là en silence, à contempler l'orage. Je me suis rapprochée de lui, si bien que nos corps étaient serrés l'un contre l'autre. J'étais gelée. Malheureuse. Et je savais que son malheur dépassait le mien. Il s'est raidi, et j'ai jeté un coup d'œil dans sa direction, pour voir les lignes nettes de sa mâchoire. Elle était serrée, un muscle s'y agitait de droite à gauche, comme une horloge me signalant que je n'avais plus que quelques secondes avant de devoir prendre la parole.

Je n'ai rien dit. J'ai tourné la tête avec un soupir et ai scruté le déluge, me demandant si la brume pourrait me ramener chez moi, comme celle du lac m'avait amenée ici.

— J'ai parlé à Daniel en début de soirée, a repris Thomas d'une voix fragilisée. Les fusils ont disparu, Anne. Liam pense que vous deviez être au courant. En fait, il est convaincu que vous n'êtes pas du tout Anne Gallagher.

— Pourquoi ? me suis-je exclamée, complètement prise au dépourvu. Pourquoi saurais-je où sont les fusils de Liam ?

— Parce que vous savez toutes sortes de choses que vous n'êtes pas censée savoir, a répliqué Thomas. Bon sang, je ne sais plus quoi penser !

— Je n'ai rien à voir avec ces fusils, ni avec leur disparition. Et je n'ai rien à voir non plus avec l'incendie du Gresham.

J'essayais de garder mon sang-froid. Je suis sortie de sous la porte cochère et me suis remise à marcher, me dirigeant vers sa maison sur la place. Nous y étions presque, et je ne savais que faire d'autre.

— Anne !

Le cri de Thomas révélait sa frustration et son désespoir. Sa méfiance était le plus pénible à supporter. Je la comprenais, j'avais même de l'empathie, mais ce sentiment était corrosif et épuisant, et j'étais à deux doigts de m'effondrer. Je ne voulais pas blesser Thomas. Je ne voulais pas lui mentir. Mais je ne savais pas comment lui dire la vérité. À ce moment, je souhaitais avant tout m'échapper, refermer le livre contenant ce récit impossible.

— Je veux rentrer.

— Attendez qu'il pleuve moins fort. Je vais trouver une solution.

Je ne m'étais pas rendu compte que j'avais parlé tout haut, mais je n'ai pas ralenti mon pas.

— Je ne peux pas vivre comme cela.

Là encore, j'avais parlé sans le vouloir.

— Comment ?

Incrédule, Thomas a pressé le pas pour me rattraper.

— Comme je vis à présent, ai-je gémi, laissant la pluie déguiser les larmes qui coulaient sur mes joues. Je fais semblant d'être quelqu'un que je ne suis pas. Je suis punie pour des choses que je ne peux expliquer, et accusée pour des choses dont je ne sais rien.

Thomas m'a pris le bras, mais je me suis dégagée, je l'ai repoussé. Je ne voulais pas qu'il me touche. Je ne voulais pas l'aimer. Je ne voulais pas avoir besoin de lui. Je voulais rentrer chez moi.

— Je ne suis pas l'Anne Gallagher que vous croyez. Je ne suis pas elle !

— Qui êtes-vous, alors ? Hein ? Arrêtez de jouer aux devinettes, Annie. (Il est passé devant moi pour me bloquer la route.) Vous me demandez des choses que vous devriez savoir. Vous ne parlez jamais de Declan. Vous ne parlez jamais de l'Irlande ! Ce n'est plus comme autrefois. Vous semblez perdue la moitié du temps, et vous êtes si différente, si changée, que j'ai l'impression de vous voir pour la première fois. Et, mon Dieu, ce que je vois me plaît. Vous me plaisez ! (Il s'est passé sur le visage une main impatiente pour chasser la pluie de ses yeux.) Vous aimez Eoin. Vous adorez cet enfant. Chaque fois que je deviens convaincu que vous êtes vraiment une autre, je vois comment vous le regardez, comment vous l'observez, et je me dis que je suis complètement fou de douter de vous. Mais il vous est arrivé quelque chose. Vous n'êtes plus la même. Et vous refusez de me dire quoi que ce soit.

— Je suis désolée, Thomas. Vous avez raison. Je ne suis pas la même Anne. Elle n'est plus.

— Arrêtez. Arrêtez de répéter ça, a-t-il supplié.

Il a levé son visage vers le ciel, comme s'il implorait Dieu de lui donner la patience nécessaire. Serrant les poings dans ses cheveux, il a fait quelques pas vers la longue rangée de maisons de la place, créant une distance entre nous. Les lumières de son domicile formaient une lueur faible mais attirante. Une ombre a bougé entre les rideaux, et Thomas s'est immobilisé tandis que la silhouette se déplaçait devant la tache lumineuse.

— Quelqu'un est déjà là. Quelqu'un est dans la maison. (Il a lancé un juron et appelé la miséricorde du Ciel.) Pourquoi maintenant, Mick ?

Il avait parlé tout bas mais j'ai entendu. Thomas est revenu vers moi, m'a plaquée contre lui, me gardant à ses côtés malgré tout. J'ai cédé.

Je l'ai enlacé, j'ai enfoncé mon visage dans sa poitrine, je me suis accrochée à lui – au couple impossible que nous formions – avant qu'il soit trop tard. La pluie tambourinait sur le trottoir, décomptant les secondes, et tout le corps de Thomas m'a accueillie, ses lèvres collées à mes cheveux, ses bras m'entourant, alors qu'il grognait mon nom.

— Anne. Ah, qu'est-ce que je vais faire de vous ?

— Je vous aime, Thomas. Vous vous en souviendrez, n'est-ce pas ? Quand tout cela sera fini ? Je n'ai jamais connu un homme meilleur que vous.

Je voulais qu'il croie au moins cela, à défaut d'autre chose.

J'ai senti qu'il se mettait à trembler, mais son étreinte s'est resserrée, comme un étau désespéré qui révélait son tourment. Pendant un instant encore, je me suis agrippée à lui, puis j'ai laissé retomber mes bras, je me suis éloignée de lui. Thomas ne m'a pas lâchée, pas entièrement.

— Ça doit être Mick. À l'intérieur. Il va exiger des réponses, Anne. Que voulez-vous faire ? a-t-il demandé d'une voix lasse.

Je l'ai dévisagé à travers mes larmes.

— Si je réponds à toutes vos questions, promettez-vous de me croire ?

— Je ne sais pas, a avoué Thomas. Mais je peux vous promettre une chose. Quoi que vous me disiez, je ferai de mon mieux pour vous protéger. Et je ne vous chasserai pas.

— C'est Liam qui m'a tiré dessus, sur le lough.

C'était la vérité que je redoutais le plus, la vérité qui appartenait à cette époque et à ce lieu, la vérité que Thomas pourrait expliquer et même comprendre.

Thomas s'est pétrifié. Puis ses mains sont remontées de mes bras jusqu'à mes joues, comme s'il avait besoin de m'empêcher de bouger pendant qu'il cherchait la vérité dans mes yeux. Il a dû être satisfait par ce qu'il y voyait, car il a lentement hoché la tête, la bouche triste. Il n'a pas exigé la moindre précision.

— Vous me raconterez tout ? À Mick aussi ?

— Oui, ai-je capitulé. Mais c'est une histoire longue… impossible… et il me faudra du temps pour la raconter.

— Alors mettons-nous à l'abri de cette pluie.

Il m'a ramenée contre son corps et nous nous sommes dirigés vers sa maison, vers la douce lueur qui rougeoyait aux fenêtres.

— Attendez.

Il a monté les marches du perron sans moi. Il a frappé à sa propre porte, sur un rythme clairement convenu entre eux, et elle s'est ouverte.

***

Michael Collins nous a jeté un rapide coup d'œil et a désigné l'escalier.

— Nous causerons quand vous vous serez séchés. Joe a fait du feu. Mrs Cleary a laissé du pain et des tourtes à la viande dans le garde-manger. Nous nous sommes servis, Joe et moi, mais il en reste plein. Allez-y. Quelle nuit !

Mrs Cleary était la gouvernante de Thomas à Dublin. Joe O'Reilly, le bras droit de Mick, avait un air penaud. Le fait que nous étions chez Thomas et que Michael Collins donnait des ordres ne lui échappait manifestement pas, mais je n'avais pas besoin d'encouragements supplémentaires. J'ai monté l'escalier en claquant des dents, mes chaussures couinaient, et je suis entrée en titubant dans la chambre que Thomas m'avait attribuée. J'ai enlevé sa veste et ma robe rouge, avec l'espoir que Mrs O'Toole pourrait ressusciter ces habits comme elle avait sauvé ma robe bleue tachée de sang. Nos vêtements étaient couverts d'une couche de suie et ils empestaient la fumée, tout comme mes cheveux et ma peau. Je me suis enveloppée dans un peignoir et j'ai pris un bain chaud. Si Michael Collins trouvait le temps long, tant pis pour lui. Je me suis brossée, frottée, rincée, et frottée à nouveau. Quand je suis finalement descendue, j'avais encore les cheveux humides, mais tout le reste de mon corps était propre et sec. Les trois hommes se pressaient autour de la table de la cuisine, et leurs voix se sont tues quand ils m'ont entendue approcher.

Thomas s'est levé, le visage débarrassé de sa saleté mais pas de son inquiétude. Il portait un pantalon propre et une chemise blanche. Il n'avait pas pris la peine d'y boutonner un col, et ses manches retroussées dévoilaient la force noueuse de ses avant-bras, la tension de ses épaules.

— Prenez place, Anne. Ici, a dit Michael Collins en tapotant le siège inoccupé à côté de lui. Puis-je vous appeler Anne ?

Il s'est mis debout, a enfoncé ses mains dans ses poches, puis s'est rassis, nerveux.

Je me suis docilement installée à côté de lui, sentant que quelque chose allait se terminer, comme si j'étais prisonnière d'un rêve dont j'allais bientôt me réveiller. Joe O'Reilly était assis à ma droite, Collins à ma gauche, et Thomas en face de moi, ses yeux bleus troublés et étonnamment tendres, ses dents serrées, sachant qu'il ne pourrait pas me sauver de ce qui allait s'abattre sur moi. Je voulais le rassurer et j'ai tenté de sourire. Il a avalé sa salive et a secoué la tête, une seule fois, comme pour s'excuser de ne pouvoir me sourire à son tour.

— Dites-moi une chose, Anne, a commencé Michael Collins. Comment saviez-vous ce qui allait se passer ce soir au Gresham ? Tommy a bien essayé de prétendre que ce n'était pas vous qui l'aviez renseigné. Mais Tommy est un menteur exécrable. C'est pour ça que je l'aime bien.

— Connaissez-vous l'histoire d'Oisín et de Niamh, Mr Collins ?

Ma bouche trouvait un réconfort à prononcer ces noms, « Oh-chine » et « Nive ». J'avais appris cette histoire en gaélique, car je parlais la langue avant d'avoir appris à l'écrire.

J'ai étonné Michael Collins. Il s'attendait à une réponse, et je lui posais une question. Une étrange question.

— Je la connais, a-t-il dit.

J'ai fixé mon regard sur les yeux pâles de Thomas, sur la promesse qu'il avait faite de ne pas me chasser. J'avais plus d'une fois pensé à Oisín et Niamh depuis ma chute à travers le temps ; j'avais bien conscience de la similitude entre leur histoire et la mienne.

Je me suis mise à réciter le conte tel que je l'avais appris, en gaélique, en laissant les mots irlandais bercer mon auditoire réduit au silence. Je leur ai dit comment Niamh, princesse de Tír na nÓg, le Pays de la jeunesse, avait trouvé Oisín, fils du grand Fionn, sur les rives du Loch Leane, un peu comme Thomas m'avait trouvée. Collins a reniflé, O'Reilly a remué sur sa chaise, mais Thomas ne bougeait pas, soutenant mon regard tandis que je narrais l'antique récit dans une langue tout aussi ancienne.

— Niamh aimait Oisín. Elle lui demanda de la suivre. De lui faire confiance. Et elle promit de faire tout ce qui serait en son pouvoir pour le rendre heureux.

— C'est une curieuse façon de répondre à ma question, Anne Gallagher, a murmuré Michael Collins.

Pourtant, son ton s'était radouci, comme si mon gaélique avait dissipé ses soupçons. Celle qui parlait la langue des Irlandais n'aurait jamais pu travailler pour la Couronne britannique. Il ne m'a pas arrêtée quand j'ai continué la légende.

— Oisín crut Niamh lorsqu'elle lui décrivit son royaume, bien distinct de son monde à lui, et il l'y suivit, abandonnant son propre pays. Oisín et Niamh furent heureux pendant plusieurs années, mais Oisín regrettait sa famille et ses amis. Les verts pâturages et le loch lui manquaient. Il pria Niamh de le laisser y retourner, au moins pour une visite. Niamh savait ce qui arriverait si elle le laissait partir, et son cœur se brisa car elle devinait qu'Oisín ne comprendrait pas tant qu'il ne verrait pas lui-même la vérité.

J'ai fait une pause, car j'avais mal à la gorge. J'ai fermé les yeux face au regard fixe de Thomas, pour rassembler tout mon courage. J'avais besoin que Thomas me croie, mais je ne voulais pas voir l'instant où il cesserait de me croire.

— Niamh dit à Oisín qu'il pourrait partir, mais à condition de rester sur Crinière d'Écume, son cheval, et ne pas poser le pied sur le sol irlandais. Et elle le supplia de lui revenir.

— Pauvre Oisín. Pauvre Niamh, a chuchoté Joe O'Reilly, qui connaissait la suite.

— Oisín voyagea plusieurs jours pour regagner le pays de son père. Mais tout avait changé. Sa famille avait disparu. Sa maison aussi. Les gens avaient changé. Les châteaux et les grands guerriers du passé n'étaient plus. Oisín est descendu de sa monture, sous le choc, oubliant ce que Niamh lui avait demandé. Quand son pied toucha le sol, il devint un très vieil homme. Le temps à Tír na nÓg ne s'écoulait pas du tout comme en

Éire. Crinière d'Écume s'enfuit. Resté seul, Oisín ne retourna jamais auprès de Niamh ni au Pays de la jeunesse. Il contait ses malheurs à qui voulait l'entendre, pour que les gens connaissent leur histoire, pour qu'ils sachent qu'ils descendaient de géants, de guerriers.

— Je me suis toujours demandé pourquoi il n'avait pas pu y retourner, pourquoi Niamh n'était jamais venue le chercher. Était-ce à cause de son âge ? La belle princesse n'avait peut-être pas envie d'un vieillard...

Collins réfléchissait tout haut, les mains croisées derrière la tête, parfaitement sérieux.

— *Cád atá á rá agat a Aine ?* a murmuré Thomas en gaélique.

Le ventre agité, les paumes moites, j'ai à nouveau croisé son regard. Il voulait savoir ce que je voulais *vraiment* dire par ce récit.

— Tout comme Oisín, il y a des choses que vous ne pourrez comprendre tant que vous n'en aurez pas vous-même fait l'expérience, ai-je affirmé.

Joe s'est frotté le front, visiblement fatigué.

— On pourrait parler anglais ? Mon irlandais n'est pas aussi bon que le vôtre, Anne. Une histoire que je connais, c'est une chose ; la conversation, c'en est une autre. Et j'ai envie de comprendre.

— Quand Michael était enfant, son père a prédit qu'il accomplirait de grandes actions pour l'Irlande. Son oncle a fait une prédiction très semblable. Comment pouvaient-ils savoir une chose pareille ? ai-je demandé, repassant à la langue anglaise.

— *An dar sealladh,* a dit Michael, les yeux concentrés sur mon visage. Le don de seconde vue. Certains prétendent qu'il existe dans ma famille. Je pense que c'était simplement l'orgueil d'un père face à son jeune fils.

— Mais le temps a donné raison à ton père, a fait remarquer Thomas.

Joe a acquiescé, d'un air plein d'admiration.

— Je ne peux pas expliquer ce que je sais. Vous voulez que je vous fournisse des explications qui n'auraient aucun sens. J'aurais l'air d'une folle, et vous auriez peur de moi. Je vous ai déclaré que je ne constituais une menace ni pour vous ni pour l'Irlande. Et c'est tout ce que je peux dire pour vous rassurer. Je ne peux pas expliquer *comment* je le sais, mais je vous confierai *tout ce que je sais*, si cela peut aider. J'ai su que les portes seraient bloquées et qu'un incendie serait déclenché, seulement quelques instants avant que cela se produise. Quand Murphy a porté son toast... j'ai... j'ai su, simplement. Je savais aussi pour la trêve, avant qu'elle soit signée. Je connaissais la date, et j'en ai parlé à Thomas, alors même qu'il ignorait tout de cet accord.

Thomas a lentement hoché la tête.

— Je sais qu'en octobre, vous serez envoyé à Londres pour négocier les termes d'un traité avec l'Angleterre, Mr Collins. Mr de Valera restera ici. Et quand vous reviendrez avec un accord signé, les Irlandais y seront très majoritairement favorables. Mais de Valera et certains membres du Dáil – ses fidèles – s'y opposeront. Avant longtemps, l'Irlande cessera de se battre contre l'Angleterre. Nous nous battrons entre nous.

Les yeux baignés de larmes, Michael Collins a appliqué un poing contre ses lèvres. Il s'est levé doucement, a enfoui ses mains dans ses cheveux. Son angoisse offrait un spectacle terrible. Puis, saisi d'une violente émotion, il a pris sa tasse et sa soucoupe et les a jetées contre le mur. Thomas lui a tendu une autre tasse, qui a connu le même sort. L'assiette qui avait contenu une part de tourte a suivi, répandant des morceaux de pomme de terre et de pâte dans toute la cuisine. Je ne pouvais détacher les yeux de sa chaise vide, tandis qu'il brisait tout ce qu'il pouvait trouver. De mon ventre, le tremblement avait gagné mes jambes et, sous la table, mes genoux s'entrechoquaient malgré moi. Lorsqu'il s'est rassis, il avait jugulé son émotion, et son regard était dur.

— Que pouvez-vous me dire d'autre ? a-t-il demandé.

26 août 1921 (suite)

Si je ne l'avais pas vu et entendu, je ne l'aurais pas cru. Anne est entrée dans la tanière du lion et a calmé la bête rien qu'avec un conte récité dans un irlandais parfait, et avec une réserve de savoir qui aurait dû la condamner et non la sauver.

L'Irlande a depuis longtemps abandonné ses racines païennes, mais mon Anne a du sang des druides. J'en suis persuadé. Il se trouve dans ses doux yeux et sa voix suave, dans la magie qu'elle tisse avec ses mots. Ce n'est pas une comtesse, c'est une sorcière. Mais il n'y a en elle rien de maléfique, aucune intention mauvaise. C'est peut-être cela qui a conquis Mick, finalement.

Il lui a posé une dizaine de questions, et elle a répondu sans hésiter quand elle le pouvait, et avec calme quand elle affirmait ne pas pouvoir. Je l'ai observée, stupéfait, hébété, fier. Mick n'avait pas envie de savoir où elle était allée ni comment elle s'était trouvée dans le lac – ces questions étaient les miennes. Il voulait savoir si l'Irlande survivrait, si Lloyd George respecterait les engagements du traité, si le pays serait coupé en deux et si les Britanniques quitteraient bel et bien le sol irlandais, une fois pour toutes. C'est seulement lorsque Mick a demandé si ses jours à lui étaient comptés qu'elle a eu une hésitation.

— *Le temps ne vous oubliera pas, Mr Collins, et l'Irlande non plus. C'est tout ce que je peux vous dire.*

Je ne pense pas qu'il l'ait crue, mais il n'a pas insisté. Et de cela, je lui étais reconnaissant.

Quand Mick et Joe sont enfin partis, par la porte arrière, pour s'engouffrer dans une voiture qui les attendait, elle s'est écroulée, soulagée, la tête sur la table de la cuisine. Ses épaules tremblaient, mais elle pleurait sans bruit. J'ai essayé de la redresser, de la réconforter, mais ses jambes vacillaient, elle titubait. Alors je l'ai portée jusqu'au fauteuil à bascule, près du feu, là où Mrs Cleary tricote la nuit quand je lui demande de surveiller des hommes ou du matériel.

Anne m'a laissé faire et s'est blottie contre moi. Je retenais ma respiration, craignant de l'effrayer, craignant qu'elle ne s'enfuie. Ou que je ne m'enfuie. Elle a replié les jambes et a tourné son visage jusqu'à ce qu'il repose contre mon épaule. Son haleine était chaude contre ma chemise et ses larmes humides, j'avais envie de la serrer davantage, de l'attirer contre moi, plus près encore. Mon souffle soulevait ses cheveux — ce souffle que j'avais retenu — et je l'ai pressée entre mes bras, les pieds plantés au sol. Notre poids à tous deux faisait grincer le fauteuil sur le parquet, en écho à la pulsation de mon cœur dans ma poitrine, me rappelant que j'étais en vie, corps et âme, et elle aussi. Ma main imitait le rythme du fauteuil, la caressant alors que nous basculions d'avant en arrière. Nous ne disions rien.

Soudain la fenêtre la plus proche de la cheminée a vibré, et le bruit lui a fait imperceptiblement lever la tête.

— *Chut, ce n'est que le vent.*

— *Quelle histoire essaye-t-il de raconter ?* a-t-elle murmuré, la voix chargée d'émotion retenue. *Le vent connaît toutes les histoires.*

— *À vous de me le dire, Anne. À vous de me le dire.*

— J'ai eu un professeur qui affirmait que la fiction était l'avenir, et la non-fiction le passé. On peut modeler et créer l'avenir ; pour le passé, c'est impossible.

— Parfois, l'avenir et le passé ne font qu'un. Tout dépend de qui raconte l'histoire.

Et tout à coup, plus rien n'avait d'importance. Peu importait où elle était allée ou quels secrets elle gardait. Je voulais seulement qu'elle reste.

— Mon nom est Anne Gallagher. Je ne suis pas née en Irlande, mais l'Irlande a toujours été en moi, a-t-elle commencé simplement, comme si elle récitait encore un poème, comme si elle racontait une autre légende.

Nos yeux étaient braqués sur le feu, son corps s'accrochait au mien, et j'ai laissé ses mots m'emporter une fois de plus. C'était l'histoire d'Oisín et de Niamh, où le temps n'est pas plat et linéaire, mais découpé en couches reliées entre elles, un cercle qui revient constamment sur lui-même, génération après génération, partageant le même espace, sinon la même sphère.

— Je suis née en Amérique en 1970, fille de Declan Gallagher – qui portait le nom de son grand-père paternel – et d'Hannah Keefe, une jeune fille de Cork qui était venue passer un été à New York et qui n'est jamais repartie. Ou peut-être que si. Peut-être l'Irlande l'a-t-elle rappelée quand le vent et l'eau les ont emportés. Je n'ai pratiquement aucun souvenir d'eux. J'avais six ans, l'âge qu'Eoin a maintenant.

— En 1970 ?

Mais elle ne m'a pas répondu. Elle a poursuivi, sans se presser, et ses intonations chantantes ont apaisé mes questions alors même que mon esprit se rebellait contre mon cœur.

— Nous avons échangé nos places, Eoin et moi, a-t-elle dit inexplicablement. Qui est le parent, qui est l'enfant ?

Pendant un moment, elle a gardé le silence, contemplative, et j'ai continué à me balancer, pendant que mes pensées partaient dans toutes les directions.

— Mon grand-père est décédé il y a peu de temps. Il a grandi à Dromahair, mais en est parti jeune et n'y est jamais retourné. Je ne sais pas pourquoi... mais je commence à croire qu'il l'a fait pour moi. Qu'il connaissait cette histoire, l'histoire que nous sommes en train de vivre, avant même que je ne vienne au monde.

— Comment s'appelait votre grand-père ? ai-je demandé, la bouche pleine de terreur.

— Eoin. Il s'appelait Eoin Declan Gallagher. Je l'aimais tant.

Sa voix s'est brisée, et j'ai prié pour que son récit se transforme de parabole en aveu, qu'elle cesse d'être une conteuse pour être seulement la femme que je tenais dans mes bras. Mais elle a poursuivi, son agitation croissant à chaque mot.

— Il m'a fait promettre de rapporter ses cendres en Irlande, au Lough Gill. C'est ce que j'ai fait. Je suis venue en Irlande, à Dromahair, et je suis partie en barque sur le lac. Je lui ai fait mes adieux et j'ai répandu ses cendres dans l'eau. Mais la brume est devenue si épaisse que je n'ai pu retourner en arrière. Je ne voyais plus le rivage. Tout était blanc, comme si j'étais morte sans le savoir. Une péniche a surgi de nulle part, avec trois hommes à bord. Je les ai hélés, j'ai attiré leur attention en appelant au secours. Et ensuite, l'un d'eux m'a tiré dessus, et je me suis noyée.

— Anne, ai-je supplié. Je vous en prie. Chut.

Il fallait qu'elle s'arrête. Je ne voulais pas en entendre davantage. J'ai enfoncé mon visage dans ses cheveux pour étouffer mon gémissement. Je sentais son cœur battre contre le mien ; la douceur de ses seins ne pouvait masquer son effroi. Elle croyait à ce qu'elle me racontait, à chacun de ces mots impossibles.

— Puis vous êtes arrivé, Thomas. Vous m'avez trouvée. Vous m'avez appelée par mon nom, et j'ai cru que j'étais sauvée, que c'était terminé. Mais cela ne faisait que commencer.

Maintenant je suis ici, nous sommes en 1921, et je ne sais pas comment rentrer chez moi !

Je ne pouvais que lui caresser les cheveux et nous basculer d'avant en arrière, tâchant désespérément d'oublier tout ce qu'elle venait de dire. Elle n'a rien retiré de ses propos, elle n'a pas éclaté de rire, mais sa tension est retombée peu à peu, alors que nous étions bercés par le mouvement du fauteuil, chacun perdu dans ses propres pensées.

— *J'ai traversé le lough, et je ne peux plus repartir, n'est-ce pas ? a-t-elle murmuré, et le sens de ses propos n'était que trop clair – on ne peut pas effacer les mots lorsqu'ils ont été prononcés.*

— *Cela fait bien longtemps que je ne crois plus aux fées, Anne.*

Ma voix était lourde, comme un glas qui retentit au milieu du silence.

Elle était encore blottie sur mes genoux, mais elle s'est dégagée de ma poitrine afin de pouvoir me regarder dans les yeux, les boucles de ses cheveux en pagaille autour de son beau visage. Je voulais plonger mes deux mains dans cette chevelure et attirer sa bouche jusqu'à la mienne pour dissiper par mes baisers sa folie et son malheur, mes doutes et mes désillusions.

— *Je ne vous demande pas de croire aux fées, Thomas.*
— *Ah non ?*

Mon ton était plus cassant que je ne le prévoyais, mais je devais me détacher d'elle avant de ne plus entendre le hurlement de mon cœur et l'avertissement dans mes veines. Je ne pouvais plus l'embrasser. Plus maintenant. Plus après tout ce qui avait été dit. Je me suis levé et l'ai aidée à se mettre debout. Elle a fixé sur moi un regard assuré, ses yeux verts virant à l'or à la lumière des flammes.

— *Non, a-t-elle répondu doucement. Mais vous essaierez de croire... en moi ?*

J'ai touché sa joue, incapable de mentir mais répugnant à la blesser. Mon silence était une réponse suffisante. Elle s'est retournée et a monté l'escalier, en me souhaitant une bonne nuit. Et maintenant je suis assis devant la cheminée et je note tout dans ce journal. Anne a tout avoué... et je ne sais toujours rien.

T. S.

16

Tom le vieux fou

> *Il chantait, Tom le vieux fou*
> *Qui dort à la belle étoile :*
> *« Qui dérange mes pensées*
> *Et mes yeux qui voient si bien ?*
> *Qui change en mèche fumeuse*
> *L'astre pur de la nature ? »*
> W. B. Yeats

J'AI LU QUELQUE PART qu'on ne sait jamais qui l'on est vraiment tant qu'on ne sait pas ce qu'on aime le plus. J'avais toujours aimé deux choses par-dessus tout, et de ces deux choses j'avais formé mon identité. Une partie de moi venait de ce que mon grand-père m'avait appris, s'articulait autour de son amour pour moi, de notre amour l'un pour l'autre, et de la vie que nous avions partagée. L'autre moitié de mon identité était liée à mon goût pour les histoires. J'étais devenue auteure, obsédée par le désir de gagner de l'argent, de voir mes livres parmi les meilleures ventes et d'imaginer mon prochain roman. J'avais perdu une identité en perdant mon grand-père, et voilà que j'avais perdu l'autre. Je n'étais plus Anne Gallagher, auteure de best-sellers. J'étais Anne Gallagher, née à Dublin, veuve de Declan, mère d'Eoin, amie de Thomas. J'avais endossé plusieurs identités qui n'étaient pas les miennes, et elles commençaient à me gêner aux entournures, même quand je faisais de mon mieux pour bien les porter.

Dans les semaines qui ont suivi notre voyage à Dublin, Thomas a gardé ses distances. Il m'évitait quand c'était possible, et me parlait avec une courtoisie hautaine le reste du temps. Il me traitait à nouveau comme l'Anne de Declan, alors même qu'il savait que je n'étais pas elle. Je lui avais révélé une vérité qu'il ne pouvait accepter, donc il me cantonnait à ce rôle en refusant de m'en accorder un autre. Parfois je le surprenais à m'observer, le visage endeuillé, comme si je me mourais d'une maladie incurable.

Thomas est reparti pour Dublin et a ramené à Garvagh Glebe un Robbie O'Toole convalescent. Il portait un bandeau sur son œil manquant, avait une cicatrice impressionnante sur le côté du crâne, et une faiblesse au côté gauche. Il se mouvait lentement, en jeune homme soudain vieilli, la contrebande et les embuscades contre les Tans étaient désormais derrière lui.

Personne ne parlait de Liam ou des fusils disparus, mais le poulain a fini par naître, effaçant tous nos mensonges. Par chance, le capitaine des Auxiliaires n'était pas non plus revenu à Garvagh Glebe, et tous les soupçons et accusations à mon endroit ont pu être mis de côté. Je dormais néanmoins avec un couteau sous mon oreiller, et j'ai demandé à Daniel O'Toole de fixer un verrou à la porte de ma chambre. Liam Gallagher ne me craignait peut-être plus, mais moi, je le craignais encore. Un jour viendrait où nous réglerions nos comptes, je n'en doutais pas. L'inquiétude me fatiguait et me dérobait mon sommeil.

Je ne cessais de penser au lough, je me voyais poussant une barque sur les vagues pour ne plus jamais revenir. Chaque jour je me promenais sur le rivage, en réfléchissant. Et chaque jour je m'en détournais, car je ne voulais rien tenter. Je ne voulais pas quitter Eoin. Quitter Thomas. Me quitter moi-même, cette nouvelle Anne. Je pleurais mon grand-père – l'homme, pas l'enfant. Je regrettais ma vie – ma vie d'auteure, pas de femme. Mais le choix était vite fait. Ici, j'aimais. Et en fin de compte, je désirais aimer plus que je ne désirais rentrer chez moi.

Les années à venir, les années qui s'écouleraient – les années déjà écoulées, pour moi – pesaient aussi sur moi. Je savais ce qui allait advenir de l'Irlande. Pas dans tous ses méandres et tous ses revirements, mais je connaissais les destinations. Les conflits. Les combats et le tumulte sans fin. Et je me demandais à quoi bon. Ces morts et ces souffrances. Il y avait un temps pour se battre, mais il y avait aussi un temps pour ne plus se battre. Le temps ne s'était pas montré particulièrement utile – pas pour l'Irlande – lorsqu'il s'agissait d'aplanir les difficultés.

Eoin était la lumière au bout du tunnel de plus en plus sombre qui se refermait sur moi. Mais même cette joie était obscurcie par la vérité. Je l'aimais, mais cela ne me donnait pas le droit de lui mentir. J'étais une imposture, et toute mon affection ne changerait rien à la réalité. Ma seule défense était que je n'avais aucune intention de nuire ou de tromper. J'étais victime des circonstances – improbables, impossibles, inévitables – et je ne pouvais qu'en tirer le meilleur parti.

Avec Eoin, nous avions rempli plusieurs livres d'expéditions et d'aventures dans des pays lointains. Thomas avait fait le lien entre mon aveu à Dublin et les histoires d'Eoin ; j'étais montée dans une barque sur le Lough Gill et je m'étais retrouvée dans un autre monde, exactement comme le petit garçon des contes. Thomas avait lu les mots puis m'avait regardée, un nuage noir apparaissant sur son visage à mesure qu'il comprenait. Après quoi il s'était mis à m'éviter, attendant que nous soyons couchés, Eoin et moi, pour ajouter ses illustrations aux pages.

Quand je n'étais pas en train d'inventer des histoires pour Eoin, je lui apprenais à lire l'heure, à lire et à écrire. Il était gaucher, comme moi. Ou bien j'étais gauchère comme lui. Je lui montrais comment tenir son crayon et former ses lettres en petites rangées bien propres, pour qu'il soit prêt le jour où il irait en classe, qui arriverait plus vite que nous ne l'aurions souhaité. Le dernier lundi de septembre, Thomas, Eoin et moi avons pris en silence le chemin de l'école. Eoin traînait les pieds, il n'était pas ravi de notre destination.

— Tu ne veux pas me faire la classe à la maison, Maman ? chouinait-il. J'aimerais tellement mieux ça.

— J'ai besoin de ta mère pour m'aider dans mes tournées, Eoin. Et tu vas te faire des amis. Ton père et moi, nous nous sommes rencontrés quand nous avions ton âge. Si tu avais tes cours à la maison, tu manquerais peut-être l'occasion de te faire un ami pour la vie.

Eoin semblait sceptique. Il avait déjà quelques bons amis et il pensait probablement qu'il pouvait les voir sans devoir aller à l'école. Et puis Thomas ne m'emmenait plus dans ses tournées depuis que nous étions revenus de Dublin ; il ne voulait plus être seul avec moi.

Constatant qu'Eoin n'était pas convaincu, Thomas a désigné un petit cottage entre les arbres d'une clairière, un cottage que j'avais déjà vu mais auquel je n'avais guère prêté attention. La bâtisse était clairement abandonnée, et le feuillage commençait à l'envahir.

— Tu vois cette maison, Eoin ?

Eoin a hoché la tête, mais Thomas a continué à avancer.

— Autrefois, une famille y vivait, une famille comme nous. Mais le mildiou de la pomme de terre est arrivé, et la famille a eu faim. Certains de ses membres sont morts. D'autres sont partis chercher du travail en Amérique afin de pouvoir manger. Il y a des maisons abandonnées dans toute l'Irlande. Tu dois aller à l'école pour savoir comment rendre l'Irlande meilleure, pour que les familles ne meurent plus. Pour que nos amis n'aient plus à partir.

— Ils n'avaient rien du tout à manger, Doc ?

— Il y avait de la nourriture, mais pas de pommes de terre.

Thomas gardait les yeux sur le paysage, comme s'il voyait encore la maladie qui avait ravagé le pays soixante-dix ans auparavant.

— Ils ne pouvaient rien manger d'autre ? s'est étonné Eoin.

J'aurais pu l'embrasser pour sa curiosité. Je ne connaissais pas vraiment la réponse, alors que j'étais censée pouvoir la lui donner. J'aurais dû mieux connaître ces histoires. Mes recherches s'étaient concentrées sur la guerre civile et pas sur les décennies qui avaient précédé. J'ai écouté attentivement les explications de Thomas, me retournant pour contempler le cottage qui tombait en ruines.

— Les pommes de terre refusaient de pousser. C'était une maladie qui touchait toute la récolte. Les gens avaient l'habitude de nourrir leur famille toute l'année avec les pommes de terre qu'ils cultivaient dans leur petit jardin. Quand il n'y avait pas de pommes de terre, ils n'avaient rien à manger à la place. La plupart des familles élevaient un cochon, mais sans pommes de terre, ils n'avaient pas d'épluchures à lui donner à manger. Donc les cochons mouraient, ou bien il fallait les tuer avant qu'ils ne deviennent trop maigres. Et ensuite les familles n'avaient plus rien.

« Les céréales poussaient encore dans les champs des propriétaires anglais, mais elles étaient vendues et envoyées hors d'Irlande. Les familles n'avaient pas d'argent pour acheter des céréales, ou pas assez de terre pour en cultiver elles-mêmes. Il y avait des vaches et des moutons, mais très peu de gens en possédaient. Les vaches et les moutons étaient engraissés avec les céréales, mais les animaux aussi étaient envoyés hors du pays. La viande et la laine étaient vendues à d'autres pays, et pendant ce temps les pauvres – c'est-à-dire la plupart des Irlandais – étaient de plus en plus affamés et de plus en plus désespérés.

— Les gens ne pouvaient pas en voler ? a proposé timidement Eoin. Si Nana avait faim, moi, je volerais à manger.

— C'est parce que tu aimes ta grand-mère et que tu ne voudrais pas la voir souffrir. Mais voler n'était pas une solution.

— Alors c'était quoi, la solution ? ai-je demandé doucement, comme si c'était un problème philosophique, un défi et non une vraie question.

Thomas m'a regardée tout en répondant, comme s'il voulait que je me rappelle, que je me passionne pour la cause qui avait enflammé la première Anne Gallagher.

— Depuis des siècles, les Irlandais sont dispersés aux quatre vents, en Tasmanie, aux Antilles, en Amérique, achetés et vendus, réduits en esclavage. La population irlandaise a été réduite de moitié par la servitude. Lors de la grande famine, un million de gens sont morts sur cette île. Ici, dans le comté de Leitrim, la famille de ma mère a survécu parce que le propriétaire a eu pitié de ses fermiers et a suspendu les loyers pendant le pire de la catastrophe. Ma grand-mère travaillait pour le propriétaire, comme domestique chez lui, et elle mangeait à la cuisine une fois par jour, puis rapportait les restes à ses frères et sœurs. La moitié de sa famille a émigré. Deux millions d'Irlandais ont émigré pendant la famine. Le gouvernement britannique ne s'en souciait guère. L'Angleterre n'est qu'à un jet de pierre. Il lui est assez facile de nous envoyer sa main-d'œuvre quand nous partons ou que nous mourons de faim. Nous étions vraiment remplaçables. Et nous le sommes toujours.

Thomas ne semblait pas amer, simplement triste.

— Alors on peut se battre contre les Anglais ? a demandé Eoin, excité par le côté sérieux de l'histoire, par ce drame déchirant.

— On apprend à lire. On réfléchit. On s'instruit. On devient meilleurs et plus forts, et ensemble nous disons : « Ça suffit. Vous ne pouvez pas nous traiter comme ça. »

— C'est pour ça que je vais à l'école.

— Oui. C'est pour ça.

L'émotion me submergeait et menaçait de se répandre par mes yeux, mais je luttais.

— Ton père voulait être instituteur, Eoin. Tu le savais ? Il sentait que c'était important. Mais il ne tenait pas en place. Et ta mère non plus, a ajouté Thomas, dont le regard cherchait le mien.

Je n'ai eu aucune réaction. Je n'avais jamais eu de mal à me tenir tranquille. Je pouvais rester immobile et rêver, mon esprit m'emmenait très loin, je sortais de mon corps pour un long voyage. Les différences entre l'autre Anne et moi s'accumulaient de jour en jour.

— Je veux être médecin comme toi, Doc.

Eoin tirait sur le bras de Thomas, en lançant des regards courageux par-dessous la visière de sa casquette.

— Tu seras médecin, Eoin. C'est exactement ce que tu seras. Tu seras l'un des meilleurs médecins au monde. Et les gens t'aimeront parce que tu es sage et bon, et que tu rends leur vie meilleure.

Pour le rassurer, j'avais retrouvé ma voix.

— Et je rendrai l'Irlande meilleure ?

— Tu rends l'Irlande meilleure pour moi. Tous les jours.

Je me suis agenouillée afin de pouvoir l'étreindre avant qu'il pénètre dans la cour de récréation. Il a jeté ses petits bras autour de moi et m'a serrée contre lui, embrassant ma joue avant de répéter l'opération avec Thomas. Puis nous l'avons regardé courir rejoindre les autres enfants, jetant sur le côté sa casquette et son cartable. Il nous a presque aussitôt oubliés.

— Pourquoi lui dites-vous des choses qui pourraient ne jamais se réaliser ? m'a demandé Thomas.

— Il sera médecin. Et il sera sage et bon. Il deviendra un homme merveilleux, ai-je répondu, à nouveau envahie par l'émotion.

— Ah, comtesse...

À ce mot d'affection, mon cœur a bondi. Thomas a fait demi-tour et a repris la route. Je l'ai suivi, non sans un dernier coup d'œil en direction de la petite école et des cheveux roux d'Eoin.

— Il n'est pas difficile de croire qu'il sera un tel homme. Il est le fils de Declan, après tout, a commenté Thomas.

— Il est plus votre fils que celui de Declan. Il a peut-être le sang de Declan, mais il a votre cœur et votre âme.

— Ne dites pas cela, a-t-il protesté, comme si cette idée était une trahison.

— C'est la vérité. Eoin vous ressemble tellement, Thomas. Ses petites manies, sa générosité, sa façon d'aborder les problèmes. Il les tient de vous.

Thomas a secoué la tête encore une fois, en signe de résistance, car sa loyauté exigeait qu'il nie tout mérite.

— Avez-vous oublié comment était Declan, Anne ? Il était la lumière incarnée. Tout comme Eoin.

— Je ne peux pas oublier ce que je n'ai jamais su, Thomas.

Je l'ai senti tressaillir, et j'ai ravalé ma contrariété. Pendant plusieurs minutes nous avons cheminé en silence. Il gardait les mains dans les poches, les yeux au sol. J'avais les bras croisés et je regardais droit devant moi, mais j'étais consciente de chacun de ses pas, de chaque mot qu'il voulait prononcer. Il a fini par prendre la parole, qui a cédé comme un barrage sous la pression de l'eau.

— Vous dites que vous ne pouvez oublier ce que vous n'avez jamais su. Mais vous êtes bien irlandaise, Anne. Vous avez le rire d'Anne Gallagher. Vous avez son courage. Vous avez ses cheveux noirs frisés et ses yeux verts. Vous parlez la langue de l'Irlande, vous connaissez les légendes et les histoires de son peuple. Donc vous aurez beau me dire que vous êtes quelqu'un d'autre, moi, je sais qui vous êtes.

Je voyais le lac à travers les arbres. Le ciel s'était obscurci et chargé de pluie, pourchassant les nuages jusqu'à ce qu'ils se réfugient au-dessus de l'eau, pris entre les vagues et le vent. Un picotement dans les yeux, la poitrine oppressée, je me suis détournée de Thomas et je suis partie vers le lough. L'herbe murmurait ses mots, *« moi, je sais qui vous êtes »*.

— Anne, attendez.

J'ai pivoté sur mes talons.

— Je lui ressemble absolument, je le sais ! J'ai vu les images. Nous sommes presque identiques. Ses vêtements me vont, et ses chaussures aussi. Mais nous sommes deux personnes différentes, Thomas. Vous devez bien vous en rendre compte.

Il s'est mis à nier, et à nier encore.

— Regardez-moi ! Je sais que c'est difficile à croire. Je n'y crois pas la moitié du temps. J'essaye de me réveiller. Mais d'un autre côté, j'ai peur de me réveiller parce qu'à ce moment-là vous disparaîtrez. Eoin disparaîtra. Et je serai à nouveau seule.

— Pourquoi faites-vous cela ? a-t-il gémi, les yeux fermés.

— Pourquoi refusez-vous de me regarder ? Pourquoi refusez-vous de me voir ?

Thomas a levé la tête pour m'étudier. Nous marchions dans l'herbe sur le bord de la route, nos regards s'affrontaient, nos volontés se heurtaient. Puis il a poussé un profond soupir, s'est passé les mains dans les cheveux, est parti puis est revenu vers moi, plus près qu'auparavant, comme s'il voulait m'embrasser, me secouer, m'obliger à céder.

Je ressentais les mêmes choses.

— Vos yeux sont différents de ce que je me rappelle, ils sont d'un vert différent. Le vert de la mer au lieu du vert de l'herbe. Et vos dents sont plus droites.

Mon arrière-grand-mère n'avait pas connu le luxe de l'orthodontie hors de prix. Thomas a regardé ma bouche et a dégluti. Il a touché ma lèvre supérieure avant de retirer aussitôt sa main. Lorsqu'il s'est remis à parler, il avait une voix plus douce, pleine de réticence, comme s'il devait procéder à un aveu douloureux.

— L'Anne de Declan avait un écart entre les dents de devant. J'ai remarqué, quand vous vous brossiez les dents, que vous n'avez pas ce trou par lequel vous siffliez autrefois. Vous prétendiez que c'était votre seul don pour la musique.

J'ai éclaté de rire, libérant un peu de la fureur qui montait en moi.

— Je suis parfaitement incapable de siffler entre mes dents.

J'ai haussé les épaules comme si cela n'avait pas vraiment d'importance. Mais cela en avait tellement que je pouvais à peine respirer.

— Vous avez le même rire. Le rire d'Eoin, a continué Thomas. Mais vous avez aussi le sérieux de Declan. C'est étrange, je vous assure. Comme s'ils revenaient tous deux… en vous.

— Mais c'est bien le cas, Thomas. Ne comprenez-vous pas ?

Son visage a frémi d'émotion, et il a une fois de plus secoué la tête, comme si c'en était trop, trop difficile à croire, pour qu'il sache par où appréhender la question. Toutefois il a poursuivi, tout bas, parlant presque pour lui-même.

— Vous ressemblez assez à l'Anne d'avant pour que personne ne doute que vous êtes elle. Mais elle était… beaucoup plus… dure.

Il s'est fixé sur ce mot à défaut d'en trouver un meilleur, mais j'ai rué dans les brancards, sentant le rouge me monter aux joues.

— Je ne suis pas une chiffe molle.

— Ah ouais ?

Un sourire a transformé sa bouche, l'humour chassant la tension de son visage.

L'indignation bouillonnait dans ma gorge. Se moquait-il de moi ?

— Je ne parle pas de vos qualités physiques, Anne. L'Anne d'autrefois était tranchante. Elle n'avait pas votre douceur. Elle était... intense. Véhémente. Passionnée et, pour être franc, un peu pénible. Peut-être se sentait-elle obligée de l'être. Mais votre douceur est belle. Vos yeux, vos cheveux sont doux. Votre voix est douce, votre sourire est doux et chaleureux. N'en ayez pas honte. Il ne reste guère de douceur en Irlande. C'est l'une des raisons pour lesquelles Eoin vous aime tant.

Ma colère est retombée, et des sentiments tout autres sont venus gonfler ma poitrine.

— Vous êtes douée, vous savez. Votre accent. Vous parlez vraiment comme si vous étiez des nôtres. On croirait la même Anne. Mais vous vous trompez parfois. Vous oubliez... Et alors vous vous exprimez comme celle que vous prétendez être.

— Celle que je prétends être... (J'avais espéré, un instant, que nous avions dépassé le stade de l'incrédulité. Mais peut-être pas.) Que vous le croyiez ou non n'y change rien, Thomas. Il faut que vous fassiez comme si j'étais celle que je dis être. En êtes-vous capable ? Peu importe que vous me croyiez ou non, que vous me pensiez menteuse, dérangée ou malade : je sais des choses qui n'ont pas encore eu lieu, et je ne sais pas la moitié des choses que, selon vous, je devrais connaître. Je ne suis pas Anne Finnegan Gallagher. Et vous le savez. Au fond de vous, vous le savez. Je ne connais pas le nom de vos voisins ou des commerçants en ville. Je ne sais ni comment me coiffer ni comment porter ces bas abominables, je ne sais ni cuisiner ni coudre, et personne ne voudrait de moi dans *Lord of the Dance* !

J'ai relevé ma jupe et fait claquer mon porte-jarretelles contre ma cuisse.

Thomas est resté muet un long moment, à réfléchir tout en m'observant. Puis ses lèvres se sont à nouveau déformées, et il s'est mis à rire, sa main voltigeant devant sa bouche comme s'il voulait s'arrêter mais n'y parvenait pas.

— Qu'est-ce que c'est donc que *Lord of the Dance* ?

— Un spectacle de danse irlandaise. De mon époque.

Les bras raides, j'ai essayé de danser la gigue et de faire des claquettes, mais mon imitation était assez mauvaise.

— C'est ça, *Lord of the Dance* ? a-t-il gloussé.

Il s'est mis à lancer les talons en l'air lui aussi, en exécutant des pas de danse, les mains sur les hanches, riant alors que j'essayais de le copier, ce dont j'étais incapable. Il était merveilleux, exubérant, il dansait sur l'allée menant à la maison comme s'il entendait des violons dans sa tête. Ce n'était plus le médecin morose, le sceptique Thomas, et tandis que le tonnerre craquait et que la pluie commençait à tomber autour de nous, nous étions comme revenus à Dublin, à l'orage et au rocking-chair, à cette intimité que j'avais anéantie par des vérités impossibles.

***

Nous ne sommes pas entrés dans la maison. Brigid y était, ainsi qu'au moins quatre des O'Toole. Thomas m'a entraînée dans la grange, vers le parfum du foin propre, parmi les hennissements de la jument et de son petit poulain. Il a poussé le verrou de la porte, m'a plaquée contre le mur et a posé sa bouche contre mon oreille.

— Si vous êtes folle, je suis fou moi aussi. Je serai Tom le vieux fou et vous serez Crazy Jane.

Ses références à Yeats m'ont fait sourire, mais mon cœur battait la chamade. Mes doigts se sont glissés sous sa chemise.

— La vérité, c'est que je me sens dingue. Depuis un mois, je deviens fou à petit feu. (Il haletait, son souffle soulevait mes cheveux et me chatouillait l'oreille.) Je ne sais plus ce qu'il faut faire ou ne pas faire. Je ne vois pas au-delà de demain ou de la semaine prochaine. Je reste en partie convaincu que vous êtes l'Anne de Declan, et ce que j'éprouve me paraît en partie condamnable.

— Je ne suis pas l'Anne de Declan ! ai-je protesté.

Mais il a continué, les mots se répandaient par ses lèvres, ses lèvres si proches que j'ai détourné mon visage pour qu'elles me caressent la joue.

— Je n'arrive pas à imaginer où vous irez, ni où vous êtes allée. Mais j'ai peur pour vous, je suis terrifié pour moi et pour Eoin. Donc si vous me dites d'arrêter, Anne, je le ferai. Je ferai machine arrière, et je tâcherai d'être ce dont vous avez besoin. Et quand… Et si vous partez, je réussirai à tout expliquer à Eoin.

J'ai appuyé ma bouche contre sa gorge et j'ai aspiré la peau lisse entre mes lèvres, car je voulais le marquer, absorber cette pulsation que je sentais sous son oreille. Je sentais le martèlement de son cœur sous mes mains pressant sa poitrine, et quelque chose en moi s'est cristallisé, comme si à cet instant un choix avait été fait, comme si j'étais entrée dans un passé qui serait mon avenir.

Puis j'ai eu sa bouche sur la mienne, ses mains saisissant mon visage avec une énergie qui a fait se cogner ma tête contre le mur ; je me dressais sur la pointe des pieds pour mieux faire coïncider mon corps avec le sien.

Pendant de longs moments se sont rencontrées deux bouches qui réapprenaient à danser, deux langues qui exploraient des recoins cachés, la ferveur silencieuse succédant à la frénésie. Ses lèvres ont quitté les miennes pour se nicher à la base de ma gorge ; sa joue a glissé sur l'encolure de mon chemisier, puis il s'est agenouillé, ses mains empoignant mes hanches comme elles avaient tenu mon visage quelques instants auparavant, pour exiger mon attention. Il est resté à genoux, son visage contre la partie la plus intime de mon corps, couvrant mes vêtements de baisers, créant une chaleur en moi qui invoquait, réclamait, appelait son ardeur.

J'ai émis un son qui devait retentir dans ma tête longtemps après, un cri qui implorait la permanence ou l'achèvement, il m'a attirée à terre, ses mains escaladant mes hanches, enveloppant mes côtes jusqu'à ce que je sois couchée sous lui. Il a réuni mes jupes dans ses mains tandis que je serrais les poings dans les vagues ébouriffées de ses cheveux et que je menais sa langue à la mienne, la chaleur se propageant de mon ventre vers nos deux bouches collées et nos deux souffles mêlés.

Puis il s'est mis à aller et venir contre moi, comme les vagues lapant les rives du Lough Gill, d'un mouvement opiniâtre mais sans rudesse, avançant, reculant et revenant jusqu'à ce que je ne sente plus que le va-et-vient fluide et langoureux. Ma bouche ne savait plus embrasser, mon cœur ne savait plus battre, mes poumons ne savaient plus pourquoi respirer. Thomas, lui, n'avait rien oublié, il me soulevait contre lui et en lui, il insufflait la vie dans mes baisers, il incitait mon cœur à adopter le rythme du sien. Il a rappelé à mes lèvres comment former son nom, il m'a caressé les cheveux, et son corps s'est apaisé tandis que la vague reculait et me laissait hors d'haleine, me rappelant tout ce que j'avais oublié.

1ᵉʳ octobre 1921

Je me suis souvent demandé si nous autres Irlandais serions ce que nous sommes si les Anglais s'étaient simplement montrés moins inhumains. S'ils s'étaient montrés raisonnables. S'ils nous avaient laissés nous épanouir. Nous avons été privés de tous les droits et n'avons appris que la dérision. Ils nous ont traités comme des animaux, mais nous n'avons pas capitulé. Depuis l'époque de Cromwell, nous sommes sous la botte anglaise, et pourtant nous sommes encore irlandais. Notre langue était interdite, et pourtant nous la parlons. Notre religion était écrasée partout, et pourtant nous la pratiquons. Quand le reste du monde s'est transformé, a renoncé au catholicisme au profit d'une nouvelle école de pensée et de science, nous avons persisté. Pourquoi ? Parce que si nous avions cédé, cela aurait voulu dire que les Anglais avaient gagné. Nous sommes catholiques parce qu'ils nous ont dit que nous ne le pouvions pas. Ce que vous essayez de prendre à un homme, il le voudra d'autant plus. Ce que vous lui dites qu'il ne peut pas avoir, il le désirera à tout prix. La seule rébellion que nous ayons est notre identité.

L'identité d'Anne est une forme de rébellion, et elle refuse d'y renoncer. Pendant un mois je n'ai cessé de m'opposer à mon cœur, à ma tête, à elle, même si je ne disais presque rien. En silence je suppliais, je plaidais, je cajolais, je persuadais, mais elle restait inflexible, persistant dans son absurdité.

J'ai dit à mon cœur qu'elle était hors de portée, et le dissident irlandais dont le sang coule dans mes veines s'est dressé pour affirmer qu'elle était à moi. À l'instant où je me suis rendu, où j'ai accepté l'impossible, le destin a une fois encore essayé de me la prendre. Ou bien le sort a simplement retiré le voile que j'avais devant les yeux.

Anne jouait avec Eoin au bord du lac, elle courait à travers les vagues paresseuses, ses jupes retroussées d'une manière qui aurait choqué Brigid si elle était allée elle-même les appeler pour le dîner. Je me suis approché, je voulais seulement l'observer un instant, apercevoir la blancheur de ses jambes contre l'arrière-plan gris-vert du lough. Elle causait à mon cœur la meilleure des souffrances, et je la regardais danser avec Eoin, rire dans les derniers rayons du soleil, ses boucles tombant sur ses épaules et ses jambes projetant l'eau autour d'elle. Puis Eoin, qui serrait dans ses bras le ballon rouge que les O'Toole lui ont offert pour son anniversaire, a trébuché, il s'est éraflé les genoux sur les galets et a perdu sa balle. Anne l'a aidé à se remettre debout tandis que je me précipitais vers le ponton, ma rêverie brisée par les larmes de l'enfant. Mais Eoin s'inquiétait moins pour ses égratignures que pour son ballon qui s'en allait sur l'eau. Comme il pleurait en le montrant du doigt, Anne a couru récupérer l'objet avant qu'il ne soit hors d'atteinte.

Elle s'est avancée dans le lough, levant haut les genoux, retenant ses jupes. La balle fuyait toujours. Anne est allée un peu plus loin. J'ai foncé, plein d'une terreur irrationnelle, lui criant de renoncer. Lâchant ses jupes, elle s'est jetée en avant, dans l'eau jusqu'à la taille, marchant toujours vers la sphère rouge qui flottait à la surface.

J'étais trop loin. Je courais sur le rivage, je lui ai hurlé de revenir, et pendant un moment son image a vacillé comme un mirage sur le lough, comme si je regardais à travers une vitre, le blanc de sa robe devenant une nappe de brume, le noir de ses cheveux devenant l'ombre du soir.

Eoin s'est mis à crier.

Ses cris retentissaient dans ma tête tandis que je pataugeais vers la silhouette d'Anne qui s'estompait dans le lointain, je la suppliais de faire demi-tour, de ne plus bouger. Le ballon rouge continuait à scintiller comme le soleil à l'horizon, et je me suis élancé dans l'eau, j'ai nagé jusqu'à l'endroit où elle se trouvait, jusqu'à la pâle esquisse d'Anne encore visible. Mes bras n'ont rien saisi. J'ai rugi son nom et j'ai replongé, sans me laisser décourager. Mes doigts ont effleuré un morceau de tissu. J'ai serré le poing pour ramener vers moi les plis d'étoffe comme si mon salut en dépendait, peu à peu, jusqu'à ce que mes mains soient pleines de la robe d'Anne.

Je ne voyais plus le rivage, je ne distinguais plus l'eau du ciel. J'étais pris entre maintenant et jadis, mes pieds sur le sable meuble, et j'étais totalement enveloppé dans la blancheur. Je sentais le corps d'Anne, la ligne de son dos et la longueur de ses jambes, mais je ne la voyais pas. J'ai enlacé sa forme, refusant de renoncer à elle, et je suis reparti vers les cris d'Eoin, sirène dans le brouillard, pour lui ramener sa mère. Puis je l'ai entendue prononcer mon nom, un murmure dans la brume ; alors que la blancheur commençait à se dissiper, le rivage est apparu, et Anne est devenue entière dans mes bras. Je tenais son corps bien haut contre ma poitrine, pour l'arracher à l'eau et aux mains du temps qui voulaient la reprendre. Quand nous nous sommes écroulés sur les galets, enlacés, Eoin s'est laissé tomber sur le berceau que formaient nos deux corps, s'accrochant à Anne qui s'accrochait à moi.

— Où étais-tu, Maman ? Tu m'as laissé tout seul ! Et Doc aussi !

— Chut, Eoin. Tout va bien. Nous sommes là.

Tout en cherchant à le rassurer, Anne n'a pas démenti ce que l'enfant avait vu.

Nous n'étions qu'une masse pantelante, de membres, de vêtements, de phrases rassurantes. Nos cœurs ont fini par s'apaiser, nous sommes revenus à la réalité. Eoin s'est redressé, sa peur déjà oubliée, et il a montré du doigt l'innocent ballon rouge qui était revenu sur le rivage.

Tout content, il s'est détaché de nous, nous a libérés de son étreinte et de ses questions sans réponse. Il est parti, ramassant sa balle et se dirigeant vers le ponton. Brigid s'était lassée d'attendre et nous appelait depuis les arbres qui séparent la maison du lac. Mais elle devrait encore patienter un peu.

— Vous étiez là, vous entriez dans l'eau…, ai-je chuchoté. Et tout à coup vous êtes devenue moins nette, comme un reflet dans un verre épais, et j'ai su que vous alliez disparaître. Vous alliez partir, et je ne vous aurais plus jamais revue.

J'en étais venu à admettre l'impossible. J'avais rejoint la rébellion d'Anne.

Anne a levé son visage pâle et solennel, et ses yeux ont rencontré les miens dans le crépuscule. Elle a scruté mon regard pour y discerner l'éclat radieux du converti, et j'ai entrepris de déclarer mon nouveau credo.

— Vous n'êtes pas réellement Anne Finnegan, n'est-ce pas ?

Anne a secoué la tête, sans détacher son regard du mien.

— Non, Thomas. Non, je ne suis pas elle. Anne Finnegan Gallagher était mon arrière-grand-mère, et je suis très loin de chez moi.

— Mon Dieu, je suis désolé.

Ma bouche a effleuré son front et ses joues, suivant les gouttelettes qui mouillaient encore sa peau et descendaient vers ses lèvres. Puis je l'ai embrassée doucement, chastement, de peur de la briser, cette poupée de papier qui risquait de se désintégrer dans le lough.

T. S.

17

Une beauté terrible est née

> *Il a renoncé à son rôle*
> *Dans la comédie ordinaire ;*
> *Il s'est transformé lui aussi,*
> *Entièrement transfiguré :*
> *Une beauté terrible est née.*
> W. B. Yeats

COMME LE SOLEIL surgissant entre les nuages, tout a changé dès le moment où il a cru ce que je disais. L'orage s'est éloigné, les ténèbres se sont levées, et j'ai pu repousser les couches successives derrière lesquelles je me cachais, réchauffée par sa soudaine acceptation.

Thomas s'était affranchi lui aussi, libéré par ses propres yeux, et il a commencé à porter avec moi le poids de mes secrets, endossant le fardeau sans se plaindre. Il avait un million de questions mais pas le moindre doute. La plupart des nuits, quand la maison était silencieuse, il se faufilait dans ma chambre, se glissait dans mon lit, et nous parlions tout bas de choses impossibles, en nous tenant par les mains.

— Vous dites que vous êtes née en 1970. Quel mois ? Quel jour ?

— Le 20 octobre. Je vais avoir trente et un ans. Cependant... Je ne peux pas vieillir puisque je n'existe même pas encore.

J'ai souri et remué les sourcils.

— C'est après-demain, Anne, a-t-il grondé. M'auriez-vous dit que c'était votre anniversaire ?

J'ai haussé les épaules. Ce n'était pas une chose que j'aurais annoncée. Après tout, Brigid devait connaître l'anniversaire de la « véritable » Anne, qui ne coïncidait sans doute pas avec le mien.

— Vous êtes plus âgée que moi, a-t-il dit d'un air moqueur, comme si mon grand âge était ma punition pour lui avoir dissimulé l'information.

— Vraiment ?

— Oui. J'aurai trente et un ans le jour de Noël.

— Vous êtes né en 1890, et moi en 1970. Vous êtes mon aîné de quatre-vingts ans, *vieux père*, l'ai-je taquiné.

— Je suis sur Terre depuis deux mois de moins que vous, comtesse. Vous êtes l'aînée.

J'ai ri en secouant la tête, et il s'est redressé sur le coude pour me dévisager.

— Que faisiez-vous en 2001 ?

Il prononçait « 2001 » avec soin, d'un air intimidé, comme s'il ne pouvait croire qu'une telle date existerait un jour.

— Je racontais des histoires. J'écrivais des livres.

— Oui. Bien sûr. Naturellement. (Son émerveillement me faisait sourire.) J'aurais dû deviner. Quel genre de récits écriviez-vous ?

— Mes livres parlaient d'amour. De magie. Du passé.
— Et maintenant vous vivez cela.
— L'amour ou la magie ?
— Le passé, a-t-il murmuré.

Son regard était brillant et chaud, il s'est penché vers mon visage et m'a embrassée doucement avant de se reculer. Nous avions découvert que les baisers interrompaient trop la conversation, et nous avions tous deux aussi faim de cet échange de mots que nous avions faim l'un de l'autre. Les mots donnaient plus de sens aux baisers lorsque nous y revenions finalement.

— Qu'est-ce qui vous manque le plus ?

Son souffle chatouillait mes lèvres, mon ventre en frissonnait et mes seins appelaient ses caresses.

— La musique. C'est la musique qui me manque le plus. J'écrivais en écoutant de la musique classique. C'est le seul fond sonore qui s'harmonise avec les sentiments que je décris. Et qui n'est jamais gênant. Mes livres parlent d'émotion. Sans émotion, il n'y a pas de magie.

— Comment pouviez-vous écrire en musique ? Vous connaissez beaucoup de musiciens ?

— Non ! Je n'en connais aucun. La musique peut facilement être enregistrée et reproduite, et vous pouvez en écouter quand vous voulez.

— Comme sur un phonographe ?

— Oui, comme sur un phonographe. Mais de bien meilleure qualité.

— Quels compositeurs ?

— Claude Debussy, Erik Satie et Maurice Ravel sont mes préférés.

— Ah, vous aimez les Français !

— Non. J'aime le piano. L'époque. Leur musique était belle, et d'une simplicité trompeuse.

— Quoi d'autre ?

— La mode me manque. Elle est tellement plus confortable. Surtout les sous-vêtements.

Il s'est tu dans le noir, et je me suis demandé si je l'avais embarrassé. Il me surprenait régulièrement. Il était passionné mais discret, ardent mais réservé. Je ne savais pas si cela tenait à sa personnalité ou simplement à son temps, quand un certain respect du décorum était encore de rigueur.

— Vos habits sont aussi beaucoup plus courts, a-t-il murmuré après s'être éclairci la gorge.

— Vous l'avez remarqué ?

Je commençais à nouveau à avoir envie de lui.

— J'ai essayé de rester courtois. Vos habits, vos oreilles percées et mille autres petites choses étaient faciles à oublier ou à expliquer quand votre présence même était tellement incroyable.

— Nous croyons ce qui semble le plus sensé. Ma véritable identité a quelque chose d'insensé.

— Racontez-moi d'autres choses. À quoi ressemblera le monde dans quatre-vingts ans ?

— Le monde est beaucoup plus facile à vivre, mais beaucoup plus rapide aussi. On s'y déplace très vite, ce qui le rend beaucoup plus petit. L'information se diffuse très facilement. Au siècle suivant, la science et l'innovation ont progressé à toute allure. Les avancées de la médecine sont stupéfiantes : vous seriez aux anges, Thomas. Les découvertes permises par les vaccins et les antibiotiques sont presque aussi miraculeuses que le voyage dans le temps. Presque.

— Mais les gens lisent encore.

— Oui. Heureusement. Ils lisent encore des livres. « Aucune frégate ne vaut un livre pour nous emmener à l'autre bout du monde », ai-je cité.

— Emily Dickinson.
— Elle est l'un de mes poètes préférés.
— Vous aimez beaucoup Yeats, aussi.
— J'aime Yeats par-dessus tout. Vous pensez que je pourrais le rencontrer ?

Je ne plaisantais qu'à moitié. Si j'avais pu rencontrer Michael Collins, je pourrais certainement rencontrer William Butler Yeats, l'homme dont les mots m'avaient donné envie de devenir écrivain.

— Cela devrait pouvoir s'arranger, a murmuré Thomas.

Le clair de lune projetait dans ma chambre une lueur qui adoucissait l'expression de son visage sans la dissimuler. Il plissait le front, et j'ai passé un doigt sur le petit sillon creusé entre ses yeux, pour l'encourager à libérer la pensée préoccupante qui était perchée là-haut.

— Y a-t-il quelqu'un qui vous attend, Anne ? Quelqu'un en Amérique qui vous aime plus que tout ? Un homme ?

Ah. C'est donc cela qu'il craignait. J'ai secoué la tête avant même que les mots ne quittent mes lèvres.

— Non. Il n'y a personne. J'étais peut-être trop ambitieuse. Trop focalisée sur moi-même. Mais je n'ai pu accorder à quiconque l'énergie et la concentration que je consacrais à mon travail. L'être qui m'aimait le plus au monde n'existe plus en 2001. Il est ici.

— Eoin.
— Oui.
— C'est peut-être ce qu'il y a de plus difficile à imaginer... Mon petit garçon, devenu grand, loin d'ici. (Il a soupiré.) Je n'aime pas y penser.

— Avant de mourir, il m'a confié qu'il vous avait aimé presque autant qu'il m'aimait. Que vous aviez été comme un père pour lui, sans que je l'aie jamais su. Il vous avait gardé comme un secret, Thomas. Je ne savais rien de vous avant cette dernière nuit. Il m'a montré des images de vous et de moi. Je n'ai pas compris. J'ai cru que ces photos étaient celles de mon arrière-grand-mère. Il m'a aussi donné un livre. Votre journal. J'ai lu les premières pages. J'ai lu ce qui concernait l'Insurrection. Declan et Anne. Comment vous aviez tenté de la retrouver. Je regrette à présent de n'avoir pas tout lu.

— Il vaut peut-être mieux que vous ne l'ayez pas lu.
— Pourquoi ?
— Parce que vous sauriez des choses que je n'ai pas encore écrites. Des choses qui restent à découvrir. Des chemins qu'il vaut mieux ne pas connaître.
— Votre journal se terminait en 1922. Je ne me rappelle pas la date exacte. Le livre était rempli, jusqu'à la dernière page.

J'ai tout avoué en hâte. C'était une chose qui me tracassait... cette date. La fin du journal semblait être la fin de notre histoire.

— Alors il y aura un autre volume. Je tiens mon journal depuis que je suis petit garçon. J'en ai toute une étagère. Autant de lectures fascinantes ! a-t-il ironisé.
— Mais vous avez donné celui-là à Eoin. C'est le seul qu'il avait.
— Ou bien c'est le seul que vous deviez lire, Anne.
— Mais je ne l'ai pas lu. Pas en entier. Loin de là. Je n'ai rien lu au-delà de 1918.
— Alors c'est peut-être celui qu'Eoin devait lire.
— Quand j'étais plus jeune, je suppliais Eoin de m'emmener en Irlande. Il ne voulait pas. Il prétendait que c'était dangereux.

Penser à mon grand-père était douloureux. Sa perte revenait me briser le cœur. Jailli de nulle part, son souvenir passait sur la pointe des pieds, me rappelait qu'il était mort et que je ne le retrouverais jamais. Du moins… pas tel qu'il était, pas tels que nous étions.

— Pouvez-vous le lui reprocher, Anne ? Ce petit garçon vous a vue disparaître dans le lough.

Nous sommes restés muets, et le souvenir de ce blanc entre deux lieux nous a poussés à nous rapprocher, à nous étreindre inconsciemment. J'ai posé la tête sur sa poitrine, ses bras m'ont enlacée.

— Serai-je comme Oisín ? Vais-je vous perdre comme il a perdu Niamh ? Vais-je tenter de retourner à mon ancienne vie pour m'apercevoir que c'est impossible, que trois cents ans se sont écoulés ? Mon ancienne vie est peut-être déjà finie – mes histoires, mon travail. Tout ce que j'ai accompli. Je me suis peut-être volatilisée.

— Volatilisée ?

— Nous finissons tous par disparaître, emportés par le temps.

— Avez-vous envie de repartir, Anne ?

Thomas parlait sans agressivité, mais je sentais la pression dans le poids de ses bras.

— Pensez-vous que j'aie le choix, Thomas ? Je n'ai pas choisi de venir. Pourquoi pourrais-je choisir de partir ?

Ma voix était devenue craintive, étouffée ; je ne voulais pas réveiller le temps ou le destin avec mes réflexions.

— N'allez pas dans le lough, a-t-il supplié. Si vous vous tenez à l'écart du lough… votre vie pourrait être ici, Anne. Si vous le voulez, votre vie pourrait être ici.

J'entendais la tension dans sa voix, sa réticence à me demander de rester, même si j'étais sûre que c'était ce qu'il voulait.

— L'une des meilleures choses dans le métier d'écrivain, de conteur, c'est qu'on peut l'exercer n'importe quand et n'importe où. Il me faut juste du papier et un crayon.

— Ah, fillette ! (Il protestait contre ma capitulation, alors même que son cœur frémissait contre ma joue.) Je vous aime, Annie de Manhattan. Je vous aime et j'ai peur que cet amour ne nous apporte que de la souffrance, mais cela ne change rien à la vérité, n'est-ce pas ?

— Et moi, je vous aime, Tommy de Dromahair.

Je ne voulais parler ni de souffrance ni de pénibles vérités.

Le rire a résonné dans sa poitrine.

— Tommy de Dromahair. Voilà ce que je suis. Et je ne serai jamais rien d'autre.

— Niamh était une sotte, Thomas. Elle aurait dû dire à ce pauvre Oisín ce qui allait arriver s'il posait le pied sur le sol irlandais.

Il a levé les mains jusqu'à mes cheveux et a entrepris de dénouer ma natte. Je me suis retenue de ronronner pendant qu'il séparait les mèches et les déployait sur mes épaules.

— Elle voulait peut-être qu'il choisisse, a suggéré Thomas.

Alors j'ai su qu'il voulait que j'en fasse autant, sans faire pression sur moi.

— Elle aurait peut-être dû lui expliquer ce qui était en jeu, pour qu'il puisse faire son choix !

J'ai frotté mes lèvres contre sa gorge. La respiration de Thomas s'est arrêtée, et j'ai répété mon geste, jouissant de sa réaction.

— Nous discutons d'un conte de fées, comtesse, a-t-il murmuré, mes cheveux serrés dans ses doigts.

— Non, Thomas. Nous en vivons un.

Tout à coup, il a fait rouler mon corps sous le sien, et le conte de fées a pris une vie nouvelle, accompagnée d'un émerveillement nouveau. Thomas m'a embrassée jusqu'à ce que je m'élève et que je flotte toujours plus haut, avant de dériver toujours plus bas, m'enfonçant en lui alors qu'il accueillait mon retour.

— Thomas ? ai-je gémi tout contre sa bouche.
— Oui ?

Son corps palpitait entre mes mains.

— Je veux rester.
— Anne, s'il vous plaît, ne partez pas.

***

Le 20 octobre 1921 était un jeudi, et Thomas a rapporté des cadeaux : un phonographe à manivelle et plusieurs disques de musique classique, un long manteau pour remplacer celui que j'avais perdu à Dublin, et un volume de poèmes de Yeats récemment paru, tout juste sorti de chez l'imprimeur. Il a déposé le tout dans ma chambre sans rien dire, craignant probablement que sa générosité ne me mette mal à l'aise, mais il a ordonné à Eleanor de préparer un gâteau aux pommes avec de la crème à la vanille et a invité les O'Toole à dîner, pour faire de ce repas une fête. Brigid avait manifestement oublié l'anniversaire de sa belle-fille, et elle n'a pas du tout renâclé quand Thomas a tenu à fêter l'événement.

Eoin était plus excité pour moi qu'il ne l'avait été pour son propre anniversaire, et il a demandé si Thomas allait me tenir la tête en bas pour m'administrer mes « bosses d'anniversaire » en me faisant percuter le sol autant de fois que j'avais vécu d'années, et une de plus pour l'année à venir. Thomas a répondu en riant que les bosses d'anniversaire, c'était pour les petits gars et les fillettes, et Brigid a réprimandé l'enfant pour son impertinence. J'ai proposé à Eoin de me donner trente et un baisers et de me serrer dans ses bras pour l'année à venir, et il a grimpé sur mes genoux pour s'exécuter.

Les O'Toole n'avaient pas apporté de cadeaux, heureusement, mais chacun m'a donné sa bénédiction à tour de rôle, une fois le repas terminé, en levant son verre bien haut.

— Que vous viviez cent ans, et une année de plus pour vous repentir, a plaisanté Daniel O'Toole.

— Que les anges s'attardent à votre porte. Qu'ils vous offrent moins de soucis et plus de bienfaits, a ajouté Maggie.

— Que votre visage reste toujours beau et que votre cul ne soit jamais gros !

C'était la bénédiction de Robbie, qui n'avait pas encore retrouvé le sens des convenances. J'ai ri dans le mouchoir où Brigid avait brodé la lettre A, et une nouvelle bénédiction m'a rapidement été octroyée par un autre membre de la famille. Ma préférée est celle que m'a offerte la jeune Maeve : que je puisse vieillir en Irlande.

Mes yeux ont trouvé ceux de Thomas, mes bras ont serré Eoin, et j'ai prié en silence pour que ce vœu se réalise, avec l'aide du vent et de l'eau.

— À ton tour, Doc ! s'est écrié Eoin. C'est quoi, ta bénédiction d'anniversaire ?

Thomas a changé de position, gêné, et une légère rougeur apparut sur ses joues.

— Anne aime le poète William Butler Yeats. Donc peut-être qu'au lieu d'une bénédiction, je vais réciter un de ses poèmes pour distraire nos invités. Un parfait poème d'anniversaire, qui s'intitule « Quand tu seras bien vieille ».

Tout le monde a gloussé, et Eoin a eu l'air perplexe.

— Tu es vieille, Maman ?

— Non, mon petit chéri. Je suis sans âge.

Tout le monde a ri à nouveau, puis Thomas s'est levé, les mains dans les poches, les épaules un peu voûtées, et il a commencé.

— *Quand tu seras bien vieille, et grise, et fatiguée...*

Tout le monde a ricané une fois encore quand Thomas a prononcé les mots « vieille et grise », mais je connaissais bien le poème, j'en connaissais chaque vers, et mon cœur s'était liquéfié dans ma poitrine.

Par-dessus les rires, il a répété :

— *Quand tu seras bien vieille, et grise, et fatiguée,*
Près du feu somnolant, tu ouvriras ce livre,
Le liras lentement, rêvant au doux regard
Qu'avaient jadis tes yeux, à leurs ombres profondes ;
À tous ceux qui aimaient tes chers instants de grâce,
Ta riante beauté d'un amour vrai ou faux,
Mais un seul homme aima ton âme vagabonde,
Il aima les chagrins de ta face changeante.

Le silence s'était fait, et les lèvres de Maggie tremblaient, ses yeux brillant d'un souvenir précieux. C'était le genre de poème grâce auquel les vieilles femmes se rappellent leur jeunesse.

En le déclamant, Thomas regardait tous ceux qui l'écoutaient l'un après l'autre, mais le poème était pour moi ; j'étais l'âme vagabonde à la face changeante. Il a terminé, en méditant sur l'amour enfui qui « arpentait les montagnes, le visage caché dans un amas d'étoiles ». Tout le monde a applaudi et tapé du pied, et Thomas a salué d'un air désinvolte, acceptant les éloges. Mais nos yeux se sont rencontrés avant qu'il ne se rassoie. Quand je me suis détournée, j'ai remarqué que Brigid me surveillait, l'air intrigué, le dos raide.

— Quand j'étais enfant, mon grand-père – qui s'appelait Eoin lui aussi – ne me demandait jamais une bénédiction pour son anniversaire, il me demandait une histoire, ai-je dit sur un ton hésitant, soucieuse de changer le sujet de la conversation. C'était notre tradition à nous.

Eoin a applaudi avec ravissement.

— J'adore tes histoires ! a-t-il hurlé.

Tout le monde a ri de son exubérance, mais j'ai eu beaucoup de mal à ne pas enfoncer mon visage dans ses cheveux roux et à ne pas pleurer. C'est avec l'amour d'Eoin pour mes histoires que tout avait commencé ; le temps et le sort s'étaient unis pour nous offrir un autre anniversaire ensemble.

— Raconte-nous l'histoire de Donal et du roi aux oreilles d'âne, a demandé Eoin.

Avec les encouragements de tout le monde, c'est exactement ce que j'ai fait, perpétuant la tradition.

***

Thomas n'a pas pu trouver Liam. Celui-ci avait quitté son emploi aux docks juste après avoir déclaré que les armes avaient disparu, et les hommes avec lesquels il avait collaboré ne semblaient pas particulièrement soucieux de son absence. Brigid affirmait qu'il était parti dans le comté de Cork, pour la ville portuaire de Youghal, mais elle n'avait reçu qu'un message rédigé en hâte, quelques lignes où il promettait d'écrire plus longuement. Elle supposait qu'il avait trouvé un meilleur poste sur ces docks plus affairés, mais son brusque départ avait quelque chose d'inquiétant. J'ignorais si Brigid était au courant des activités de Liam, mais je lui laissais le bénéfice du doute. Il était son fils et elle l'aimait. Je ne pouvais lui reprocher à elle ses agissements à lui. J'étais simplement soulagée qu'il soit parti, mais Thomas se demandait ce que cela signifiait.

— Je ne peux pas vous protéger d'une menace que je ne comprends pas, a-t-il bougonné un soir d'automne.

Après avoir souhaité une bonne nuit à Eoin, nous étions sortis nous promener. Les feuilles fraîchement tombées crissaient sous nos pas. Nous évitions le rivage car ni l'un ni l'autre ne désirait s'approcher du lough.

— Vous croyez vraiment qu'il faut me protéger ?

— Liam n'était pas le seul sur cette péniche.

— Non. Ils étaient trois en tout.

— À quoi ressemblaient-ils ? Pourriez-vous les décrire ?

— Ils portaient tous la même casquette, le même style de vêtements. Ils étaient à peu près de la même taille et du même âge. L'un d'eux était plus pâle, il avait les yeux bleus et une barbe de trois jours. L'autre était plus massif, je pense. Il avait les joues rouges, plus pleines. Je n'ai pas pu voir la couleur de ses cheveux… et je me focalisais sur Liam, sur le fusil.

— C'est mieux que rien. Même si cela ne m'évoque personne de manière immédiate.

— Liam était tellement choqué de me voir. Vous croyez que c'est la surprise ou… la peur… qui l'a poussé à me tirer dessus ?

— Moi aussi j'ai été choqué de vous voir, Anne. Mais il ne m'est pas venu à l'esprit de vous tirer dessus, a marmonné Thomas. Vous aurez beau faire profil bas et ne rien dire, ils savent tous que vous les avez vus. Liam vous prend pour une espionne. Quand il m'a dit que vous n'étiez pas Anne, il avait l'air un peu fou. Mais puisqu'il avait raison, cela me rend seulement plus anxieux, plus désireux de savoir où il est. Mick est originaire de Cork. Peut-être a-t-il un contact qui pourra me renseigner. Je me sentirais mieux si j'étais certain que Liam est à Youghal.

— Vous pensez qu'il a emporté les armes ?

J'avais ce soupçon depuis le début. Démasquer les complots était ma spécialité.

— Elles sont à lui, du moins, elles étaient sous sa responsabilité. Pourquoi mentirait-il à ce sujet ?

— Pour faire retomber les soupçons sur moi. Il sait ce qu'il fait, Thomas. Il sait qu'il a essayé de me tuer sur le lough. Il veut peut-être me faire passer pour folle... Ou bien il sait qu'en me présentant comme une espionne, une traîtresse, personne ne m'écoutera si je le dénonce. Il n'avait qu'à déplacer les armes quand personne n'était là – exactement comme il prévoyait de le faire – avant de dire à Daniel qu'elles avaient disparu. Il savait que Daniel n'y verrait que du feu. Et vous aussi. Son accusation a eu exactement l'effet souhaité. Cela vous a rendu méfiant, plus méfiant envers moi.

— Cela paraît assez logique.

Thomas a réfléchi en silence, puis s'est assis avec lassitude sur le muret de pierre qui séparait la pelouse des arbres, la tête appuyée sur ses mains. Lorsqu'il a repris la parole, il semblait hésiter, comme s'il redoutait ma réaction.

— Qu'est-il arrivé à Anne ? L'Anne de Declan ? Vous savez tant de choses. Est-il arrivé quelque chose dont vous avez peur de me parler ?

Je me suis assise à côté de lui et lui ai pris la main.

— Je ne sais pas ce qui lui est arrivé, Thomas. Si je le savais, je vous le dirais. Je ne savais même pas que Declan avait des frères aînés et une sœur. J'imagine que je suis comme tous les autres Irlandais. J'ai aussi des cousins en Amérique. Je pensais qu'Eoin et moi étions les derniers des Gallagher. Votre journal... votre évocation de l'Insurrection et du rôle qu'ils ont joué, c'est l'image la plus complète que j'aie eue de mes arrière-grands-parents. Eoin ne parlait jamais d'eux. Pour lui, ils n'existaient pas, en dehors de quelques faits et de quelques photographies. J'ai grandi avec la certitude qu'Anne était morte pendant l'Insurrection, avec Declan. Cela n'a jamais été une question. En 2001, leur tombe est telle qu'aujourd'hui, avec du lichen en plus. Leurs deux noms figurent ensemble sur la pierre. Les dates n'ont pas changé.

Il est resté muet un long moment, songeant à la signification de tout cela.

— La triste vérité, c'est que les gens reviennent rarement lorsqu'ils quittent l'Irlande. Et nous ne savons jamais ce qu'ils deviennent. Qu'ils meurent ou qu'ils émigrent, le résultat est le même. Je commence à croire que seul le vent sait ce qui est arrivé à Anne.

— *Aithníonn an gaoithe.* Le vent sait tout. C'est ce que me disait Eoin quand j'étais petite. Peut-être tenait-il cette phrase de vous.

— Je la tiens de Mick. Mais il prétend que le vent est indiscret, et que si vous ne voulez pas que tout le monde connaisse vos secrets, vous feriez mieux de les confier à une pierre. Voilà pourquoi nous avons tant de pierres en Irlande. Les pierres absorbent tous les mots, tous les sons, sans jamais les répéter. C'est une bonne chose, parce que les Irlandais sont de grands bavards.

J'ai ri. Cela me rappelait l'histoire qu'Eoin avait réclamée le jour de mon anniversaire, celle de Donal et du roi aux oreilles d'âne. Donal a raconté le secret du roi à un arbre parce qu'il voulait désespérément le dire, à n'importe qui. Un peu plus tard, l'arbre a été abattu et utilisé pour fabriquer une harpe. Quand on a joué de cette harpe, les cordes ont révélé le secret du roi.

Cette légende a plusieurs morales, mais l'une d'elles est que les secrets ne restent jamais cachés. Thomas n'était pas un bavard. Je pense que Michael Collins n'était pas bavard non plus, mais la vérité trouve toujours le moyen d'éclater au grand jour, et certaines vérités tuent.

27 novembre 1921

J'ai reçu aujourd'hui une lettre de Mick. Il est à Londres, avec Arthur Griffith et quelques autres, triés sur le volet pour participer aux négociations du traité. La moitié des délégués irlandais détestent l'autre moitié, et chacun est sûr de son bon droit. Les divisions du groupe, voulues par de Valera, sont exploitées par le Premier Ministre Lloyd George, et Mick en a tout à fait conscience.

Pour représenter les intérêts de l'Angleterre, le Premier Ministre a réuni une équipe redoutable ; Winston Churchill en fait partie, et nous autres Irlandais savons ce qu'il pense de nous. Il était contre le Home Rule et le libre-échange, mais il a soutenu le recours aux Auxiliaires pour nous faire obéir. Pour un soldat comme Churchill, dont la famille s'est toujours appuyée sur la force militaire, proposer la guerre est bien facile, et il n'a aucun respect pour les méthodes de Mick. À ses yeux, la question irlandaise se ramène à une émeute de paysans ; nous ne sommes qu'une populace enragée qui brandit ses fourches et ses torches enflammées. Churchill sait aussi que l'opinion internationale est un outil qui peut être employé contre les Britanniques, et il a l'art d'en atténuer l'efficacité. Mick dit néanmoins que Churchill comprend une chose : l'amour des hommes pour leur pays, et s'il perçoit cet amour parmi les membres de la délégation irlandaise, une passerelle pourrait être créée.

Mick a confirmé que les pourparlers de paix avaient bien commencé le 11 octobre. Il me demande d'amener Anne à Londres, ou à Dublin, quand je pourrai.

« Le week-end, j'irai à Dublin aussi souvent que possible, pour tenir les leaders du Dáil au courant des négociations. Je ne veux pas qu'on m'accuse de cacher des informations à Dev ou aux autres. Je ferai tout pour que la prédiction d'Anne

ne se réalise pas. Mais jusqu'ici, elle avait raison sur tout, Tommy. En un sens, elle m'a préparé aux événements. Quand un homme sait qu'il est condamné, cela lui confère une certaine forme d'assurance et d'équilibre. Je ne m'attends plus à une issue positive et, grâce à cela, je vois les choses telles qu'elles sont et non telles que je le voudrais. Amène-la, Tommy. Elle sait peut-être ce que je devrais faire. Dieu sait que je suis dans cette histoire jusqu'au cou. Je ne sais pas ce qui vaudrait le mieux pour mon pays. Des hommes sont morts, des hommes que j'admirais. Ils sont morts pour une idée, pour une cause, et je croyais en eux. Je croyais en ce rêve d'une Irlande indépendante. Mais c'est facile d'avoir des idées. C'est encore plus facile d'avoir des rêves. Cela ne demande aucune concrétisation.

« *Les délégués britanniques sont à l'aise dans les antichambres du pouvoir, ils sont sûrs de leur position ; Downing Street et le Parlement puent l'autorité et la domination séculaire, deux choses dont les Irlandais n'ont jamais joui. Lloyd George et son équipe rentrent chez eux le soir, se retrouvent en privé, ils complotent pour diviser la délégation à Londres, pour subjuguer le leadership irlandais à Dublin. Réunion après réunion, conférence après conférence, nous tournons en rond.*

« *Ce n'est qu'un jeu, Tommy. Pour nous, c'est une question de vie ou de mort ; pour les Angliches, ce n'est qu'une manœuvre politique. Ils parlent de diplomatie, mais nous savons que ce mot signifie domination. Malgré tout, je sais que je ne suis plus utile à rien. La façon dont j'ai mené le combat ces dernières années ne sera plus possible après mon retour en Irlande. Je suis désormais connu. On a sapé mon influence, mes méthodes de cache-cache, d'attaque et de repli ne suffiront plus. Mon portrait a été publié dans les journaux, en Angleterre et en Irlande. Si les pourparlers n'aboutissent pas, j'aurai de la chance si je sors vivant de Londres. Soit notre lamentable petite délégation parvient à un accord, soit ce sera la guerre totale entre l'Angleterre et l'Irlande. Nous n'en avons ni les effectifs ni les moyens, ni les armes ni la volonté. Pas parmi les gens ordinaires. Ils veulent la liberté. Ils ont beaucoup sacrifié pour cela. Mais ils ne veulent pas être massacrés. Et je ne peux pas, en mon âme et conscience, être celui qui les condamne à un tel sort. »*

*Cette lettre m'a fait pleurer, pleurer pour mon ami, pour mon pays et pour un avenir qui semble incroyablement sombre. Je vais tous les jours à Sligo lire l'*Irish Times *placardé en vitrine du grand magasin Lyons, mais Anne ne m'a rien demandé, elle n'a exercé aucune pression. C'est comme si elle attendait simplement, calme et résignée. Elle sait déjà ce qui va se passer, et ce savoir est un fardeau qu'elle s'efforce de porter en silence.*

Quand j'ai dit à Anne que Mick voulait la voir, elle a volontiers accepté de m'aider autant qu'elle le pourrait, même si j'ai dû lui montrer la lettre pour qu'elle me croie. Elle est encore à moitié convaincue qu'il veut sa mort. Tout comme moi, elle a versé des larmes en lisant son lugubre bilan, et je n'ai pas trouvé les mots pour la consoler. Elle est venue dans mes bras, et c'est elle qui m'a réconforté.

Je l'aime avec une intensité dont je ne me croyais pas capable. Yeats écrit que l'amour vous transforme entièrement. Je suis entièrement transformé. Irrévocablement. Et même si l'amour est en effet une beauté terrible, surtout vu les circonstances actuelles, je ne peux qu'en savourer la splendeur ensanglantée.

Quand je ne suis pas en train de m'inquiéter pour le sort de l'Irlande, j'imagine un avenir qui s'articule autour d'Anne. Je pense à ses seins blancs, à la voûte de ses petits pieds, à l'endroit où ses hanches s'élargissent, à sa peau soyeuse derrière ses oreilles et au creux de ses cuisses. Je pense à la manière dont elle renonce à ses intonations irlandaises quand nous sommes seuls, à ses voyelles et à ses consonnes américaines qui créent entre nous une sincérité qui n'existait pas auparavant.

Son accent d'outre-Atlantique lui va bien. J'en viens ensuite à penser que la maternité lui va bien, j'imagine son ventre qui s'arrondirait s'il portait notre enfant, un petit être qu'Eoin chérirait et sur qui il veillerait. Il a besoin d'un frère ou d'une sœur. J'imagine les histoires qu'elle raconterait aux enfants, les histoires qu'elle a écrites et celles qu'elle écrira, et les habitants du monde entier qui les liront.

Puis je me mets à penser à changer son nom. Bientôt.

T. S.

18

Une belle assurance

> *Mon cœur s'est divisé en deux*
> *Tant j'ai frappé fort.*
> *Quelle importance ? Je sais bien*
> *Que de ce rocher,*
> *De cette source désolée*
> *L'amour jaillit et suit son cours.*
> W. B. Yeats

LE NAVIRE RAMENANT MICHAEL COLLINS est arrivé à Dún Laoghaire avec deux heures de retard ; ils avaient percuté un chalutier en mer d'Irlande et les passagers ont débarqué à peine quarante-cinq minutes avant la réunion de cabinet prévue à onze heures avec le Dáil. Le 2 décembre, Michael avait appelé Garvagh Glebe depuis Londres et avait demandé que nous le retrouvions à Dublin, Thomas et moi. Nous avons roulé toute la nuit, puis nous avons attendu pendant quatre heures dans la

Ford T, à somnoler et frissonner tout en guettant l'arrivée du bateau. Dublin grouillait à nouveau d'Auxiliaires et de Black and Tans. C'était comme si Lloyd George leur avait donné le signal de sortir en masse, ultime rappel visuel de ce que l'Irlande serait à jamais si un accord n'était pas conclu. Nous avions été arrêtés et fouillés deux fois, d'abord en entrant dans Dublin, puis au débarcadère à Dún Laoghaire ; nous avons tout subi avec patience, tandis qu'ils nous braquaient leurs lampes torches dans la figure et sur tout le corps, dans la voiture et dans la trousse médicale de Thomas. Je n'avais pas de document d'identité, mais j'étais une jolie femme en compagnie d'un médecin ayant le tampon du gouvernement sur ses papiers. Ils nous ont laissés passer sans faire d'histoires.

Michael a regagné Dublin avec Erskine Childers, le secrétaire de la délégation. C'était un homme mince, aux traits fins et aux manières d'érudit. Je savais par mes recherches qu'il était marié à une Américaine et qu'en fin de compte il ne serait pas favorable au traité. Mais il n'était que messager, et non délégué, et sa signature ne serait pas requise pour conclure un accord avec l'Angleterre. Il nous a accordé une poignée de main lasse, à Thomas et à moi, mais sa propre voiture l'attendait, ce qui nous a permis de passer un instant avec Michael avant qu'il ne doive se rendre chez le lord-maire de Dublin, où aurait lieu la réunion.

— On va causer pendant que tu conduis, Thomas. Nous n'aurons peut-être pas d'autre occasion, a décrété Michael.

Nous nous sommes installés tous les trois sur le siège avant de la voiture, Thomas au volant et moi au milieu. Michael semblait ne pas avoir dormi depuis des semaines. Il a secoué son manteau et s'est recoiffé pendant que nous roulions.

— Dites-moi, Annie, a-t-il commencé, qu'est-ce qui va se passer maintenant ? Quel bien pourrait-il résulter de ce voyage en enfer ?

J'avais passé la nuit à tenter de me remémorer les détails complexes de la chronologie, et je me rappelais simplement qu'il y avait eu beaucoup de va-et-vient entre le début des pourparlers le 11 octobre et la signature du traité, ou des Articles d'association ainsi qu'on les appelait parfois, début décembre. Je n'avais pas le souvenir que la réunion d'aujourd'hui chez le maire ait été productive ou ait marqué un tournant décisif. Je n'avais pas lu grand-chose à son propos, sauf quand elle avait été mentionnée dans les débats qui avaient suivi. C'était le commencement de la fin, les querelles allaient s'intensifier dans les semaines à venir.

— Je n'ai pas vraiment de détails, ai-je avoué, mais le serment d'allégeance à la Couronne exigé par Lloyd George va déclencher la colère. De Valera exigera une association externe au lieu du statut de dominion, comme le stipulent désormais les Articles…

— L'association externe a fait long feu, m'a interrompue Michael. Nous l'avons proposée, mais elle a été rejetée catégoriquement. Le statut de dominion, avec serment qui place la Couronne à la tête d'un ensemble d'États individuels – l'Irlande étant l'un d'eux –, voilà ce qu'on obtiendra de plus proche d'une république. Nous sommes une petite nation, et l'Angleterre est un empire. Le statut de dominion est le mieux que nous puissions espérer. C'est un pas supplémentaire en direction de l'indépendance. Nous pouvons poser ce jalon, ou nous pouvons entrer en guerre. Voilà le choix que nous avons.

J'ai hoché la tête, et Thomas m'a pressé la main, m'encourageant à continuer. Michael Collins ne m'en voulait pas. Il était fatigué, et il avait déjà eu toutes ces discussions cent fois au cours des précédentes semaines.

— Tout ce que je peux vous dire, Michael, c'est que ceux qui vous détestaient auparavant vous détestent encore. Vous ne pourrez pas y changer grand-chose.

— Cathal Brugha et Austin Stack.

Michael venait de nommer ses plus farouches adversaires au sein du cabinet irlandais.

— Dev ne me déteste pas… ou peut-être bien que si, a-t-il enchaîné en se frottant le visage. Le nom de De Valera a du poids dans toute l'Irlande, et il est président du Dáil. Il a beaucoup de capital politique à dépenser. Pourtant je n'arrive pas à le comprendre. C'est comme s'il voulait dicter la direction que le pays doit prendre, mais sans vouloir être aux commandes, sans vouloir être le pilote, au cas où on tomberait d'une falaise.

— Il se comparera à un capitaine dont l'équipage s'est dépêché de rentrer avant la marée et a failli couler le navire.

— Ah oui ? fit Michael, la mine sombre. Le capitaine d'un navire qui ne s'est pas donné le mal de mettre la voile avec son équipage.

— Je crois que vous dites dans l'un des débats qu'il a essayé de faire voguer le navire avant d'être sur l'eau, ai-je murmuré.

— Ah, c'est encore mieux !

— Les gens seront avec toi, Mick. Si le traité te suffit, il nous suffira, a déclaré Thomas.

— Il ne me suffit pas, Tommy. Pas du tout. Mais c'est un début. C'est plus que l'Irlande a jamais eu.

Il a ruminé un moment avant de me poser ses dernières questions :

— Donc je retournerai à Londres ?

— Oui.

— De Valera nous accompagnera ?
— Non.

Collins a acquiescé comme s'il s'y attendait.

— Et les autres signeront le traité ? Je sais qu'Arthur le signera, mais le reste de la délégation irlandaise ?

— Ils signeront tous. Barton sera le plus dur à convaincre. Mais le Premier Ministre lui dira que la guerre éclatera dans trois jours s'il ne signe pas.

Lloyd George avait sans doute bluffé sur les délais, selon les historiens, mais Barton l'avait cru. Ils l'avaient tous cru. Et le traité avait été signé.

Michael a poussé un profond soupir.

— Alors je n'aurai pas à dire grand-chose aujourd'hui. De toute façon, je suis trop fatigué pour discuter. (Il a bâillé si fort que sa mâchoire a craqué.) Quand vas-tu épouser cette fille, Tommy ?

Thomas m'a souri, sans répondre.

— Si tu ne l'épouses pas, moi je veux bien, a ajouté Michael en bâillant de plus belle.

— Vous jonglez déjà avec trop de femmes, Mr Collins. La princesse Mary, Kitty Kiernan, Hazel Laver, Moya Llewelyn-Davies... j'en oublie ?

Il a haussé les sourcils.

— Bon sang, vous êtes effrayante ! Il est peut-être temps qu'on fixe une date, Kitty et moi. (Il a gardé le silence pendant dix secondes.) La princesse Mary ? s'est-il étonné.

— Je pense que la comtesse Markievicz vous accuse d'avoir eu une liaison avec la princesse Mary pendant les négociations du traité.

— Mon Dieu, comme si j'avais eu le temps. Merci pour l'avertissement.

Nous nous sommes arrêtés devant la résidence du lord-maire, quartier général du Parlement irlandais.

C'était un bel édifice rectangulaire, dont la pierre pâle était percée de fenêtres imposantes, de part et d'autre du porche d'entrée. Un attroupement s'était formé. Du côté gauche du bâtiment, des hommes se serraient contre le mur et grimpaient sur les réverbères pour mieux voir. L'endroit grouillait de curieux et de notables.

Après avoir planté son chapeau sur sa tête, Michael Collins est sorti de la voiture. Nous avons vu un essaim de journalistes et entendu les badauds pousser de grands cris dès qu'il a été repéré, mais il n'a pas ralenti son pas et a traversé la cour pavée menant au perron, plusieurs de ses hommes le suivant en tant que gardes du corps. J'ai reconnu Tom Cullen et Gearóid O'Sullivan, que j'avais rencontrés lors du mariage à l'hôtel Gresham. Eux aussi attendaient à Dún Laoghaire et avaient ensuite roulé derrière nous. Joe O'Reilly nous a fait signe avant qu'ils disparaissent tous dans la foule.

***

Pendant que Michael Collins repartait pour Londres, nous sommes restés à Dublin, Thomas et moi, sachant que la délégation serait bientôt de retour. Mick est revenu le 7 décembre ; cette semaine-là, le pauvre avait passé plus de temps en bateau et en train que sur la terre ferme. Lui et les autres ont été accueillis par un communiqué de presse publié dans tous les journaux, affirmant que le président de Valera avait convoqué une réunion d'urgence de tout le cabinet « compte tenu de la nature du traité proposé avec la Grande-Bretagne », indiquant à la population que la paix était incertaine et qu'il ne soutenait pas l'accord qu'ils venaient tous de signer. Comme quelques jours auparavant, Mick est arrivé à Dún Laoghaire et a été accaparé par une autre série de réunions – cette fois avec un gouvernement irlandais divisé – sans répit.

Après de longues discussions à huis clos, et après que le cabinet a voté à quatre voix contre trois en faveur du traité, de Valera a publié une autre déclaration stipulant que les termes du traité allaient à l'encontre des vœux de la nation – nation qui n'avait pas encore été consultée – et qu'il ne pouvait en recommander l'acceptation. Et cela ne faisait que commencer.

Le 8 décembre, Mick s'est présenté chez Thomas à Dublin, l'air déboussolé. Thomas l'a invité à entrer, mais il est resté sur le seuil. Il pouvait à peine lever la tête, comme s'il craignait que les récriminations formulées par de Valera et d'autres membres du cabinet ne se soient répandues et n'aient souillé sa réputation, même auprès de ses amis.

— Une femme m'a craché dessus, Tommy, devant le Devlin's. Elle m'a dit que j'avais trahi mon pays. Qu'à cause de moi, ils sont morts pour rien. Seán Mac Diarmada, Tom Clarke, James Connolly et tous les autres sont morts pour rien. Elle a dit qu'en signant le traité, je les avais trahis, eux et tous les autres.

J'ai rejoint Thomas sur le pas de la porte et j'ai tenté de faire entrer Michael, en l'assurant qu'il avait fait tout ce qu'il pouvait, mais il s'est retourné et s'est écroulé sur le perron. La nuit était déjà tombée et les réverbères étaient allumés, il faisait froid. J'ai apporté une couverture et l'ai jetée sur ses épaules, puis nous nous sommes assis sur les marches à côté de lui, comme pour une veillée mortuaire en hommage à son cœur brisé. Quand il a tout à coup cédé à l'épuisement et à la détresse, la tête posée dans ses bras comme un enfant accablé, nous sommes restés avec lui. Il ne m'a demandé ni réponses ni prédictions. Il ne voulait pas savoir ce qui allait se passer ensuite, ni ce qu'il devrait faire. Il a simplement pleuré, les épaules secouées par les sanglots, la tête baissée. Au bout d'un moment, il s'est essuyé les yeux, s'est péniblement levé et a enfourché sa bicyclette.

Thomas l'a suivi, en le priant de venir à Garvagh Glebe pour Noël s'il ne pouvait rentrer chez lui à Cork, ni aller à Garland voir Kitty. Michael l'a remercié doucement et m'a adressé un signe de tête, sans rien promettre. Puis il s'est éloigné dans la nuit, disant qu'il avait de la besogne à accomplir.

***

J'ai été réveillée par des hurlements, et j'ai cru un instant que j'étais à Manhattan, au milieu des sirènes de police et des ambulances, ces bruits si courants dans la vie urbaine. Dans la pénombre, les formes de la pièce et les sons de Garvagh Glebe m'ont tirée de la confusion du sommeil, et je me suis levée d'un bond, le cœur battant, les membres tremblants. Nous étions rentrés de Dublin la veille, après le dîner, et Thomas avait aussitôt été appelé au chevet d'un malade. Eoin avait été grognon, Brigid lasse, et j'avais mis le petit garçon au lit en achetant son sommeil par une histoire et la promesse d'un cadeau. Puis je m'étais moi-même endormie, non sans inquiétude pour Thomas et son agenda surchargé.

Je suis sortie de ma chambre et ai monté l'escalier pour aller voir Eoin, que j'avais identifié comme la source des cris. Brigid était sur le palier mais elle hésitait à entrer, et m'a laissée passer la première.

Eoin s'agitait dans son lit, ses bras remuaient en tous sens, son visage ruisselait de larmes.

— Eoin ! Réveille-toi ! Tu fais un cauchemar.

Son petit corps était raide, difficile à tenir, déchiré entre le rêve et la réalité. Je l'ai secoué en répétant son nom, en tapotant ses joues glacées. Tous ses membres étaient gelés. Je l'ai frictionné vivement, pour tenter de le réchauffer et de le réveiller.

— Ça lui arrivait quand il était tout petit, a expliqué Brigid, angoissée. La plupart du temps, nous n'arrivions pas à le réveiller. Il sautait en l'air, et le Dr Smith devait le tenir jusqu'à ce qu'il se calme.

Eoin a poussé un autre hurlement à vous glacer le sang, et Brigid a fait un pas en arrière, les mains plaquées sur les oreilles.

— Eoin, où es-tu ? Tu m'entends ?

Ses yeux se sont ouverts en battant des paupières.

— Il fait noir, a-t-il gémi.

— Allumez la lampe, Brigid. S'il vous plaît.

Elle s'est empressée de s'exécuter.

— Doc ! a crié Eoin, ses yeux bleus cherchant Thomas partout. Doc, où es-tu ?

— Chut, Eoin. Thomas n'est pas encore rentré.

— Où est Doc ?

Il ne gémissait pas, il pleurait, et ses cris douloureux me mettaient les larmes aux yeux.

— Il sera bientôt rentré, Eoin. Nana est là. Je suis là. Tout va bien.

— Il est dans l'eau. Il est dans l'eau !

— Non, Eoin. Non.

Je sentais mon cœur devenir froid et lourd. Cette fois, c'était moi qui étais responsable du cauchemar d'Eoin. Il ne m'avait pas seulement vue disparaître, il avait aussi vu Thomas disparaître.

Au bout de plusieurs minutes, le corps d'Eoin est devenu plus souple, mais ses larmes coulaient encore avec le même désespoir.

Je le tenais contre moi, je lui frottais le dos et lui caressais les cheveux.

— Veux-tu une histoire, Eoin ?

J'essayais de le ramener des confins de son mauvais rêve, vers le réconfort du réveil.

— Je veux Doc !

Brigid s'est assise sur son lit. Elle portait une charlotte qui lui donnait une allure de Mère Noël, et la faible lumière soulignait les plis de son visage usé par les soucis. Elle n'a pas cherché à toucher Eoin mais a joint les mains comme si elle voulait que quelqu'un la tienne elle aussi.

— Et si tu me racontais comment s'y prend Doc pour que tu ailles mieux quand tu fais un cauchemar ?

Eoin larmoyait toujours comme si Thomas n'allait jamais revenir.

— *Il a dompté les eaux, Il a dompté le vent, Il a sauvé du péché un monde mourant, ils ne peuvent oublier, ils n'oublieront jamais, le vent et les vagues se souviennent encore de Lui*, a timidement chantonné Brigid. *Il a guéri les malades, les aveugles, les estropiés, les pauvres de cœur crient Son nom. Nous n'oublierons pas, nous n'oublierons jamais, le vent et les vagues se souviennent encore de Lui.*

— Je n'aime pas cette chanson, Nana, a dit Eoin d'une voix entrecoupée par les sanglots.

— Pourquoi ?

— Parce qu'elle parle de Jésus, et que Jésus est mort.

Brigid a eu l'air un peu choquée, et j'ai senti un rire malvenu monter dans ma poitrine.

— Pourtant ce n'est pas une chanson triste. C'est une chanson pour se souvenir, a-t-elle protesté.

— Je n'aime pas me souvenir que Jésus est mort, a insisté Eoin, la voix plus aiguë.

Brigid a laissé tomber ses épaules, et je lui ai tapoté la main. Elle avait fait un effort, mais Eoin n'était pas particulièrement réceptif.

— *Souvenez-vous de Lui. Souvenez-vous qu'Il reviendra, quand tout espoir, tout amour est perdu, souvenez-vous qu'Il a payé le prix*, a repris Thomas sur le seuil de la chambre. *Ils ne peuvent oublier, ils n'oublieront jamais, le vent et les vagues se souviennent encore de Lui.*

Thomas avait des cernes noirs autour de ses yeux pâles, ses habits étaient froissés, mais il s'est avancé et a pris Eoin de mes bras. Eoin s'est accroché à lui, enfouissant son visage dans le cou de Thomas. Ses sanglots ont recommencé, terribles à entendre.

— Qu'est-ce qui ne va pas, petit homme ?

Je me suis levée, libérant la place pour que Thomas puisse remettre Eoin dans son lit. Brigid s'est également levée, et avec un petit « Bonne nuit », elle est bien vite sortie de la pièce. Je l'ai suivie, laissant Eoin entre les mains compétentes de Thomas.

— Brigid ?

Elle a tourné vers moi son visage, masque tragique aux lèvres serrées.

— Vous allez bien ? ai-je demandé.

Elle a hoché la tête, mais je voyais qu'elle avait du mal à recouvrer son sang-froid.

— Quand mes enfants étaient petits, il leur arrivait quelquefois de pleurer comme ça dans leur sommeil. (Elle s'est interrompue, empêtrée dans un souvenir.) Mon mari – le père de Declan –, il n'était pas doux comme Thomas. Il était aigri et fatigué. La colère était la seule chose qui le maintenait. Il s'est tué à force de travail ; il nous aurait tués aussi. Et il ne supportait pas nos larmes.

J'écoutais sans aucun commentaire – c'était comme si elle parlait pour elle seule.

— Je ne voulais pas qu'Eoin appelle Thomas « Da ». Je ne le supportais pas. Et Thomas ne s'en est jamais plaint. Maintenant Eoin l'appelle Doc. Je n'aurais pas dû faire ça, Anne. Thomas mérite mieux.

Le regard de Brigid a rencontré le mien ; il y avait dans ses yeux une supplique, une façon d'implorer l'absolution. Je la lui ai volontiers accordée.

— Thomas veut qu'Eoin sache qui était son père. Il est très protecteur envers Declan.

Elle a hoché la tête.

— Oui, c'est vrai. Il veillait sur Declan comme il veille sur tout le monde. (Ses yeux ont à nouveau paru absents.) Mes enfants... surtout mes fils... ont hérité du tempérament de leur père. Je sais que Declan... Declan n'était pas toujours très doux avec vous, Anne. Je veux que vous sachiez... Je ne vous reproche pas d'être partie quand vous en avez eu l'occasion. Et je ne vous reproche pas d'être tombée amoureuse de Thomas. Toutes les femmes sensées en feraient autant.

J'ai dévisagé mon arrière-arrière-grand-mère, trop choquée pour pouvoir articuler un mot.

— Vous êtes amoureuse de Thomas, non ? a-t-elle demandé, se méprenant sur mon air ahuri.

Je n'ai pas répondu. J'aurais voulu prendre la défense de Declan. Dire à Brigid qu'Anne n'était pas partie, que son bien-aimé Declan n'avait pas levé la main sur sa femme, ne l'avait pas fait fuir. Mais j'ignorais quelle était la vérité.

— Je pense que je suis trop vieille pour servir encore à quelque chose, a poursuivi Brigid d'une voix frêle. Je prévois d'aller vivre en Amérique chez ma fille. Il est temps. Eoin vous a. Il a Thomas. Et comme mon cher défunt mari, je ne supporte plus les larmes.

Mon cœur était gonflé par l'émotion.

— Oh non !

— Non ?

Elle a ri, mais j'entendais qu'elle avait la gorge nouée.

— Brigid, ne partez pas, je vous en prie. Je ne veux pas.

— Pourquoi ? (Sa voix était semblable à celle d'un enfant, celle d'Eoin, plaintive et incrédule.) Il n'y a rien ici pour moi. Mes enfants sont éparpillés. Je me fais vieille. Je suis… seule. Et je ne suis… plus nécessaire.

J'ai pensé à la tombe de Ballinagar, celle qui portait son nom dans les années à venir, et je l'ai suppliée.

— Un jour… un jour vos arrière-arrière-petits-enfants viendront ici, à Dromahair, et ils monteront la colline derrière l'église de Ballinagar, où vos enfants ont été baptisés, où vos enfants ont été mariés et enterrés, et ils s'assiéront près des tombes qui portent le nom Gallagher, ils sauront que c'était votre village, et parce que c'était le vôtre, ce sera aussi leur village. C'est ce que fait l'Irlande. Elle rappelle ses enfants au pays. Si vous ne restez pas en Irlande, vers qui reviendront-ils ?

Ses lèvres s'étaient mises à trembler, et elle m'a tendu la main. Je l'ai prise. Elle ne m'a pas attirée vers elle, ni n'a souhaité mon étreinte, mais la distance entre nous était comblée. Sa main semblait petite et fragile dans la mienne, et je la tenais avec douceur, le chagrin pesant lourdement sur mes épaules. Brigid n'était pas une vieille femme, mais sa main paraissait vieille, et j'en voulais au temps qui l'emportait peu à peu, qui nous emporte tous.

— Merci, Anne, a-t-elle chuchoté.

Elle a fini par relâcher ma main. Elle s'est dirigée vers sa chambre et, sans bruit, a refermé la porte derrière elle.

22 décembre 1921

Les débats ont continué au Dáil pendant des heures, jour après jour. La presse semble très favorable au traité, mais les premiers débats étaient fermés au public, contre l'avis de Mick. Il veut que les gens sachent quels sont les désaccords, qu'ils sachent ce qui est en jeu et de quoi l'on discute. Mais il n'a pas été écouté, du moins au début.

Les débats publics ont commencé le 19 après-midi et ont été suspendus aujourd'hui pour Noël. L'an dernier, le 24 décembre au soir, Mick a failli être arrêté. Il avait bu, il braillait dans la rue et attirait l'attention, et nous nous sommes échappés de l'hôtel Vaughan's par une fenêtre du deuxième étage quelques secondes avant que les Auxies n'arrivent. Voilà ce qui se passe quand on porte le poids du monde sur ses épaules ; parfois on perd la tête. Et Mick a perdu la sienne l'an dernier.

Cette année, pas de risque qu'il se fasse arrêter, même si je pense qu'il échangerait volontiers ses ennuis actuels contre ceux du passé. C'était un homme divisé en deux, partagé entre la loyauté et la responsabilité, entre le pragmatisme et le patriotisme, par des gens pour lesquels il serait prêt à mourir mais avec lesquels il n'a aucune envie de se battre. Il a de nouveau des soucis d'estomac. Je lui ai ressassé mes instructions, les mêmes remèdes et les mêmes restrictions, mais il m'a envoyé promener.

— J'ai formulé aujourd'hui mes remarques officielles, Tommy. Je n'ai pas dit la moitié des choses que j'aurais dû, et le peu que j'ai dit, je l'ai mal dit. Arthur (Griffith) prétend que j'étais convaincant, mais il est trop indulgent. Il m'appelle « l'homme qui a gagné la guerre » ; désormais, je serai peut-être l'homme qui a perdu le pays.

Mick voulait que je demande à Anne comment, selon elle, le vote tournerait à la fin. Je l'ai prise sous mon bras pour qu'elle partage l'écouteur avec moi et qu'elle puisse parler dans le téléphone que je serrais dans l'autre main. J'ai aussitôt été envoûté par le parfum de ses cheveux et par le contact de son corps sur le mien.

— Attention, Anne, lui ai-je murmuré à l'oreille.

Je redoutais que d'autres puissent écouter, et je m'étonnais que Mick s'intéresse aux opinions d'Anne. Elle lui a sagement répondu qu'elle « pensait » que la faction protraité l'emporterait au sein du Dáil.

— La marge sera faible, Michael, mais j'ai confiance, le traité sera adopté, a-t-elle précisé.

Il a poussé un soupir si bruyant que nous nous sommes reculés de l'écouteur, Anne et moi, pour éviter le grésillement de l'électricité statique dans les câbles.

— Si vous avez confiance, alors je vais essayer d'avoir confiance, moi aussi. Dites-moi, Annie, si je viens pour Noël, vous me raconterez une autre de vos histoires ? Peut-être celle de Niamh et Oisín ? J'aimerais la réentendre. Je réciterai aussi quelque chose qui vous brûlera les oreilles et qui vous fera rire, et nous ferons danser Tommy. Vous saviez que Tommy est un excellent danseur, Annie ? S'il aime comme il danse, vous avez beaucoup de chance.

— Mick ! ai-je grondé, mais Anne a ri. Son rire était chaud et communicatif, et j'ai embrassé son cou, incapable de m'en empêcher, heureux d'entendre Mick rire lui aussi. La tension est retombée un instant.

Anne a promis à Mick que, s'il venait, il y aurait à écouter et à manger, qu'il pourrait se reposer et danser. Elle m'a pincé en prononçant ce dernier mot. Un jour, sous la pluie, je lui avais montré mes compétences de danseur. Puis je l'avais embrassée comme un fou furieux dans la grange.

— Je peux amener Joe O'Reilly ? a demandé Mick. Et peut-être un garde du corps pour que Joe puisse se détendre un peu ?

Anne lui a affirmé qu'il pouvait amener qui il voulait, même la princesse Mary. Il a ri à nouveau, mais il a hésité avant de raccrocher.

— Tommy, c'est vraiment gentil. J'aimerais rentrer chez moi, mais... tu sais que Woodfield a été détruit. Et j'ai besoin de quitter Dublin pendant un moment.

— Je sais, Mick. Depuis le temps que je te supplie de venir !

L'an dernier, Mick n'a pas osé aller à Cork pour Noël. Les Tans n'auraient eu aucun mal à surveiller sa famille et à venir l'arrêter. Cette année, il n'a même plus de maison où aller.

Il y a huit mois, les Tans ont brûlé Woodfield, la maison où Mick a grandi, et ils ont mis en prison son frère Johnny. La ferme des Collins n'est plus qu'une ruine calcinée, Johnny est en très mauvaise santé, et le reste de la famille est dispersé aux environs de Clonakilty, dans le comté de Cork. Mick porte ce fardeau-là aussi.

En m'entendant parler de Cork et de la maison de Mick, Anne s'est immobilisée. Quand j'ai raccroché, elle avait un sourire tordu. Ses yeux verts brillaient comme si elle avait envie de pleurer mais ne voulait pas que je la voie. Elle est sortie de la pièce en courant, prétextant qu'il était l'heure de coucher Eoin, et je l'ai laissée partir, mais j'ai deviné. Désormais je vois clair dans son jeu, comme j'ai vu à travers elle le jour où tout est devenu clair.

Il y a des choses qu'elle ne me dit pas. Elle me protège des choses qu'elle sait. Je devrais exiger qu'elle me dise tout, pour que je l'aide à supporter le poids de l'avenir. Mais Dieu me garde, je n'ai pas envie de savoir.

T. S.

19

Le chas d'une aiguille

*Le fleuve impétueux qui passe en rugissant
Est passé tout entier par le chas d'une aiguille ;
Les choses à venir et les choses défuntes
L'incitent par le chas à s'écouler toujours.*
W. B. Yeats

MICHAEL COLLINS ET JOE O'REILLY sont arrivés le soir de Noël, escortés par un garde du corps prénommé Fergus, et ils ont été logés dans trois chambres inoccupées de l'aile ouest de la maison. Thomas avait commandé trois nouveaux lits au grand magasin Lyons, les bois et les matelas avaient été hissés par les escaliers jusque dans les pièces nettoyées à fond, où Maggie et Maeve ont installé des draps neufs et des oreillers bien gonflés de plumes. Thomas prétendait que Michael ne saurait que faire d'un grand lit dans une chambre à lui seul, car il avait souvent dormi là où le hasard le menait et ne restait jamais trop longtemps au même endroit. Les O'Toole étaient surexcités, ils préparaient cette visite comme si le roi Conor en personne nous honorait de sa présence.

Eoin courait frénétiquement d'une fenêtre à l'autre pour guetter leur arrivée. Il avait un secret qu'il était impatient de partager. Nous avions créé un nouvel épisode de la saga, une histoire où Eoin et Michael Collins prenaient le petit voilier rouge et partaient sur le lac pour visiter l'Irlande de l'avenir. Dans notre histoire, l'Irlande avait son drapeau tricolore, elle n'était plus gouvernée par l'Angleterre, les ennuis et les malheurs des siècles passés étaient loin derrière elle. L'histoire était contée en vers, chaque page prenait la forme d'un poème, et Thomas avait dessiné le petit Eoin et le « Grand Bonhomme » assis au sommet des falaises de Moher, embrassant la pierre de Blarney ou parcourant la Chaussée des Géants à Antrim. Sur une page, ce couple mal assorti admirait les fleurs sauvages et affrontait le vent sur l'île de Clare. Sur une autre, ils observaient le solstice d'hiver à Newgrange, dans le comté de Meath. L'histoire n'avait pas été prévue comme un cadeau pour Michael, mais une fois terminée, il avait été décidé qu'elle remplirait cette fonction.

C'était un beau petit livre, plein de fantaisie irlandaise et d'aspirations optimistes, où deux gars d'Irlande, un grand et un petit, arpentaient l'île d'émeraude. Je savais que l'Irlande ne connaîtrait pas avant très longtemps cette paix qu'évoquaient les pages de notre livre. Mais la paix viendrait. Et l'Irlande durerait, l'Irlande des vertes collines et des pierres à foison, à l'histoire mouvementée et aux émotions turbulentes.

Nous avons enveloppé et ficelé le volume, inscrit le nom de Michael dessus, puis nous l'avons déposé au pied du sapin en plus des paquets déjà placés, des cadeaux pour chacun des O'Toole, de nouveaux bonnets et des chaussettes neuves pour tous les hommes. Le Père Noël nous rendrait visite une fois Eoin couché. J'avais acheté le modèle réduit de la Ford T qui avait fasciné Eoin chez le prêteur sur gages, et Thomas lui avait fabriqué un petit voilier peint en rouge, exactement comme dans nos histoires.

Le photographe présent lors du mariage à l'hôtel Gresham nous avait envoyé quelques tirages. J'avais réussi à intercepter le colis sans que personne d'autre le voie, et j'avais mis l'image de Thomas et moi – celle qu'Eoin garderait toute sa vie – dans un gros cadre doré. Ce n'était pas un cadeau très amusant pour un petit garçon, mais il avait une valeur affective. J'avais fait encadrer l'autre image de la noce, celle où Michael sourit, pour Thomas. C'était le soir où j'avais pour la première fois admis mes sentiments, le soir où j'avais tout avoué ; le souvenir de ces instants et leur importance historique me coupaient le souffle chaque fois que je regardais cette photo.

Garvagh Glebe s'était transformé en pays des merveilles, tout en surfaces brillantes, en odeurs chaudes et en lueurs scintillantes, effluves d'épices, branches ornées de rubans et décorées de baies et de bougies. Je n'ai pas été surprise d'apprendre que Thomas ouvrait chaque année ses portes à ses voisins, embauchant des musiciens et fournissant de quoi nourrir un millier de ventres. Les festivités démarraient toujours en fin d'après-midi et se prolongeaient jusqu'à ce que tout le monde se rende à l'église St Mary pour la messe de minuit avant de rentrer dormir pour cuver les excès de la journée.

Peu après cinq heures, les charrettes et les carrioles bruyantes, les automobiles et les fourgonnettes ont commencé à emprunter l'allée pour atteindre le manoir, tout animé de lumières et de bruits. La salle de bal, inoccupée le reste de l'année, avait été épousetée, lavée et cirée, et de longues tables y étaient chargées de tartes et de gâteaux, de rôtis de dinde et de viandes épicées, de pommes de terre et de pains préparés d'une bonne douzaine de manières. Les plats refroidiraient vite, mais personne ne se plaignait ; les gens circulaient et festoyaient, riaient et bavardaient, oubliant leurs soucis pendant quelques heures. Certains se jetaient sur Michael Collins, d'autres l'évitaient. Une frontière séparait déjà ceux qui pensaient qu'il avait apporté la paix à l'Irlande grâce à son traité et ceux qui estimaient qu'il allait déclencher une guerre civile. La nouvelle de sa présence à Garvagh Glebe s'était répandue comme une traînée de poudre et, de ce fait, quelques personnes avaient décliné l'invitation. Les Carrigan, qui avaient perdu leur fils et leur maison à cause des Tans en juillet dernier, avaient refusé de prendre part à la fête. Les mains brûlées de Mary avaient guéri, mais pas son cœur. Patrick et Mary Carrigan ne voulaient pas la paix avec l'Angleterre. Ils réclamaient justice pour leur fils.

Thomas était allé en personne les inviter et voir comment ils allaient. Ils l'avaient remercié mais il ne pouvait oublier l'avertissement qu'ils lui avaient lancé en refusant : « Nous ne nous courberons pas devant l'Angleterre, et nous ne partagerons pas le pain avec ceux qui se courbent. »

Thomas craignait que Michael ne trouve ni repos ni répit, même à Dromahair, et il avait fait circuler sa propre mise en garde parmi les villageois. Ce Noël, il n'y aurait pas de débat ni même de discussion politique à Garvagh Glebe. Ceux qui accepteraient son hospitalité le feraient la paix dans le cœur, dans un esprit de réconciliation, faute de quoi ils ne seraient pas les bienvenus. Jusque-là, tout le monde s'était montré coopératif, et ceux que cette idée rebutait s'étaient abstenus.

Thomas a demandé si je voulais bien raconter à ses invités l'histoire de la Nativité et allumer des bougies aux fenêtres de la salle de bal. Ces bougies étaient une tradition, un signal adressé à Marie et Joseph indiquant qu'il y avait de la place pour eux à l'intérieur. À l'époque des Lois pénales, quand il avait été interdit de célébrer la messe, la bougie à la fenêtre était le symbole des catholiques, le signe que les habitants de la maison accueillaient aussi les curés.

Alors que je contais mon récit et allumais les bougies, beaucoup de bouches se sont tues. Quelques invités fusillaient Michael de regards accusateurs, comme s'il avait oublié toutes les souffrances et les persécutions antérieures. Il avait un verre à la main, une mèche sombre retombant sur son front ; Joe se tenait à sa gauche, le nommé Fergus à sa droite. Fergus avait des cheveux couleur carotte, un corps noueux et un revolver attaché à son épaule, sous sa veste de costume. Il ne semblait pas constituer une menace sérieuse en cas de bagarre, mais ses yeux ternes ne cessaient d'aller et venir. Thomas avait expliqué aux O'Toole que Fergus devait avoir accès à toute la maison et à toutes les dépendances, et qu'il était là pour assurer la sécurité de Michael, même dans le minuscule village de Dromahair.

Ensuite, les musiciens se sont mis à jouer, le centre de la salle a été dégagé et le bal a commencé. La voix du chanteur était théâtrale et vibrante, comme s'il essayait d'imiter un style pour lequel il n'était pas fait, mais l'orchestre était vaillant et la joie était grande, les couples se formaient et tournoyaient. Les enfants se faufilaient entre les adultes, dansaient et se pourchassaient. Eoin avait les joues empourprées, son enthousiasme était contagieux, mais Maeve et Moira tentaient de rassembler ses camarades pour organiser un jeu.

« *Tu m'as forcé à t'aimer, moi je ne le voulais pas. Je ne voulais pas t'aimer* », braillait le chanteur de façon peu convaincante. J'ai baissé les yeux vers mon gobelet de punch aux épices et j'ai un instant regretté qu'il n'y ait pas de glace pilée.

— Dansez avec moi, Annie.

Sans relever la tête, j'ai su qui m'avait parlé.

— Je crains de ne pas être très douée, Mr Collins.

— Ce n'est pas le souvenir que j'en ai. Je ne vous connais pas bien, mais je vous ai vue un jour danser avec Declan. Vous étiez merveilleuse. Et arrêtez de m'appeler Mr Collins, Annie. Nous n'en sommes plus là.

Avec un soupir, je l'ai laissé m'entraîner parmi les couples tourbillonnants. Bien sûr, l'autre Anne Gallagher savait danser. Encore une différence qui s'ajoutait à la liste. Je songeais à mes relations maladroites avec le rythme quand je dansais dans ma petite cuisine de Manhattan, contente que personne ne me voie, ressentant la musique de tout mon cœur mais incapable de la traduire en mouvements gracieux. Eoin disait toujours que je ressentais trop pour bien danser. « *La musique déborde en toi, Annie. Ça se voit tout de suite.* »

Je le croyais, mais cela ne me consolait guère quant à mon incapacité.

— Je crains d'avoir tout oublié, ai-je protesté.

Mais rien ne pouvait dissuader Michael. La musique a tout à coup changé, le chanteur a renoncé à toute tentative de modernité pour revenir à un style bien plus traditionnel. Le violon a grincé, s'est secoué, les battements de mains et le martèlement des pieds ont commencé. La cadence était frénétique, les pas bien trop rapides pour que je fasse semblant, et j'ai obstinément refusé d'accompagner Michael. Mais il m'avait tout à fait oubliée. Il observait Thomas, qui avait été poussé au centre des danseurs.

— Vas-y, Tommy ! a hurlé Michael. Montre-nous comment on fait.

Thomas arborait un large sourire et ses pieds voltigeaient, sous les acclamations des spectateurs. Je ne pouvais qu'admirer, totalement fascinée. Ses jambes suivaient le crincrin des violons, s'envolaient et retombaient, il était le vivant héros d'une légende irlandaise. Puis il a attiré dans le cercle Michael qui ne pouvait plus se contenir. Thomas riait, les cheveux dans les yeux, et je ne pouvais détacher de lui mon regard. J'étais grisée par l'amour, accablée par le désespoir.

J'avais trente et un ans. Je n'étais plus une enfant, plus une innocente. Je n'avais jamais été une groupie obsédée par les acteurs ou les chanteurs, par des hommes que je ne pouvais avoir et que je ne rencontrerais jamais. Mais j'avais rencontré Thomas Smith. Je le connaissais, et je l'aimais. Éperdument. Mais l'aimer, le connaître, tout cela était aussi improbable que d'aimer un visage qu'on voit sur un grand écran. Nous étions impossibles. Dans un moment, dans un souffle, tout cela pouvait prendre fin. Il était un rêve dont je pourrais aisément me réveiller et, je ne le savais que trop, que je serais incapable de ranimer une fois réveillée.

Le sentiment de futilité et de peur qui m'accompagnait depuis l'instant où Thomas m'avait tirée du lough s'est tout à coup abattu sur moi, lourd et sombre, et j'ai avalé le punch contenu dans mon verre pour essayer d'atténuer la pression. Dans ma tête, mon cœur battait comme un tambour, la pulsation s'enflait pour ressembler à un gong. J'ai quitté la salle de bal d'un pas vif, mais lorsque je suis arrivée à la porte d'entrée, je fuyais l'écho de la musique. Je me suis précipitée dehors pour me réfugier sous les arbres. La panique s'est emparée de moi, et j'ai agrippé à deux mains l'écorce d'un grand chêne.

La nuit était claire et froide ; j'ai inspiré l'air frais dans mes poumons, luttant contre ce qui résonnait sous mon crâne, avec l'espoir que le vacarme sous ma peau s'apaiserait. La réalité rugueuse de l'arbre me servait d'ancrage, et j'ai tendu le menton vers la brise, les yeux clos, accrochée au tronc.

Il ne s'est pas écoulé longtemps avant que j'entende derrière moi la voix de Thomas.

— Anne ?

Il était encore essoufflé, les manches de chemise retroussées jusqu'au coude, les cheveux emmêlés.

— Brigid me dit que vous avez filé comme si vous aviez le feu à vos jupes. Qu'est-ce qui ne va pas ?

Je ne lui ai pas répondu, non parce que j'étais contrariée, mais parce que j'étais au bord des larmes, la gorge nouée et le cœur si plein et si douloureux que je ne pouvais plus parler. Le lough m'appelait et j'ai soudain eu envie d'y entrer, de le narguer et de le rejeter, simplement pour me prouver que j'en étais capable. J'ai lâché l'arbre et je suis partie vers le lac, avec désespoir. Avec défi.

Thomas m'a saisie par le bras pour m'arrêter.

— Anne ! Où allez-vous ? (J'entendais la crainte dans sa voix, et je détestais cette crainte. Je me détestais d'en être la cause.) Vous avez peur, je le sens. Dites-moi ce qui ne va pas.

J'ai levé les yeux vers lui et j'ai tenté de sourire, posant mes mains sur ses joues, mes pouces sur la fossette de son menton. Il a attrapé mes poignets et a embrassé mes paumes.

— On dirait que vous faites vos adieux, comtesse. Je n'aime pas ça.

— Non. Pas mes adieux. Jamais !

— Alors quoi ?

Ses mains sont descendues vers ma taille, m'attirant contre lui.

J'ai inspiré profondément et j'ai cru préférable d'expliquer le murmure persistant du lough qui se brisait toujours à la limite de mon bonheur. Dans l'obscurité, les sentiments étaient plus difficiles à ignorer, plus faciles à déchaîner.

— Je ne veux pas que vous disparaissiez, ai-je chuchoté.

— De quoi parlez-vous ?

— Si je repars, c'est vous qui disparaîtrez. J'existerai encore, où que je sois, mais vous ne serez plus là. Vous n'y serez plus, Eoin n'y sera plus, et je ne peux pas supporter cela.

Le gong résonnait à nouveau dans ma tête, je me suis appuyée à Thomas, mon front contre son épaule. J'ai humé son parfum, je l'ai gardé dans mes poumons avant de le relâcher.

— Alors ne repartez pas, Annie, a-t-il prononcé d'une voix douce, ses lèvres dans mes cheveux. Restez avec moi.

J'aurais voulu discuter, exiger qu'il reconnaisse combien sa suggestion était susceptible d'échouer. Mais je l'ai étreint, réconfortée par sa confiance. Peut-être était-ce aussi simple que cela. Peut-être était-ce un choix.

Je me suis redressée, j'avais besoin de ses yeux et de sa solidité, j'avais besoin qu'il sache que si c'était bel et bien un choix, je l'avais déjà fait.

— Je vous aime, Thomas. Je pense que je vous aimais quand vous n'étiez encore que des mots sur une page, un visage sur une vieille photographie. Quand mon grand-père m'a montré votre image et a dit votre nom, j'ai ressenti quelque chose. Un mouvement s'est produit en moi.

Thomas ne m'a pas interrompue, il n'a pas déclaré son amour. Il m'a simplement écoutée, me contemplant avec douceur, la bouche tendre, sa main dans mon dos plus tendre encore. Mais j'avais besoin de quelque chose à saisir, et j'ai glissé mes doigts sous sa chemise comme je m'étais accrochée à l'arbre. Sa peau était chaude d'avoir dansé, et son cœur palpitait sous mes poings serrés, me rappelant qu'à ce moment, il était à moi.

— Puis les mots sur la page et le visage des photos sont devenus un homme. Réel. Tangible. Parfait. (J'ai dégluti, en essayant de ne pas pleurer.) Je suis tombée amoureuse si vite, si fort et si entièrement. Pas parce que l'amour est aveugle, mais parce que… il ne l'est pas. L'amour n'est pas aveugle, il est *aveuglant.* Éblouissant. Je vous ai regardé et, dès le premier jour, je vous ai connu. Votre foi et votre amitié, votre bonté et votre dévouement. J'ai tout vu, et je suis tombée éperdument amoureuse. Et ce sentiment ne cesse de grandir. Mon amour est si vaste, si débordant qu'il m'étouffe. C'est terrible d'aimer autant, sachant combien notre existence est fragile. Vous allez devoir vous cramponner à moi, sinon j'éclaterai… ou bien je partirai simplement à la dérive. Dans le ciel, sur le lough.

J'ai senti un frisson qui le parcourait, de ses mains délicates jusqu'à ses yeux pleins de pardon, puis ses lèvres ont souri et se sont collées aux miennes, une fois, deux fois, et à nouveau. Son soupir a chatouillé ma langue, et mes mains avides se sont plaquées contre lui, soumises. Puis il a murmuré à travers mes lèvres qui cherchaient les siennes, m'embrassant tout en parlant.

— Épousez-moi, Anne. Je vous enchaînerai à moi pour que vous ne puissiez pas vous envoler, pour que nous ne soyons jamais séparés. Et puis il est temps de vous donner un nom nouveau. C'est très perturbant de continuer à vous appeler Anne Gallagher.

De toutes les propositions qu'il aurait pu faire, le mariage ne figurait pas parmi celles auxquelles je m'attendais. Je me suis dégagée, bouche bée, et j'ai éclaté d'un rire incrédule. Pendant un moment, j'ai oublié les lèvres de Thomas pour étudier ses yeux. Ils étaient pâles et innocents sous les branches qui nous abritaient, à la lumière d'une lune d'hiver.

— Anne Smith, c'est presque aussi banal que Thomas Smith. Mais quand on est une comtesse qui voyage dans le temps, le nom n'a pas tant d'importance.

Ce ton de taquinerie s'accordait mal avec sa proposition très sérieuse.

— Le pouvons-nous vraiment ? Pouvons-nous nous marier ?

— Qui nous en empêche ?

— Je ne peux pas prouver que je suis… moi.

— Qui a besoin de preuve ? Je sais. Vous savez. Dieu sait.

Thomas m'a embrassé le front, le nez et les deux joues, avant de s'arrêter à ma bouche, attendant que je réponde.

— Mais… que vont dire les gens ?

Qu'allait dire Brigid ?

— J'espère qu'ils nous féliciteront.

— Que va dire Michael ?

Je me suis reculée, haletante, pour reprendre la conversation. Je m'imaginais Michael Collins félicitant Thomas tout en me murmurant des avertissements à l'oreille.

— Mick dira quelque chose de très brutal et irrespectueux, j'en suis sûr. Puis il éclatera en sanglots bruyants parce qu'il aime aussi intensément qu'il déteste.

— Et que...

Thomas a pressé mes lèvres avec ses doigts, encadrant mon visage dans ses mains et mettant un terme à mon flux de questions.

— Anne. Je vous aime. Désespérément. Je veux nous unir de toutes les manières possibles. Aujourd'hui, demain et pour tous les jours qui viendront ensuite. Voulez-vous m'épouser ou non ?

Il n'y avait rien que je désirais plus au monde. Pas une seule chose.

J'ai hoché la tête, souriant derrière ses doigts, totalement soumise. Il a retiré ses mains et m'a embrassée.

Pendant un moment, j'ai goûté la possibilité du définitif, savourant ce goût propre qui était le sien et qui me dévorait. La promesse chantait entre nous, et je me suis abandonnée à fredonner.

Puis le vent a changé, le clair de lune a cligné ; une branche a craqué, une allumette a vacillé. Un effluve de fumée de cigarette suspendu dans l'air nous a signalé que nous n'étions pas seuls, quelques secondes avant qu'une voix surgisse des ténèbres.

— Alors c'est vrai, pour vous deux ? Maman le disait, mais je ne voulais pas le croire.

Je me suis retournée dans les bras de Thomas, et il m'a retenue, me stabilisant avant de s'avancer vers l'inconnu.

Je croyais que c'était Liam. Dans le noir, il avait la même taille, la même carrure, et son timbre de voix était presque identique. Mais Thomas, totalement maître de la situation, l'a salué sous un autre nom, et j'ai compris mon erreur, avec un immense soulagement. C'était Ben

Gallagher, l'aîné des frères de Declan, celui que je n'avais pas encore rencontré.

— Anne, vous avez l'air en pleine forme.

Ben m'a saluée avec raideur, en inclinant la tête. Sa voix semblait contrainte, mal à l'aise, mais l'expression de son visage était masquée par sa casquette. Il a tiré une longue bouffée de sa cigarette avant de s'adresser à nouveau à Thomas.

— Collins est là. Je suppose que ça m'apprend de quel côté penche ta loyauté, Doc. Mais à voir comment tu embrassais la femme de mon frère, je ne suis pas sûr que la loyauté soit ton fort.

— Mick est un ami. Tu le sais. Michael Collins était ton ami aussi, Ben. Autrefois.

Thomas n'avait pas relevé l'attaque. Declan était décédé depuis cinq ans, et je n'étais pas sa femme.

— Autrefois nous avions une cause commune. Plus maintenant.

— Et quelle est cette cause, Ben ?

Thomas parlait si doucement qu'il était difficile d'y détecter le venin, mais je l'ai entendu. Ben l'a entendu aussi, et il s'est aussitôt énervé.

— Cette putain de liberté irlandaise, Doc, a-t-il glapi en jetant sa cigarette. Tu es si bien dans ta grande maison avec tes amis puissants et la femme de ton meilleur ami que tu en oublies sept cents ans de souffrances ?

— Michael Collins a fait plus pour la liberté irlandaise, pour l'indépendance irlandaise, que nous n'en ferons jamais, toi ou moi, a riposté Thomas avec conviction.

— Eh bien, ça ne suffit pas ! Nous n'avons pas versé notre sang pour ce traité. Nous y sommes presque, nous ne pouvons plus nous arrêter maintenant ! Collins a capitulé. Quand il a signé cet accord, il a mis un coup de couteau dans le dos de tous les Irlandais.

— Ne fais pas ça, Ben. Ne les laisse pas prendre ça aussi.

— Prendre quoi ?

— Les Anglais ont laissé leur empreinte partout, ne les laisse pas nous diviser. Ne les laisse pas détruire les familles et les amitiés. Si nous nous battons entre nous, il ne nous restera rien. Ils auront vraiment détruit les Irlandais. Et on aura fait tout le sale boulot à leur place.

— Donc tout ça n'a servi à rien ? Les hommes qui sont morts en 1915 et ceux qui sont morts depuis ? Ils sont morts pour rien ?

— Si nous nous attaquons les uns les autres, alors ils seront morts pour rien.

Ben s'est mis à secouer la tête.

— La lutte n'est pas terminée, Thomas. Si nous ne nous battons pas pour l'Irlande, qui le fera ?

— Donc, notre loyauté est envers l'Irlande et les Irlandais, sauf s'ils ne sont pas d'accord avec nous, auquel cas on les tue ? Ce n'est pas comme ça que c'est censé se passer, a riposté Thomas qui ne pouvait en croire ses oreilles.

— Tu te rappelles bien comment c'était, Thomas. Les gens n'étaient pas derrière nous en 1915 non plus. Tu te rappelles comment ils gueulaient, nous huaient et nous lançaient des trucs quand les Tans nous ont fait défiler dans les rues après notre reddition. Mais les gens ont changé d'avis. Tu as vu le scandale quand nos leaders ont été pendus. Tu as vu les foules qui acclamaient les prisonniers de retour d'Angleterre huit mois plus tard. Les gens veulent la liberté. Ils sont prêts pour la guerre, si c'est ce qu'il faut. Nous ne pouvons pas renoncer au combat maintenant, après tant de chemin parcouru !

— J'ai vu des hommes mourir. J'ai vu Declan mourir. Je ne vais pas commencer à tirer sur les amis qui me restent. Je ne le ferai pas. Les convictions, c'est bien joli, sauf quand ça devient un prétexte pour déclarer la guerre à ceux auprès desquels on s'est battu.

— Qui es-tu, Doc ? Seán Mac Diarmada doit se retourner dans sa tombe.

— Je suis un Irlandais. Et je ne prendrai pas les armes contre toi, ni contre aucun Irlandais, traité ou pas.

— Tu es un faible, Thomas. Anne revient – où diable étiez-vous, d'ailleurs ? (Il s'est tourné vers moi avec rage, avant de se tourner à nouveau vers Thomas pour reprendre la discussion.) Elle revient, et tout à coup tu perds tout ton courage. Qu'est-ce que Declan penserait de vous deux ?

Il y a eu un bruit humide. Ben avait craché à nos pieds. Puis il a eu un geste signifiant qu'il congédiait Thomas, qu'il nous congédiait tous les deux.

— Ta mère sera heureuse de te voir, Ben. Cela fait si longtemps. Mange, bois, repose-toi. Passe Noël avec nous, a dit Thomas, refusant de réagir à la provocation.

— Avec lui ?

Ben a désigné la rangée de fenêtres du côté est de la maison, où la fête battait son plein. La silhouette de Michael, en grande conversation avec Daniel O'Toole, était découpée par la lumière de la salle de bal.

— Quelqu'un devrait dire au Grand Bonhomme de ne pas se mettre aux fenêtres, a-t-il enchaîné. On ne sait jamais qui se cache dans les arbres.

Thomas s'est raidi en entendant cette menace voilée. Sa main s'est crispée sur mon corps, et j'étais contente de pouvoir m'appuyer à lui quand une voix s'est élevée dans l'ombre, accompagnée par le bruit reconnaissable d'un revolver que l'on arme.

— Non, on ne sait jamais !

C'était Fergus qui s'approchait de nous. Une cigarette pendait des lèvres du garde du corps, lui donnant un air désinvolte, sans rapport avec sa posture menaçante.

Ben a tressailli, ses mains se sont dirigées vers ses poches.

— N'y pense même pas, a calmement conseillé Fergus. Ça gâcherait le Noël d'un tas de braves gens.

Les mains de Ben se sont immobilisées.

— Si tu entres dans la maison, je vais avoir besoin du revolver que tu envisageais d'utiliser, a insisté Fergus. Si tu n'entres pas, je le prendrai quand même, pour être sûr que tu survivras à cette nuit. Et il faudra que tu prennes tout de suite le chemin de Dublin.

Il a laissé tomber sa cigarette et, sans baisser les yeux, a enfoncé le mégot dans la terre avec la pointe de sa chaussure. Il s'est avancé vers Ben et a entrepris de le fouiller sans cérémonie, tirant un couteau de sa bottine et un revolver de sa ceinture.

— Sa mère est à l'intérieur. Son neveu aussi. Il est de la famille, a murmuré Thomas.

Fergus a acquiescé d'un brusque mouvement de tête.

— À ce qu'il paraît. Alors pourquoi est-il ici, dans les arbres, à surveiller la maison ?

— Je suis venu voir ma mère. Et ma belle-sœur, ressuscitée d'entre les morts. Je suis venu voir Eoin et te voir, Doc. C'est la première fois en cinq ans que je viens ici pour Noël. Je ne m'attendais pas à trouver Collins ici. Je n'avais pas décidé si j'allais rester, s'est défendu Ben.

— Et Liam ? Liam est là aussi ? ai-je demandé.

Ma voix tremblait, et Thomas s'est raidi.

— Liam est à Youghal, dans le comté de Cork. Il ne reviendra pas ici cette année. Trop de travail. C'est la guerre.

— Pas ici, Ben. Il n'y a pas de guerre ici. Pas ce soir. Pas maintenant, a affirmé Thomas.

Ben a acquiescé, la mâchoire serrée, mais avec une expression de dégoût. Son regard nous condamnait tous.

— Je veux voir ma mère et le gamin. Je passerai la nuit dans la grange. Et après je m'en irai.

— Alors entre dans la maison, a ordonné Fergus, poussant Ben en avant sans baisser son arme. Mais je te suggère d'éviter Mr Collins.

24 décembre 1921

Quelque chose a changé en Irlande vers le tournant du siècle. Il s'est produit une sorte de renouveau culturel. Nous chantions les vieilles chansons et nous écoutions les vieilles histoires – que nous avions entendues quantité de fois –, mais elles nous étaient enseignées avec une intensité nouvelle. Nous nous regardions dans la glace et nous nous regardions les uns les autres, dans l'expectative. Nous éprouvions de la fierté et même du respect pour ce que nous étions, ce à quoi nous pouvions aspirer et ceux dont nous descendions. On m'a appris à aimer l'Irlande. Mick a appris à aimer l'Irlande. Je ne doute pas que Ben, Liam et Declan aient eux aussi appris à l'aimer. Mais pour la première fois de ma vie, je ne suis pas sûr de ce que cela signifie.

Après notre confrontation avec Ben Gallagher, Anne et moi sommes restés sous les arbres, ébranlés par l'incident.

— Je n'aime pas ce monde, Thomas, a-t-elle murmuré. Ce monde est une chose que l'autre Anne comprenait clairement et que je ne comprendrai jamais.

— Quel monde, comtesse ? ai-je demandé, même si je connaissais déjà la réponse.

— *Le monde de Ben Gallagher et de Michael Collins, des frontières mouvantes et des alliances changeantes. Et le pire c'est... que je connais la fin, je sais comment cela finira, mais je n'y comprends quand même rien.*
— *Pourquoi ? Pourquoi ne comprenez-vous pas ?*
— *Parce que je ne l'ai pas vécu. Pas comme vous. L'Irlande que je connais est un pays de chansons, de légendes et de rêves. C'est la version d'Eoin, et pourtant même cette version est adoucie, remodelée parce qu'il avait quitté le pays. Je ne connais pas l'Irlande de l'oppression et de la révolution. On ne m'a pas appris à haïr.*
— *On ne nous a pas appris à haïr, Anne.*
— *Mais si.*
— *On nous a appris à aimer.*
— *À aimer quoi ?*
— *La liberté. L'identité. La possibilité. L'Irlande.*
— *Et que ferez-vous de cet amour ? a-t-elle insisté.*
Comme je ne disais rien, elle a répondu à ma place.
— *Je vais vous dire ce que vous en ferez. Vous vous attaquerez les uns les autres parce que vous n'aimez pas l'Irlande. Vous aimez l'idée de l'Irlande. Et chacun a sa propre idée de ce qu'elle est.*

Je n'ai pu que secouer la tête, blessé, en signe de résistance. L'indignation pour l'Irlande – pour toute injustice – brûlait dans mon cœur, et je ne voulais pas regarder Anne. Elle avait réduit mon affection à un rêve impossible. Un instant après, elle a attiré mon visage contre le sien et a embrassé mes lèvres, implorant mon pardon.

— *Je suis désolée, Thomas. Je dis que je ne comprends pas, et ensuite je vous fais la leçon comme si je comprenais.*

Il n'a plus été question ni de l'Irlande, ni de mariage, ni de Ben Gallagher. Cependant ses paroles ont résonné dans ma tête toute la soirée, noyant tout le reste. « Et que ferez-vous de cet amour ? »

J'ai assisté à la messe de minuit, entre Mick et Anne, tenant Eoin endormi dans mes bras. Il avait commencé à bâiller pendant la procession et s'est assoupi avant la première lecture. Il ronflait doucement pendant que le Père Darby récitait la prophétie d'Isaïe, oubliant tout souci, ignorant la tension qui voûtait les épaules de Mick et plissait le front d'Anne. Sa joue semée de taches de rousseur reposait contre ma poitrine, contre mon cœur douloureux, et je lui enviais son innocence, sa foi et sa confiance. Quand Mick a tourné vers moi son visage sérieux pour le baiser de paix, je n'ai pu que hocher la tête et répéter la bénédiction, « la paix soit avec vous », alors que rien n'était plus éloigné de mon cœur que la paix.

Le Père Darby a dit dans son homélie qu'il était plus facile pour un chameau de passer par le chas d'une aiguille que pour un riche d'entrer au royaume de Dieu. On pourrait aussi dire qu'il est plus facile pour un chameau de passer par le chas d'une aiguille que pour un Irlandais d'arrêter de se battre.

On m'a appris à aimer l'Irlande, mais l'amour ne devrait pas être aussi difficile. Le devoir, oui. Mais pas l'amour. C'est peut-être ma réponse. Jamais un homme ne souffre ou ne se sacrifie pour une chose qu'il n'aime pas. En fin de compte, je suppose que tout dépend de ce que nous aimons le plus.

T. S.

20

Les oiseaux blancs

*Je suis hanté par d'innombrables îles et par bien
des rives danaéennes,
Où certainement le Temps nous oublierait, et où le
chagrin ne s'approche plus de nous ;
Nous serions bientôt loin de la rose et du lys, loin
de la peur des flammes,
Si seulement nous étions des oiseaux blancs, ma
bien-aimée, portés par l'écume de la mer !*

W. B. Yeats

JE ME SUIS RÉVEILLÉE en sursaut, sans trop savoir pourquoi. J'ai tendu l'oreille, pensant qu'Eoin était déjà debout parce qu'il avait hâte de voir si le Père Noël était venu pendant la nuit, mais j'ai entendu des bruits que je n'arrivais pas à identifier.

Nous étions rentrés de la messe de minuit aux premières heures du matin, tous éteints et harcelés par nos pensées personnelles. Thomas avait porté Eoin assoupi jusqu'à son lit et je les avais suivis, aidant Eoin à mettre sa chemise de nuit, alors qu'il tenait à peine sur ses pieds. Il dormait déjà profondément lorsque j'ai remonté les couvertures sur ses épaules. Brigid n'avait pas assisté à la messe, mais était restée pour profiter de son fils dans la maison vidée de ses invités. À notre retour, elle était couchée, et Ben était soit déjà parti, soit dans la grange. Je n'ai pas cherché à en savoir plus.

J'ai souhaité à Thomas un joyeux Noël et un bon anniversaire, et j'ai vu que je le prenais au dépourvu, comme s'il avait lui-même oublié la date ou comme s'il croyait que je ne m'en serais pas souvenue. J'avais prévu des cadeaux pour lui et un gâteau dans le garde-manger.

Il m'a entraînée dans sa chambre et a fermé la porte derrière nous, m'attirant à lui avec une brutalité calme, avide mais respectueuse, m'embrassant comme s'il en avait eu envie toute la soirée, comme s'il ne savait pas quand il m'embrasserait à nouveau. Thomas n'était pas un homme à femmes. J'avais la nette impression qu'il n'avait jamais aimé sérieusement avant moi, mais il embrassait avec une assurance née de son engagement, qui donnait tout et exigeait tout en échange. Michael Collins avait dit en plaisantant que si Thomas aimait comme il dansait, j'avais bien de la chance. Thomas aimait comme il dansait, comme il soignait ses patients, comme il faisait tout le reste, avec un engagement total et un soin minutieux du détail. Nous étions tous deux hors d'haleine et pantelants quand je me suis arrachée à son étreinte. J'ai regagné ma chambre sur la pointe des pieds.

Thomas, Michael et Joe O'Reilly ont passé une bonne partie de la nuit dans la bibliothèque, le brouhaha de leurs voix et un éclat de rire occasionnel me réchauffant alors que je sombrais dans le sommeil.

À présent, le jour était levé, même si le soleil était paresseux en ces mois d'hiver ; le ciel parcourait toute une palette de gris avant d'en arriver à la lumière. J'ai mis le peignoir bleu foncé que j'avais laissé au bout de mon lit, j'ai glissé mes pieds dans des chaussettes en laine, et je suis sortie de ma chambre. Dans le salon, je m'attendais à voir Eoin examinant les paquets rangés sous l'arbre, mais je n'ai trouvé que Maeve en train d'attiser le feu, la langue pendante, une trace de suie sur le nez.

— Nous sommes les premières debout ? ai-je chuchoté comme un enfant enthousiaste.

— Oh non, miss. Eleanor, Moira et ma mère sont à la cuisine. Le Dr Smith, Mr Collins, mes frères et une dizaine d'autres sont dans la cour.

— Dans la cour ? Pourquoi ?

J'ai couru jusqu'à la fenêtre pour scruter la brume persistante et l'aurore timide.

— Ils font une partie de hurling ! Mes frères étaient tellement excités qu'ils n'ont pas dormi de la nuit. À Noël dernier, Doc leur a offert des crosses et leur a promis qu'ils pourraient jouer avec les grands cette année. Il a même fait fabriquer une petite crosse pour Eoin. Il est dehors avec eux, il doit les embêter.

Ce dernier grommellement m'a rappelé ce que Maeve deviendrait, cette vieille femme aux lunettes épaisses qui prétendait avoir bien connu Anne et qui traitait Eoin de chenapan.

— Eoin est sorti ?

Elle a hoché la tête et s'est accroupie, s'essuyant les mains sur son tablier.

— Maeve ?
— Oui, miss ?
— J'ai quelque chose pour vous.

Elle a souri, oubliant le feu.

— Pour moi ?

Je me suis approchée de l'arbre, sous lequel j'ai pris une lourde boîte en bois. Elle était soigneusement emballée pour protéger des chocs son contenu fragile. Je l'ai tendue à Maeve, qui l'a tenue d'un air intimidé.

— C'est de la part du Dr Smith et de la mienne. Ouvrez donc.

J'avais vu un service à thé dans la vitrine du prêteur sur gages et j'avais reconnu le délicat motif de roses. Lorsque j'avais raconté cette histoire à Thomas, il avait tenu à acheter tout le service, avec les soucoupes, le pot à lait et le sucrier avec sa pince.

Maeve a ouvert la boîte avec précaution, comme pour prolonger au maximum le plaisir du suspens. Quand elle a vu les petites tasses nichées dans le satin rose, elle en a eu le souffle coupé.

— Si vous préférez une crosse de hurling, je devrais pouvoir arranger ça, ai-je dit en souriant. Ce n'est pas parce que nous sommes des dames que nous devons être privées de ce plaisir-là.

— Oh non, miss. Oh non. C'est tellement mieux qu'une crosse idiote !

Elle haletait de contentement, touchant les pétales avec ses doigts maculés de suie.

— Un jour, dans bien des années, quand vous serez adulte, une femme viendra d'Amérique, qui s'appellera Anne, comme moi, à la recherche de ses ancêtres à Dromahair. Elle prendra le thé chez vous, et vous l'aiderez. J'ai pensé que vous auriez besoin d'un service à thé pour le jour où cela arrivera.

Maeve m'a dévisagée, sa bouche formant un O parfait, ses yeux bleus si écarquillés qu'ils remplissaient son visage maigre.

Elle s'est signée comme si mes prédictions l'avaient effrayée.

— Vous avez le don de double vue, miss ? C'est pour ça que vous êtes si maligne ? Mon père dit que vous êtes la femme la plus intelligente qu'il connaisse.

— Non, je n'ai pas ce don... Pas exactement. Je sais juste raconter des histoires. Et certaines histoires deviennent réalité.

Elle a lentement acquiescé, sans détacher son regard de mes yeux.

— Vous savez mon histoire, miss ?

— Votre histoire est très longue, Maeve.

— Les gros livres sont ceux que je préfère. Ceux avec des tas de chapitres.

— Votre histoire comptera mille chapitres.

— Je serai amoureuse ?

— Très souvent.

— Très souvent ? a-t-elle répété, ravie.

— Très souvent.

— Je ne vous oublierai jamais, miss Anne.

— Je le sais, Maeve. Et je ne vous oublierai jamais non plus.

***

Je me suis habillée en hâte. J'ai réuni mes cheveux en une natte et j'ai mis une robe, mes bottines et un châle, ne voulant pas manquer l'occasion. J'avais été élevée par un Irlandais mais je n'avais pas une seule fois assisté à un match de hurling. Ils maniaient leurs crosses, la mine farouche dans la brume matinale. Ils fonçaient, filaient, poussant une petite balle d'un bout à l'autre de la pelouse. Eoin se servait de sa propre crosse, mais il était relégué sur le côté et jouait avec une balle rien que pour lui, qu'il frappait et pourchassait sans relâche. Il a couru vers moi lorsqu'il m'a vue sortir de la maison ; il avait le nez aussi rouge que ses cheveux. Heureusement, il portait un manteau et une casquette, mais ses mains étaient glacées lorsque je me suis baissée pour les serrer dans les miennes. Il était manifestement insensible au froid.

— Joyeux Noël, Maman !

— *Nollaig shona dhuit*, ai-je répondu en embrassant ses joues couleur de cerise. Dis-moi, qui gagne ?

Il a froncé le nez en direction des hommes qui rugissaient et se piétinaient, en bras de chemise, le col déboutonné, et a haussé les épaules.

— Mr Collins et Doc n'arrêtent pas de se pousser par terre, et Mr O'Toole ne peut pas courir, alors il se fait tout le temps renverser.

J'ai gloussé en regardant Thomas envoyer la balle à Fergus, qui a habilement évité la charge de Michael Collins, dont la bouche remuait aussi vite que les jambes. Malgré le passage des décennies, certaines choses n'avaient pas changé et ne changeraient sans doute jamais. Les gros mots faisaient clairement partie du jeu. Deux équipes de dix joueurs avaient été assemblées avec l'aide des familles voisines. Eamon Donnelly, l'homme qui avait fourni la carriole le jour où Thomas m'avait tirée du lough, s'était joint au match, et il m'a adressé un signe joyeux avant de frapper la balle. J'ai observé la scène, fascinée, encourageant tout le monde et personne en particulier, même si je tressaillais chaque fois que Thomas dérapait dans l'herbe, même si je retenais ma respiration quand je voyais les crosses s'entrechoquer et les jambes s'emmêler. Pourtant, ils ont tous survécu sans blessure grave, et Michael a proclamé son équipe victorieuse après deux heures de jeu intense.

Tout le monde a déboulé dans la cuisine en quête de rafraîchissements – thé et café, jambon et œufs, petits pains si collants et sucrés que je me suis sentie rassasiée après deux bouchées. Les voisins se sont vite dispersés, rejoignant leurs familles et leurs traditions. Une fois lavés, Thomas, Michael, Joe et Fergus nous ont rejoints dans le salon pour l'échange de cadeaux autour de l'arbre. Michael a pris Eoin sur ses genoux et ils ont lu ensemble l'histoire que nous avions écrite. Michael lisait d'une voix grave et douce, son accent de Cork prononçant mes mots me meurtrissait le cœur et me piquait les yeux. Thomas a enlacé mes doigts avec les siens, caressant mon pouce avec une douceur discrète.

Quand l'histoire a été finie, Michael a baissé ses yeux brillants, la gorge nouée.

— Tu veux bien la garder pour moi, Eoin ? La garder ici à Garvagh Glebe, pour que nous puissions la relire ensemble chaque fois que je viendrai ?

— Vous ne voulez pas l'emporter chez vous et la montrer à votre maman ?

— Je n'ai pas de chez-moi, Eoin. Et ma maman est avec les anges.

— Votre papa aussi ?

— Mon papa aussi. J'avais six ans, comme toi, quand mon père est mort.

— Peut-être que votre maman reviendra comme la mienne. Il faut juste le vouloir très fort.

— C'est ce que tu as fait ?

— Oui, a dit Eoin très sérieusement. Doc et moi, on a trouvé un trèfle à quatre feuilles. Les trèfles à quatre feuilles, ça porte bonheur, vous savez. Doc m'a dit de faire un vœu.

Michael a haussé les sourcils.

— Comme vœu, tu as demandé à avoir une maman ?

— J'ai demandé toute une famille.

Eoin avait chuchoté mais tout le monde l'a entendu. La main de Thomas a serré la mienne.

— Tu sais Eoin, si ta maman se mariait avec Doc, il deviendrait ton papa, a suggéré Michael de l'air le plus innocent.

— Tu ne peux pas tenir ta langue, Mick ? a soupiré Thomas.

— Fergus dit qu'il a entendu une demande en mariage hier soir.

Michael avait lancé son allusion avec un sourire narquois. Fergus a grogné mais ne s'est pas défendu, il n'a formulé aucun reproche.

— Il y a une petite boîte suspendue à cette branche, là. Tu la vois ?

Eoin est descendu des genoux de Michael et a scruté l'épais feuillage, dans la direction qu'indiquait Thomas.

— C'est pour moi ?

— Oui, en un sens, j'imagine. Tu peux me la décrocher ?

Eoin a récupéré le trésor caché et l'a apporté à Thomas.

— Tu veux bien que ta maman l'ouvre, mon gars ?

Eoin a eu un hochement de tête théâtral et m'a regardé soulever le couvercle du minuscule écrin de velours. Il contenait deux anneaux d'or, l'un plus grand que l'autre. Eoin a levé les yeux vers Thomas, attendant une explication.

— Ces bagues appartenaient à mes parents. À mon père, qui est mort avant ma naissance, et à ma mère, qui s'est remariée et m'a donné un autre père, un père bon et généreux, qui m'a aimé alors que je n'étais pas son fils.

— Exactement comme toi et moi, a dit Eoin.

— Oui. Exactement comme nous. Je veux épouser ta mère, Eoin. Qu'en penses-tu ?

— Aujourd'hui ?

— Non ! a répondu Thomas dans l'hilarité générale.

— Mais pourquoi pas, Tommy ? a suggéré Michael, mettant de côté toute taquinerie. Pourquoi attendre ? Aucun de nous ne sait de quoi demain sera fait. Épouse Annie et donne au gamin la famille qu'il a demandée.

Le regard de Brigid a croisé le mien et elle a tenté de sourire, mais ses lèvres tremblaient, et elle s'est mis une main devant la bouche pour masquer ses émotions. Pensait-elle à sa propre famille ? J'ai dit une prière silencieuse pour ses fils.

Thomas a pris l'un de ces anneaux tout simples et l'a tendu à Eoin, qui l'a examiné avant de me le remettre.

— Tu vas te marier avec Doc, Maman ?

J'avais toujours porté le camée d'Anne à ma main droite – c'était pour moi un bijou familial, pas une alliance – et j'étais contente de pouvoir sans difficulté passer à mon doigt l'anneau de la mère de Thomas.

— La bague me va. À la perfection. Cela doit signifier que la réponse est oui.

Eoin a poussé un cri de joie, Michael en a fait autant, saisissant le petit garçon pour le lancer en l'air.

— Il ne manque plus que le Père Darby, ai-je murmuré.

Thomas s'est éclairci la gorge.

— Nous devrions fixer une date.

— Je lui ai parlé hier après la messe, a avoué Mick en souriant.

— Toi ?

— Oui. Je lui ai demandé s'il était disponible demain. Il a répondu qu'une messe nuptiale pouvait être organisée. Nous sommes tous réunis pour Noël, pourquoi ne pas prolonger la fête ?

— Oui, pourquoi pas ? ai-je renchéri.

Un silence s'est fait, et je me suis sentie rougir.

— Pourquoi pas, en effet ? a lentement répété Thomas, abasourdi.

Puis un sourire, blanc et aveuglant, a éclairé son visage, et j'ai soudain perdu mon souffle. Il m'a pris le menton et m'a embrassée, pour conclure cet accord.

— Alors ce sera demain, comtesse.

Eoin s'est mis à pousser des cris de joie, Michael à taper du pied, Joe à donner de grandes claques dans le dos de Thomas. Fergus est sorti, gêné par cet étalage de sentiments et par le rôle qu'il y jouait, mais Brigid a continué à tricoter calmement, le regard chaleureux, le sourire sincère. Les O'Toole devaient revenir ce soir-là pour le dîner de Noël, et nous leur annoncerions la nouvelle, mais je comptais déjà les heures en attendant de devenir Anne Smith.

***

J'avais lu dans un volume de mémoires le récit d'un dîner auquel avaient participé Michael Collins, Joe O'Reilly et plusieurs autres, chez les Llewelyn-Davies, à Dublin. Le nom du domaine – Furry Park – m'évoquait une forêt pleine d'animaux en peluche du genre Winnie l'Ourson, et je m'étais interrogée sur l'origine de cette appellation. Pas de conte de fées en vue, malgré tout : un homme avait escaladé les arbres de Furry Park pour tenter d'assassiner Michael Collins en tirant une balle à travers les fenêtres de la salle à manger. Le garde du corps de Collins, dont l'identité n'était pas précisée, avait découvert l'intrus, l'avait emmené non loin du manoir sous la menace d'un revolver et l'avait abattu.

Il existait des témoignages contradictoires, certains affirmant que Michael Collins se trouvait ailleurs ce jour-là. Mais les détails de l'histoire étaient étrangement semblables à ce qu'il s'est passé lors de notre dîner de Noël.

Un coup de feu, étouffé et lointain, a interrompu le bénédicité, et nous avons tous levé la tête, oubliant la prière.

— Où est Fergus ? a demandé Michael, inquiet.

Une tasse s'est brisée à terre et, sans un mot, Brigid a couru vers la porte, empoignant ses jupes dans une main.

— Restez ici, vous tous, a ordonné Thomas alors que Michael se levait d'un bond. Je m'occupe de Brigid.

— J'y vais aussi, Doc.

Robbie O'Toole s'était levé, son œil détruit dissimulé par un bandeau, son œil valide n'exprimant aucune émotion.

— Robbie, a protesté Maggie.

Elle avait failli le perdre et n'avait guère envie qu'il reçoive à nouveau une balle.

— Je connais tous les gars des environs, Maman, je sais dans quel camp ils sont. Je pourrai peut-être aider.

Nous avons attendu dans un silence tenu, le nez dans nos assiettes. Eoin est venu sur mes genoux et a caché son visage dans mon épaule.

— Ce n'est rien. Ne vous en faites pas. Mangeons.

Maggie O'Toole a frappé dans ses mains, incitant sa famille à se servir. Après un rapide regard dans ma direction, tous ont obéi, profitant du festin avec le bonheur de ceux qui ont jadis connu la faim. J'ai également servi Eoin, l'incitant à retourner à sa place. Les plus jeunes se sont mis à converser entre eux, mais les adultes mangeaient sans bruit, guettant avec anxiété le retour des hommes.

— Pourquoi est-elle partie ainsi en courant, Anne ? m'a demandé tout bas Michael.

— Je ne vois qu'une raison. Elle doit penser que cela concerne son fils.

— Fergus ne tire que s'il est obligé, a déclaré Joe.

— Il n'a peut-être pas eu le choix, ai-je murmuré, terrorisée.

— Bon Dieu !

— Donc les fils Gallagher ne sont pas avec nous ? a soupiré Michael. Ils ne sont pas les seuls.

J'avais cru, puisqu'il avait répété à Michael l'échange qu'il avait entendu la veille entre Thomas et moi, que Fergus lui avait aussi parlé de la présence de Ben Gallagher et de son déplaisir en trouvant Michael Collins à Garvagh Glebe, mais ce n'était apparemment pas le cas.

Brigid est rentrée, pâle mais tranquille, et a présenté ses excuses pour sa sortie précipitée.

— Je me suis inquiétée pour rien, a-t-elle admis, mais sans donner plus d'explications.

Nous avons terminé le repas sans que Thomas et Robbie ne reviennent. Tandis qu'Eoin jouait aux charades avec les O'Toole, nous nous sommes glissés à l'extérieur, Michael, Joe et moi, incapables d'attendre plus longtemps. Thomas et Robbie s'en revenaient à travers les arbres, du côté est du Lough Gill. Leurs vêtements étaient mouillés jusqu'aux hanches car ils avaient pataugé dans le marécage, ils frissonnaient et semblaient moroses.

— Que s'est-il passé ? Où est Fergus ?

— Il n'est pas loin, a répondu Thomas en essayant de nous ramener vers la maison.

— Sur qui a-t-il tiré, Tommy ?

Michael ne voulait pas bouger, sa voix était lugubre.

— Sur aucun habitant de Dromahair, Dieu merci. Personne ici n'a perdu son père ou son fils, a marmonné

Thomas. (La répugnance et le regret creusaient des plis autour de sa bouche, et il se frottait les yeux d'un air las.) Fergus dit que l'homme tenait un fusil à longue portée et qu'il visait la maison. Il était tapi là depuis un bon moment, il guettait sa cible, semble-t-il.

— C'est moi qu'il guettait ? a demandé froidement Michael.

Robbie a été parcouru d'un tremblement nerveux, et son œil valide s'est agité avec violence.

— Je l'ai reconnu, Mr Collins. Il faisait de la contrebande d'armes pour les Volontaires. Je l'ai vu deux ou trois fois avec Liam Gallagher. Ils l'appelaient Brody, mais je ne sais pas si c'était son nom ou son prénom. Les amis de Liam n'ont pas eu beaucoup de chance.

— Comment ça ?

— Martin Carrigan a été tué par les Tans en juillet, et maintenant c'est le tour de Brody. Ils n'étaient pas avec notre colonne, mais ils étaient dans notre camp.

Robbie secouait la tête comme s'il n'y comprenait rien.

— Les camps sont en train de changer, mon gars. Et nous, on se sent pris au milieu de tout ça.

— Martin Carrigan était barbu, Anne, et blond, a dit Thomas en me regardant. Je pense qu'il était peut-être l'un des hommes de la péniche, sur le lough, en juin. Brody correspond à votre description du troisième. Je n'y avais pas pensé jusqu'au moment où Robbie a dit qu'ils étaient de la bande de Liam.

— De quoi parles-tu, Tommy ? De quelle péniche ? s'est étonné Michael.

Thomas est resté muet : c'était à moi d'assembler les pièces du puzzle.

— Ce qu'il dit, Michael, c'est que l'homme abattu ce soir par Fergus n'était pas forcément ici pour vous tuer, vous, ai-je dit, me soutenant à peine.

— Quoi ? s'est exclamé Joe O'Reilly avec stupeur.
— Il était peut-être ici pour me tuer, moi.

26 décembre 1921

J'ai épousé Anne aujourd'hui. Malgré toutes leurs ressemblances physiques, elle ne me rappelle plus l'Anne de Declan. Elle est mon Anne, et c'est tout ce que je vois. Elle portait le voile de Brigid et la robe d'Anne Finnegan, comme un ange de Noël tout de blanc vêtu. Quand j'ai commenté son choix, elle a simplement répondu avec un sourire : « Combien de femmes ont l'occasion de porter la robe de leur arrière-grand-mère et le voile de leur arrière-arrière-grand-mère ? » Elle tenait un bouquet de houx, aux fruits si rouges entre ses mains blanches, et sa chevelure noire était dénouée. Elle frisait sur ses épaules, sous le voile. Elle était si belle.

L'église était froide, les invités étaient calmes et somnolents après deux jours de festivités. J'ai cru qu'Anne voudrait différer notre mariage après les événements de la nuit dernière, mais quand je l'ai proposé, elle a affirmé que si Michael Collins pouvait continuer à agir malgré le chaos, nous le pouvions aussi. Elle avait le regard serein lorsque je lui ai pris la main pour entrer dans la chapelle. Elle a refusé de porter un manteau ou un châle par-dessus la robe et s'est agenouillée, frissonnante, devant l'autel tandis que le Père Darby récitait l'office nuptial, la liturgie tombant de ses lèvres selon un rythme berceur auquel répondaient tous les membres de l'assistance. Admirant Anne, je tremblais moi aussi, mais pas de froid.

Je m'accrochais à chaque mot, cherchant désespérément à savourer cette cérémonie et à n'en rien perdre. Dans les années à venir, ce que je chérirai le plus, c'est le souvenir d'Anne, de son regard assuré, de son dos droit et de ses promesses catégoriques.

Elle était solennelle et apaisée comme la Madone du vitrail qui nous contemplait pendant que les rites étaient accomplis.

Quand Anne a prononcé son engagement, elle a abandonné son accent irlandais, comme si ce vœu était trop sacré pour qu'elle conserve alors un déguisement. Si le Père Darby s'est étonné de ses intonations américaines, il ne l'a pas montré. Si la perplexité régnait parmi les fidèles, je ne le saurai jamais ; nous n'avions d'yeux que l'un pour l'autre lorsqu'elle a promis de vivre avec moi jusqu'à la fin de nos jours.

Quand mon tour est venu, ma voix a retenti dans l'église presque vide et a résonné dans ma poitrine. « Moi, Thomas, te prends, Anne, pour épouse, pour te garder auprès de moi à partir de ce jour, pour le meilleur et pour le pire, dans la richesse et la pauvreté, la santé et la maladie, pour t'aimer et te chérir, jusqu'à ce que la mort nous sépare. »

Le Père Darby nous a unis par les liens du mariage, et a demandé bien haut que le Seigneur, dans Sa bonté, renforce notre consentement et nous comble de Ses bienfaits. « Que nul homme ne sépare ceux que Dieu a unis », a-t-il déclaré d'une voix de stentor, et Mick a lancé un vigoureux « Amen », auquel Eoin a fait écho, de sa petite voix convaincue et nullement intimidée par la solennité de l'occasion.

Anne a présenté les deux anneaux que je lui avais offerts le matin de Noël, et le Père Darby les a bénis. J'ai une fois de plus été frappé par le symbole du cercle. La foi, la fidélité, pour toujours. Si le temps était un cercle éternel, alors il ne finirait jamais. Les mains froides, mais dans un esprit de défi plein d'espoir, Anne m'a passé la bague au doigt, et je l'ai à mon tour proclamée mienne.

Le reste de la messe – les prières, la communion, les bénédictions et l'hymne de sortie – s'est déroulé dans un autre univers, distinct du nôtre, comme si nous nous étions enfuis dans un royaume de subtilités et de sons estompés où nous seuls existions, comme si le temps était liquide autour de nous.

Puis nous avons quitté l'église voisine de Ballinagar, laissant la mort sur la colline derrière nous, toute notre vie devant nous, le passé et le présent tout saupoudrés de blanc. La neige s'était mise à tomber, les flocons, telles des plumes, flottaient autour de nous, ailés et mystérieux, oiseaux blancs tournoyant au-dessus de nous. J'ai renversé ma tête vers le ciel et je les ai regardés tomber, riant avec Eoin, qui tendait les bras pour les accueillir tout en essayant d'en attraper un sur sa langue.

— Le Ciel envoie ses colombes ! s'est exclamé Michael, ôtant son chapeau et embrassant l'air, tandis que la neige se posait doucement sur ses cheveux et ses habits, le parant de givre.

Anne ne regardait pas le ciel, mais moi, le visage radieux, le sourire immense. J'ai porté à mes lèvres ses doigts glacés avant de l'attirer à moi pour l'envelopper dans le châle vert pâle que Maggie O'Toole avait tenu pendant la cérémonie.

— Neige-t-il souvent à Dromahair ? a demandé Anne tout étonnée.

— Presque jamais, ai-je avoué. Mais là encore... c'est une année de miracles, Anne Smith.

Elle m'a dévisagé, le bonheur sur ses traits me dérobant mon souffle, et je me suis penché pour embrasser sa bouche souriante, sans me soucier d'être vu.

— Je pense que Dieu bénit votre union, Mr et Mrs Smith ! a crié Michael.

Soulevant Eoin dans ses bras, il s'est mis à valser et à tourner autour de nous. Les O'Toole l'ont imité, formant des couples et levant les talons bien haut. Joe O'Reilly a fait une révérence devant Eleanor qui gloussait, et Maeve a convaincu le sévère Fergus de danser dans le cimetière. Même Brigid et le Père Darby se sont joints au bal. Dans le crépuscule hivernal, la tête enveloppée de flocons, nous tourbillonnions, unis à cet instant, l'un à l'autre, et à un Noël qui vivra à jamais dans ma mémoire.

Anne dort à présent, sur le côté, et je ne peux que l'admirer, mon cœur si gonflé dans ma poitrine que je suffoque si je ne reste pas droit. La lumière de la lampe la touche librement, audacieusement même, caressant ses cheveux, soulignant le creux de sa taille et le renflement de ses hanches, et cette caresse m'inspire une jalousie irrationnelle.

Je ne peux imaginer que tous les hommes aiment leur femme comme j'aime Anne. S'ils le faisaient, les rues seraient désertes et les champs seraient laissés en friche. Les usines cesseraient de tourner car les hommes seraient prosternés aux pieds de leur épouse, ils ne verraient et ne voudraient qu'elle. Si tous les hommes aimaient leur femme comme j'aime Anne, nous serions tous des bons à rien. Ou bien le monde connaîtrait enfin la paix. Les guerres prendraient peut-être fin, et la lutte cesserait car notre existence tournerait autour du seul besoin d'aimer et d'être aimé.

Notre mariage n'a que quelques heures, et je ne l'ai pas courtisée tellement plus longtemps. Je sais que la nouveauté s'estompera et que la vie reprendra bientôt ses droits. Mais ce n'est pas la nouveauté d'Anne, la nouveauté de nous, qui me captive. C'est le contraire. J'ai l'impression que nous avons toujours été et que nous serons toujours, comme si notre amour et nos vies jaillissaient de la même source, où ils finiront par retourner, entrelacés et impossibles à distinguer l'un de l'autre. Nous sommes antiques. Préhistoriques et prédestinés.

Je ris de moi et de mes rêveries romantiques, heureux que personne ne lise ces mots. Je suis un homme fou d'amour qui contemple sa femme endormie, cette femme douce, nue et bien-aimée, et cela me rend bête et sentimental. Je tends la main et je caresse sa peau, je passe un doigt sur la courbe de son bras depuis l'épaule jusqu'au bout de sa main. Cela lui donne la chair de poule mais elle ne bouge pas, et j'observe, fasciné, sa peau qui redevient lisse, oubliant mon contact. J'ai laissé une trace au creux de son bras. Il y a de l'encre sur mes doigts. J'aime l'aspect de mon empreinte digitale sur sa peau. Si j'étais meilleur artiste, je la couvrirais d'empreintes, je laisserais ma marque sur tous mes endroits préférés, en témoignage de mon amour.

Elle ouvre les yeux et me sourit, les paupières lourdes, les lèvres roses, et cela me rend à nouveau haletant et lamentable. Inutile. Mais totalement convaincu.

Personne n'a jamais aimé comme j'aime Anne.

— Viens te coucher, Thomas, murmure-t-elle, et je n'ai plus envie d'écrire, de peindre ou même de me laver les mains.

T. S.

21

Séparation

Ma chère, il faut que je m'en aille
Tant que la nuit ferme les yeux
Des espions de la maisonnée ;
Ce chant nous annonce l'aurore.
W. B. Yeats

Dès les premiers jours de janvier, les débats sur le traité ont repris au Dáil, et Thomas et moi prévoyions d'aller à Dublin assister aux séances publiques. Je voulais emmener Brigid et Eoin, mais celle-ci nous a incités à y aller seuls.

— C'est peut-être tout ce que vous aurez comme lune de miel. Et Eoin et moi, nous serons bien ici avec les O'Toole.

J'avais supplié Thomas de ne pas dire à Brigid que Liam m'avait tiré dessus – les détails étaient trop compliqués, et cette accusation nous obligerait à expliquer ma présence sur le lough, ce dont j'étais incapable. Nos relations étaient encore tendues, je préférais ne pas raconter mon histoire à la mère de Declan.

— Tu comptes sur elle pour te protéger ? m'a demandé Thomas, incrédule.

— Je compte sur elle pour protéger Eoin. C'est ma seule préoccupation.

— C'est ta seule préoccupation ? s'est-il écrié, le volume montant à chaque mot. Eh bien, pas pour moi ! Bon sang, Anne, Liam a essayé de te tuer. Et Ben a peut-être essayé d'en faire autant. Je suis bien soulagé que le pauvre Martin Carrigan et le malheureux Brody soient morts, parce que maintenant je n'ai plus que les foutus frères Gallagher comme raison de m'inquiéter.

Thomas ne haussait jamais la voix, aussi sa véhémence m'a surprise. Quand je l'ai regardé, sous le choc, il m'a prise par les épaules, a appuyé son front contre le mien et a gémi mon nom.

— Anne, il faut que tu m'écoutes. Je sais que tu as de l'affection pour Brigid, mais tu ressens une loyauté envers elle qu'elle est loin de te rendre. Elle n'est loyale qu'envers ses fils, et lorsqu'il s'agit de ces deux-là, je ne me fie pas à ce qu'elle nous dit.

— Alors que faisons-nous ?

— Elle doit comprendre que je ne les laisserai plus jamais s'approcher de toi ou d'Eoin.

— C'est moi qu'elle accusera. Elle pensera qu'elle doit choisir entre nous.

— Oui, elle doit choisir, comtesse. Ben et Liam ont toujours causé des ennuis. Declan était le benjamin mais, des trois, c'est lui qui avait le plus la tête sur les épaules et le cœur sur la main.

— Declan frappait parfois Anne ?

Thomas a reculé, étonné.

— Pourquoi me poses-tu cette question ?

— Brigid m'a dit qu'elle devinait pourquoi j'étais... pourquoi Anne était partie lorsqu'elle en avait eu l'occasion. Elle a insinué que Declan n'était pas toujours très tendre, que ses frères et lui avaient hérité du tempérament de leur père.

Thomas est resté bouche bée.

— Declan n'a jamais levé la main sur Anne. Elle lui aurait aussitôt rendu la pareille. Et elle ne se gênait pas pour frapper ses frères. Je sais que Liam lui a un jour fendu la lèvre, mais c'est parce qu'elle lui avait donné un coup de bêche à la tête, et il avait réagi au quart de tour.

— Donc pourquoi Brigid croit-elle que Declan était violent ?

— Declan couvrait toujours Ben et Liam. Je sais qu'il s'est plus d'une fois laissé accuser des bêtises qu'ils avaient faites. Il payait leurs dettes, arrangeait tout quand ils avaient des problèmes, et les aidait à trouver du travail.

— Et tu penses que Brigid va tenter maintenant de les disculper.

— Je ne le pense pas, je le sais.

Voilà pourquoi, peu après notre mariage, Thomas a questionné Brigid sur les activités de ses fils. Comme elle s'est montrée réticente à parler d'eux, il lui a déclaré sans ambiguïté que Liam et Ben n'étaient désormais plus les bienvenus à Garvagh Glebe.

— Vous êtes dans ce combat jusqu'aux yeux, docteur Smith. Et ça dure depuis des années. Vous n'êtes pas innocent. Vous ne valez pas mieux que mes garçons. Je tiens ma langue. Je garde vos secrets, le peu que j'en sais. Et c'est vraiment peu ! Personne ne me dit rien.

Elle avait le menton qui tremblait et elle me regardait, les yeux pleins de questions et d'accusations. Thomas, lui, ne trahissait pas la moindre émotion.

— Je crains que Liam et Ben ne fassent du mal à Anne, a-t-il dit tout bas. Ai-je des raisons d'avoir peur ?

Elle s'est mise à secouer la tête, en balbutiant une phrase incohérente.

— Brigid !

— Elle ne leur inspire pas confiance, a aboyé Brigid.

— Je m'en fiche !

Pendant un instant, j'ai revu le Thomas Smith qui avait porté Declan sur son dos dans les rues de Dublin, qui s'était introduit au château et dans les prisons pour Michael Collins, qui affrontait chaque jour la mort, l'œil indifférent et la main ferme. Il était un peu effrayant.

Brigid a dû avoir la même impression. Elle a blêmi et détourné les yeux, les mains jointes sur ses genoux.

— Je crains que Liam et Ben ne fassent du mal à Anne, a répété Thomas. Je ne peux pas les laisser faire.

Brigid a laissé tomber son menton contre sa poitrine.

— Je vais leur dire de ne plus venir ici, a-t-elle chuchoté.

**

Thomas tenait ma main bien serrée tandis que nous avancions à travers la foule pour entrer dans la maison du lord-maire. Michael nous avait garanti que des sièges nous seraient réservés, et nous passions entre des fidèles nerveux, qui fumaient et dansaient d'un pied sur l'autre, dégageant une odeur de cendrier et de dessous de bras. J'enfonçais mon visage dans le corps solide et propre de Thomas, et je priais pour l'Irlande, même si je savais déjà ce qu'il adviendrait d'elle.

Thomas était salué à grands cris, et même la comtesse Markievicz, dont la beauté avait été ravagée par l'emprisonnement et la révolution, lui a tendu la main avec un vague sourire.

— Comtesse Markievicz, je vous présente ma femme, Anne Smith. Elle partage votre passion pour les pantalons, a murmuré Thomas en soulevant son chapeau.

La comtesse a ri, couvrant d'une main ses dents cassées et manquantes. Il était difficile de renoncer à toute vanité, même parmi ceux qui s'en déclaraient exempts.

— Mais partage-t-elle ma passion pour l'Irlande ? a-t-elle demandé, le sourcil interrogateur sous son chapeau noir.

— Je doute qu'une passion puisse être identique à une autre. Après tout, elle m'a épousé, a répondu Thomas d'un air de conspirateur.

La comtesse a ri une fois encore, charmée, et s'est détournée pour aller saluer quelqu'un d'autre, me libérant de son emprise.

— Respire, Anne.

J'ai fait de mon mieux pour obéir à Thomas. Nous avons trouvé nos places et le début de la séance a été annoncé. Avant que tout soit terminé, Constance Markievicz aurait traité Michael Collins de lâche et de parjure, et c'est à lui qu'allait ma loyauté. Mais je ne pouvais m'empêcher d'être impressionnée par la présence de la comtesse.

Au cours de mes recherches, je m'étais souvent demandé s'il aurait suffi que nous puissions remonter dans le temps pour que l'Histoire perde sa magie. Étions-nous coupables d'embellir le passé, de transformer des hommes ordinaires en héros, d'imaginer beauté et courage là où il n'y avait eu que lamentations et désespoir ? Ou bien, comme le vieillard qui se remémore sa jeunesse, et retient seulement ce dont il a été témoin, notre angle de vision nous entraînait-il parfois à passer à côté de l'ensemble du tableau ? Le temps ne nous rendait pas plus clairvoyants, mais il nous dépouillait des émotions qui coloraient nos souvenirs. La guerre civile irlandaise avait eu lieu quatre-vingts ans avant que je me rende en Irlande. Les événements n'étaient pas assez éloignés pour que les gens les aient oubliés, mais il s'était écoulé assez de temps pour que des yeux plus cyniques – ou moins cyniques, au contraire – dissèquent les détails pour voir ces épisodes tels qu'ils étaient.

Pourtant, durant cette séance bondée, entourée d'hommes et de femmes qui n'avaient pour moi existé qu'en images et dans les livres, écoutant leurs voix courroucées, passionnées ou raisonnables, j'étais tout sauf objective et détachée ; j'étais absorbée. Eamon de Valera, président du Dáil, dominait tous les autres de sa haute taille. Il avait le visage en lame de couteau, le nez crochu, le teint mat, et sa grande carcasse était tout entière vêtue de noir, sans concession. Né en Amérique, il était le fils d'une mère irlandaise et d'un père espagnol, qui l'avaient tous deux négligé et abandonné. Surtout, Eamon de Valera était un survivant. Sa citoyenneté américaine lui avait épargné d'être exécuté après l'Insurrection, et quand Michael Collins, Arthur Griffith et une douzaine d'autres tomberaient sous les coups de la guerre civile, Eamon de Valera resterait debout. Il y avait en lui une grandeur à laquelle je n'étais pas insensible. Sa longévité politique et sa ténacité personnelle seraient son legs pour l'Irlande.

Il parlait plus que tous les autres réunis, interrompant et contredisant, modifiant et éludant toutes les idées sauf les siennes. Il avait présenté un nouveau document rédigé par lui pendant les fêtes de Noël, un amendement qui n'était pas très différent du traité, et il exigeait qu'il soit adopté. Quand ce texte a été rejeté parce que ce n'était pas celui sur lequel avaient porté les débats à huis clos, il a menacé de démissionner, rendant ainsi la question plus confuse encore. Je savais que mes sentiments à son endroit étaient influencés par mes recherches, mais je devais me rappeler qu'il ne savait pas, lui, comment tout cela allait finir. J'avais l'avantage de mon regard rétrospectif ; l'Histoire avait déjà prononcé son verdict et désigné les coupables. Le comité le tenait manifestement en haute estime ; leur déférence envers lui et leur volonté de l'apaiser prouvaient le respect qu'ils avaient pour lui. Mais si de Valera était vénéré, Michael Collins était aimé.

Chaque fois que Michael prenait la parole, les gens tendaient l'oreille, respiraient à peine pour ne pas en perdre un seul mot. C'était comme si nos pulsations cardiaques étaient synchronisées, un roulement de tambour inaudible qui résonnait dans l'auditoire, qui ne ressemblait à rien de ce que j'avais pu entendre jusque-là. J'avais lu des commentaires sur les discours de Michael, et j'avais vu une photographie prise depuis une fenêtre surplombant la foule réunie sur College Green pour l'écouter, au printemps 1922. L'image montrait une petite estrade entourée d'une mer de chapeaux, comme autant de boules pâles, toutes les têtes couvertes, et rien d'autre n'était visible. Il y avait moins de monde chez le lord-maire, mais l'effet était le même ; son énergie et son éloquence imposaient l'attention.

Les débats publics s'éternisaient. Arthur Griffith, malade, le visage gris – il me faisait penser à Theodore Roosevelt en moins gras, avec sa moustache en guidon de vélo et ses lunettes rondes –, était le plus hargneux lorsqu'il s'agissait de réclamer des comptes à de Valera, et lorsqu'il a volé au secours de Michael après une attaque particulièrement déplaisante lancée par Cathal Brugha, ministre de la Défense, toute la salle s'est mise à applaudir pendant plusieurs minutes.

Je m'étais trompée sur un point. Ce n'étaient pas des hommes et des femmes ordinaires. Le temps ne leur avait pas conféré un vernis immérité. Même ceux que j'aurais voulu haïr, m'appuyant sur mes recherches et mes conclusions, se conduisaient avec ferveur et avec une conviction sincère. Ce n'étaient pas des politiciens d'opérette. C'étaient des patriotes dont le sang et le sacrifice méritaient le pardon de l'Histoire et la compassion de l'Irlande.

— L'Histoire ne leur rend pas réellement justice. Elle ne rend justice à aucun de vous, ai-je dit à Thomas, qui a fixé sur moi un regard plein de sagesse.

— Rendrons-nous l'Irlande meilleure ? À la fin, aurons-nous accompli cela ?

Il me semblait que l'Irlande ne ferait jamais mieux qu'Arthur Griffith, Michael Collins et Thomas Smith. Elle ne connaîtrait jamais d'hommes meilleurs, mais elle vivrait des jours meilleurs.

— Vous la rendrez plus libre.

— Ça me suffit, a répondu Thomas.

Durant la dernière heure du dernier jour des débats, Michael Collins a clos la procédure et demandé au Dáil de voter pour accepter ou rejeter le traité.

De Valera avait déjà eu son temps de parole, mais il tenait à avoir le dernier mot : il a mis en garde le Dáil, car le traité « se lèverait pour les condamner ». Mais il n'a pas pu mener à terme cette tentative de péroraison finale.

— Que la nation irlandaise nous juge, à présent et dans l'avenir, a déclaré Michael, le réduisant au silence.

J'ai senti les affres du doute et le poids de toute une nation qui s'abattaient sur chacun des membres de l'auditoire. Un par un, les représentants élus de chaque circonscription ont voté. Il y avait soixante-quatre voix en faveur du traité, cinquante-sept voix contre.

Comme un tonnerre lointain, des acclamations ont retenti dans les rues quand le résultat a été annoncé, mais dans la salle il n'y a eu ni sarcasmes ni réjouissances. Les battements de cœur de l'assemblée ont ralenti jusqu'à devenir une cacophonie de rythmes disparates.

— Je souhaite démissionner immédiatement, a déclaré de Valera au milieu de cette pagaille.

Michael s'est dressé et, les mains posées sur la table devant lui, a demandé le silence.

— Dans toute transition de la guerre à la paix ou de la paix à la guerre, la confusion et le chaos sont inévitables. Je vous en prie, organisons-nous, formons un comité ici et maintenant pour maintenir l'ordre au sein du gouvernement et dans le pays. Nous devons nous serrer les coudes. Nous devons être unis !

Il y a eu un moment d'espoir, un souffle suspendu, une chance de braver le destin.

— Trahison ! a crié une voix depuis la galerie.

Toutes les têtes ont pivoté vers la silhouette frêle qui s'est levée au premier rang, les poings serrés, la bouche tremblante. Cette femme était le spectre vivant des souffrances de l'Irlande dans un passé pas si éloigné.

— Mary MacSwiney, ai-je murmuré, au bord des larmes.

Terence MacSwiney, le frère de Mary, était le maire de Cork qui avait fait la grève de la faim et qui était mort dans une prison britannique. Les propos de Mary allaient briser tout espoir d'un front uni.

— Mon frère est mort pour l'Irlande. Il s'est laissé mourir de faim pour attirer l'attention sur l'oppression dont étaient victimes ses compatriotes. Il ne peut y avoir d'union entre ceux qui ont vendu leur âme pour les délices de l'Empire et ceux d'entre nous qui ne connaîtront pas de repos avant que l'Irlande soit une république.

Collins a de nouveau tenté sa chance parmi les appels au soutien et les cris de révolte.

— Je vous en prie, ne faites pas cela, a-t-il imploré.

De Valera lui a coupé la parole, élevant la voix comme un prédicateur :

— Voici mes derniers mots en tant que président. Nous avons eu un mandat glorieux. À vous tous qui soutenez Mary dans ses sentiments, je vous demande de venir demain discuter avec moi de la suite des événements. Nous ne pouvons renoncer à présent au combat. Le monde nous observe.

Sa voix s'est brisée et il s'est avéré incapable de continuer. Tout le monde s'est mis à pleurer. Les hommes, les femmes. Les anciens amis et les nouveaux ennemis. Et la guerre a fait son retour en Irlande.

***

Des voix et des ombres m'ont réveillée ; j'écoutais, encore à moitié endormie, seule dans le lit de Thomas à Dublin. Nous avions quitté la maison du lord-maire au milieu de la foule en fête ; l'humeur des débats ne se reflétait pas dans les rues, les gens étaient en liesse, célébrant la naissance de l'État libre. Quelques-uns des hommes de Mick avaient donné l'accolade à Thomas alors que nous sortions, visiblement soulagés que le vote ait été favorable au traité, mais la tension visible sur leur visage, même souriant, indiquait une conscience très vive des difficultés à venir.

Une fois la séance levée, nous n'avions pas revu Michael. Il avait été aspiré dans une autre série de réunions, cette fois pour établir un plan permettant de poursuivre avec la moitié du Dáil. Pourtant, Michael avait dû trouver Thomas. Ce matin-là, même sans comprendre ce qu'il disait, j'ai reconnu son accent dans le brouhaha qui me parvenait par les aérations. À voix basse et avec douceur, lorsqu'il lui arrivait de parler, Thomas s'efforçait manifestement de consoler son ami. J'attendais de savoir si je serais convoquée pour consulter ma boule de cristal, mais j'ai entendu la porte d'entrée se fermer et le silence revenir dans la maison. Je me suis glissée hors du lit, j'ai passé un peignoir sur mon corps nu, et je suis descendue sur la pointe des pieds pour rejoindre mon mari qui devait ruminer dans la cuisine. J'étais certaine qu'il serait en train de ruminer.

Il était assis à table, les jambes écartées, la tête baissée, tenant à deux mains sa tasse de café. Je m'en suis servi une tasse aussi, en ajoutant lait et sucre jusqu'à ce que le liquide prenne la couleur du caramel, et j'en ai bu une longue gorgée avant de m'installer devant lui. Il s'est penché et a enroulé une de mes longues boucles autour de son doigt, avant de laisser retomber sa main sur ses genoux.

— C'était Michael ?
— Oui.
— Comment va-t-il ?
Thomas a soupiré.
— Il va se tuer à essayer d'offrir aux gens ce qu'ils veulent, tout en tâchant de calmer la minorité qui veut le contraire.

C'était exactement ce qu'il allait faire. Durant les derniers mois de sa vie, Michael Collins serait lentement écartelé. Mon estomac s'est noué, et j'ai senti comme une brûlure dans la poitrine. Je me suis endurcie : je ne devais pas y penser. Pas maintenant.

— Tu as dormi, Thomas ? Et lui ?

— Tu m'as épuisé, hier soir, fillette. J'ai dormi profondément pendant quelques heures. (Il a posé un doigt sur mes lèvres, pour me rappeler nos baisers, mais il l'a retiré comme s'il avait honte de l'apaisement et du plaisir que je lui avais procurés.) Mais je doute que Michael ait dormi. Je l'ai entendu tourner en rond dans la cuisine à trois heures du matin.

— Le jour est presque levé. Où s'en va-t-il ?

— À la messe. Se confesser. Communier. Il va à la messe plus qu'aucun des traîtres meurtriers que je connais. Cela le réconforte. Lui vide la tête. Ils se moquent de lui pour cela aussi. C'est une caractéristique irlandaise. Nous refusons d'accorder la communion à un homme tout en lui reprochant ses péchés. Les uns disent qu'il est trop pieux, les autres que c'est un hypocrite parce qu'il ose même entrer dans une église.

— Et toi, que dis-tu ?

— Si les hommes étaient parfaits, nous n'aurions pas besoin de chercher le salut.

J'ai souri tristement, mais Thomas ne m'a pas souri en retour.

Je lui ai détaché la tasse des mains et l'ai écartée, puis je me suis assise sur ses genoux, les mains délicatement posées sur ses épaules. Il ne m'a pas étreint les hanches, ne m'a pas attirée contre lui. Il n'a pas enfoui son visage dans mon cou, relevé le visage pour que je l'embrasse. Son accablement occupait tout l'espace entre nous et contractait les muscles de ses cuisses, encadrées par mes genoux. J'ai commencé à déboutonner sa chemise. Un bouton. Deux. Trois. Je me suis arrêtée pour déposer un baiser sur la peau dévoilée de sa gorge. Il sentait le café et le savon au romarin que fabriquait Mrs O'Toole.

Alors que l'ardeur montant en moi dissipait ma peur, j'ai frotté ma joue à la sienne, d'avant en arrière, comme un animal, mes mains continuant leur ouvrage. Il aurait bientôt besoin de se raser. Sa mâchoire était devenue rugueuse, et ses yeux flétris me regardaient lui ôter sa chemise. Quand j'ai voulu lui soulever les bras au-dessus de la tête pour enlever son maillot de corps, il a plaqué une main sur mon menton et a amené ma bouche à quelques centimètres de la sienne.

— Est-ce moi que tu tentes de sauver, Anne ?
— Toujours.

Il a frémi, m'a laissée l'embrasser. Sous mes mains, sa poitrine était chaude et ferme, et j'ai senti son cœur accélérer, la nuit se séparant du jour, tandis qu'il fermait les yeux et ouvrait sa bouche contre la mienne.

Pendant un moment, nos caresses, nos baisers nous ont rapprochés, comme si nous sortions de nos corps pour y revenir doucement. Nous basculions l'un vers l'autre, nos bouches satisfaites et saturées, nos lèvres langoureuses et lentes, nos langues se mêlant pour se délier et se réunir.

Puis ses mains ont remonté mes mollets sous le peignoir bleu ceinturé à ma taille, pétrissant la chair de mes fesses. Ses paumes ont effleuré mes côtes avec frénésie et ont atteint mes seins pour en faire le tour avec insistance, pour les soupeser, les adorer. M'entraînant à sa suite, il a abandonné la chaise pour s'étendre au sol, il ne voulait plus souffrir. Sa bouche a fait le même trajet que ses mains, elles ont repoussé mon peignoir jusqu'à ce que je sois nue sous lui, insufflant l'amour dans sa peau et la vie dans son corps, pour que je sois sauvée à mon tour.

17 janvier 1922

Le 14 janvier, le Dáil s'est à nouveau réuni, réduit de moitié par le départ de De Valera et de tous ceux qui refusaient de reconnaître le vote. Arthur Griffith avait été élu président du Dáil après la démission de De Valera, et Mick avait été nommé président du nouveau gouvernement provisoire établi selon les termes du traité.

Anne et moi ne sommes pas restés à Dublin après le dernier débat et le vote qui a divisé le Dáil. Nous avions hâte de fuir, de retrouver Eoin et, si relatif qu'il soit, le calme de Dromahair. Mais nous sommes repartis, cette fois avec Eoin, pour observer comment le château de Dublin, symbole de la domination britannique en Irlande, serait remis au gouvernement provisoire.

Mick était en retard pour la cérémonie. Il est arrivé dans un véhicule officiel, une voiture découverte. Il portait son ancien uniforme de Volontaire et ses chaussures étaient bien cirées. La foule a rugi son approbation, et Eoin perché sur mes épaules faisait de grands signes en criant « Mick, Mick ! » comme si Michael et lui étaient de vieux amis. J'étais si ému que je ne pouvais parler. À côté de moi, Anne pleurait sans retenue.

Mick m'a dit plus tard que lord FitzAlan, le vice-roi qui avait succédé à lord French, avait déclaré en reniflant : « Vous avez sept minutes de retard, Mr Collins », à quoi Mick avait répondu : « Nous attendons depuis sept cents ans, Gouverneur. Vous pouvez bien attendre sept minutes. »

Mardi, nous avons vu la Garde civique, la nouvelle police irlandaise, se diriger vers le château pour prendre ses fonctions, les hommes arborant leur uniforme sombre et leur casquette à écusson. Mick dit que ce sont les premières recrues, mais qu'il y en aura bien davantage. La moitié du pays est au chômage, et les candidatures affluent.

Quoi que l'on ait pu dire sur Mick ou sur le traité, cette passation de pouvoir sans violence est un moment que je n'oublierai jamais. Dans tous les foyers, dans les rues et dans les journaux, les Dublinois s'émerveillent que ce jour soit advenu. Et les effets du traité ne sont pas visibles seulement dans la capitale. Partout en Irlande, dans tous les ports de garnison sauf trois, les soldats britanniques se préparent à s'en aller. Les Auxiliaires et les Black and Tans sont déjà partis.

T. S.

22

Consolation

> *Quelle force a la passion !*
> *N'avais-je jamais songé*
> *Que le crime d'être né*
> *Noircit notre destinée ?*
> *Mais quand le crime est commis,*
> *Il ne peut être oublié.*
> W. B. Yeats

L'ESPOIR ET LA SYMBOLIQUE du départ de l'armée britannique fin janvier ont été obscurcis et oubliés dans les mois qui ont suivi. Tout comme les Irlandais et les Anglais pendant la trêve, les deux factions irlandaises – protraité et antitraité – se sont mises à consolider leurs défenses et à rallier leurs troupes, tout en tâchant d'avancer leurs positions auprès de l'ensemble de la population. L'Armée républicaine irlandaise s'est divisée en deux, une moitié rejoignant Michael Collins et les partisans de l'État libre, l'autre moitié refusant tout compromis, sous la bannière des républicains, qui rejetaient toute solution autre que l'instauration d'une république.

De Valera avait fait activement campagne contre le traité, il avait attiré en masse tous ceux que décevait l'État libre. Ils étaient si nombreux à avoir souffert terriblement aux mains des Britanniques qu'il semblait impossible d'envisager un compromis avec un adversaire aussi peu fiable. En Irlande, on se souvenait que les Anglais avaient violé le traité de Limerick signé en 1691, et beaucoup de ceux qui soutenaient de Valera estimaient que l'accord instituant l'État libre d'Irlande ne serait pas mieux respecté.

Michael Collins a mené sa propre campagne, se déplaçant d'un comté à l'autre, écouté par les milliers de gens qui souhaitaient éviter que le conflit se prolonge. Thomas s'est mis à parcourir de longues distances pour aller le voir, pour lui prêter secours, et pour prendre la température de l'opinion publique. À Leitrim et à Sligo, comme dans tous les comtés d'Irlande, on prenait parti et des fractures apparaissaient. Dans les rues, la tension jadis causée par les Auxies et les Tans changeait de cible ; hostilité entre voisins, méfiance entre amis, c'était une guerre nouvelle. Les cauchemars d'Eoin se sont multipliés ; Brigid était à bout de nerfs, partagée entre sa loyauté envers Thomas et son amour pour ses fils. Quand Thomas voyageait avec Michael, je restais à Garvagh Glebe, craignant de les laisser seuls.

Mars a remplacé février, avril a remplacé mars, et la fissure au sein du leadership irlandais est devenue un abîme d'où est sorti le chaos. Le pays a connu l'enfer. Les attaques contre les banques et les avant-postes étaient à l'ordre du jour, car il fallait avant tout se procurer l'argent et les armes nécessaires pour renverser le nouveau gouvernement. Les bureaux des journaux étaient dévastés ou pillés, et la machine à propagande s'est vraiment mise en marche. Les brigades antitraité de l'IRA – qui se comportaient en chefs de guerre conquérants – ont commencé à envahir des villes entières. Les forces pro et antitraité s'étaient établies à Limerick ; la maîtrise de la ville signifiait le contrôle des ponts sur le Shannon et la domination sur l'ouest et le sud. L'IRA antitraité s'était installée dans la caserne récemment évacuée par les troupes britanniques ; elle avait son quartier général dans des hôtels et occupait les bâtiments officiels. Elle ne pourrait être délogée que par la force, et personne ne voulait recourir à la force.

Le 13 avril, lors d'un rassemblement protraité à Sligo, Michael s'est adressé à un millier de personnes mais a dû quitter la tribune lorsque des bagarres ont éclaté dans la foule, des coups de feu ont été tirés d'une fenêtre donnant sur la place. On l'a poussé à l'arrière d'un véhicule blindé, Thomas sur ses talons, et ils ont été conduits à Garvagh Glebe en attendant le retour à l'ordre. Il a passé la nuit à Dromahair, deux douzaines de soldats de l'État libre encerclant la maison pour le protéger pendant qu'il préparait son prochain déplacement. Nous nous trouvions dans la salle à manger, les restes du dîner encore sur la table. Brigid s'était retirée dans sa chambre et, dans le salon voisin, Eoin jouait aux billes avec Fergus, qui ne montrait aucune pitié mais beaucoup de patience.

— Un navire britannique a été arraisonné au large de Cork par les forces antitraité. Il était rempli d'armes. Des milliers de fusils ont été saisis et sont maintenant entre les mains d'hommes qui veulent déstabiliser l'État libre. Que diable un navire rempli d'armes faisait-il au large de Cork ? Les Britanniques sont derrière cette histoire, a dit Michael en se levant pour faire le tour de la table, nerveux.

— Les Britanniques ? s'est étonné Thomas. Pourquoi ?

Michael s'est arrêté devant la fenêtre, scrutant l'obscurité, mais Fergus lui a ordonné de ne pas rester là.

— Si je n'arrive pas à nous dégager de ce pétrin, Thomas, si l'Irlande n'arrive pas à s'en sortir, les Britanniques diront qu'ils n'ont pas le choix, qu'ils doivent revenir restaurer l'ordre. L'accord sera invalidé. Et l'Irlande repassera aux mains des Britanniques. Voilà pourquoi ils tirent les ficelles en coulisses. J'ai envoyé à Churchill un télégramme où je l'accuse de collusion. Ce n'est peut-être pas lui, ni même Lloyd George qui est responsable. Mais il y a collusion, je n'ai aucun doute là-dessus.

— Qu'a répondu Churchill ?

— Il a nié catégoriquement. Et il a demandé si quelqu'un en Irlande était prêt à se battre pour l'État libre.

Le silence s'est abattu sur la pièce. Michael a regagné sa chaise et s'est assis, les coudes sur les genoux, la tête dans les mains. Thomas a dirigé vers moi un regard tragique, la gorge serrée.

— Je me suis battu contre les Anglais, Tommy. J'ai tué, j'ai tendu des embuscades, j'ai déjoué des plans. J'étais ministre du Désordre. Mais je n'ai pas le cran qu'il faudrait maintenant. Je n'ai pas envie de me battre contre mes propres compatriotes. Je m'efforce constamment de conclure un accord avec le diable, mais le diable a trop de visages. Je capitule ici, je fais des promesses là, j'essaye d'éviter que tout s'écroule, et ça ne marche pas.

— Se battre pour l'État libre signifie tuer pour l'État libre, a dit Thomas d'un ton plein de gravité. Il y a dans chaque camp des hommes courageux. Et des femmes courageuses. Les émotions sont intenses, les tempéraments s'enflamment. Et cependant, aucun Irlandais ne veut tirer sur d'autres Irlandais. Donc nous usons d'expédients, nous complotons, nous campons sur nos positions et nous nous disputons, mais nous ne voulons pas nous entre-tuer.

— C'est tellement plus facile de tuer quand on déteste ceux sur qui l'on tire, a reconnu Michael. Mais même Arthur Griffith, qui ne parle que de résistance pacifique, admet que le recours à la force est inévitable.

Ce dimanche-là, Arthur Griffith devait prononcer un discours à l'hôtel de ville de Sligo, avec d'autres hommes politiques protraité. Considérant ce qui venait de se passer pendant son propre discours, Michael avait déjà prévu l'envoi d'un contingent militaire de l'État libre pour maintenir l'ordre et permettre le bon déroulement du meeting. Le gouvernement provisoire avait voté une loi avec la sanction royale, annonçant que des élections auraient lieu avant le 30 juin. Les militants pro- et antitraité se dépêchaient de rallier – ou d'intimider – les électeurs.

Nous avons été interrompus par Robbie, qui est resté sur le seuil de la salle à manger, les chaussures boueuses, le chapeau à la main, le manteau brillant de pluie.

— Doc, apparemment un des gars s'est pris de la mitraille pendant la fusillade à Sligo. Il s'est fait un bandage et il n'a rien dit, mais maintenant il ne va pas bien du tout. J'ai pensé que vous pourriez jeter un coup d'œil sur lui.

— Amène-le directement à la clinique, Robbie, a ordonné Thomas.

— Et dis au gars qu'il faut être fichtrement bête pour ne pas faire soigner une blessure quand on a un docteur sous la main, a ronchonné Michael en secouant la tête avec lassitude.

— C'est déjà fait, Mr Collins.

Robbie a salué Michael, m'a adressé un signe de tête, puis est sorti avec Thomas.

— Je veux regarder, Doc !

Eoin a abandonné Fergus et ses billes pour être aux premières loges pendant l'intervention. Thomas n'a pas refusé, et Fergus en a profité pour faire sa ronde.

Une fois seule avec Michael, je me suis levée et j'ai commencé à empiler les assiettes, car j'avais besoin de m'occuper la tête et les mains. Michael a soupiré mais est resté assis.

— J'ai introduit la pagaille dans votre maison. Une fois de plus. Elle me suit partout où je vais.

— Vous serez toujours le bienvenu à Garvagh Glebe. Nous sommes honorés de vous avoir ici.

— Merci, Annie. Je ne mérite pas votre gentillesse. Je le sais. À cause de moi, Thomas est rarement chez lui. À cause de moi, il évite les balles et il éteint des incendies qu'il n'a pas déclenchés.

— Thomas vous aime. Il croit en vous. Moi aussi.

Je sentais qu'il me dévisageait et j'ai soutenu son regard sans détourner les yeux.

— Je ne me trompe pas souvent, fillette, mais je me suis trompé sur vous, a-t-il murmuré. Tommy a une âme éternelle. Les âmes éternelles ont besoin d'une âme sœur. Je suis content qu'il ait trouvé la sienne.

Mon cœur a frémi et j'ai soudain eu envie de pleurer. J'ai cessé de débarrasser la table et j'ai appuyé une main à ma taille pour ne pas perdre mon sang-froid. Un sentiment de culpabilité enflait dans ma poitrine. La culpabilité et l'indécision se mêlaient à la peur et au désespoir. Chaque jour je me débattais entre mon devoir d'avertir et mon désir de protéger, et chaque jour j'essayais de nier ce que je savais.

— Il faut que je vous dise une chose, Michael. Vous allez devoir m'écouter, et me croire, sinon pour vous, du moins pour Thomas.

Dans ma gorge, les mots ressemblaient à des cendres, aux restes d'Eoin sur le lac, tourbillonnant autour de moi. Mais Michael faisait déjà signe qu'il ne voulait rien entendre, comme s'il savait où ce préambule allait mener.

— Savez-vous que le jour où je suis né, ma mère a travaillé jusqu'à l'heure de l'accouchement ? Ma sœur Mary voyait bien qu'elle souffrait, qu'il se passait quelque chose, mais ma mère ne se plaignait ni ne se reposait jamais. Il y avait de l'ouvrage à faire. Et elle continuait à s'activer. J'étais son huitième enfant, le petit dernier, elle a accouché toute seule, pendant la nuit. Ma sœur m'a raconté qu'elle s'était aussitôt relevée comme si de rien n'était. Ma mère a travaillé comme ça jusqu'au jour de sa mort. C'était une force que rien ne pouvait arrêter. Elle aimait son pays. Elle aimait sa famille.

Pas un instant ses yeux ne se sont détachés de mon visage tandis qu'il parlait. Il a repris sa respiration. L'évocation de sa mère était clairement douloureuse pour lui. Je le comprenais, je ne pouvais penser à mon grand-père sans tourment.

— Elle est morte quand j'avais seize ans, et j'en ai eu le cœur brisé. Mais maintenant ? Maintenant je suis content qu'elle ne soit plus là. Je ne voudrais pas qu'elle s'inquiète pour moi. Je ne voudrais pas qu'elle doive choisir son camp, et je ne voudrais pas qu'elle me survive.

Les battements de mon cœur m'assourdissaient, et j'ai dû baisser la tête. Je savais que ce qui était en train de se dérouler dans cette pièce avait en réalité déjà eu lieu. Ma présence n'était pas une variante des événements historiques, elle en faisait partie. Les photos l'avaient prouvé. Mon grand-père lui-même en était témoin. Tout ce que je disais ou ne disais pas appartenait déjà à l'Histoire, j'en étais convaincue.

Mais je savais comment Michael Collins était mort.

Je savais où cela s'était passé.

Quand cela s'était passé.

C'est une chose que j'avais dissimulée à Thomas, et il ne me l'avait jamais demandé. Si je l'en avais informé, cela n'aurait fait que lui rendre la vie insupportable, alors je gardais le secret. Pourtant j'avais l'impression de participer à un complot. Cela me rongeait, hantait mes rêves. Je ne savais pas qui était responsable, et je ne pouvais protéger Michael Collins d'un ennemi anonyme – son assassin n'avait jamais été identifié –, mais je pouvais le mettre en garde. Je le devais.

— Ne me dites rien, Annie, a ordonné Michael, devinant mon conflit intérieur. Quand ça devra arriver, ça arrivera. Je le sais. Je le sens. J'ai entendu dans mes rêves le cri de la sorcière. La mort suit mes pas depuis longtemps. J'aime mieux ne pas savoir quand cette garce me rattrapera.

— L'Irlande a besoin de vous !

— L'Irlande avait besoin de James Connolly et de Tom Clarke. Elle avait besoin de Seán Mac Diarmada et de Declan Gallagher. Nous avons tous notre rôle à jouer, notre fardeau à porter. Quand je ne serai plus là, il y en aura d'autres.

Je n'étais pas d'accord. Il y en aurait d'autres, mais jamais comme lui. Des hommes comme Michael Collins, comme Thomas, comme mon grand-père, ces hommes-là étaient irremplaçables.

— Cela vous pèse, n'est-ce pas ? De savoir des choses que vous ne pouvez empêcher ? a-t-il murmuré.

J'ai hoché la tête, incapable de retenir mes larmes. Il a dû voir le désespoir sur mon visage, l'aveu sur le bout de ma langue. J'avais tellement envie de tout lui dire, de me délester. Il s'est levé tout à coup et s'est approché de moi, le doigt dressé en signe d'avertissement. Il l'a posé sur mes lèvres et s'est penché vers moi, me regardant toujours.

— Pas un mot, fillette. Pas un mot. Laissons le destin advenir comme il le doit. Faites-le pour moi, s'il vous plaît. Je ne veux pas vivre en comptant les jours qui me restent.

J'ai acquiescé, et il a retiré son doigt d'un air hésitant, comme s'il craignait que je ne sache pas tenir ma langue. Pendant un moment nous nous sommes examinés mutuellement, opposés par une discussion silencieuse, une lutte de volontés, chacun construisant un rempart contre l'autre, mais finalement nous avons tous deux soupiré, un accord ayant été conclu. J'ai essuyé les larmes sur mes joues, avec un curieux sentiment d'absolution.

— Il y a des signes qui ne trompent pas, Anne. Tommy est au courant ?

Michael avait posé la question à voix basse, le tumulte quittant son visage. J'ai reculé, étonnée.

— P-pardon ? ai-je balbutié.

Mon incertitude l'a fait sourire.

— Ah, c'est bien ce que je croyais. Je garderai votre secret si vous gardez le mien, ça marche ?

— Je ne sais pas de quoi vous parlez !

— Bravo. C'est ce qu'il faut faire : nier, détourner l'attention, a-t-il chuchoté d'un air de conspirateur, avec un clin d'œil. Je me suis toujours très bien débrouillé comme ça.

Il s'est dirigé vers la porte mais, avant de sortir, a pris une tartine et un morceau de dinde. Ses taquineries lui avaient rendu l'appétit.

— Mais j'imagine que Tommy doit déjà savoir. Rien ne lui échappe. Et puis ça se voit sur votre figure. Ces roses sur vos joues, ce pétillement dans les yeux. Félicitations, fillette. Je ne serais pas plus heureux si j'étais le père !

***

Michael Collins ira à Cork le 22 août 1922. Ses intimes le supplieront de renoncer à ce voyage, de rester à Dublin, mais il ne les écoutera pas. Il mourra au cours d'une embuscade dans une petite vallée appelée Béal na mBláth, la bouche des fleurs.

J'ai écrit ce qui allait arriver, tous les détails, toutes les théories dont je me souvenais au sujet de la mort de Michael : 22.08.22 ; 22.08.22. Cette date résonnait comme une pulsation dans ma tête, comme le titre d'une terrible histoire, et lorsqu'une histoire s'emparait de moi, il fallait que je l'écrive. C'était mon compromis avec Michael Collins. Je garderais le silence à mesure que le jour approcherait, ainsi qu'il me l'avait demandé. Je retiendrais dans ma bouche ces mots amers et saumâtres. Mais je ne voulais pas, je ne pourrais pas me taire jusqu'au bout. Le jour venu, j'en parlerais à Thomas. J'en parlerais à Joe. J'enfermerais Michael Collins dans une pièce, je le ligoterais et je braquerais une arme sur sa tempe pour l'empêcher d'aller à la rencontre de son destin. Ces pages seraient ma garantie, mon plan de secours. Même s'il m'arrivait quelque chose, elles parleraient pour moi, et l'histoire de Michael connaîtrait une nouvelle fin.

J'ai fini par avoir des crampes à force d'écrire, car ma main avait perdu l'habitude de rédiger un texte autrement que sur un clavier. Il y avait un bon moment que je n'avais plus produit aucun manuscrit de cette longueur. Mon écriture était atroce, mais cet exercice m'a apaisée comme rien d'autre n'avait pu le faire.

Quand j'ai eu mis noir sur blanc tout ce que je me rappelais, j'ai plié les pages dans une enveloppe que j'ai cachetée, et j'ai glissé le tout dans le tiroir de ma coiffeuse.

***

Le 14 avril à Dublin, le bâtiment des Quatre Cours de justice, sur les quais de la Liffey, fut investi par les forces antitraité et déclaré nouveau quartier général des républicains. Plusieurs édifices dans Sackville Street, ainsi que la prison de Kilmainham, furent aussi occupés. Les magasins et les arsenaux de l'État libre étaient l'objet de raids, et les denrées stockées dans les bâtiments réquisitionnées. C'était le commencement d'une longue fin.

— Vous n'auriez pas pu me prévenir de tout ça, Annie ? se plaignait Michael.

Thomas l'a foudroyé d'un regard si irrité que Michael s'est aussitôt calmé, passant une main dans ses cheveux.

— Désolé, fillette. Parfois, je me laisse aller, hein ?

Michael a quitté Garvagh Glebe en hâte, suivi de loin par son entourage, dont le soldat blessé par la mitraille. Thomas hésitait à rester à la maison mais, à la dernière minute, il a glissé quelques affaires dans un sac pour se rendre à Dublin lui aussi, de peur que les Quatre Cours ne soient au cœur d'une bataille où l'on aurait besoin de ses compétences.

Eoin boudait, triste de voir les festivités se terminer et nos invités partir. Il a supplié Thomas de l'emmener, de nous emmener tous deux, mais Thomas a refusé, promettant de revenir d'ici quelques jours. L'occupation des Quatre Cours révélait une escalade entre les deux camps et promettait un bain de sang, mais je n'avais pas un souvenir assez précis des détails pour le rassurer. Je savais simplement qu'une bataille allait éclater. Le bâtiment des Quatre Cours serait le théâtre d'une explosion causée par les stocks de munitions volées, et il y aurait des morts. Des hommes courageux. Simplement, je ne me rappelais ni la chronologie ni les aspects techniques.

— Michael a raison, tu sais. Je suis soucieuse. Certaines dates apparaissent dans ma tête comme des lumières permanentes. Certains détails m'obsèdent. Mais il y a d'autres choses, d'autres événements dont je voudrais me souvenir sans y parvenir. Je vais tâcher de m'améliorer.

— Mick s'en prend à ceux qu'il aime. Vois-y un signe de confiance et d'affection, a répondu Thomas.

— C'est pour ça que tu avais l'air de vouloir lui mettre une gifle ?

— Peu m'importe combien il t'aime ou te fait confiance, il doit surveiller ses manières.

— Vous êtes redoutable, docteur Smith.

Il a souri et a fermé son sac de voyage avant de s'approcher lentement de moi, les mains dans les poches, la tête penchée, le visage interrogateur.

— Y a-t-il autre chose que vous auriez oublié de me dire, comtesse ?

Il était si près de moi que mes seins touchaient sa poitrine. Ils étaient gonflés, tendus, et j'ai émis un petit gémissement ; j'avais envie à la fois de l'enlacer et de protéger ma poitrine. Ses lèvres ont effleuré mes cheveux, il a sorti les mains de ses poches et les a promenées sur mon corps jusqu'à ce que ses pouces frôlent mes tétons sensibles.

— Tu as mal. Tu es belle. Et tu n'as pas saigné depuis janvier, a-t-il murmuré en me caressant si délicatement que l'envie est devenue désir.

— Je n'ai jamais été très régulière. Et je n'ai jamais été enceinte, donc je ne peux pas être certaine.

— Moi je suis sûr.

Il a redressé mon visage vers le sien. Pendant un instant, il m'a simplement embrassée, avec une adoration pleine de douceur.

— Je suis tellement heureux, a-t-il avoué contre mes lèvres. C'est mal d'être aussi heureux quand le monde est sens dessus dessous ?

— Mon grand-père m'a dit un jour que le bonheur est l'expression de la gratitude. Et ce n'est jamais mal de se montrer reconnaissant.

— Je me demande bien où il a appris ça...

Thomas avait les yeux si bleus, si brillants, que je me perdais en lui, à les contempler.

— Eoin avait envie d'une famille entière, ai-je dit, soudain pensive. Je ne sais comment tout cela va fonctionner. Je suis paniquée quand j'essaye d'y voir clair, quand j'y réfléchis trop longtemps, ou quand je tente de mettre de l'ordre dans ma tête.

Il n'a rien répliqué, m'observant d'un air songeur.

— Ton grand-père te parlait de la foi ?

Ma réponse est partie tout droit de mon cœur. J'étais transportée dans les bras de mon grand-père, une nuit d'orage, dans un monde si lointain qu'il semblait presque irréel.

— Il me disait que tout irait bien parce que le vent sait déjà tout.

— Eh bien voilà, mon amour.

16 avril 1922

J'ai la tête pleine de réflexions et très peu de place pour les noter. Ce journal est plein, mais j'ai encore tant à dire et trop peu de temps avant le lever du jour. Anne m'a acheté un nouveau cahier pour mon anniversaire, il attend dans ma table de chevet que je le remplisse.

Je me suis réveillé, pris d'une sueur froide, seul dans mon lit. Je déteste Dublin sans Anne. Je déteste Cork sans Anne, Kerry sans Anne, Galway sans Anne, Wexford sans Anne. J'ai découvert que je ne peux être vraiment heureux nulle part sans Anne.

C'est la pluie qui m'a réveillé. Un déluge s'abat sur Dublin. Comme si Dieu essayait d'éteindre les flammes de notre discorde. S'il doit y avoir une bataille des Quatre Cours, ce ne sera pas tout de suite. Mick dit qu'ils feront le maximum pour l'éviter. Je crains que sa réticence à affronter l'aile antitraité ne fasse que les enhardir. Mais il n'a pas besoin de savoir ce que je pense. Je regrette d'avoir quitté Garvagh Glebe. J'y retournerais volontiers, mais la pluie est si persistante que les routes seront de vrais bourbiers, il vaut mieux attendre.

Le bruit des gouttes d'eau s'est infiltré dans mon sommeil et m'a fait voir le lough dans mon rêve. Je tirais à nouveau Anne de l'eau. Comme la plupart des rêves, celui-ci avait quelque chose d'étrange et de décousu : tout à coup, Anne n'était plus là, et je restais trempé, les bras vides, son sang formant une tache au fond de ma barque. Puis je pleurais et je criais, et mon cri s'est changé en gémissement. Le gémissement émanait d'un bébé que j'avais dans les bras, emmailloté dans le corsage sanglant d'Anne. Le bébé s'est métamorphosé en Eoin, qui s'accrochait à moi, gelé et terrorisé, je le tenais, en lui chantant une berceuse comme je le fais parfois.

« Ils ne peuvent oublier, ils n'oublieront jamais, le vent et les vagues se souviennent encore de Lui. »

Maintenant je n'arrive plus à m'ôter cette chanson de la tête. Fichue pluie. Foutu lough. Je n'aurais jamais cru que je détesterais le lough, mais c'est bien le cas. Ce soir, je le déteste. Et je déteste Dublin sans Anne.

« Mon amour, reste loin de l'eau. » C'est ce que je lui dis chaque fois que nous nous séparons. Et Anne hoche la tête, ses yeux savent. Cette fois, j'ai oublié de le lui rappeler. J'avais la tête pleine d'autres choses. Pleine d'elle. Pleine d'un enfant. Notre enfant, qui grandit en elle.

J'aimerais que la pluie cesse. J'ai besoin de rentrer à la maison.

T. S.

Hors de l'eau je t'ai retirée
Et dans mon lit je t'ai gardée.
Fille perdue, abandonnée
Par un passé qui n'est pas mort.

Né de ma suave obsession,
L'amour brisa mon cœur de pierre.
La méfiance devint aveu,
Vœux solennels de sang et d'os.

Mais dans le vent, j'entends des cris.
Le temps t'a trouvée, âme errante.
Il gémit, voudrait t'emporter
Afin qu'avec toi je me noie.

Mon amour, reste loin de l'eau,
Loin de la rive ou de la mer.
Tu ne peux pas marcher sur l'eau.
Le lough veut te reprendre à moi.

23
Jusqu'à ce que le temps s'enflamme

Vous le savez bien, ombres chères :
Le combat n'est qu'une folie
Quand bien ou mal sont partagés.
Les êtres beaux et innocents
N'ont d'autre ennemi que le temps ;
Je frotterai mes allumettes
Jusqu'à ce que le temps s'enflamme.
W. B. Yeats

DIMANCHE MATIN, je me sentais fatiguée, patraque, comme si l'aveu de ma grossesse à Thomas m'avait donné le droit d'être enfin mal portante. Eoin s'est réveillé avec un rhume de poitrine, et je suis restée à la maison avec lui tandis que Brigid et les O'Toole assistaient à la messe. Le ciel était couvert – un orage se préparait à l'est – et nous nous sommes installés dans le grand lit de Thomas pour lire toutes les aventures d'Eoin, une par une, en gardant pour la fin l'histoire de Michael Collins. Très conscient d'avoir été nommé gardien du livre de Michael, Eoin osait à peine respirer, et il tournait les pages avec précaution pour ne pas les froisser ni les salir.

— On devrait écrire une histoire sur nous, a-t-il suggéré quand j'ai eu terminé.

— Toi, Thomas et moi ?

— Oui, a-t-il répondu avec un grand bâillement.

Il avait toussé toute la nuit et manquait de sommeil, à l'évidence. J'ai remonté les couvertures sur ses épaules, il s'y est blotti et a fermé les yeux.

— Et que ferions-nous dans cette histoire ? Où irions-nous ?

— Ça m'est égal. Du moment qu'on est ensemble.

Il était si mignon que je sentais une boule dans ma gorge.

— Je t'aime, Eoin.

— Je t'aime aussi, a-t-il marmonné.

Je l'ai regardé s'assoupir, envahie par le besoin de le serrer dans mes bras, de couvrir de baisers tout son petit visage, de lui dire combien il me rendait heureuse. Mais il ronflait déjà doucement, la respiration rendue sifflante par son rhume. Je me suis contentée d'embrasser son front constellé de taches de rousseur et de passer ma joue sur ses cheveux cramoisis.

Je suis sortie sans bruit, fermant la porte derrière moi, et j'ai descendu l'escalier. Brigid et les O'Toole étaient de retour, et on préparait un repas léger. Il fallait que je m'habille et me coiffe ; Robbie voulait aller à Sligo voir Arthur Griffith à l'hôtel de ville. Thomas lui avait ordonné de ne pas me quitter d'une semelle en son absence, de dormir chaque nuit à Garvagh Glebe et de laisser à ses frères toute occupation qui l'aurait trop éloigné de la maison. Nous n'avions plus de nouvelles de Liam ou de Ben depuis que Thomas avait fait connaître ses vœux en décembre. Des mois s'étaient écoulés sans la moindre menace, sans le moindre incident, mais Thomas n'avait pas assoupli la règle. Je savais que Robbie n'irait pas au meeting électoral si je ne l'accompagnais pas. Je n'étais pas d'humeur à voir des gens ni à parler politique, mais je n'avais rien contre l'idée d'entendre à nouveau Arthur Griffith et je n'aurais pas voulu priver Robbie de cette occasion d'admirer un grand homme.

Une demi-heure plus tard, nous avancions dans l'allée, non sans avoir promis à Brigid de ne pas rentrer tard. Eoin dormait encore, l'orage restait à distance, et Brigid semblait satisfaite de passer l'après-midi devant le feu, à tricoter et à écouter de la musique sur mon phonographe.

Les rues de Sligo étaient pleines de soldats ; la tension sensible dans l'air faisait vibrer ma poitrine. Robbie a trouvé une place dans Quay Street pour garer le camion de ferme des O'Toole. Un fourgon rempli de militants antitraité est passé près de nous ; la mine sévère, armés jusqu'aux dents, ils n'avaient rien d'une présence discrète. Si le but était l'intimidation, c'était réussi. Nous sommes sortis du camion, Robbie et moi, et nous sommes partis vers la cour pavée de galets qui bordait l'hôtel de ville. Les gens se faufilaient partout, tâchant de ne pas rester sur la chaussée, alors même qu'ils s'amassaient devant le bâtiment de style italien, scrutant la foule pour détecter les ennuis possibles. Au moins trois douzaines de soldats de l'État libre avaient délimité un périmètre autour de l'édifice pour protéger les participants. Un autre véhicule rempli d'hommes de l'IRA s'est approché, et toutes les têtes se sont tournées pour les voir défiler. J'ai rapidement aperçu un visage familier.

— Robbie, c'est Liam ? ai-je murmuré en lui attrapant le bras.

L'homme se tenait à l'avant du fourgon, face à l'autre côté de la route, le corps masqué par d'autres soldats, les cheveux recouverts d'une casquette ordinaire. Le véhicule a continué dans la rue sans que nous puissions identifier l'individu avec certitude.

— Je ne sais pas, Mrs Smith. Je ne l'ai pas vu. Mais ça n'était peut-être pas une bonne idée de venir.

— Robbie ! a crié quelqu'un.

Nous nous sommes tournés vers le portail roman alors que la cloche du beffroi commençait à sonner l'heure, tintamarre affreux dans le ciel nuageux. Comme si le carillon éveillait la pluie, le ciel a grondé et de grosses gouttes sont venues frapper les galets tout autour de nous.

— C'est Eamon Donnelly. Il a dit qu'il nous garderait une place.

Nous avons couru vers les marches de grès, notre décision était prise.

Le meeting s'est déroulé sans incident. Nous avions manqué les premiers discours, mais nous avons écouté Arthur Griffith, captivés. Il parlait sans notes, les mains posées sur sa canne. Ce n'était pas un orateur tonitruant, il ne crachait pas du feu. Mesuré mais engagé, il incitait son auditoire à voter en faveur du traité et des candidats le soutenant, non parce que ce document était parfait ou résolvait tous les problèmes de l'Irlande, mais parce qu'il ouvrait la meilleure voie d'avenir.

Il a reçu un accueil enthousiaste, et a eu droit à une ovation chaleureuse lorsque son discours s'est terminé. Tandis que la foule rugissait son approbation, nous avons quitté nos places, Robbie et moi, et sommes sortis de la salle avant la foule, dégringolant le large escalier à la balustrade de fer forgé. C'était un beau bâtiment, avec ses coupoles vitrées et ses sculptures ; cela ne m'aurait pas déplu de pouvoir l'admirer de plus près, mais Robbie était nerveux et avait hâte de partir. Il n'a pas perdu de temps pour me ramener au camion, et ne s'est détendu qu'une heure plus tard, en regagnant Garvagh Glebe.

Il s'est arrêté devant la maison pour que je n'aie pas à marcher depuis la grange, en me remerciant de lui avoir tenu compagnie pour cette excursion.

— Je ressors un peu, a-t-il signalé. J'avais promis à mon père de nourrir les bêtes avant la messe. Je ne l'ai pas fait, et il va m'en vouloir s'il se rend compte que je suis allé en ville. Enfin, avec un peu de chance, il ne le saura jamais.

Je suis descendue de la voiture et l'ai salué d'un geste de la main.

La maison était silencieuse. J'ai traversé le vestibule pour aller dans ma chambre. Je dormais dans le lit de Thomas, mais son armoire était trop petite pour accueillir ma garde-robe. J'avais laissé mes affaires au rez-de-chaussée, et je me retirais dans cette pièce lorsque je voulais écrire ou avoir une minute à moi. J'ai songé qu'il faudrait un jour repenser toute cette organisation, surtout avec un bébé. Il y avait à Garvagh Glebe une demi-douzaine de pièces inoccupées, amplement de quoi arranger une suite conjugale et une chambre pour le nouveau-né, tout en gardant Eoin près de nous.

Dans la chambre, les tiroirs étaient ouverts. Des vêtements se répandaient au-dehors comme si quelqu'un les avait tous fouillés, sans se donner la peine d'effacer les traces de son passage. L'étroit tiroir du haut, où je plaçais mes bijoux et les quelques babioles acquises au cours de mes dix mois à Garvagh Glebe, avait été complètement renversé. Je l'ai ramassé, sans inquiétude mais perplexe, et j'ai entrepris de remettre de l'ordre dans mes affaires.

— Eoin ? ai-je hélé.

Il devait être réveillé. Brigid et lui étaient quelque part dans la maison. Il ne se sentait pas assez bien pour sortir, et il avait certainement cherché quelque chose dans mes tiroirs. C'était la seule personne qui aurait pu laisser un tel désordre.

J'ai fini de tout ranger, j'ai fait l'inventaire de mes bijoux et de ma petite pile de disques, en essayant de deviner ce qu'on avait voulu trouver. J'ai entendu de petits pas derrière ma porte et je l'ai appelé à nouveau, sans lever la tête.

— Eoin ? C'est toi qui as fouillé dans mes tiroirs ?

— Ce n'est pas Eoin, a répondu Brigid d'une voix étrange.

Sur le seuil de ma chambre, elle serrait une feuille de papier contre sa poitrine, le regard fou, le visage stupéfait.

— Brigid ?

— Qui êtes-vous ? Pourquoi nous faire ça à nous ?

— Vous faire quoi, Brigid ?

Mon sang rugissait dans mes oreilles. J'ai fait un pas vers elle, et elle a aussitôt reculé d'un pas. Liam s'est avancé à sa place, muni d'un fusil. La bouche sévère, il a braqué l'arme sur moi, en me fixant de son œil terne.

— Brigid, ai-je imploré sans perdre de vue le fusil. Que se passe-t-il ?

— Liam m'a tout raconté. Dès le premier jour. Il m'a dit que vous n'étiez pas notre Anne, mais je ne voulais pas le croire.

— Je ne comprends pas, ai-je murmuré en protégeant mon ventre de mes bras.

Oh mon Dieu. Qu'est-ce qui se passe ?

— Eoin cherchait quelque chose, je l'ai surpris dans votre chambre. Je l'ai grondé et j'ai voulu ranger. L'enveloppe était par terre, a expliqué Brigid d'une voix rauque au débit rapide.

— Et vous l'avez ouverte ?

Elle a hoché la tête.

— Je l'ai ouverte. Et je l'ai lue. Je sais ce que vous complotez. Vous avez pu berner Thomas, et Michael Collins, mais pas Liam. Il nous a avertis. Et dire que Thomas vous faisait confiance ! Il vous a épousée, alors que vous vous préparez à tuer Michael Collins. Tout est écrit là-dedans

Elle tenait les pages devant elle. Ses mains tremblaient tellement que le papier dansait.

— Non. Vous avez mal compris, ai-je dit avec le plus grand sang-froid. Je voulais seulement le prévenir.

— Comment savez-vous tout ça ? a-t-elle hurlé en secouant à nouveau les papiers. Vous travaillez avec les Tans. C'est la seule explication possible.

— Brigid ! Où est Eoin ?

Je n'ai même pas tenté de me défendre, ou de lui rappeler que les Auxies et les Black and Tans n'étaient plus en Irlande. Elle était parvenue à la pire des conclusions, et je n'étais pas sûre de pouvoir arranger mon cas en ajoutant quoi que ce soit.

— Je ne vous le dirai pas ! Vous n'êtes pas sa mère, hein ?

J'ai fait un pas vers elle, la main tendue pour la prier de se calmer.

— Je veux que vous partiez. J'ai besoin que vous partiez. Sortez de cette maison et n'y revenez plus jamais. Je vais montrer ça à Thomas. Il saura quoi faire. Mais vous devez partir.

Liam a désigné la porte principale.

— Partez. Maintenant, a-t-il ordonné.

Je me suis avancée sur mes jambes raidies, je suis sortie de ma chambre et je suis allée dans le vestibule. Brigid avait le dos plaqué au mur. Ignorant Liam, j'ai adressé mes suppliques à sa mère.

— Appelons Dublin. Avec le téléphone. Appelons Thomas, et vous pourrez tout lui dire. Tout de suite.

— Non ! Je veux que vous partiez. Je ne sais pas ce que je vais raconter à Eoin. Il croyait que sa mère était revenue.

Brigid a commencé à pleurer, le visage aussi chiffonné que les pages qu'elle serrait dans son poing. Quand elle les a lâchées pour s'essuyer les yeux, Liam s'est baissé, les a ramassées et les a fourrées dans la ceinture de son pantalon.

— Eoin va bien, Brigid ? Il est en sécurité ?

Je contemplais l'escalier menant à l'étage, où j'avais laissé Eoin quelques heures auparavant.

— Qu'est-ce que ça peut vous faire ? Il n'est pas votre fils. Il n'est rien pour vous.

— J'ai simplement besoin de savoir s'il va bien. Je ne veux pas qu'il vous entende pleurer. Je ne veux pas qu'il voie ce fusil.

— Jamais je ne ferais de mal à Eoin ! Je ne lui mentirais jamais, moi, je ne me ferais jamais passer pour ce que je ne suis pas ! a-t-elle hurlé. Je le protège de vous. Comme j'aurais dû le faire à l'instant où vous êtes arrivée.

— Très bien, je m'en vais. Je vais sortir de cette maison. Laissez-moi prendre mon manteau et mon sac à main...

L'indignation qui a éclaté dans ses yeux était plus effrayante que ses frissons et ses larmes.

— *Votre* manteau ? *Votre* sac à main ? C'est Thomas qui vous les a achetés. Il vous a recueillie. Vous a soignée. Et vous l'avez piégé ! Vous avez trompé cet homme bon et généreux.

— Partez, a exigé Liam, agitant son arme en direction de la porte.

Je me suis exécutée, renonçant à toute action sauf celle qui me permettrait de sortir indemne. Liam m'a suivie, pointant son fusil dans mon dos. J'ai ouvert la porte pour descendre le perron, Liam sur mes talons.

Brigid a refermé derrière nous. J'ai entendu le bruit de la clef dans la serrure, et le vieux verrou qu'elle poussait. Mes jambes se sont dérobées et je me suis effondrée sur la pelouse, toute tremblante.

Je n'ai pas pleuré. J'étais trop hébétée. Je me suis simplement agenouillée, la tête baissée, les mains dans l'herbe humide, essayant d'élaborer un plan.

— Et maintenant vous avez intérêt à avancer, a ordonné Liam.

Je me demandais si Brigid regardait derrière les rideaux. J'espérais qu'Eoin ne voyait rien. Je me suis lentement levée, les yeux sur l'arme que Liam braquait sur moi avec une telle aisance. Sur le lough, il n'avait pas hésité à tirer, avec les deux autres pour témoins.

— Vous allez à nouveau me tirer dessus ?

J'avais posé la question d'une voix sonore, dans l'espoir que Robbie pourrait entendre et intervenir. J'ai éprouvé une honte soudaine. Que Robbie se tienne à l'écart de tout cela. Je ne voulais pas qu'il meure.

Liam a étréci les yeux et a incliné la tête, sans baisser le fusil coincé au creux de son bras.

— Oui, je suppose. Vous revenez sans arrêt. Vous avez neuf vies, Annie.

— Annie ? Vous avez affirmé à Brigid que j'étais quelqu'un d'autre. Vous lui avez dit aussi que vous aviez voulu me tuer ?

La peur a éclairé un instant son visage, et ses mains se sont crispées sur l'arme.

— Je ne voulais pas vous tuer. Pas la première fois. C'était un accident.

J'ai ouvert de grands yeux. Je ne comprenais pas, je ne le croyais pas, et j'étais encore plus épouvantée qu'auparavant. De quoi parlait-il ? Quelle première fois ? Combien de fois avait-il tenté de tuer Anne Gallagher ?

— Et sur le lough, c'était un accident ?

Je cherchais désespérément à donner un sens à ses propos. Il s'est approché, nerveux, le regard affûté.

— Je croyais que le brouillard me jouait un tour. Mais vous étiez bien réelle. Brody et Martin vous ont vue aussi. Et on a foutu le camp.

— Je serais morte. Si Thomas ne m'avait pas trouvée, je serais morte.

— Vous êtes déjà morte ! (Tout à coup, il s'emportait. J'ai tressailli, je me suis reculée.) Maintenant vous allez marcher vers les arbres. (Il m'a indiqué la direction d'une main tremblante.) Il paraît qu'un de mes gars est enterré dans le marais. C'est là qu'on allait, en passant par le lough.

Je n'irais nulle part avec lui. Ni au marécage ni au lough. Je n'ai pas bougé. Il s'est jeté sur moi, m'a empoigné les cheveux et m'a planté son fusil dans le ventre.

— Tourne-toi et marche, a-t-il menacé, la bouche contre mon oreille. Ou bien je t'abats ici, tout de suite.

— Pourquoi faites-vous cela ?

— Avance.

Je me suis mise en marche, impuissante. Sa main serrait tellement mes cheveux que mon menton se soulevait. Je ne voyais pas où je posais les pieds et j'ai trébuché plusieurs fois alors qu'il me poussait vers les arbres.

— Je t'ai vue tout à l'heure à Sligo, avec Robbie le borgne. J'ai deviné que Tommy devait être parti, si Robbie était avec toi. Donc ça m'a donné l'idée de rendre une petite visite à ma mère. Et quand je suis arrivé, elle était toute folle, en larmes, elle m'a raconté que tu travaillais pour les Tans. Tu travailles vraiment pour les Angliches, Annie ? Tu es ici pour tuer Collins ?

— Non.

Je haletais, j'avais horriblement mal au cuir chevelu. Il m'a poussée en avant une fois de plus.

— Je m'en fiche, de toute façon. Je veux juste que tu t'en ailles. Et tu m'as donné une excuse idéale.

Nous avons dépassé les arbres bordant le lough et sommes descendus vers la plage. Liam a marché à grands pas vers le bateau d'Eamon amarré au rivage, m'obligeant à le suivre.

— Pousse-le sur l'eau.

Liam m'a lâché les cheveux pour que je puisse lui obéir. Il maintenait le fusil dans mon dos, car il craignait sans doute que je prenne la fuite. J'ai hésité, contemplant les vaguelettes.

— Non, ai-je gémi.

« *Mon amour, reste loin de l'eau.* »

— Pousse-le ! a hurlé Liam.

J'ai obéi, les membres lourds, le cœur en feu. J'ai poussé le bateau sur le lough. Mes chaussures se sont remplies d'eau et je les ai enlevées, les laissant sur le rivage. Thomas les trouverait peut-être et il saurait ce qui s'était passé.

— Oh, Thomas, ai-je murmuré. Eoin... Mon Eoin. Pardonne-moi.

J'étais dans l'eau jusqu'aux genoux. Je me suis mise à pleurer.

— Monte !

Je sentais le canon de son arme entre mes omoplates. J'ai fait semblant de tituber et je me suis jetée dans l'eau, les bras déployés, laissant partir le bateau. L'eau glacée s'est aussitôt emparée de moi, recouvrant ma tête et envahissant mes oreilles. J'ai senti la main de Liam qui cherchait à me rattraper par les cheveux, désespéré. Ses ongles ont éraflé ma joue.

Un coup de feu a éclaté, le son étonnamment amplifié par l'eau, et j'ai crié, m'attendant à la douleur – m'attendant à la mort. L'eau a rempli mon nez et ma bouche, et j'ai essayé de me lever alors que j'étouffais. Mais Liam m'enfonçait vers le fond, son corps lourd au-dessus de moi. Je me suis débattue, à coups de pied, à coups d'ongles, pour me dégager de ses bras, pour remonter à la surface. Pour vivre.

Pendant un moment, je me suis sentie en apesanteur, libre, portée dans une bulle, et j'ai lutté pour rester consciente. La gravité qui m'aspirait s'est changée en mains qui me hissaient, m'agrippaient, me tiraient, me traînaient sur les galets du rivage. Je me suis échouée sur le sable, pantelante, asphyxiée, crachant tandis que le lough me léchait les pieds, comme s'il se repentait. Le goût de l'eau, la terre entre mes orteils, tout était pareil. Mais il n'y avait pas de brume, pas de ténèbres, pas de ciel couvert. Le soleil caressait mes épaules frissonnantes. C'était comme si le monde avait changé de face, basculé vers la lumière, et m'avait jetée hors du lough.

— D'où venez-vous, madame ? Dieu tout-puissant, vous m'avez fait la peur de ma vie !

Je n'arrivais toujours pas à parler. La silhouette de l'homme debout se découpait devant le soleil couchant, je ne distinguais pas ses traits. Il m'a retournée sur le ventre, et j'ai recraché encore un litre d'eau.

— Prenez votre temps. Tout va bien.

Il s'est accroupi à côté de moi, me tapotant le dos. Je connaissais sa voix. Eamon. C'était Eamon Donnelly. Dieu merci.

— Liam. Où est Liam ?

J'avais émis ces mots dans un râle. Les poumons me brûlaient, mon crâne me torturait. J'ai posé la tête sur le sol, heureuse d'être en vie.

— Liam ? Vous pouvez m'en dire plus ?

— Eamon, ai-je toussé. Eamon, j'ai besoin de Robbie, et je ne peux pas rentrer à la maison.

Eamon semblait de plus en plus intrigué.

— Robbie ? Robbie ou Eamon ? Ou Liam ? Je suis désolé, madame, je ne sais pas ce que vous voulez ni qui vous demandez.

Je me suis roulée sur le côté, trop fatiguée pour me mettre à quatre pattes. J'ai levé les yeux vers Eamon, au prix d'un effort surhumain. Mais ce n'était pas Eamon. Je suis restée bouche bée, tâchant de me repérer grâce à ce visage au-dessus de moi, ce visage qui ne correspondait pas à la voix.

— Ça alors ! C'est vous, fillette ? Bon sang, mais qu'est-ce que... Où est-ce que vous étiez donc ? Q-qu'est-ce... qu-quand ? a-t-il bégayé.

— Mr Donnelly ?

L'horreur me raclait la gorge. *Oh non. Non, non, non.*

— Oui, c'est moi. Vous m'avez loué ma barque, madame. Je ne voulais pas vous laisser partir. Vous le savez bien. Grâce au Ciel, vous êtes en vie. On a cru que vous vous étiez noyée dans le lough, a-t-il avoué, horrifié.

— Quel jour sommes-nous ? De quelle année ?

Je ne pouvais tourner la tête pour m'en assurer moi-même. Je ne voulais pas voir. Je me suis redressée, me suis mise debout tant bien que mal, et je suis repartie dans l'eau.

— Mais où vous allez ?

Ce n'était pas Eamon Donnelly, mais Jim Donnelly, qui habitait le cottage voisin du ponton et qui m'avait loué sa barque. En 2001.

Je suis tombée dans le lough, j'avais désespérément envie de retourner dans le passé, alors même que je refusais d'admettre l'avoir quitté.

L'homme m'a tirée de l'eau.

— Qu'est-ce que vous faites ? Vous êtes complètement folle ?

— Quel jour sommes-nous ? ai-je crié en me débattant.

— Le 6 juillet ! On est vendredi, nom de Dieu !

Il m'a ceinturé le haut du corps avec ses bras pour me ramener au rivage.

— De quelle année ? Quelle année ?

— Hein ? On est en 2001. Ça fait plus d'une semaine qu'on vous cherche. Dix jours. Vous n'êtes jamais revenue. La barque, tout avait disparu. La compagnie de location a récupéré votre voiture quand les *gardais* ont eu fini leur travail.

Il a désigné le parking qui n'existait pas à l'époque où Thomas habitait Garvagh Glebe. Quand Eoin habitait Garvagh Glebe. Quand j'habitais Garvagh Glebe.

— Non, ai-je sangloté. Oh non.

— Les *gardais* sont venus. Ils ont fouillé tout le lac avec leur matériel. Ils ont même envoyé des plongeurs. Qu'est-ce qui s'est passé ?

— Je suis désolée. Je ne sais pas vraiment ce qui s'est passé. Je ne sais pas vraiment.

— Vous voulez que j'appelle quelqu'un, madame ? Et puis, d'où vous veniez, d'abord ?

Il a essayé de me ramener au chaud, dans son cottage. Je souhaitais qu'il s'en aille, mais il gardait un bras autour de mes épaules, et il m'éloignait du lough. J'avais besoin de retourner dans l'eau, de glisser sous la surface et de regagner le temps passé, l'endroit que j'avais quitté, la vie que j'avais perdue.

Perdue. Disparue. En un instant. Un souffle, une immersion, et j'étais morte pour renaître. Liam avait tenté de me tuer. Et il avait réussi. Il m'avait pris ma vie. Pris mon amour. Pris ma famille.

— Qu'est-ce qui vous est arrivé, fillette ?

Je n'ai pu que secouer la tête, trop tourmentée pour parler. J'avais déjà vécu tout cela. Mais cette fois, Thomas et Eoin n'étaient pas là pour m'aider.

26 avril 1922

Anne a disparu. Cela fait dix jours qu'elle a disparu. J'ai regagné Garvagh Glebe en fin de journée, le dimanche 16. Ma maison était paniquée. Maggie tenait dans ses bras Eoin, fiévreux et perturbé. Ses larmes transformaient sa respiration en combat. Maggie pouvait à peine me regarder, elle était si éperdue, mais elle a murmuré un seul mot – lough – et je me suis précipité dehors, courant à travers les arbres jusqu'à la plage où Robbie et Patrick cherchaient le corps d'Anne. Faisant de son mieux pour expliquer l'inexplicable, Robbie m'a raconté en pleurant les événements de la journée.

Liam avait tenté de faire monter Anne dans un bateau, la menaçant d'un fusil, et Robbie avait tiré sur lui. Quand Robbie avait accouru pour dégager Anne du corps de Liam, elle avait disparu.

Robbie a dit qu'il avait fouillé l'eau pendant une heure. Il n'a retrouvé que ses chaussures. Il pense qu'elle s'est noyée, mais je sais ce qui s'est passé. Elle est partie, elle n'est pas morte. Je tente de me consoler avec cette pensée.

Robbie a traîné Liam jusqu'à la maison, et Brigid a fait de son mieux pour le soigner. Liam est blessé à l'épaule, et il a perdu beaucoup de sang. Mais il vivra.

J'ai envie de le tuer.

J'ai retiré la balle, nettoyé la plaie et l'ai suturée. À chacun de ses cris de douleur, je lui montrais la morphine, sans lui en donner.

— Thomas, s'il te plaît, gémissait-il. Je te dirai tout. Tout. S'il te plaît.

— Et comment soulageras-tu ma douleur, Liam ? Anne a disparu. Je te laisse en vie. Mais je ne ferai rien pour t'éviter de souffrir.

— Ce n'était pas Annie. Elle n'était pas Annie. Je le jure, Tommy. J'essayais de t'aider.

Brigid prétend avoir trouvé un « complot » dans le tiroir d'Anne, une liste de dates et de détails évoquant l'assassinat de Michael Collins. Brigid ne sait pas ce que sont devenus ces papiers. Elle dit que Liam les a pris, et il suppose qu'il les a perdus dans le lough. Tous deux accusent mon Anne d'imposture. Ils ont raison. Et ils ont horriblement tort. J'ai envie d'étrangler Liam et de lui hurler mon indignation dans les oreilles.

« Elle ressemblait à Annie. Mais ce n'était pas Annie », a-t-il affirmé, catégorique.

Soudain, j'ai été inondé par une terrible prise de conscience. J'avais presque peur de l'interroger, et cependant j'éprouvais la certitude vertigineuse que je finirais par connaître la vérité.

— Comment le sais-tu, Liam ? Pourquoi en es-tu si sûr ?

— Parce qu'Annie est morte. Ça fait six ans qu'elle est morte, a-t-il confessé, la peau humide, les yeux implorants.

J'ai entendu Brigid s'approcher, marchant vers la pièce qui me servait de clinique. Je me suis levé, j'ai claqué la porte et l'ai fermée à clef. Je ne pouvais affronter Brigid. Pas encore.

— Comment le sais-tu ?

— J'y étais, Thomas. Je l'ai vue mourir. Elle était morte. Anne était morte.

— Où ? Quand ?

Je criais si fort que ma voix résonnait dans mon cerveau accablé par le chagrin.

— À la Poste centrale. La semaine de Pâques. Je t'en prie, Doc, donne-moi quelque chose. La douleur m'empêche d'avoir les idées claires. Je vais te raconter. Mais tu dois m'aider.

Sans prévenir, sans précaution, je lui ai injecté la morphine dans la cuisse, puis j'ai arraché la seringue et l'ai jetée tandis qu'il se ratatinait sur le lit. Le soulagement était tel qu'il s'est mis à rire tout bas.

Moi, je ne riais pas.

— Raconte ! ai-je tonné, et son rire s'est transformé en pleurs.

— O.K., Tommy, je vais te raconter. Tout te raconter.

Il a poussé un profond soupir, il souffrait moins et son esprit s'en allait ailleurs. Très loin. Je le voyais dans ses yeux, à la manière dont sa voix a pris le ton du conteur, pour me narrer ce récit qu'il avait probablement revécu mille fois dans sa tête.

— Cette dernière nuit… au GPO, on essayait tous de prendre la chose à la légère. Comme si ça nous était bien égal que le toit soit près de s'écrouler sur nous. Toutes les entrées étaient en flammes sauf celle d'Henry Street, et sortir dans Henry Street, c'était courir au-devant de la fusillade. Les hommes couraient avec leurs armes, ils criaient au moindre bruit, et ils se tiraient dans le dos les uns des autres. Je suis le dernier à être parti. Declan avait déjà suivi O'Rahilly. Ils voulaient essayer de nous ouvrir un passage dans Moore Street, mais on a aussitôt appris qu'ils avaient tous été abattus. Mon petit frère avait toujours tellement eu envie d'être un héros.

J'ai senti monter en moi un souvenir, chaud et lourd comme la fumée qui avait rempli mes poumons lorsque j'étais allé rechercher mes amis dans Moore Street, un samedi, il y a des années ; le 29 avril 1916 avait été le pire jour de ma vie. Jusqu'à aujourd'hui. Aujourd'hui était encore un plus mauvais jour.

— *Connolly m'a dit de veiller à ce qu'il n'y ait plus personne au GPO avant que j'évacue, a repris Liam, ralenti par la morphine. C'était ma mission. Je devais veiller à ce que tous les hommes se sauvent, l'un après l'autre, en évitant les balles et en enjambant les corps. C'est là que je l'ai entendue. Tout à coup, elle était là, au GPO, elle traversait la fumée. Elle m'a fait peur, Thomas. J'étais à moitié aveugle, et si fatigué que j'aurais tiré sur ma propre mère si elle était arrivée derrière moi.*

J'ai attendu qu'il prononce son nom, mais je me suis révulsé lorsqu'il l'a fait.

— C'était Annie. Je ne sais pas comment elle avait pu entrer dans la poste. C'était l'enfer.

— Qu'as-tu fait ?

Les mots me déchiraient le gosier.

— Je l'ai abattue. Je ne voulais pas. J'ai simplement réagi. Je lui ai tiré plusieurs balles. Je me suis agenouillé à côté d'elle, elle avait les yeux ouverts. Elle me dévisageait, et j'ai dit son nom. Mais elle était morte. Alors j'ai tiré une dernière fois, Thomas. Juste pour être sûr qu'elle était bien réelle.

J'étais incapable de le regarder. Je redoutais de lui infliger le sort qu'il avait infligé à l'Anne de Declan. À la mère d'Eoin. À mon amie. Je me suis rappelé la folie de cette nuit. L'épuisement. La tension. Et j'ai compris comment cela avait pu se produire. Je l'aurais compris alors. Je lui aurais pardonné alors. Mais il m'avait menti pendant six ans, et il avait essayé de dissimuler son crime en la tuant à nouveau.

— J'ai pris son châle – elle l'avait à la main –, il faisait trop chaud au GPO pour qu'elle le garde sur ses épaules. Il n'y avait pas une seule goutte de sang dessus.

De toute évidence, il était encore impressionné par son acte. J'ai grimacé, imaginant le sang qui avait dû former une flaque sous le corps criblé de balles.

— Et son alliance ?

Désormais tout était clair pour moi.

— Je la lui ai retirée du doigt. Je ne voulais pas qu'on sache que c'était elle. Si je la laissais au GPO, son corps allait brûler, et personne n'apprendrait jamais ce que j'avais fait.

— Sauf toi. Toi, tu savais.

Liam a hoché la tête, mais son visage était inexpressif, comme s'il avait si longtemps été torturé par la culpabilité qu'il n'était plus qu'une coquille vide.

— Et puis je suis sorti. Je suis allé jusqu'à Henry Place, le châle d'Anne à la main, sa bague dans ma poche. Je sentais les balles qui sifflaient autour de moi. J'avais envie de mourir. Mais je ne suis pas mort. Kavanagh m'a entraîné dans une masure de Moore Street, et j'ai passé le reste de la nuit terré entre les murs, d'une baraque à la suivante, pour me diriger vers Sackville Lane avec quelques autres. J'ai laissé le châle sur un tas de débris, et j'ai conservé l'alliance. Depuis ce temps-là, je la garde dans ma poche. Je ne sais pas pourquoi.

— Tu la gardes depuis ce temps-là ?

Comment était-ce possible ? Anne portait cette bague la dernière fois où je l'avais vue. Mon Anne. Mon Anne. Mes jambes ont flageolé et j'ai cru que j'allais m'écrouler.

— Tu as forcément remarqué qu'Anne portait la même bague, ai-je gémi, le visage entre les mains.

— Ces salauds d'Anglais ont pensé à tout, pas vrai ? Putain d'espions. Mais j'étais là, moi. J'ai su tout de suite que ce n'était pas elle. Je te l'ai dit, Doc. Mais tu n'as pas voulu m'écouter, tu te rappelles ?

Je me suis levé brusquement, renversant mon tabouret, et je me suis éloigné de lui pour ne pas effacer de mes mains cette indignation vertueuse qu'il affichait sur son visage.

Anne m'a dit que son grand-père – Eoin – lui avait donné la bague en même temps que mon journal et plusieurs photographies. C'étaient les fragments de cette vie qu'il voulait qu'elle retrouve. Oh, Eoin, mon précieux petit garçon, mon pauvre enfant. Il devrait attendre si longtemps pour la revoir.

— Où est son alliance à présent ? ai-je demandé, accablé.

Liam l'a tirée de sa poche et l'a tenue devant moi, apparemment soulagé de s'en débarrasser. Je m'en suis emparé, pris de vertige à l'idée qu'un jour je la donnerais à Eoin. Eoin finirait par la donner à Anne, sa petite-fille, qui la rapporterait en Irlande.

Mais cela a déjà été lu, et j'ai déjà joué mon rôle dans la trajectoire de l'avenir et du passé. Mon Anne a traversé le lough et elle est rentrée chez elle.

Il me manquait encore une pièce du puzzle.

— En juillet dernier, quand tu transportais des armes sur le lough, pourquoi as-tu tiré sur Anne en la voyant ? Je ne comprends pas.

— J'ai cru que c'était un spectre, a murmuré Liam. Je la vois partout où je vais. Je n'arrête pas de la tuer, et elle n'arrête pas de revenir.

Oh mon Dieu. Si seulement elle revenait. Si seulement.

Le lendemain matin, j'ai dit à Liam de partir. Pour ne plus jamais revenir. Je lui ai promis que s'il se risquait ici, je le tuerais de mes mains. J'ai laissé à Brigid le choix de le suivre. Elle est restée, mais nous savons elle et moi que j'aurais préféré qu'elle s'en aille. Je ne peux pas lui pardonner. Pas encore.

Je ne sais pas comment je vais continuer. Respirer me fait mal. Parler me fait mal. Me réveiller est une torture. Je ne parviens pas à me consoler. Je ne parviens pas à consoler Eoin, qui ne comprend rien à toute cette histoire. Il ne cesse de me demander où est sa mère, et je ne sais vraiment pas quoi lui répondre. Les O'Toole tiennent à ce que nous fassions dire une messe pour elle, même si son corps n'a pas été retrouvé. Le Père Darby pense que cela nous aiderait à passer à autre chose. Mais je ne passerai jamais à autre chose.

T. S.

24

Ce qu'on perd

Je chante ce qu'on perd et crains ce que l'on gagne,
J'entre dans une guerre après qu'elle est menée,
J'ai perdu mes soldats et j'ai perdu mon roi ;
Qu'ils veuillent voir mourir ou naître le soleil,
Nos pieds courent toujours sur les mêmes cailloux.
W. B. Yeats

JIM DONNELLY était le petit-fils d'Eamon Donnelly, et il était très gentil. Il m'a apporté une couverture et des chaussettcs de laine, a mis ma robe trempée dans son sèche-linge. Puis il a appelé la police – les *gardais* – et a attendu avec moi. Il m'a fait boire un verre d'eau tout en me tapotant le dos. Il surveillait la porte, pensant que j'allais m'enfuir. Et il n'avait pas tort.

Je ne pouvais m'accrocher à une seule pensée, je ne pouvais m'empêcher de claquer des dents, et quand il me posait des questions, je ne faisais que secouer la tête.

Alors il s'est mis à me parler, tout bas, pour tenter de me distraire – non sans consulter sa montre toutes les trois minutes.

— Vous m'avez appelé Eamon. C'était le nom de mon grand-père. Il habitait au bord du lough ici. On vit ici depuis des générations, nous, les Donnelly.

J'ai essayé de boire encore un peu, mais le verre m'a glissé des mains et s'est fracassé au sol. Jim a sursauté et m'a apporté une serviette.

— Vous voudriez un café ? a-t-il proposé.

Mon estomac s'est soulevé à la simple mention du café, j'ai secoué la tête et j'ai fait un effort pour le remercier. Ma voix sonnait comme le frémissement d'un serpent.

Il s'est éclairci la gorge et a repris la conversation.

— Il y a une femme qui s'est noyée dans le lough, il y a longtemps. Une certaine Anne Gallagher. Mon grand-père la connaissait, et il m'a raconté l'histoire quand j'étais gamin. Ici, c'est un petit village, et ça reste un mystère. Avec le temps, c'est devenu une légende. La police a cru à une blague quand je leur ai téléphoné et que j'ai dit votre nom. Il m'a fallu un moment pour leur faire comprendre que je ne rigolais pas.

Après une grimace, il s'est tu.

— On n'a jamais su comment elle avait disparu ? ai-je demandé, en larmes.

— Non... pas vraiment. On n'a jamais retrouvé son corps, et c'est là que le mystère commence. Elle habitait à Garvagh Glebe, le manoir qui est là, derrière les arbres.

Son visage reflétait ma détresse. Il est parti chercher une boîte de mouchoirs.

— Et sa famille ? Qu'est-ce qui leur est arrivé ?

— Je ne sais pas. C'était il y a longtemps. C'est juste une vieille histoire. Probablement à moitié vraie. Il ne faut pas vous tracasser pour ça.

Quand la police est arrivée, Jim Donnelly a fait un bond de soulagement, il a ouvert la porte et les questions ont recommencé. On m'a emmenée à l'hôpital, où ils m'ont gardée en observation. Ils ont confirmé que j'étais enceinte, se sont interrogés sur ma santé mentale, et ont passé beaucoup de coups de fil pour vérifier si je constituais un danger pour moi-même ou pour autrui. J'ai très vite saisi que ma liberté et mon indépendance dépendaient de ma capacité à donner l'impression que j'allais très bien. Mais je n'allais pas bien du tout. J'étais brisée. Anéantie. Assommée. Pourtant je n'étais ni dérangée ni dangereuse. « Nier, détourner l'attention », avait dit Michael Collins, alors c'est ce que j'ai fait. Et ils ont fini par me relâcher.

Il n'a pas fallu longtemps à la police pour apprendre où je séjournais et pour mettre la main sur mes valises au Great Southern Hotel de Sligo. Ils ont ouvert les portes fermées à clef de ma voiture de location et ont trouvé mon sac à main sous le siège avant. Mes affaires avaient été passées au peigne fin, mais ils me les ont restituées sans problème une fois l'enquête terminée. J'ai payé mes frais d'hospitalisation, j'ai fait un don aux services de recherche et de sauvetage du comté, et je suis bien vite retournée à l'hôtel. À la réception, l'employée n'a pas sourcillé en voyant mon nom ; la police avait été discrète. J'avais mon portefeuille, mon passeport et mes habits, mais il fallait que je loue une autre voiture. J'ai préféré en acheter une. Je n'avais pas l'intention de quitter l'Irlande.

J'avais quitté Manhattan une semaine après la mort d'Eoin. J'avais laissé ses vêtements dans ses tiroirs, sa tasse à café dans l'évier, et sa brosse à dents dans la salle de bains. J'ai fermé la porte de sa maison à Brooklyn, je n'ai pas répondu aux appels de son avocat concernant l'héritage, et j'ai dit à mon agent d'annoncer à tout le monde qu'à mon retour d'Irlande, je m'occuperais de ce qui restait de la vie d'Eoin et de la mienne.

Sa mort m'avait fait fuir. Sa requête que ses cendres soient rapportées dans son pays natal avait été une bénédiction. Elle m'avait donné une raison de penser à autre chose qu'à sa disparition. Et je n'étais pas en état de rentrer pour affronter cette réalité maintenant.

La police avait découvert dans mon portefeuille une carte de visite avec le nom de mon agent, Barbara Cohen, inscrit juste en dessous du mien. Ils l'ont contactée, comme étant la seule personne sur Terre qui savait peut-être où je me trouvais, et ils sont restés en contact constant avec elle tout au long de l'enquête. Quand je lui ai téléphoné, le lendemain de ma sortie de l'hôpital, elle a pleuré à l'autre bout du fil, s'est mouchée et m'a ordonné de revenir immédiatement.

— Je vais rester ici, Barbara.

Parler m'était pénible. Cela réveillait mes bleus à l'âme.

— Quoi ? Pourquoi ?

— Je me sens chez moi en Irlande.

— Ah bon ? Mais... tu es citoyenne américaine. Tu ne peux pas résider là-bas. Et ta carrière ?

— Je peux écrire n'importe où. (J'ai tressailli. J'avais dit la même chose à Thomas.) Je vais demander la double nationalité. Mon grand-père est né ici. Ma mère est née ici aussi. Ça ne devrait pas présenter trop de difficultés.

J'ai dit cela comme si je le pensais, mais tout me semblait difficile. Battre des paupières était difficile. Parler. Rester debout.

— Mais... et ton appartement ici ? Tes affaires ? La maison de ton grand-père ?

— Ce que l'argent a de formidable, Barbara, c'est qu'il rend beaucoup de choses plus faciles. Je peux payer quelqu'un pour s'occuper de tout ça à ma place.

Je cherchais à l'apaiser, et j'avais déjà une terrible envie de raccrocher.

— Bon... au moins tu as une propriété là-bas. C'est habitable ? Tu n'auras peut-être pas besoin de t'acheter quelque chose.

— Quelle propriété ?

J'adorais Barbara, mais j'étais fatiguée. Tellement fatiguée.

— Harvey a mentionné que ton grand-père avait une propriété en Irlande. Je pensais que tu étais au courant. Tu n'en as pas discuté avec Harvey ?

Harvey Cohen était le mari de Barbara, et il se trouvait être également le notaire d'Eoin. Tout cela était un peu incestueux, mais c'était aussi simple et commode, et Harvey et Barbara étaient les meilleurs dans leur domaine. Il était logique de ne pas sortir de notre petit cercle.

— Tu sais bien que je n'en ai pas discuté avec lui, Barbara.

Je n'avais parlé à personne avant de partir. J'avais tout balayé d'un revers de la main, j'avais envoyé des courriels, laissé des messages, évité tout le monde. Mon cœur s'est remis à battre, maladroitement mais bruyamment, furieux que je le fasse redémarrer alors qu'il souffrait encore tant.

— Harvey est avec toi ? S'il y a une maison, j'aimerais bien le savoir.

— Je l'appelle.

Je l'ai entendue se déplacer d'une pièce à l'autre. Quand elle a repris le téléphone, sa voix s'était radoucie.

— Qu'est-ce qui t'est arrivé, ma grande ? Où étais-tu ?

— Je pense que je me suis perdue en Irlande.

— Eh bien, la prochaine fois que tu décides de te perdre, pense à prévenir les Cohen, d'accord ?

Elle avait retrouvé tout son mordant lorsqu'elle m'a passé Harvey.

***

Harvey et Barbara ont pris un vol pour l'Irlande deux jours plus tard. Harvey a apporté tous les papiers personnels d'Eoin, nos archives familiales, nos documents – certificats de naissance, actes de naturalisation, dossiers médicaux, ventes, testaments et relevés de comptes. Il a même trouvé dans un tiroir du bureau d'Eoin toute une boîte de lettres jamais expédiées, sous prétexte que mon grand-père avait absolument tenu à ce qu'elles me soient remises. Eoin m'avait confié l'administration de la fiducie familiale Smith-Gallagher, dont j'ignorais l'existence et dont j'étais la seule bénéficiaire. Garvagh Glebe et les propriétés avoisinantes étaient inclus dans le trust. Thomas était un homme très riche, il avait fait d'Eoin un homme très riche, et Eoin m'avait tout légué. J'aurais tout donné pour pouvoir passer encore une seule journée avec l'un d'eux.

Garvagh Glebe m'appartenait désormais, et je souhaitais à tout prix y retourner, même si je frémissais à l'idée d'y vivre seule.

— J'ai passé tous les coups de fil, a dit Harvey en consultant sa montre et en vérifiant la liste qu'il avait sous les yeux. Nous avons une réunion à midi avec le gardien. Tu pourras faire le tour du propriétaire. C'est immense, Anne. Je n'ai jamais compris pourquoi Eoin y était tant attaché. Cette propriété ne rapporte rien, et il n'y allait jamais. En fait, il refusait même d'en parler. Catégoriquement. Mais il ne voulait pas vendre. Pourtant... il ne t'a pas interdit de le faire. J'ai sollicité un évaluateur et un agent immobilier, pour que tu aies une idée de la valeur. Ça te laissera plus de choix.

— J'ai besoin d'y aller seule.

Je ne me suis pas donné le mal de lui annoncer que je ne vendrais la maison sous aucun prétexte.

— Pourquoi ?

— Parce que.

Harvey a soupiré et Barbara s'est mordu la lèvre. Ils se faisaient du souci pour moi. De mon côté, il était hors de question que je traverse Garvagh Glebe, tendant l'oreille dans l'espoir d'entendre Eoin, ouvrant l'œil dans l'espoir de trouver Thomas, pour seulement constater que des années s'étendaient entre eux et moi. Il ne me fallait pas de public pour mon retour à Garvagh Glebe. Si Barbara et Harvey étaient inquiets maintenant, ils le seraient cent fois plus en me voyant pleurer quand je parcourrais les pièces de ce qui avait été chez moi.

— Alors vas-y, ai-je proposé. Tu accueilleras toi-même l'agent immobilier et l'évaluateur. Quand tu auras fini, j'irai jeter un coup d'œil à la maison. Toute seule.

— Mais qu'est-ce qu'elle a de si spécial, cette maison ? Eoin était exactement comme toi.

Je n'ai pas répondu à la question d'Harvey. Je ne pouvais pas. Il a soupiré une fois de plus, a passé ses deux mains dans sa crinière blanche et a balayé du regard la salle à manger presque déserte du Great Southern Hotel.

— J'ai l'impression d'être sur le *Titanic*, a-t-il grommelé.

J'ai esquissé un sourire, qui nous a tous surpris, moi autant qu'eux.

— Il existait un lien extraordinaire entre Eoin et toi. Il t'aimait tant. Il était si fier de toi. Lorsqu'il m'a parlé de son cancer, j'ai su que tu serais anéantie. Mais là, tu me fais peur, Anne. Tu n'es pas simplement anéantie. Tu es... tu es...

Harvey peinait à trouver le mot juste.

— Tu es perdue, a suggéré Barbara.

— Non, pas perdue. Tu es absente.

Nos yeux se sont rencontrés et il m'a pris la main.

— Où es-tu, Anne ? On dirait que tu as perdu toute ton énergie. Tu parais vidée.

Je ne pleurais pas seulement mon grand-père. Je pleurais le petit garçon qu'il avait été. La mère que j'avais été pour lui. Je pleurais mon mari. Ma vie. Je n'étais pas vidée, je me noyais. J'étais encore dans le lough.

— Elle a juste besoin de temps, Harvey. Laisse-lui le temps, a protesté Barbara.

— Oui, j'ai juste besoin de temps.

J'avais besoin du temps pour me ramener en arrière, pour m'emporter loin du présent. Le temps était la seule chose que je demandais, la seule chose que personne ne pouvait me donner.

***

— Seriez-vous par hasard parent des O'Toole ? ai-je demandé au jeune gardien quand Harvey et les autres sont repartis.

Il ne pouvait pas avoir plus de vingt-cinq ans, mais quelque chose dans sa posture, dans son allure, m'indiquait qu'il devait avoir sa place dans l'arbre généalogique. Il avait déclaré s'appeler Kevin Sheridan, mais ce nom ne lui allait pas.

— Oui, madame. Robert O'Toole était mon arrière-grand-père. Il a été gardien ici pendant des années. Ma mère – sa petite-fille – et mon père lui ont succédé après sa mort. Maintenant c'est mon tour... tant que vous aurez besoin de moi, du moins.

Un nuage a voilé ses traits, et j'ai su qu'il était préoccupé par le soudain intérêt que suscitait la propriété.

— Robbie ?

— Oui, tout le monde l'appelait Robbie. Ma mère dit que je lui ressemble. Je ne suis pas sûr que ce soit un compliment. Il n'était pas spécialement beau – il était borgne – mais sa famille l'adorait.

Il jouait les modestes, pour me faire rire de ses ancêtres assez peu impressionnants, mais je restais bouche bée face à lui. Il ressemblait bel et bien à Robbie. Mais Robbie avait disparu. Comme tous les autres.

Kevin a dû voir que j'étais à deux doigts de m'écrouler, et il m'a laissée me promener seule, promettant d'être dans les parages si j'avais besoin de lui. Sur un ton joyeux de guide touristique, il a précisé que Michael Collins en personne avait séjourné de nombreuses fois à Garvagh Glebe.

J'ai vagabondé pendant près d'une heure, traversant les pièces en silence, à la recherche de ma famille, de ma vie, et ne trouvant que des bribes et des fragments, les murmures et les ombres d'un temps qui n'existait que dans ma mémoire. Chaque chambre m'attirait par son état d'abandon, d'attente. Au centre de chacune trônait un grand lit moderne, surchargé d'oreillers et de couettes assortis aux nouveaux rideaux. Un ou deux meubles originaux avaient été préservés pour créer une touche de nostalgie – le bureau de Thomas et sa commode, le cheval à bascule d'Eoin et une étagère supportant ses jouets « anciens », la coiffeuse de Brigid et son fauteuil victorien, mais regarni d'un tissu fleuri plus neuf. Mon phonographe et l'énorme armoire étaient encore dans ma chambre. J'ai ouvert les portes de la garde-robe et en ai contemplé l'intérieur vide, me rappelant le jour où Thomas avait rapporté de chez Lyons tout ce dont il pensait que je pourrais avoir besoin. Ce soir-là, j'avais compris que j'étais en danger, que je risquais de perdre mon cœur.

Les planchers de chêne et les placards de la cuisine n'avaient pas changé, mais luisaient sous leur nouvelle couche de vernis. Le majestueux escalier avec sa balustrade de chêne était encore là, chaud et fiable au bout de tant d'années d'usage. Les boiseries et les moulures avaient toutes été gardées, les murs peints, les surfaces et les appareils ayant été modernisés. Tout cela sentait la cire et le citron. J'inhalais profondément, pour faire revenir Thomas, pour le faire sortir des murs et du bois, mais je ne sentais pas son odeur. Je ne sentais pas sa présence. Sur mes jambes tremblantes, je me suis dirigée vers sa bibliothèque, vers ces rayonnages couverts de livres qu'il ne lirait plus, et je me suis arrêtée à la porte. Une peinture, dans un cadre ovale très travaillé, était accrochée au mur, là où autrefois une horloge égrenait les heures.

— Miss Gallagher ?

Robbie me hélait depuis le vestibule. Non, pas Robbie. Kevin. C'était Kevin. J'ai tenté de lui répondre, de lui dire où j'étais, mais ma voix s'est brisée. Je me suis essuyé les yeux, j'essayais désespérément de me calmer, mais pas moyen. Quand Kevin m'a trouvée dans la bibliothèque, j'ai désigné le tableau, accablée.

— Euh... Eh bien, c'est un portrait de la Dame du Lough, a-t-il expliqué en tâchant de ne pas me regarder et de ne pas attirer l'attention sur mes larmes. Elle est célèbre ici. Aussi célèbre que peut l'être un fantôme de quatre-vingts ans, j'imagine. On raconte qu'elle n'a pas vécu très longtemps à Garvagh Glebe. Elle s'est noyée dans le Lough Gill. Son mari était fou de chagrin et a passé des années à peindre des portraits d'elle. Il n'a gardé que celui-ci. Il est beau, n'est-ce pas ? C'était une femme charmante.

Il n'avait pas remarqué la ressemblance, preuve que les gens ne sont pas très observateurs. Ou bien je n'étais pas particulièrement charmante à ce moment-là.

— Elle n'est jamais revenue ? ai-je chouiné comme une enfant.

Jim Donnelly avait dit la même chose.

— Non, madame. Elle… euh… elle s'est noyée. Donc elle n'est jamais revenue, a-t-il balbutié.

Il m'a tendu un mouchoir que j'ai accepté, car je voulais à tout prix étancher mes larmes.

— Tout va bien, madame ?

— Cette histoire est si triste…

J'ai tourné le dos au portrait. *Elle n'est jamais revenue.* Je ne suis jamais revenue. Mon Dieu, aidez-moi.

— Oui. Mais c'était il y a longtemps.

Je n'ai pas pu lui dire que cette histoire datait d'il y a une semaine et quelques jours.

— Mr Cohen m'a dit que vous aviez récemment eu un deuil dans votre entourage. Je suis désolé, madame.

J'ai hoché la tête pour le remercier de sa gentillesse, et il ne m'a plus quittée jusqu'au moment où j'ai retrouvé mes esprits.

— Je sais ce qu'a dit Mr Cohen, Robbie. Mais Garvagh Glebe n'est pas à vendre. Je vais venir habiter ici. Vivre ici. Je veux que vous restiez comme gardien. J'augmenterai votre salaire pour tenir compte du désagrément que cela pourra causer, mais nous ne louerons plus les chambres. Pas avant un certain temps… D'accord ? (Il a approuvé avec enthousiasme.) Je suis écrivain. Le calme me fera du bien, mais je ne peux m'occuper seule de cette maison. Par ailleurs, j'attends... un enfant... Et j'aurai besoin de quelqu'un pour faire le ménage et parfois la cuisine. J'ai tendance à tout oublier quand je travaille.

— Il y a déjà quelqu'un qui vient nettoyer et préparer les repas des visiteurs. Je suis sûr qu'elle sera ravie d'être employée à plein temps.

J'ai fait signe que cette solution me convenait et me suis détournée.

— Madame ? Vous m'avez appelé Robbie. Mais... je m'appelle Kevin.

— Kevin. Je suis désolée, Kevin. Je m'en souviendrai. Et je vous en prie, appelez-moi Anne. Mon nom d'épouse est Anne Smith.

***

Je ne me suis pas souvenue. J'ai continué à appeler Kevin « Robbie ». Il me reprenait à chaque fois, mais cela ne semblait pas trop le contrarier. La visiteuse que j'étais s'est lentement changée en fantôme qui errait dans les couloirs, sans déranger rien ni personne. Kevin était patient et il évitait en général de se trouver sur mon passage. La grange située derrière la maison avait été rendue habitable et, quand il ne travaillait pas, c'est là qu'il se retirait, me laissant seule hanter la grande maison. Il passait me voir tous les jours et s'assurait que la fille du village, Jemma, maintenait la maison propre et le réfrigérateur bien garni. Quand mes caisses sont arrivées des États-Unis, il m'a aidée à tout ranger et à m'installer un bureau dans mon ancienne chambre. Il s'est étonné de voir que j'avais écrit tant de livres, traduits dans tant de langues différentes, qui avaient figuré sur les listes des meilleures ventes et qui avaient remporté des prix. J'étais pleine de gratitude, même si je savais qu'il me croyait un peu folle.

J'allais patauger dans le lough au moins une fois par jour, en récitant du Yeats et en suppliant le destin de me reprendre. J'ai envoyé Ken acheter une barque à Jim Donnelly – dont je n'osais plus m'approcher – et je m'en suis servie pour aller jusqu'au milieu du lac. J'y suis restée toute la journée, en tâchant de recréer le moment où j'avais fait ma chute dans le temps. Je voulais que la brume survienne, mais le soleil d'août refusait de coopérer. Les beaux jours faisaient la sourde oreille, le vent et l'eau gardaient le silence, faisant les innocents, et j'avais beau déclamer et déblatérer, le lough ne cédait pas. Je me suis mise à chercher un moyen de me procurer des cendres humaines, mais alors même que le désespoir me privait de ma raison, je savais que si les cendres avaient joué un rôle, c'était avant tout parce qu'il s'agissait de celles d'Eoin.

Environ six semaines après mon emménagement à Garvagh Glebe, une voiture a franchi le portail construit au cours des quatre-vingts dernières années. J'étais censée travailler dans mon bureau mais je regardais par la fenêtre, et j'ai vu deux femmes descendre du véhicule, l'une jeune, l'autre âgée, et s'approcher de la porte principale.

— Robbie ! ai-je crié.

Je me suis reprise. Il s'appelait Kevin. Et il était en train de tondre la pelouse, derrière la maison. Jemma était déjà repartie au village. La sonnette a retenti. J'ai envisagé un instant d'ignorer cette visite. Rien ne m'obligeait à aller ouvrir.

Mais je les avais reconnues.

C'était Maeve O'Toole, redevenue vieille, et Deirdre Fallon de la bibliothèque de Dromahair. Pour une raison inconnue, elles venaient me voir. Elles avaient trouvé le temps de m'aider par le passé, je devais leur rendre la pareille. Je me suis recoiffée, bien heureuse d'avoir fait l'effort de me doucher et de m'habiller ce matin-là, car je ne le faisais pas tous les jours.

Et je suis allée à leur rencontre.

16 juillet 1922

Anne avait raison. Aux premières heures du 28 juin, l'armée de l'État libre a ouvert le feu sur le bâtiment des Quatre Cours, après avoir placé des canons de campagne aux points stratégiques. Des obus explosifs ont été lancés sur les édifices où s'étaient réfugiés les républicains antitraité. Un ultimatum leur avait été adressé et était resté sans réponse ; Mick n'avait d'autre choix que d'attaquer. Le gouvernement britannique menaçait d'envoyer des troupes s'il ne réagissait pas, et personne ne voulait voir l'armée de l'État libre et les soldats anglais se battre ensemble contre les républicains. Les bâtiments occupés par les républicains dans Sackville Street et ailleurs dans la ville étaient barricadés pour empêcher les forces antitraité de voler au secours des Quatre Cours. L'espoir était que, voyant qu'on avait recours à l'artillerie, les républicains capituleraient.

Le siège a duré trois jours et s'est terminé par une explosion qui a détruit des documents précieux et qui a mis fin à toute cette débâcle. Des hommes courageux sont morts, exactement comme Anne l'avait prédit. Cathal Brugha a refusé de se rendre. Mick a pleuré en me le racontant. Brugha et lui avaient très souvent des divergences, mais Cathal était un patriote, et il y a peu de choses que Mick respecte davantage.

Aujourd'hui, je suis allée voir ce qu'il restait des Quatre Cours. Les munitions volées avaient continué à exploser et les pompiers n'avaient pu éteindre l'incendie. Ils ont dû le laisser s'épuiser de lui-même. Je me demande si toute l'Irlande devra se consumer de la même manière. Le dôme de cuivre a disparu, le bâtiment est détruit, mais à quoi cela a-t-il servi ?

Un accord a été conclu en mai entre les républicains et les dirigeants de l'État libre pour repousser la décision finale sur le traité jusqu'après les élections et après la publication de la Constitution. Mais le compromis a avorté avant d'avoir pu s'imposer ; Mick dit que Londres en a eu vent et n'a pas apprécié l'idée de différer l'approbation du traité. Il y avait trop en jeu, il y avait eu trop d'argent dépensé, trop de sujets abordés. Les six comtés d'Irlande du Nord qui n'étaient pas concernés par le traité ont sombré dans la panique et le bain de sang. La violence sectaire est inimaginable. Les catholiques sont massacrés et chassés de leur maison, chaque jour fait de nouveaux orphelins.

Mon cœur est insensible à tout cela. J'ai à me soucier de mon propre orphelin. Eoin dort dans mon lit et me suit partout. Brigid a tenté de le réconforter, mais il refuse d'être seul avec elle. La santé de Brigid décline. Entre la pression et le chagrin, nous ne sommes plus que l'ombre de nous-mêmes. Mrs O'Toole vient s'occuper d'Eoin quand je ne peux pas l'emmener.

Mick a appelé deux dimanches après la disparition d'Anne, pour avoir des nouvelles de sa santé et lui demander conseil. J'ai été obligé de lui dire qu'elle n'était plus parmi nous. Il a hurlé dans le téléphone comme si j'avais perdu la tête, et il est arrivé quatre heures après dans une voiture blindée. Fergus et Joe l'accompagnaient, prêts à entrer en guerre. Je ne suis plus équipé pour guerroyer, et lorsqu'il a exigé des réponses, je me suis mis à pleurer dans ses bras, en lui racontant ce que Liam avait fait.

— Oh, Tommy, non, a-t-il gémi. Oh non.

— Elle est partie, Mick. Elle se faisait du souci pour toi, elle avait rédigé un avertissement et l'avait rangé. Je pensais qu'elle prévoyait de nous le donner, à moi ou à Joe, dans l'espoir que *nous pourrions te sauver la vie. Mais Brigid l'a trouvé. Elle a cru qu'elle complotait contre toi. Brigid en a parlé à Liam, et il a entraîné Anne jusqu'au lough. Robbie pense qu'il voulait la tuer et cacher son corps dans le marais. Robbie a tenté de l'arrêter. Il lui a tiré dessus, mais il était trop tard.*

Je ne lui ai pas relaté toute la vérité, tous les crimes de Liam. Je ne pouvais me condamner, ni condamner Anne à l'incrédulité de Mick, ni endosser le poids de sa méfiance.

Il est resté avec moi jusqu'au lendemain, et nous avons bu jusqu'à perdre conscience. Cela ne nous a consolés ni l'un ni l'autre, mais, pendant un moment, j'ai oublié. Quand ils sont partis, Fergus au volant, Joe à côté de lui, Mick cuvant sa gueule de bois à l'arrière, j'ai dormi quinze heures. C'est grâce à lui, et je suis content qu'il m'ait offert ce répit.

Je ne sais pas si Mick avait mis à prix sa tête, ou si Fergus l'a fait de son propre chef parce que Liam lui semblait incontrôlable, mais trois jours après la visite de Mick à Garvagh Glebe, le cadavre de Liam Gallagher a été découvert sur la plage, à Sligo. Mick était toujours pragmatique et il respectait ses principes même lorsqu'il déchaînait la terreur. Je l'ai vu insulter les membres de son équipe et les menacer de renvoi s'ils évoquaient la simple éventualité d'un tir de représailles. Sa tactique a toujours consisté à mettre la Grande-Bretagne à genoux, jamais à se venger. La seule fois où j'ai soupçonné Mick de revanche, c'est lorsque l'Irlandais qui avait désigné Seán Mac Diarmada aux soldats anglais après l'Insurrection a été retrouvé mort. Mick avait vu faire cet homme et il ne lui avait jamais pardonné sa trahison.

Nous n'avons pas parlé de la mort de Liam Gallagher. Il y a beaucoup de choses dont nous n'avons pas parlé. Brigid dit que, dans son avertissement, Anne évoquait une tentative d'assassinat – elle se rappelle qu'il était question du mois d'août, de fleurs et d'un voyage à Cork – mais les pages se sont désintégrées dans le lough. Les indices sont maigres, et Mick ne veut rien savoir. Il se sent responsable de la mort d'Anne, c'est un poids supplémentaire qu'il doit porter, et dont je ne parviens pas à le soulager, malgré mes efforts. Robbie aussi se sent responsable. Nous sommes tous convaincus que nous aurions pu la sauver, et je suis anéanti à la pensée que je l'ai perdue. Nous sommes unis dans notre haine pour nous-mêmes.

La semaine dernière, alors qu'il posait des pièges, Eamon a trouvé une petite barque rouge dans le marais. Elle s'était échouée dans la boue. Eamon l'a traînée jusque chez lui, et il a trouvé sous le siège une étrange sacoche, contenant une urne scellée et un carnet relié de cuir. Ces deux objets avaient été épargnés par les éléments. Il a lu la première page du livre et a aussitôt compris que c'était mon journal intime. L'urne et la sacoche appartenaient à Anne, j'en suis persuadé. J'ai mis la barque dans la grange, attachée aux poutres pour qu'Eoin n'y grimpe pas, et j'ai offert à Eamon une petite récompense pour m'avoir apporté ces trésors.

Je suis intrigué par le journal, je me demande comment il pouvait bien se trouver dans un sac, dans le marais, alors qu'il reposait sur une étagère de la bibliothèque. J'étais certain que ce volume n'y serait pas. Mais il y était. Les pages n'étaient pas jaunies, et le cuir était encore souple, mais il était bien à sa place. Je tenais dans ma main gauche le journal ancien et dans ma main droite le nouveau, totalement médusé, l'esprit titubant, essayant de formuler une explication plausible. Il n'y en avait pas. Je les ai posés l'un à côté de l'autre sur le rayonnage, comme s'ils allaient fusionner ensemble pour rétablir l'ordre et l'équilibre dans l'univers. Mais ils sont restés côte à côte, passé et présent, aujourd'hui et demain, sans souffrir de mon entendement limité. Peut-être un jour ces deux carnets n'en feront-ils plus qu'un, existant chacun à son propre moment, tout comme la bague d'Anne.

Je marche tous les jours sur la plage, pour guetter son retour. Je ne peux m'en empêcher. Eoin m'accompagne, et son regard ne cesse de retourner vers la surface lisse. Il m'a demandé si sa mère était dans le lough. Je lui ai dit que non. Il m'a demandé si elle avait traversé le lough pour aller ailleurs, comme lui dans ses aventures. J'ai dit que je le croyais bien, et cela a paru le rassurer. Je songe qu'Anne a peut-être inventé ces histoires afin de consoler Eoin lorsqu'elle ne serait plus là pour le faire.

— Tu ne vas pas t'en aller aussi, Doc ? a murmuré Eoin en me prenant la main. Tu ne vas pas disparaître dans l'eau et me laisser tout seul ?

Je lui ai promis de n'en rien faire.

— On pourrait peut-être partir tous les deux, a-t-il dit, les yeux levés vers moi, essayant d'apaiser ma souffrance. On pourrait peut-être monter dans le bateau qu'il y a dans la grange et partir la chercher.

J'ai ri, heureux d'avoir eu la prévoyance de mettre la barque hors d'atteinte. Mais mon rire n'a pas atténué la douleur que j'avais dans la poitrine.

— Non, Eoin. On ne peut pas, ai-je dit doucement, et il n'a pas discuté.

Même si je savais comment, même si nous pouvions la suivre à travers le lough dans un autre temps, nous ne pourrions pas partir. Eoin doit grandir à notre époque et avoir un fils qui grandira pour qu'Anne existe un jour. Certains événements doivent se dérouler dans leur ordre naturel. De cela, je suis sûr. Anne aura besoin de son grand-père plus encore qu'Eoin n'a besoin d'une mère. Je suis là pour lui. Anne n'a personne. Eoin devra donc attendre, et j'ai promis d'attendre avec lui, même si cela signifie que je ne la reverrai plus jamais.

T. S.

25

La solitude de l'amour

> *La montagne projette une ombre,*
> *Mince est la corne de la lune ;*
> *Mais de quoi nous souvenions-nous*
> *Dessous le buisson d'aubépine ?*
> *La terreur a suivi l'attente,*
> *Et notre cœur est déchiré.*
>
> W. B. Yeats

DEIRDRE AVAIT SUR L'ÉPAULE un grand sac de toile, et elle s'accrochait nerveusement à la bandoulière. C'est manifestement contre sa volonté qu'elle se trouvait sur le pas de ma porte. Maeve semblait, elle, tout à fait à l'aise, me dévisageant fixement à travers ses épaisses lunettes.

— Kevin dit que tu l'appelles tout le temps Robbie, a-t-elle dit sans préambule.

Deirdre s'est éclairci la gorge et m'a tendu la main.

— Bonjour, Anne. Je suis Deirdre Fallon, de la bibliothèque, vous vous souvenez ? Et vous avez rencontré Maeve. Nous avons souhaité vous accueillir officiellement à Dromahair, puisque vous avez décidé de venir vivre ici. Je n'avais pas réalisé que vous étiez Anne Gallagher, l'écrivain ! Je me suis assurée que nous avions bien tous vos titres. Il y a une liste d'attente pour emprunter vos livres. Tout le monde est très excité d'avoir une célébrité dans notre petit village.

Chaque phrase était ponctuée d'exclamations enthousiastes, mais je sentais que Deirdre était avant tout nerveuse.

Je lui ai rapidement serré la main et je les ai fait entrer toutes les deux.

— Venez, je vous en prie.

— J'ai toujours adoré le manoir, a lâché Deirdre, les yeux fixés sur le grand escalier et l'énorme lustre suspendu au-dessus de nos têtes. À chaque Noël, le gardien ouvre la maison aux habitants du village. Il y a un bal, on raconte les vieilles légendes, et le Père Noël vient toujours pour les enfants. C'est ici que j'ai été embrassée pour la première fois, sous le gui.

— Je voudrais prendre le thé dans la bibliothèque, a exigé Maeve sans attendre une invitation.

Elle a traversé le vestibule en direction des grandes portes qui séparaient la bibliothèque de l'entrée.

— M-Maeve, a bégayé Deirdre, choquée par tant d'audace.

— Je n'ai pas le temps de faire des politesses, Deirdre. Je peux mourir d'un jour à l'autre. Et je ne veux pas mourir sans avoir profité un peu.

— Tout va bien, Deirdre, ai-je murmuré. Maeve connaît bien Garvagh Glebe. Si elle veut prendre le thé dans la bibliothèque, alors ce sera dans la bibliothèque.

Je vous en prie, mettez-vous à l'aise, je vais préparer le thé.

J'avais déjà allumé la bouilloire ; je passais mes journées à boire du thé à la menthe pour dissiper les nausées qui ne me quittaient plus. À Sligo, le médecin prétendait qu'elles devaient disparaître durant le deuxième trimestre de ma grossesse, mais j'en étais presque à vingt semaines et elles ne diminuaient pas du tout. Je me demandais si ce n'était pas avant tout une affaire de nerfs.

Jemma m'avait montré où était le service à thé et j'ai tout disposé sur un plateau avec plus d'enthousiasme que je n'en ressentais depuis deux mois. Quand j'ai rejoint Deirdre et Maeve dans la bibliothèque, je m'attendais à les trouver assises sur les quelques chaises entourant la table basse. Au lieu de quoi elles se tenaient devant le portrait, la tête renversée en arrière, discutant calmement.

J'ai posé le plateau sur la table et me suis éclairci la gorge.

— Du thé ?

Elles se sont retournées, Deirdre l'air penaud, Maeve triomphante.

— Qu'est-ce que je te disais, Deirdre ?

Maeve semblait particulièrement contente d'elle. Deirdre m'a regardée, puis à nouveau le tableau, puis à nouveau moi. Elle a écarquillé les yeux.

— C'est incroyable... Ça, je te l'accorde, Maeve O'Toole.

— Du thé ? ai-je répété.

Je me suis assise et j'ai déplié une serviette sur mes genoux, en attendant qu'elles se joignent à moi. Deirdre a aussitôt abandonné le portrait, mais Maeve a été plus lente. Elle scrutait les rayonnages, comme si elle cherchait un livre en particulier.

— Anne ?

— Oui ?

— À une époque, tous les cahiers du journal intime du docteur étaient rangés ici. Où sont-ils maintenant ? Tu le sais ? Je n'y vois pas aussi clair qu'autrefois.

Je me suis levée, mon cœur battant la chamade, et je me suis approchée d'elle.

— Ils étaient tout en haut, a-t-elle continué. Je les ai époussetés au moins une fois par semaine pendant six ans.

Elle a brandi sa canne au-dessus de sa tête et en a frappé les étagères, aussi haut qu'elle pouvait atteindre.

— Là-haut. Tu les vois ?

— Il faudrait que je monte sur l'échelle, Maeve.

Il y avait une échelle à roulettes qui pouvait se déplacer d'un bout à l'autre des rayonnages, mais je n'avais éprouvé aucun besoin de l'utiliser depuis que je m'étais installée à Garvagh Glebe.

Maeve a reniflé.

— Eh bien ? Qu'est-ce que tu attends ?

— Enfin, tout de même, Maeve ! a protesté Deirdre. Tu es terriblement impolie. Viens t'asseoir et bois ton thé avant que la pauvre femme te fasse chasser de sa maison.

Maeve a ronchonné, mais elle s'est détournée des livres et a obéi. Je l'ai suivie jusqu'à la table basse, pensant aux volumes de la plus haute étagère. Deirdre a servi le thé, a parlé de la pluie et du beau temps, m'a demandé si j'appréciais le manoir, le lough, le climat, ma solitude. Je répondais de manière aussi brève que vague, offrant les réponses attendues sans vraiment répondre.

Maeve a toussé dans son thé, et Deirdre lui a lancé un regard d'avertissement.

J'ai posé ma tasse.

— Maeve, si vous avez quelque chose à dire, parlez, je vous en prie. Vous êtes venue ici pour une raison précise.

— Elle est convaincue que vous êtes la femme du tableau, s'est empressée d'expliquer Deirdre. Depuis qu'on sait que vous habitez Garvagh Glebe, elle me harcèle pour que je l'amène ici. Vous devez comprendre… ça a fait du bruit dans tout le village quand on a cru qu'une autre femme s'était noyée dans le lough. Une femme qui portait le même nom ! Vous n'imaginez pas !

— Kevin m'a dit que tu t'appelais Anne Smith, est intervenue Maeve.

— Vous êtes l'arrière-arrière… (Je me suis interrompue pour calculer le nombre de générations.) Il est votre neveu ?

— Oui. Et il s'inquiète pour toi. Il dit aussi que tu vas avoir un enfant. Qui est le père ? Il a l'air de dire qu'il n'y en a pas.

— Maeve ! a glapi Deirdre. Ça ne te regarde pas !

— Ça m'est égal qu'elle soit mariée ou pas, je veux juste connaître l'histoire. J'en ai assez des potins. Je veux la vérité.

— Qu'est-il arrivé à Thomas Smith, Maeve ? ai-je demandé, estimant que je pouvais moi aussi me permettre quelques questions. Nous n'avons jamais parlé de lui.

— Qui était Thomas Smith ? a voulu savoir Deirdre entre deux gorgées de thé.

— L'homme qui a peint le portrait. Le docteur à qui appartenait Garvagh Glebe quand j'étais gamine. Je suis partie à dix-sept ans, après avoir passé mon examen de comptabilité. Je suis allée travailler à Londres, à la Kensington Savings and Loan. Un voyage formidable. Le docteur m'a payé l'école, puis ma première année de logement. Il a payé nos études à tous. Les O'Toole avaient le plus grand respect pour lui.

— Que lui est-il arrivé, Maeve ? Est-il à Ballinagar, lui aussi ?

Ma tasse tintait contre la soucoupe, et je les ai brusquement posées sur la table.

— Non. Quand Eoin a quitté Garvagh Glebe en 1933, le docteur est parti aussi. Ils ne sont revenus ni l'un ni l'autre, autant que je sache.

— C'était qui, Eoin ? a demandé la pauvre Deirdre, qui essayait de suivre.

— Mon grand-père, Eoin Gallagher. Il a grandi ici, à Garvagh Glebe.

— Donc vous êtes parente avec la femme du tableau ! s'est exclamée Deirdre, croyant le mystère résolu.

— Oui, ai-je avoué.

Une parenté étroite. Mais Maeve ne l'entendait pas de cette oreille.

— Tu as dit à Kevin que tu t'appelais Anne Smith.

— C'est une auteure célèbre ! Évidemment qu'elle a des pseudonymes, s'est esclaffée Deirdre. Mais je dois dire que ça n'est pas très original, Anne Smith !

Elle a ri à nouveau. Comme Maeve et moi ne partagions pas son hilarité, elle a fini son thé d'une traite, les joues écarlates, puis a repris plus sérieusement :

— Je vous ai apporté quelque chose, Anne. Vous vous rappelez les livres dont je vous ai parlé ? Sur l'auteur qui a le même nom ? J'ai pensé que vous aimeriez avoir vos propres exemplaires, surtout maintenant que vous allez être maman. (Elle a rougi encore une fois.) Ils sont délicieux, vraiment.

Elle a ouvert le grand sac qu'elle avait placé à ses pieds, et en a tiré une pile de livres pour enfants, flambant neufs. Des rectangles noirs brillants, chacun orné d'un petit voilier rouge dérivant sur un lac au clair de lune. En haut de la couverture figurait le nom de la série, *Les Aventures d'Eoin Gallagher*, dans la belle écriture de Thomas. En bas, chaque titre était imprimé en blanc.

— L'aventure que je préfère, c'est celle où il rencontre Michael Collins, a dit Deirdre en cherchant dans la pile.

Je suppose que j'ai poussé un gémissement de détresse, car elle a soudain levé les yeux vers moi, tandis que Maeve jurait tout bas.

— Tu es sotte, Deirdre, a ricané Maeve. Ces livres ont été écrits par Anne Gallagher Smith. (Elle a désigné mon portrait.) La femme du tableau, la femme qui s'est noyée dans le lough, qui était mariée à Thomas Smith, et la femme qui a écrit ces livres pour enfants, c'est une seule et même personne.

— M-mais... ils ont été publiés au printemps dernier et donnés à la bibliothèque pour célébrer le quatre-vingt-cinquième anniversaire de l'Insurrection de Pâques. Toutes les bibliothèques d'Irlande en ont reçu un paquet. Je ne me doutais pas.

— Je peux les voir ? ai-je murmuré.

Deirdre me les a solennellement déposés sur les genoux et m'a regardée pendant que je les prenais d'une main tremblante. Il y en avait huit, exactement comme dans mes souvenirs.

« Écrit par Anne Gallagher Smith. Illustré par le Dr Thomas Smith », ai-je lu. Cette partie-là était nouvelle. J'ai ouvert le premier livre et ai découvert la dédicace : *En affectueux souvenir d'une époque magique*. Et en dessous était inscrit « Offert par Eoin Gallagher ».

Les reproductions étaient imprimées sur un épais papier glacé, la reliure avait été fabriquée par une machine. Mais chaque image, chaque page, de la couverture jusqu'à la dernière ligne, était identique à l'original.

— C'est mon grand-père qui a fait ça. Les livres étaient à lui. Il ne m'en a pas parlé... Il ne me les a pas montrés. Je n'en savais rien, ai-je dit d'une voix enrouée par l'étonnement.

— Ces exemplaires-là sont à vous, Anne, a insisté Deirdre. En cadeau. J'espère ne pas vous faire de peine.

— Non. Non, je suis simplement... surprise. Ils sont magnifiques. Pardonnez-moi.

Maeve semblait avoir eu le souffle coupé. Son aigreur s'était envolée, elle n'avait plus de questions à poser. J'avais le sentiment qu'elle savait exactement qui j'étais, mais qu'elle avait décidé qu'il ne servirait à rien de me forcer à l'admettre.

— Nous adorions Anne, a-t-elle marmonné, les lèvres agitées. Des gens ont parlé, des gens ont dit des choses affreuses après qu'elle est... morte. Mais les O'Toole l'adoraient. Robbie l'adorait. Je l'adorais. Elle nous a tous terriblement manqué quand elle a disparu.

Incapable de parler, j'ai utilisé ma serviette pour me tamponner les yeux, et j'ai remarqué que Deirdre s'essuyait elle aussi les yeux.

Maeve s'est mise debout, s'appuyant lourdement sur sa canne, et s'est dirigée vers la porte. La visite était apparemment finie. Deirdre s'est levée en hâte, en me présentant ses excuses pour avoir laissé du mascara sur ma serviette en tissu. J'ai soigneusement placé les livres sur une étagère et je les ai suivies hors de la pièce, à bout de forces, les jambes faibles.

Sur le pas de la porte, Maeve a hésité et a laissé Deirdre passer la première.

— Si son journal intime est encore là-haut, tu y trouveras tout ce que tu as besoin de savoir, Anne. Thomas Smith était un homme remarquable. Tu devrais lui consacrer un livre. Et n'aie pas peur de retourner à Ballinagar. Les morts ont beaucoup à nous apprendre. J'ai déjà ma propre tombe réservée.

J'ai hoché la tête, à nouveau envahie par l'émotion. J'espérais qu'un jour viendrait où ma souffrance et mes larmes ne seraient plus aussi proches de la surface.

— Viens donc me rendre visite. Tous mes autres amis sont morts. Je ne peux plus conduire, et je ne peux pas parler librement quand Deirdre écoute. Elle penserait que je suis bonne à enfermer, et je ne veux pas passer mes dernières années chez les fous.

— J'irai vous voir, Maeve.

Je riais à travers mes larmes, mais je savais que je tiendrais ma promesse.

***

Je ne pouvais pas affronter l'étagère du haut. Pas tout de suite. J'ai attendu plusieurs jours, tournant dans la bibliothèque pour mieux faire machine arrière, serrant ma poitrine dans mes bras et me soutenant à peine. Depuis que j'avais quitté l'année 1922, je me tenais au bord du précipice. Je ne pouvais ni reculer ni avancer. Je ne pouvais aller ni à gauche ni à droite. Je ne pouvais ni dormir ni respirer trop fort, de peur de tomber. Donc je restais parfaitement immobile sur mon rocher, j'évitais les mouvements brusques, et cette immobilité me permettait d'exister. De survivre.

Kevin m'a trouvée dans la bibliothèque, m'accrochant à l'échelle sans y grimper, sans bouger, les yeux fixés au rayonnage supérieur.

— Je peux vous aider, Anne ?

Il avait encore du mal à m'appeler Anne, et son hésitation à prononcer mon nom me donnait l'impression d'être aussi vieille que Maeve, séparée de lui par six décennies et non par six années.

Je me suis éloignée de l'échelle avec précaution, toujours immobile sur mon rocher.

— Vous voulez bien aller voir s'il y a là-haut les volumes d'un journal intime ? Vous pourriez me les descendre ?

Dans mon esprit, j'entendais un bruit de petits cailloux qui se détachaient de la paroi ; je me tenais trop près du précipice. J'ai fermé les yeux et ai aspiré l'air, m'imposant le calme.

J'ai entendu Kevin monter sur l'échelle, chaque barreau criant sous son poids.

— Il y a en effet un journal intime, en six ou sept volumes, on dirait.

— Pourriez-vous en ouvrir un et lire la date qui figure en haut de la page... s'il vous plaît ?

— D'accord.

J'ai entendu une certaine réserve dans sa voix. Puis un bruit de pages que l'on tourne.

— Celle-ci est datée du 4 février 1928... Bon, on dirait que ça commence en 1928 et que ça finit... (À nouveau un bruit de pages.) En juin 1933.

— Vous pouvez me lire quelque chose ? Peu importe la page. Lisez ce que vous trouverez.

— C'est la page du 27 septembre 1930, a annoncé Kevin.

Eoin a tellement grandi que ses pieds et ses mains sont de la même taille que les miens. La semaine dernière, je l'ai surpris à essayer de se raser et j'ai décidé de lui apprendre comment faire, tous deux devant le miroir, torse nu, le visage couvert de savon, le rasoir à la main. Il s'écoulera encore un moment – un long moment – avant qu'il ait de la barbe à enlever régulièrement, mais maintenant il maîtrise les bases. Je lui ai raconté que sa mère me volait ma lame pour se raser les jambes. Cela l'a embarrassé et m'a embarrassé aussi. C'était un détail trop intime pour un garçon de quinze ans. Je me suis oublié un instant, en me souvenant d'elle. Cela fait plus de huit ans, mais je sens encore la douceur de la peau d'Anne, je la vois encore quand je ferme les yeux.

Kevin a cessé de lire.
— Lisez-moi autre chose, ai-je murmuré.
Il a tourné les pages et a recommencé.
Notre enfant aurait eu dix ans si Anne était restée. Eoin et moi, nous ne parlons plus autant d'Anne qu'auparavant. Mais je suis convaincu que nous pensons à elle encore plus. Eoin prévoit d'aller faire ses études de médecine aux États-Unis ; il a Brooklyn en tête. Brooklyn, le base-ball et Coney Island. Quand il partira, je m'en irai aussi. Je n'aime plus la vue que j'ai depuis ma fenêtre. Si je dois être seul jusqu'à la fin de mes jours, je préférerais voir le monde plutôt que de rester ici à contempler le lough, à attendre qu'Anne revienne.

— Vous pouvez me le passer ?
J'avais besoin de tenir le livre dans mes bras, de tenir ce qu'il restait de Thomas.
Kevin s'est baissé, le volume au bout des doigts, et je l'ai reçu ainsi. Je l'ai porté jusqu'à mes narines et j'ai inhalé avec l'énergie du désespoir, tâchant de trouver l'odeur de Thomas persistant entre ces pages. J'ai éternué violemment, et Kevin a ri. Son rire m'a fait sursauter.
— Je dirai à Jemma qu'elle ne fait pas de zèle avec son plumeau !
Sa plaisanterie a desserré le nœud que j'avais dans la poitrine, et je me suis obligée à mettre le livre de côté, pour plus tard.
— Vous voulez bien en ouvrir un autre, s'il vous plaît ?
— Très bien. Voyons... ce volume-ci va de... 1922 à 1928. Ils ont l'air d'être classés dans l'ordre.

Mes poumons ont rugi et mes mains sont devenues inertes.

— Vous en voulez un extrait ?

Je ne voulais pas. Je ne pouvais pas. Mais j'ai hoché la tête, jouant à la roulette russe avec mon cœur.

Kevin a ouvert le livre et a parcouru la première partie. Ses doigts bruissaient parmi les pages de la vie de Thomas.

— En voilà une plus courte, le 16 août 1922.

Kevin s'est remis à lire, avec son accent irlandais tout à fait adapté pour ces mots déchirants :

L'état du pays s'est dégradé à tel point que Mick et les autres membres du gouvernement provisoire vivent dans la menace d'être abattus par une balle perdue ou par un tireur d'élite, en pleine rue. Personne ne va plus sur le toit fumer une cigarette. Quand ils sont à Dublin, ils ne rentrent plus chez eux. Ils habitent tous, les huit membres du gouvernement provisoire, dans des bâtiments officiels encerclés par l'armée de l'État libre. Ce sont des hommes jeunes, mais ils sont constamment sur le fil du rasoir. Le seul qui soit un peu plus âgé, Arthur Griffith, a succombé à une hémorragie cérébrale le 12 août. Il nous a quittés. Nous l'avons perdu. Même cloué au lit, il essayait encore de s'acquitter de ses fonctions. Il a trouvé le seul repos qui lui soit accessible.

Mick était à Kerry quand il a appris la nouvelle, et il a interrompu sa tournée d'inspection dans le Sud pour assister aux obsèques. Je l'ai rencontré aujourd'hui à Dublin et je l'ai regardé marcher en tête du cortège, l'armée de l'État libre défilant derrière lui, tous les visages endeuillés. Je suis resté avec lui un moment, auprès de la tombe, à contempler le trou qui contenait le corps de son ami, chacun de nous perdu dans ses pensées.

— Tu penses que je vais survivre à tout ça, Tommy ? m'a-t-il demandé.

— Si tu meurs, je ne te le pardonnerai jamais.

Je suis terrifié. Nous sommes en août. Brigid se rappelle que, sur ses pages, Anne parlait du mois d'août. Août, Cork et les fleurs.

— Tu me pardonneras. Comme tu as pardonné à Annie.

Je lui ai demandé de ne plus prononcer ce nom. Je ne le supporte plus. Cela rend son absence trop réelle. Et cela rend dérisoire mon secret espoir de la revoir un jour. Mais Mick oublie. Il a trop de choses à mémoriser. La tension nerveuse lui dévore les entrailles, et il me ment quand j'essaye d'en savoir davantage. Ses mouvements ont ralenti, son œil est moins vif, mais peut-être ne vois-je que ma propre peur et ma souffrance.

Il tient à reprendre sa tournée dans le Sud et à continuer jusqu'à Cork. Il doit rencontrer les principaux personnages qui font des ravages dans la région. Il dit qu'il va mettre fin une fois pour toutes au conflit sanglant. « Pour Arthur et Annie et tous les gars qui se sont retrouvés pendus au bout d'une corde ou devant un peloton d'exécution pour avoir obéi à mes instructions. » Mais Cork est devenu un nid de résistance républicaine. Des voies ferrées ont été détruites, des arbres sont renversés sur les routes pour empêcher la circulation, et des mines ont été posées à travers la campagne.

Je l'ai supplié de ne pas y aller.

— Ce sont mes compatriotes, Tommy. J'ai parcouru toute l'Irlande, et personne n'a essayé de m'arrêter. Je veux rentrer chez moi, nom de Dieu. Je veux aller à Clonakilty, m'asseoir sur un tabouret au Four Alls et boire un verre avec mes amis.

Je lui ai dit que s'il y allait, j'irais avec lui.

Pendant un moment, ces mots ont résonné dans la bibliothèque. Kevin et moi avons gardé le silence, enveloppés dans le souvenir d'hommes qui avaient mené une vie plus grande que nature jusqu'à ce que la nature se soulève et les souffle comme une bougie.

— C'est incroyable ! s'est exclamé Kevin. Je sais deux ou trois choses sur Arthur Griffith et Michael Collins. Mais pas autant que je devrais. Vous voulez que j'en lise plus, Anne ?

— Non, ai-je murmuré, écœurée. Je sais ce qui se passe ensuite.

Il a descendu le livre, et je l'ai mis avec l'autre.

— Ce volume-ci est beaucoup plus vieux. Il est en mauvais état. Non... c'est le précédent. Il commence en 1916, au mois de mai, et il se termine... Il se termine avec un poème, on dirait. Mais la dernière note date du 16 avril 1922.

— Lisez le poème.

— Hem. D'accord.

Il s'est éclairci la gorge maladroitement.

Hors de l'eau je t'ai retirée, et dans mon lit je t'ai gardée.
Fille perdue, abandonnée par un passé qui n'est pas mort.

Quand je l'ai dévisagé, dans un silence hébété, il a continué, le visage aussi rouge que les cheveux d'Eoin. À chaque mot, j'entendais le vent rugir dans ma tête et le lough frémir sous ma peau.

Mon amour, reste loin de l'eau, loin de la rive ou de la mer.
Tu ne peux pas marcher sur l'eau. Le lough veut te reprendre à moi.

Il n'y avait plus de rocher sous mes pieds, et je me suis assise sur le bureau de Thomas, prise de vertige, incrédule.

— Anne ? Vous voulez celui-ci aussi ?

Très raide, j'ai fait signe que oui, et il est redescendu, serrant le livre dans la main droite.

— Je peux le voir, s'il vous plaît ?

Kevin l'a placé dans mes mains, manifestement perturbé de me voir tétanisée.

— Je pensais que ce volume avait été perdu… dans le lough, ai-je avoué en y promenant mes mains. Je… Je ne comprends pas.

— Ce n'est peut-être pas le même.

— Si. Je reconnais ce livre… les dates… Je connais ce poème. (Je lui ai rendu le volume.) Je ne peux pas le regarder. Je sais que vous ne comprenez pas, mais pouvez-vous me lire la première note, s'il vous plaît.

Il a repris le journal et, comme il le feuilletait, plusieurs photos sont tombées à terre. Il s'est baissé, les a ramassées et les a examinées avec curiosité.

— C'est Garvagh Glebe. Cette image doit avoir un siècle, mais ça n'a pas beaucoup changé.

Il m'a tendu la photographie. C'était celle que j'avais montrée à Deirdre, le premier jour, à la bibliothèque. L'image que j'avais glissée entre les pages du journal avant de m'avancer en barque jusqu'au milieu du lac pour dire au revoir à Eoin. C'était la même image, mais elle avait encore vieilli de quatre-vingts ans.

— Il y a autre chose, a ajouté Kevin.

Fasciné par la deuxième image qu'il avait à la main, il a agrandi puis étréci les yeux avant de les poser sur mon visage.

— Cette femme vous ressemble tout à fait, Anne.

C'était la photo de Thomas et de moi à l'hôtel Gresham, celle où nous ne nous touchons pas mais où chacun a tellement conscience de la proximité de l'autre. Son visage est tourné vers moi. La ligne de sa mâchoire, la saillie de sa pommette, la douceur de ses lèvres sous l'arête de son nez.

Mes images étaient ressorties du lough. Le journal aussi. Mais je n'avais pas survécu. Nous n'avions pas survécu.

28 août 1922

Nous sommes partis pour Cork de bon matin le 21. Mick a glissé dans l'escalier et a lâché son arme. Elle s'est déclenchée, réveillant toute la maison et aggravant mon mauvais pressentiment. J'ai vu Joe O'Reilly encadré par la fenêtre, assistant à notre départ. Comme nous tous, il avait supplié Mick de ne pas aller à Cork. Je sais que ma présence aux côtés de Mick le rassure, mais je n'ai de valeur au combat qu'après la bataille. Mes récits de guerre sont toujours des histoires chirurgicales.

Tout a plutôt bien commencé. Nous nous sommes arrêtés à la caserne de Curragh et Mick a mené son inspection. Nous avons fait escale à Limerick et à Mallow, et Mick a voulu passer par un bal de soldats, où un curé l'a traité de traître et où l'on m'a vidé dans le dos une pinte de bière. Mick n'a pas bronché, et j'ai fini mon whisky le cul mouillé. Mick a eu l'air un peu plus indigné, à notre arrivée à l'hôtel de Cork, quand il a trouvé les veilleurs de nuit profondément endormis. Il a empoigné les deux garçons par les cheveux et leur a cogné la tête l'un contre l'autre. Si cela avait été le Vaughan's Hotel à Dublin un an plus tôt, il serait parti sur-le-champ, sûr que sa sécurité était compromise. Il n'a pas paru particulièrement inquiet et s'est endormi dès qu'il a posé sa tête sur l'oreiller. J'ai somnolé sur une chaise devant la porte, le revolver de Mick sur mes genoux.

Peut-être à cause de ma lassitude, ou de la brume de chagrin dans laquelle je me déplace depuis la disparition d'Anne, le lendemain s'est déroulé à la manière d'un film, par secousses et comme un rêve, sans couleur ni contexte. En début de journée, Mick a retrouvé sa famille et ses amis, et c'est seulement en fin d'après-midi que nous sommes partis pour le château de Macroom. Je ne l'ai pas accompagné à l'intérieur, j'ai attendu dans la cour avec le petit convoi – Sean O'Connell et Joe Dolan, de l'escouade de Mick, et une douzaine de soldats et d'extras enrôlés pour déblayer d'éventuelles barricades – chargé d'escorter Mick jusqu'à Cork.

Nous avons eu des problèmes près de Bandon, quand la voiture de tourisme a surchauffé, par deux fois, et que le véhicule blindé a calé dans une pente. Les déconvenues se sont alors enchaînées. Nous avons déblayé des arbres, pour découvrir que des tranchées avaient été creusées derrière eux. Nous avons pris un détour, nous nous sommes perdus, nous avons été séparés du reste du convoi, avons demandé notre chemin, et avons finalement été réunis pour le dernier rendez-vous de la journée. Nous nous dirigions vers Crookstown, à travers une petite vallée appelée Béal na mBláth. La bouche des fleurs.

Étroite et pleine d'ornières, la route aurait mieux convenu à une carriole tirée par un cheval qu'à un convoi comme le nôtre. D'un côté s'élevait un talus assez haut et de l'autre une haie que personne n'avait taillée depuis longtemps. Le jour déclinait, et la charrette d'une brasserie était renversée au milieu de la route, ayant perdu une roue. Au-delà, l'âne qui la tirait auparavant broutait, paisible. Le convoi a ralenti, et la voiture de tourisme a fait une embardée pour éviter les obstacles barrant le passage.

Un coup de feu a éclaté, et Sean O'Connell s'est exclamé :
— Foncez ! C'est un piège !
Mais Mick a dit au chauffeur de s'arrêter.

Il a pris son fusil et a quitté la voiture en hâte. Il avait envie de se battre. Je l'ai suivi. Quelqu'un m'a suivi. Des coups de feu se sont mis à pleuvoir depuis la gauche, très au-dessus de nous. Mick a poussé un cri, a rampé sous le véhicule blindé où nous sommes restés pendant plusieurs minutes, ponctuant le feu régulier de la mitrailleuse Vickers avec nos propres tirs.

L'échange s'est prolongé, remplissant l'air de volées de balles qui sifflaient tout autour de nous. Nous avions l'avantage en matière d'armement, mais leur position était meilleure. Mick refusait de baisser la tête. Je n'arrêtais pas de le plaquer au sol. Il se redressait constamment. Il y a eu une accalmie, nous n'entendions plus que le tintement de nos oreilles et l'écho dans notre tête, et j'ai osé espérer.

— Ils sont là ! Ils remontent la pente ! a hurlé Mick, se levant pour mieux tirer sur les responsables de l'embuscade.

Il a surgi de derrière la voiture et je l'ai aussitôt suivi en criant son nom. Un seul coup de feu a retenti, net et perçant, et Mick s'est écroulé.

Il gisait effondré sur le ventre, au milieu de la route, un trou béant à la base de son crâne. J'ai couru jusqu'à lui, Sean O'Connell sur mes talons, et nous l'avons ramené derrière la voiture, en le traînant par les chevilles. Je suis tombé à genoux, puis j'ai arraché les boutons de ma chemise car j'avais besoin de tissu pour faire une compresse. Quelqu'un a récité l'acte de contrition, quelqu'un d'autre s'est mis à pester, et d'autres encore ont foncé sur la route pour tirer sur nos agresseurs en fuite. J'ai fait rouler Mick vers moi et j'ai appuyé ma chemise sur sa nuque. Il avait les yeux fermés, le visage détendu. La nuit était venue, et le Grand Bonhomme n'était plus.

Je l'ai bercé dans mes bras, sa tête contre ma poitrine, son corps étendu sur le siège du véhicule alors que nous repartions vers Cork. Je n'étais pas le seul à pleurer. Nous nous sommes arrêtés pour trouver de l'eau afin de laver le sang de son visage ; sous le choc, inhabitués au lieu, nous nous sommes à nouveau perdus. Nous étions pris dans un labyrinthe infernal d'arbres renversés, de ponts explosés et de passages à niveau, nous roulions sans but, dans le noir. À un moment, nous avons demandé de l'aide dans une église. Le curé s'est avancé à un mètre de la voiture, il a vu Mick que je soutenais contre ma poitrine ensanglantée, et il s'est sauvé à grands pas. Quelqu'un lui a crié de revenir et l'a menacé de lui tirer dessus. L'arme a fait feu, mais par chance le curé ne s'est pas écroulé. Nous avions peut-être fait erreur sur son compte, mais nous n'avons pas attendu qu'il reparaisse.

Je ne me rappelle pas notre arrivée dans Cork, seulement que nous avons fini par y arriver. Deux membres de la patrouille civique nous ont conduits à l'hôpital Shanakiel, où le corps de Mick a été emporté, nous laissant couverts de son sang, égarés dans ce coin du monde où il aurait dû être le plus aimé. Il était si sûr qu'ils étaient ses compatriotes.

Un télégramme a été envoyé pour prévenir Londres, alerter Dublin et signaler au monde que Michael Collins avait été abattu tout juste une semaine après l'enterrement d'Arthur Griffith. Un bateau partant de Penrose Quay a emmené son corps à Dún Laoghaire. On ne m'a pas autorisé à l'accompagner. Je suis monté à bord d'un train où s'entassaient des gens qui parlaient de sa perte, de la perte pour l'Irlande, puis se sont mis à parler de chapeaux, du temps qu'il faisait et des mauvaises habitudes du voisin. J'ai blêmi, pris d'une colère si irrationnelle que j'ai dû descendre à l'arrêt suivant. Je ne suis pas encore en état de fréquenter mes semblables, mais je n'ai pas envie d'être seul. Il m'a fallu deux jours pour regagner Dublin.

Ils l'ont inhumé aujourd'hui à Glasnevin, et j'étais dans la foule, côtoyant Gearóid O'Sullivan, Tom Cullen et Joe O'Reilly. Leur amour pour lui est un baume pour moi ; je n'aurai pas à porter seul le poids du souvenir.

Je vends ma maison de Dublin. Après aujourd'hui, je n'ai aucune envie d'y retourner. Je rentre chez moi pour retrouver Eoin, mon petit garçon. L'Irlande m'a pris tous les autres, et je n'ai plus rien à lui donner.

T. S.

26

Un homme vieux et jeune

Elle m'avait souri, m'avait transfiguré,
Je n'étais plus qu'un rustre,
Et je vagabondais, j'errais de-ci, de-là,
Plus vide de pensées
Que ne se vide un ciel tout constellé d'étoiles
Quand la lune s'enfuit.
W. B. Yeats

LE DERNIER JOUR D'AOÛT, je suis retournée à Ballinagar et j'ai gravi la colline derrière l'église, essoufflée, les poumons bloqués par mon ventre en pleine expansion. Mon médecin, un ancien gynécologue obstétricien installé à Sligo, pensait que j'allais accoucher durant la première semaine de janvier. Lors de mon premier rendez-vous, l'infirmière avait essayé de calculer le début de ma grossesse selon mon dernier cycle menstruel. Je ne pouvais pas lui dire qu'il datait de la mi-janvier 1922. J'ai dû plaider l'ignorance, même si je soupçonnais que je devais déjà être enceinte de douze semaines quand j'étais revenue en 2001. Ma première échographie a confirmé cette estimation, même si les dates ne coïncidaient pas. Avec ou sans voyage dans le temps, je porterais quand même cet enfant pendant neuf mois, et il m'en restait encore quatre.

Je me suis accroupie devant la tombe de Declan et j'ai passé ma paume à la surface, pour le saluer. Le nom d'Anne Finnegan était encore inscrit à côté du sien ; cela n'avait pas changé. J'ai arraché les mauvaises herbes autour de la tombe de Brigid. Je ne parvenais pas à lui en vouloir. Elle avait été prise dans un imbroglio de tromperies et d'invraisemblances ; rien de tout cela n'était de sa faute. Elle avait cru protéger Eoin, protéger Thomas. Mes yeux ne cessaient de papillonner vers la pierre où le nom « Smith » figurait tout en bas ; elle était séparée des tombes des Gallagher, comme une mince ombre couverte de lichen. En inspirant profondément, avec l'espoir que Maeve ne s'était pas trompée lorsqu'elle avait affirmé que Thomas n'était pas enterré là, je me suis approchée et me suis agenouillée, levant les yeux vers les mots gravés.

Anne Smith – 16 avril 1922 –
Épouse bien-aimée de Thomas.

C'était ma propre tombe.

Je n'ai ni tressailli ni crié. Je suis restée assise, respirant à peine, à contempler le monument qu'il avait érigé pour moi. Il n'y avait là rien de macabre ni d'effrayant. C'était un mémorial à notre vie commune, à l'amour que nous avions partagé. Il attestait que j'étais, que j'avais été et que je serais toujours... à lui.

— Oh, Thomas, ai-je chuchoté, ma tête posée contre la pierre froide.

J'ai pleuré, mais ces larmes m'ont libérée, soulagée, et je n'ai pas tenté de les retenir. Il n'était pas à Ballinagar. Il n'était ni dans le vent ni dans l'herbe. Pourtant, je me sentais alors plus près de lui que depuis des mois. Le bébé a bougé, mon estomac s'est tendu, en réaction, se resserrant autour de cette nouvelle vie qui témoignait de l'ancienne.

Je me suis couchée à la base de la pierre, pour parler à Thomas comme je l'entendais me parler à travers son journal intime, je lui ai parlé de la vieille Maeve et du jeune Kevin, je lui ai raconté qu'Eoin avait publié nos histoires. Je lui ai expliqué que le bébé grandissait et que, selon moi, ce serait une fille. J'ai discuté des prénoms possibles, de la couleur à choisir pour la chambre d'enfant, et quand le soleil a entamé son déclin, je lui ai adressé un au revoir larmoyant, je me suis essuyé les yeux et j'ai redescendu la colline.

***

J'ai commencé à lire le journal intime par fragments, ouvrant les volumes au hasard, comme l'avait fait Kevin. J'ai d'abord lu la dernière entrée, datée du 3 juillet 1933, et je suis restée plusieurs jours sans pouvoir en lire davantage. J'y revenais sans cesse, comme un papillon de nuit attiré par une flamme ; la douleur que je ressentais en lisant était presque de la joie.

Eoin aura dix-huit ans la semaine prochaine. Nous avons réservé son billet au printemps dernier et pris toutes les dispositions pour son logement. Il a été accepté à la faculté de médecine de Long Island, même s'il est nettement plus jeune que tous les autres étudiants. Je me suis également acheté un billet, car j'ai l'intention de partir avec lui. Je veux l'installer là-bas, voir les rues qu'il arpentera et les lieux où il vivra, afin de pouvoir me représenter son nouvel environnement lorsque je penserai à lui. Mais il tient absolument à y aller seul. Parfois, il me rappelle Mick. Cœur tendre et volonté de fer. Il a promis de m'écrire, mais cette promesse nous a fait rire tous les deux. Je ne recevrai aucune lettre.

Par bien des côtés, il m'a été donné beaucoup plus qu'un parent ne pourrait en demander ; j'ai toutes les assurances qu'Anne m'a procurées. Je sais comment se déroulent les journées d'Eoin et quelle voie sa vie va prendre. Je sais quel genre d'homme il est et ce qu'il deviendra. Les aventures d'Eoin Gallagher ne font que commencer, alors même que notre temps ensemble se termine.

Il y a des passages et des dates que j'ai entièrement évités. Je ne pouvais pas affronter l'année 1922. Je ne voulais pas lire le récit de la mort de Michael – je n'avais pas pu lui sauver la vie – ni la description de l'effondrement du leadership irlandais. Mes recherches m'avaient appris qu'après la mort d'Arthur Griffith et l'assassinat de Michael Collins, un violent contrecoup s'était produit, comme toujours, et que le gouvernement provisoire avait accordé des pouvoirs spéciaux à l'armée de l'État libre. En vertu de ces pouvoirs spéciaux, des républicains bien connus avaient été arrêtés et exécutés sommairement. Erskine Childers avait été le premier à être fusillé, mais pas le dernier. En l'espace de sept mois, soixante-dix-sept républicains ont été arrêtés et abattus par l'armée de l'État libre. En retour, l'IRA s'est mise à tuer d'éminentes personnalités de l'État libre. Le balancier allait et venait, laissant la terre brûlée à chacune de ses oscillations.

J'ai consacré la majeure partie de mon temps à la décennie 1923-1933, absorbant chaque mention d'Eoin.

Thomas l'adorait, et son journal s'articule autour de lui. Thomas jubilait à chacune des victoires d'Eoin, il s'affligeait personnellement de ses soucis et s'inquiétait comme un père. Sur une page, il raconte qu'il a surpris Eoin, alors âgé de seize ans, en train d'embrasser Miriam McHugh dans la clinique, et il craint que le jeune homme n'oublie ses études.

Rien n'est plus grisant que l'amour et le désir, mais Miriam n'est pas faite pour Eoin. Et l'heure n'est pas aux liaisons sentimentales. Eoin a un peu boudé quand je lui ai conseillé de parler à Miriam au lieu de l'embrasser. Les baisers peuvent tromper un homme, mais c'est rarement le cas d'une conversation sérieuse. Il s'est esclaffé et a contesté mon expérience. « Comment pourrais-tu y connaître quelque chose, Doc ? Tu ne parles jamais aux femmes. Et je te vois encore moins les embrasser », a-t-il dit. Je lui ai rappelé que j'avais une femme aussi douée pour la conversation que pour les baisers, une femme qui m'avait rendu incapable d'en aimer aucune autre, et que je savais parfaitement de quoi je parlais. Eoin devient songeur chaque fois qu'il est question d'Anne. Il n'a pas ajouté grand-chose après cela, mais ce soir il est venu frapper à la porte de ma chambre. Quand j'ai ouvert, il s'est jeté à mon cou et m'a serré dans ses bras. Comme je voyais qu'il était au bord des larmes, je l'ai simplement tenu jusqu'à ce qu'il soit prêt à partir.

Après cela, j'ai laissé de côté le journal intime pendant quelques jours, mais j'y trouvais plus de réconfort que de souffrance. Lorsqu'il me semblait trop douloureux de penser à Thomas et au petit garçon que j'avais abandonnés, je parcourais ces pages et je remontais en arrière, je partageais leurs bonheurs et leurs peines, leurs joies et leurs tourments, et je les voyais cheminer ensemble.

J'ai trouvé une page rédigée le jour de la mort de Brigid. Thomas parlait d'elle avec compassion et pardon. J'ai été contente de savoir qu'elle n'avait pas été seule pour sa dernière heure. J'ai découvert les maladies et les morts survenues à Dromahair, les nouveaux traitements et les avancées de la médecine. Parfois, le journal de Thomas ressemblait à un dossier médical, il y détaillait une foule de maux et de remèdes, mais il n'y faisait jamais allusion à la politique. C'était comme s'il s'était entièrement détaché de la mêlée. Le cœur patriote qu'il évoquait autrefois avait été remplacé par une âme non partisane. Quelque chose était mort en lui le jour où Michael avait été assassiné. Il avait perdu sa foi en l'Irlande. Ou peut-être seulement sa foi en l'homme.

En juillet 1927, Thomas mentionnait le meurtre de Kevin O'Higgins, le ministre de l'Intérieur. C'est O'Higgins qui, en 1922, avait accordé à l'armée ces pouvoirs spéciaux qui avaient causé tant d'amertume. L'assassinat avait suivi la création d'un nouveau parti politique, le Fianna Fáil, organisée par Eamon de Valera et d'autres éminents républicains. L'opinion publique soutenait de Valera. Quelqu'un avait demandé à Thomas quel parti il soutiendrait au cours des prochaines élections. Pas mal de candidats avaient été contrariés lorsqu'il avait refusé de les soutenir publiquement ou de leur apporter un appui financier. Sa réaction m'a laissée stupéfaite, et j'ai dû relire le passage.

Il y a des chemins qui vous brisent inévitablement le cœur, des actes qui vous dérobent votre âme ; vous errez alors à sa recherche, pour tâcher de retrouver ce que vous avez perdu. La politique a causé en Irlande la perte de trop d'âmes. Je veux m'accrocher à ce qu'il reste de la mienne.

Ces premières lignes étaient celles qu'Eoin avait citées le soir de sa mort. Il était désormais évident qu'Eoin avait lu le journal intime de Thomas, qu'il comprenait intimement l'homme qui l'avait élevé. En quittant l'Irlande, il n'avait emporté qu'un volume, mais il les avait tous lus.

***

À Sligo, après mon rendez-vous chez le médecin, j'ai acheté pour Maeve un tas de romans à l'eau de rose, et un assortiment de petits gâteaux dans des couleurs pastel. Je me suis présentée chez elle à l'improviste ; je n'avais pas son numéro de téléphone. Elle m'a ouvert sa porte, vêtue d'un chemisier bleu électrique, d'un pantalon jaune, et de pantoufles à motif léopard. Son rouge à lèvres fuchsia venait d'être appliqué, et même si elle a feint l'irritation, son plaisir de me voir était sincère.

— Il lui en a fallu, du temps, à cette demoiselle ! J'ai essayé d'aller à pied jusqu'à Garvagh Glebe la semaine dernière, et le Père Dornan m'a ramenée chez moi. Il me croit folle. Il ne comprend pas que je suis juste vieille et impolie.

Je l'ai suivie dans la maison, fermant la porte avec mon pied pendant qu'elle continuait à jacasser.

— Je commençais à croire que tu n'étais pas plus polie, Anne Smith. Ne pas venir me voir alors que je t'avais invitée si gentiment. C'est des gâteaux, ça ? a-t-elle demandé en flairant l'air.

— Oui. Et je vous ai aussi apporté de la lecture. Vous m'avez dit, je m'en souviens très bien, que vous préfériez les gros livres. Ceux où il y a beaucoup de chapitres.

Elle a ouvert grand les yeux et son menton a tremblé.

— Oui... Je m'en souviens aussi. Donc on ne va pas faire semblant ?

— Si nous faisons semblant, nous ne pourrons pas parler du bon vieux temps. J'ai besoin d'en parler à quelqu'un, Maeve.

— Moi aussi, fillette. Moi aussi. Viens t'asseoir. Je vais faire du thé.

J'ai enlevé ma veste et j'ai sorti quelques gâteaux – un de chaque couleur – en laissant le reste dans la boîte pour que Maeve les grignote plus tard. J'ai entassé les nouveaux livres près de son fauteuil à bascule et je me suis assise à sa petite table, tandis qu'elle revenait avec la bouilloire et deux tasses.

— Eoin affirmait que tu n'étais pas morte. Il disait que tu étais juste perdue dans l'eau. Tout le monde se tracassait pour lui. Alors le Dr Smith a fait graver une pierre tombale, et on a célébré une petite messe pour nous donner à tous un peu de réconfort. Le Père Darby voulait faire effacer ton nom de la tombe de Declan Gallagher, mais Thomas a insisté pour qu'on ne touche à rien, et il a refusé d'inscrire une date de naissance sur la nouvelle pierre. Le docteur était têtu, et il était riche – il donnait beaucoup d'argent à l'église –, donc le Père Darby a fait ce qu'il demandait.

Eoin a eu une crise en voyant la tombe. Ça ne l'a pas du tout réconforté de voir le nom de sa mère gravé dessus. Thomas n'a même pas pu assister à la messe. Il a emmené Eoin faire une longue promenade, et quand ils sont revenus, le pauvre gamin pleurait encore, mais il ne criait plus. Je ne sais pas ce que le docteur lui a raconté, mais après ça, Eoin a arrêté de dire des bêtises.

J'ai siroté mon thé, et Maeve m'a regardée en souriant par-dessus sa tasse.

— Il n'était pas bête, pourtant ?

— Non.

Thomas ne devait pas avoir tout avoué à Eoin. Mais il avait dû lui en expliquer assez. Il avait dû lui révéler qui j'étais, et lui garantir qu'il me reverrait.

— J'avais complètement oublié Anne Smith. J'avais même oublié le docteur et Eoin. La dernière fois que je les ai vus, c'était il y a soixante-dix ans. Et puis tu es venue sonner à ma porte. Et j'ai commencé à me rappeler.

— Que vous êtes-vous rappelé ?

— Ne fais pas la timide, fillette. Je n'ai plus douze ans, et tu n'es pas la dame de la maison. (Elle a tapé du pied sur le tapis.) Je me suis souvenue de toi !

Sa véhémence m'amusait. J'aimais l'idée qu'on se souvienne de moi.

— Maintenant, je veux tout savoir. Je veux savoir ce qui t'est arrivé. En ce temps-là et maintenant. Et ne supprime pas les moments où des gens s'embrassent ! a-t-elle aboyé.

J'ai rempli ma tasse, pris une grosse bouchée d'un gâteau rose, et je lui ai tout raconté.

***

En septembre, j'ai appris en me réveillant que les Twin Towers s'étaient écroulées, que ma ville avait été attaquée, et j'ai regardé la télévision, serrant mon ventre gonflé, protégeant mon bébé. Je me suis demandé si je n'avais quitté un tourbillon de l'Histoire que pour être plongée dans un autre. Mon ancienne vie, mes rues, mon horizon, tout avait à jamais changé, et j'étais heureuse qu'Eoin ne soit plus en vie pour voir ça. J'étais heureuse de ne plus être à Brooklyn pour voir ça. Mon cœur n'aurait pas pu contenir davantage de souffrance.

Barbara avait entendu les avions – l'agence avait été secouée quand ils avaient survolé New York – avant qu'ils ne percutent le World Trade Center, et elle m'a appelée quelques jours après, dans tous ses états. Elle m'a répété je ne sais combien de fois qu'elle était contente de me savoir à l'abri en Irlande. « Le monde est devenu fou, Anne. Fou. Tout est sens dessus dessous, et on s'accroche pour survivre. » Je savais exactement ce qu'elle voulait dire – mon univers à moi était en panique depuis des mois ; le 11 Septembre n'a fait qu'ajouter une nouvelle couche d'impossible. Barbara avait maintenant une raison de ne plus se faire du souci pour moi, pour ma crise de milieu de vie, et je pouvais me retrancher davantage dans les recoins de Garvagh Glebe, incapable de comprendre l'ampleur d'un tel événement, incapable de le digérer, même en partie. Le monde était sens dessus dessous, comme l'avait dit Barbara, mais j'étais déjà en train de tomber lorsqu'il avait basculé, et j'avais déjà le pied marin. J'ai éteint la télévision, j'ai imploré le pardon de ma chère ville, puis j'ai prié Dieu pour qu'il nous évite à nous tous de nous perdre. Et j'ai continué à vivre.

En octobre, j'ai commandé un berceau, une table à langer et un rocking-chair assorti au vieux plancher de chêne. Deux semaines plus tard, j'ai décidé qu'il faudrait de la moquette dans la chambre d'enfant. Il risquait d'y avoir des courants d'air dans la maison, et j'imaginais déjà mon bébé glissant hors de son lit et tombant sur les lattes dures. La moquette a été posée, les meubles assemblés et les rideaux installés. Je me sentais prête.

En novembre, j'ai conclu que la peinture vert tendre aux murs de la chambre d'enfant serait mieux avec des rayures blanches. Vert rayé blanc, cela irait aussi bien pour une fille que pour un garçon, et cela rendrait la pièce plus gaie. J'ai acheté la peinture et le matériel, mais Kevin était catégorique : une femme enceinte ne repeint pas les murs, aussi a-t-il repris le projet en main.

J'ai protesté mollement, mais mon énorme ventre ridiculisait mes ambitions. J'en étais à trente-deux semaines et je n'imaginais pas que je pourrais devenir plus grosse ou me sentir plus mal à l'aise. Cependant, il me fallait quelque chose pour m'occuper.

Barbara m'avait appelée en début de semaine pour prendre des nouvelles de mon prochain livre. J'ai dû lui avouer qu'il n'avançait pas du tout. J'avais une histoire à raconter, une histoire d'amour qui ne ressemblait à aucune autre, mais je ne pouvais pas affronter la fin. Mes mots n'étaient qu'un amas confus de martyre et de déni. Chaque fois que j'essayais de mettre un plan au propre, je finissais par regarder par la fenêtre, par feuilleter les pages jaunies de ma vie d'autrefois, à la recherche de Thomas. Il n'y avait pas de mot pour désigner ce que je ressentais ; il n'y avait que mon souffle qui entrait dans mon corps et en ressortait, le battement régulier de mon cœur, et la douleur de la séparation.

Comme je ne pouvais pas peindre et que je ne voulais pas écrire, j'ai décidé de marcher. J'ai enfilé un pull en cachemire rose, j'ai fourré mes pieds dans des bottes en caoutchouc pour aller jusqu'au lough. Mes cheveux dansaient dans la pénombre, répondant aux branches nues des arbres frissonnants. Inutile de les dompter. Personne ne s'indignerait de les voir pendre jusqu'au milieu de mon dos et s'enrouler autour de mon visage. Personne ne s'offusquerait de mon legging noir ou de la tunique en coton qui moulait mes seins et mon ventre. La plage était déserte. Personne ne me verrait.

L'ouest de l'Irlande était plongé dans une fin d'automne maussade, et la brume humide qui me léchait les joues planait au-dessus du lac, confondant le ciel et la mer, l'eau et le sable. Je me tenais face au lough, je laissais le vent me soulever les cheveux, je regardais le brouillard former des fantômes et glisser dans la lumière tiède.

J'avais cessé d'entrer dans l'eau. J'avais cessé de prendre la barque pour m'éloigner du rivage. L'eau était froide, et j'allais avoir un enfant, j'étais responsable d'une autre vie que la mienne. Mais je venais encore au moins une fois par jour plaider ma cause auprès du vent. La brume étouffait l'atmosphère, le monde était caché, réduit au silence. Le bruit de l'eau et le couinement de mes bottes étaient ma seule compagnie.

Puis j'ai entendu quelqu'un siffler.

Le sifflement s'est arrêté, a redémarré, faible et lointain. Le ponton de Donnelly était désert, la location fermée pour la saison. De la lumière brillait à sa fenêtre, et un panache de fumée s'élevait de sa cheminée, fusionnant avec le ciel gris, mais rien ne bougeait sur la rive. Le sifflement ne venait pas de la terre mais de l'eau, comme si un pêcheur idiot se dissimulait dans le brouillard.

Le son s'est intensifié, il dérivait à la surface du lac, alors je me suis dirigée vers lui, écoutant le siffleur finir sa mélodie. Après un gazouillis, elle s'est interrompue, mais j'attendais un bis. N'en obtenant aucun, j'ai tendu les lèvres et j'ai terminé la chanson. Je sifflais sans grande vigueur, et un peu faux. Mais j'avais reconnu la chanson.

« *Ils ne peuvent oublier, ils n'oublieront jamais, le vent et les vagues se souviennent encore de Lui.* »

— Thomas ?

Ce n'était pas la première fois que je le hélais. J'avais hurlé son nom à travers le lac, au point de perdre la voix, de perdre l'espoir. Mais je l'ai hélé encore une fois.

— Thomas ?

Son nom a flotté dans l'air, suspendu à un fil, lourd d'une attente, puis il a sombré comme une pierre, sous la surface. De ses lèvres liquides, le lough a répété, comme un lent soupir. *Tho-mas, Tho-mas, Tho-mas.*

La proue est apparue en premier, tantôt visible, tantôt invisible. Le lough jouait à cache-cache. Elle est revenue. Plus proche. Quelqu'un ramait, d'un mouvement régulier. Plongeant dans l'eau et en ressortant, la rame imitait un nom prononcé avec amour, et son prénom est devenu le son de sa voix. *Com-tesse, Com-tesse, Com-tesse.*

Et je l'ai vu. Une casquette à visière, des épaules larges, une veste en tweed, des yeux pâles. Des yeux bleu pâle rivés aux miens. Il redisait mon nom, tout bas, incrédule, à mesure que le petit bateau rouge fendait la brume et s'avançait vers le rivage, si proche que j'ai entendu la rame racler le sable.

— Thomas ?

Il s'est levé, utilisant sa rame comme un gondolier vénitien, et je suis tombée à genoux parmi les galets, criant son nom. La barque s'est posée sur la plage, il en est sorti d'un bond, a jeté la rame et a ôté sa casquette. Il l'a serrée contre sa poitrine, comme un amoureux qui n'ose pas faire sa demande. Ses cheveux noirs étaient semés d'argent, et quelques rides nouvelles marquaient les coins de ses yeux. Mais c'était Thomas.

Il a hésité, les dents serrées, le regard suppliant, comme s'il ne savait pas comment me saluer. J'ai tenté de me redresser, d'aller à lui, et soudain il m'a soulevée dans ses bras et m'a tenue contre lui, notre enfant comme bercé entre nous deux, son visage enfoui dans mes cheveux. Pendant un moment, nous n'avons parlé ni l'un ni l'autre, nos poumons en feu et nos cœurs battants nous dérobaient nos sens et nous privaient de la parole.

— Comment se fait-il que j'aie perdu onze ans et que tu n'aies pas vieilli du tout ? a-t-il crié dans mes boucles, sa joie teintée de tristesse. Est-ce mon enfant, ou t'ai-je perdue aussi ?

— C'est ton enfant, et tu ne me perdras jamais, ai-je juré.

J'ai caressé ses cheveux, touché son visage, mes mains prises de délire autant que mon cœur. Thomas m'enveloppait, si près que je sentais chaque souffle, mais ce n'était pas assez. J'ai attiré son visage vers le mien, frénétique, craignant de me réveiller sans l'avoir embrassé.

Il était si réel et si merveilleusement familier. Ses joues qui piquaient, le goût de sa bouche, le sel de ses larmes. Il m'embrassait comme il m'avait embrassée la première fois et chaque fois ensuite, s'épanchant tout entier, sans rien retenir. Mais ce baiser avait la saveur de sa longue absence et d'un espoir nouveau ; à chaque soupir, à chaque seconde qui passait, je commençais à croire en une autre vie.

— Tu es restée en Irlande, a-t-il dit d'une voix étranglée.

Ses lèvres effleuraient mes joues, mon nez, la pointe de mon menton, ses mains enserraient mon visage.

— Quelqu'un m'a dit un jour que lorsque l'on quitte l'Irlande, on n'y revient jamais. Je ne pouvais supporter la perspective de ne jamais revenir. Alors je suis restée. Et tu es resté avec Eoin, ai-je répondu, abasourdie.

Il a hoché la tête, les yeux si remplis et si vifs que les larmes ont ruisselé sur mon visage et se sont accumulées au creux de ses mains.

— Je suis resté jusqu'à ce qu'il me dise qu'il était temps de partir.

**

Le 12 juillet 1933, le lendemain des dix-huit ans d'Eoin, Thomas a détaché le petit bateau rouge suspendu à la charpente de sa grange, et il a mis dans une valise une boîte de pièces d'or, des vêtements de rechange et quelques photographies. Il pensait qu'il aurait besoin d'une chose qui m'avait appartenu en 2001, quelque chose qui le guiderait dans son voyage, alors il a glissé dans sa poche les boucles d'oreilles en diamants que j'avais vendues à Mr Kelly ; il les avait rachetées dès le jour suivant. Il a emporté l'urne vide qui avait contenu les cendres d'Eoin, et il connaissait le poème que j'avais récité ce jour-là sur le lough, le poème de Yeats qui parle des fées et de chevaucher le vent.

Pourtant, Thomas était convaincu que les diamants, la poussière et les fées n'y étaient pour rien. En somme, il avait simplement fait un voyage vers l'an 2001. À l'instant où le bateau avait retrouvé le lough, il avait vogué vers sa destination, se faufilant à travers les décennies, séparant les eaux et convoquant la brume. Eoin l'avait regardé disparaître.

Nous avons laissé la barque sur le rivage, la rame sur le sable et le lough derrière nous. La valise à la main, la casquette sur la tête, Thomas ouvrait de grands yeux mais il n'avait pas peur. J'étais certaine qu'il ne changerait guère, même s'il arrivait des années 1930. Pendant onze ans, deux mois et vingt-six jours, il avait attendu patiemment. Il avait craint que je ne sois repartie, qu'il doive aller me chercher de l'autre côté de l'océan, dans un monde inconnu. Il pensait que son fils ou sa fille aurait déjà grandi, s'il parvenait à nous trouver. Et si le temps l'avait mené là où il ne voulait pas aller ? Et s'il avait tout perdu ? C'était la légende de Niamh et Oisín qui recommençait.

Mais il est venu.

13 novembre 2001

Je suis arrivé le vendredi 9 novembre 2001. Onze ans, deux mois et vingt-six jours condensés en cent trente-quatre jours. Les dix mois qu'Anne a vécus en 1921-1922 s'étaient réduits à dix jours lorsqu'elle est revenue. J'ai essayé de comprendre, mais c'est un peu comme lorsque mon esprit tente de se représenter la création de l'univers. Hier, j'ai passé dix minutes à examiner un jouet d'enfant au grand magasin Lyons – il existe encore ! La façon dont ce ressort en métal – Anne appelle ça un « Slinky » – s'étend et se contracte me fait envisager le temps sous un angle neuf. Peut-être le temps s'enroule-t-il en cercles toujours plus larges (ou plus serrés), enveloppés les uns autour des autres. J'ai écarté les bras aussi loin que je le pouvais pour allonger le Slinky au maximum, puis j'ai rapproché mes mains pour l'aplatir entre mes paumes. Comme cet objet m'intriguait, Anne a tenu à me l'offrir.

Je lui ai fait part de ma nouvelle théorie sur le temps et les jouets la nuit dernière, alors que nous étions couchés dans son magnifique lit. Il est immense, mais nous dormons collés l'un contre l'autre, son dos contre ma poitrine, sa tête sous mon menton. Je n'arrête pas de la toucher, mais elle ressent la même insécurité. Il faudra du temps pour que nous puissions supporter la moindre forme de séparation. J'étais sous la douche – une telle quantité d'eau chaude, et qui arrive si vite ! – quand elle m'a rejoint après quelques minutes, l'œil timide et les joues roses.

— J'avais peur... et je n'avais pas envie de rester seule, a-t-elle dit.

Elle n'avait pas besoin de s'expliquer ou de s'excuser. Sa présence a entraîné une autre découverte. La douche est délicieuse pour toutes sortes de raisons. Mais apparemment il y a une limite à l'approvisionnement en eau chaude.

Le voyage à Sligo me fait apprécier Anne encore un peu plus, si c'est possible. Je ne peux imaginer combien elle a dû être apeurée et intimidée la première fois, à devoir naviguer dans un nouveau monde (et de nouveaux vêtements) tout en faisant comme si elle y était tout à fait habituée. Nous avons fini par m'acheter une garde-robe assez semblable à l'ancienne. Les casquettes, les chemises à col boutonné et les pantalons ne sont pas passés de mode. Les bretelles et les gilets, si. Mais Anne dit que ce style me va bien, et que je peux porter ce que je veux. J'ai remarqué que je m'habille comme les vieux. Mais je suis un vieil homme, je suis même plus vieux que Maeve, qui accepte cette affaire avec une sérénité admirable. Nous sommes allés lui rendre visite tout à l'heure. Nous avons parlé pendant des heures des années que j'ai manquées et de nos chers disparus. En partant, je l'ai prise dans mes bras et je l'ai remerciée d'avoir offert son amitié à Anne, aujourd'hui comme autrefois.

Anne va écrire notre histoire. Je lui ai demandé si je pouvais choisir le nom de mon personnage, et elle est d'accord. Elle veut aussi que je choisisse le prénom de notre enfant. Si c'est un garçon, ce sera Michael Eoin. J'ai plus de mal à trouver si c'est une fillette. Je ne veux pas lui donner un nom du passé. Ce sera une fille de l'avenir, comme sa mère. Anne dit que nous devrions peut-être l'appeler Niamh. Cela m'a fait rire. Niamh est l'un des plus vieux prénoms qui existent en Irlande. Niamh, princesse de Tír na nÓg, le Pays de la jeunesse. Mais ça pourrait être une bonne idée.

Anne est encore plus belle que dans mes souvenirs. Je ne le lui ai pas dit – je pense que les femmes n'aiment pas les comparaisons, même avec elles-mêmes. Ses cheveux sont superbes. Elle ne fait aucun effort pour les contrôler, et ils frisent avec un joyeux abandon ; ils frisent comme Anne fait l'amour. Elle rit de son ventre qui enfle et de ses seins gonflés, de sa façon de marcher et du fait qu'elle ne voit plus ses pieds, mais je n'ai qu'une envie : la regarder.

Demain matin, nous allons à Dublin. Anne dit que nous finirons par visiter toute l'Irlande ensemble. Je reconnais la vieille

Irlande sous ses nouveaux habits. Elle n'a pas beaucoup changé, Éireann, et quand je contemple le lough et les collines, je trouve qu'elle n'a pas changé du tout.

Dublin sera peut-être un choc pour moi. J'y suis très peu allé pendant les dix ans qui ont suivi la mort de Michael. Il était tapi à tous les coins de rue, et je n'avais aucune envie d'être là-bas sans lui. Je regrette qu'il ne puisse pas voir Dublin avec moi demain, et je me demande à quoi aurait ressemblé le monde s'il avait vécu.

Nous irons voir sa tombe à Glasnevin quand nous aurons fini, et je lui décrirai en détail comment le monde a changé pour le meilleur, même en Irlande. Je lui dirai que j'ai trouvé mon Annie. Je voudrais bien voir sa tête ; il a été si triste lorsqu'elle a disparu. Je lui dirai que j'ai trouvé ma fillette, et je lui demanderai de garder un œil sur mon garçon.

Eoin est très présent. Il est là, dans le vent. Je ne peux pas l'expliquer, mais je suis certain qu'il est là. Anne m'a montré les livres – Les Aventures d'Eoin Gallagher – et je l'ai senti à côté de moi, qui tournait les pages. Puis elle m'a remis une boîte remplie de lettres qu'Eoin avait tenu à ce qu'elle garde. Des centaines de lettres. Anne dit qu'elle n'a jamais compris pourquoi il ne les avait pas envoyées. Elles sont classées par décennies, en liasses. Il y en a surtout de très anciennes, mais au moins deux pour chaque année de sa longue vie, et elles me sont toutes adressées. Il avait promis d'écrire. Et il l'a fait.

T. S.

NOTE DE L'AUTRICE

À l'été 2016, après quelques recherches sur mon arbre généalogique, je me suis rendue à Dromahair, en Irlande, voir l'endroit où mon arrière-grand-père, Martin Smith, était né et avait grandi. Jeune homme, il a émigré vers les États-Unis ; ma grand-mère prétend qu'il s'était engagé dans la Fraternité républicaine irlandaise et que ses parents l'ont envoyé en Amérique parce qu'ils voulaient lui éviter des ennuis. Je ne sais pas si c'est vrai, car Nana est morte en 2001, mais il était né la même année que Michael Collins, à une époque de réformes et de révolutions.

Une année, Nana avait écrit deux ou trois choses sur son père, mon arrière-grand-père, au dos d'une carte de vœux pour la Saint-Patrick. Je savais quand il était né, je savais que sa mère s'appelait Anne Gallagher, et son père Michael Smith. Mais c'est tout ce que je savais. Comme Anne, je suis allée à Dromahair dans l'espoir de les retrouver. Et je les ai retrouvés.

Mes parents et ma sœur aînée ont fait le voyage avec moi, et la première fois que nous avons vu le lough Gill, j'ai senti ma poitrine en feu, mes yeux en larmes. À chaque pas, nous avions l'impression d'être guidés, menés. Deirdre Fallon, la véritable bibliothécaire de Dromahair, nous a orientés vers le centre généalogique de Ballinamore – les bibliothèques ne vous déçoivent jamais. De là, on nous a redirigés vers Ballinagar, un cimetière derrière une église au milieu des champs. Quand j'ai demandé comment nous pourrions le trouver, on m'a vraiment conseillé de prier ou d'interroger les autochtones, exactement comme le fait Anne dans ce roman. Je n'oublierai jamais ce que j'ai ressenti en montant parmi les tombes pour trouver ma famille.

Le domaine où mon grand-père est né s'appelait Garvagh Glebe. Mais le vrai Garvagh Glebe n'est pas un manoir, et n'est pas situé près du Lough Gill. C'est une étendue rocheuse plutôt stérile, une « terre sauvage » dans les collines surplombant Dromahair, où il y a maintenant une centrale éolienne. Quand j'ai vu cette forme moderne des moulins à vent, j'ai trouvé mon titre. *Ce que murmure le vent* m'a été inspiré par ces événements et par ces ancêtres que je n'ai jamais rencontrés mais que j'ai le sentiment d'avoir connus.

Je ne pouvais pas donner à mon personnage principal le nom de mon arrière-grand-père (Michael Smith) car Michael Collins est une figure centrale du livre, et je ne voulais pas qu'il y ait deux Michael. J'ai donc inventé Thomas Smith à partir de deux de mes grands-parents irlandais : Thomas Keefe, de Youghal, dans le comté de Cork, et Michael Smith, de Dromahair, dans le comté de Leitrim. Il y a aussi des Bannon que je n'arrive pas à localiser. Je consacrerai peut-être un autre livre à John Bannon.

Même si ce roman inclut une bonne dose de fantastique, je voulais aussi qu'il soit historique. Plus j'avançais dans mes recherches sur l'Irlande, plus je me sentais perdue. Je ne savais comment je pourrais raconter mon histoire, ni même quelle histoire j'allais raconter. Je me sentais comme Anne lorsqu'elle dit à Eoin : « Il n'y a aucun consensus, il me faut un contexte. » Et j'ai repris espoir grâce à la réponse d'Eoin à Anne : « Ne laisse pas les faits historiques te détourner des gens qui les ont vécus. »

L'Irlande a une histoire longue et troublée, et je ne voulais ni ranimer de vieilles querelles ni désigner des coupables. Je voulais simplement apprendre, comprendre, m'éprendre de ce pays et inviter mes lecteurs à s'en éprendre à leur tour. Pour cela, je me suis immergée dans la poésie de Yeats, qui a arpenté les mêmes rues que mon arrière-grand-père et qui a écrit sur Dromahair. Je suis aussi tombée amoureuse de Michael Collins. Si vous voulez en savoir plus à son propos, je recommande vivement le livre de Tim Pat Coogan, *Michael Collins*, pour mieux apprécier son parcours et sa place dans l'histoire irlandaise. On a beaucoup écrit sur lui, et les opinions divergent, mais après toutes mes recherches, je reste impressionnée par ce jeune homme qui s'est dévoué corps et âme à sa cause. Sur ce point-là, le doute n'est pas permis.

Bien sûr, Thomas Smith est un personnage fictif, mais je pense qu'il incarne le genre d'amitié et de loyauté que Michael Collins inspirait à ceux qui le connaissaient le mieux. Je me suis efforcée de mêler faits et fiction, et beaucoup des événements que vivent Anne et Thomas se sont réellement produits. Il n'y a pas eu de tentative d'assassinat ou d'incendie à l'hôtel Gresham en août 1921, j'ai inventé cet incident, mais il reflète bien des attentats perpétrés contre Michael Collins à l'époque. La nuit que Michael et Thomas passent aux archives s'appuie sur des faits réels, tout comme les amis de Michael – Tom Cullen, Joe O'Reilly, Gearóid O'Sullivan, Moya Llewelyn-Davies, Kitty Kiernan – et des personnages historiques comme Constance Markievicz, Arthur Griffith, Cathal Brugha, Eamon de Valera, Lloyd George et bien d'autres. Terence MacSwiney, sa sœur Mary, et d'autres que je mentionne dans un contexte historique sont aussi des personnes réelles, et j'ai essayé de rester fidèle aux documents où ils sont évoqués. Plusieurs témoignages parlent du garde du corps de Michael Collins, notamment dans une situation très semblable aux événements de Garvagh Glebe et à la fusillade dans le marais, mais il ne se prénommait pas Fergus, autant que je sache. Brigid McMorrow Gallagher doit son prénom à mon arrière-arrière-arrière-grand-mère, Brigid McNamara, et sa parenté avec la mère de Seán Mac Diarmada est purement fictive.

Toutes les erreurs et tous les embellissements ne visent qu'à compléter les lacunes historiques ou à soutenir l'intrigue. J'espère qu'après avoir lu *Ce que murmure le vent,* vous éprouverez simplement plus de respect pour les hommes et les femmes qui ont vécu avant nous, et le désir de rendre le monde meilleur.

Je dois un immense remerciement à mon amie Emma Corcoran, de Lusk, près de Dublin, pour le regard irlandais qu'elle a porté sur mon roman. Elle a conféré à mon récit authenticité et exactitude, et m'a constamment aidée pour le gaélique. Je remercie aussi Geraldine Cummins, pour sa relecture et ses réactions enthousiastes.

Un grand merci à mon amie Nicole Karlson, qui a lu chaque chapitre à mesure que je les rédigeais et qui me laissait de longs messages remplis de compliments et d'encouragements. Ce roman n'a pas été facile à écrire et son enthousiasme m'a très souvent poussée à continuer avec optimisme.

Merci à mon assistante, Tamara Debbaut, qui est toujours une source fiable de soutien et de bien d'autres choses. Elle fait tout ce que je suis apparemment incapable de faire moi-même. La romancière Amy Harmon n'existerait pas sans Tamara Debbaut. Sans elle, je ne suis bonne à rien.

Merci aussi à Karey White, mon éditrice personnelle, pour le temps et le soin qu'elle met à peaufiner mes manuscrits avant même que mon agent et mon éditeur ne les voient. À mon agent, Jane Dystel, qui croit en mes livres et qui me permet de réaliser mes rêves. À mon équipe chez Lake Union, en particulier Jodi Warshaw et Jenna Free, qui ont soutenu mes efforts avec enthousiasme et qui m'ont une fois encore accompagnée tout le long du processus éditorial.

Enfin, ma gratitude éternelle à mon père qui m'a donné l'Irlande, à mon mari qui m'a donné sa confiance sans faille, et à mes enfants qui se moquent éperdument de mes livres et qui me rappellent ce qui compte vraiment dans ma vie. Je vous aime tous très fort.

Cet ouvrage est composé de matériaux issus de forêts gérées durablement certifiées PEFC™.
Le Programme de reconnaissance des certifications forestières (PEFC™) est le plus grand organisme mondial indépendant de contrôle
pour une gestion durable des forêts. Pour en savoir plus, consultez le site www.pefc-france.org

Achevé d'imprimer en septembre 2021
par CPI Bussière
À Saint-Amand-Montrond (18)
Dépôt légal : septembre 2021
N° d'impression : 2058990
Imprimé en France